Jeffery Deaver

ジェフリー・ディーヴァー

土屋 晃・訳

限界点

文藝春秋

シェイ、サブリナ、そしてブリンに

目次

装幀・関口聖司
カバー写真・E+/Getty Images

限界点

主な登場人物

コルティ……………………………………………連邦機関〈戦略警護部〉の警護官
ヘンリー・ラヴィング……………………………凄腕の〈調べ屋〉、拷問と暗殺のプロ
ライアン・ケスラー………………………………刑事　コルティの警護対象者
ジョアン・ケスラー………………………………ライアンの妻
アマンダ・ケスラー………………………………ライアンの娘
マーリー……………………………………………ジョアンの妹
ビル・カーター……………………………………退職刑事　ライアンの友人
〝フレディ〟・フレデリクス……………………ＦＢＩ捜査官
ルディ・ガルシア…………………………………フレディの副官　ＦＢＩ捜査官
アーロン・エリス…………………………………コルティの上司
クレア・ドゥボイス………………………………コルティの部下
ライル・アフマド…………………………………警護官
トニー・バー………………………………………同右
ジェイソン・ウェスターフィールド……………連邦検事
クリス・ティーズリー……………………………連邦検事補　ウェスターフィールドの部下
クラレンス・ブラウン……………………………牧師　金融詐欺の容疑者　本名アリ・パムーク
エリック・グレアム………………………………盗難に遭った国防省職員
ライオネル・スティーヴンソン…………………上院議員
サンディ・アルバーツ……………………………スティーヴンソン議員の補佐官
エイブ・ファロウ…………………………………コルティの師　警護官

遊び方のルール

二〇〇四年六月

私の隣りに座る若い女性を殺そうとしていた男は、この湿った朝、タバコと綿畑の田園風景のなかを走る私たちから四分の三マイル後方にいた。

ルームミラーに目をやると、流れに乗って楽に車を操る男は、見るかぎり舗装しなおして間もない、中央分離帯があるこのハイウェイを利用する一般ドライバーと代わり映えがしなかった。

「ファロウ係官?」アリッサが口を開いた。それから、私がもう一週間頼みつづけてきた言い方で、「エイブ?」

「はい」

「まだいるの?」彼女は私の視線を追っていた。

「ええ。われわれの尾行もね」私は安心させるために補足した。殺人犯の後ろには、車を二、三台おいて私の部下がついていた。しかも、組織から駆り出されているのは彼ひとりではない。

「そう」とアリッサはつぶやいた。三十代半ばのこの女性は、陸軍の大口請負業者について内部告発をおこなった。業者はやましいことはないという姿勢をくずさず、捜査を歓迎すると表明した。ところが、一週間まえにアリッサの命が狙われ、軍の先任指揮官としてフォートブラッグにいたことのある私が、国防総省からの要請で護衛にあたることになったのである。いまの私は組織を率いて、表に出ることはめったにない身だが、現場での活動は正直うれしかった。平素はアレクサンドリアにあるオフィスの机で十時間をすごす毎日だった。それがこのひと月は日に十二時間から十四時間近く、高度な組織犯罪にかかわる情報提供者五名について、証人保護プログラムに回して整形手術を受けさせるまでの保護をめぐり、その調整に忙殺されていた。

たとえ一週間かそこらでも、鞍《くら》の上にもどるのは楽しみだった。

私は短縮ダイアルボタンを押し、腹心の部下を呼び出した。

「エイブだ」私はハンズフリーのセットに話しかけた。「やつはいまどこだ?」

「半マイルでしょうか。ゆっくり移動しています」

正体不明の消し屋《ヒッター》は、特徴がないヒュンダイのグレイのセダンに乗っていた。

私は車体に〈カロライナ鶏肉加工会社〉と描かれた十八フィートのトラックを追っていた。荷を積んでいないこのトラックを運転するのは、われわれの輸送課の者だった。その前方に、私が運転しているのと瓜ふたつの車が走っている。

「あと二マイルで入れ換える」と私は言った。

了解する四つの声が、暗号化された四つの通信機器から届いた。

私は接続を切った。

私はアリッサを見ることなく言った。「うまくいきますよ」

「さあ……」ささやき声だった。「どうかしら」アリッサは押し黙ると、自分を殺そうとする男がすぐ背後にいるといわんばかりにサイドミラーを覗いた。

「事はすべて計画どおりに進んでいますから」

罪のない人々が、私のような人間の同席や保護を求める状況におちいったときには、たいてい恐怖とともに狼《ろう》狽《ばい》の反応を見せる。死との折り合いはつけがたい。

しかし人を守り、人を生かすのは、他と変わらないビジネスなのだ。部下やオフィスの人間にはよくこの話をして、しつこく説教臭いものだから、彼らもいいかげん辟易《へきえき》しているかもしれない。それでも口を酸っぱくして言いつづけるのは、忘れてはならないことだからだった。外科医が肉体の精確な切り方を、パイロットが鋼鉄の塊の安全な飛ばし方を学ぶように、己れが習得した厳格な手続きを用いるビジネス。そうした技術は年季によって磨かれ、ものになっていく。

ビジネス……

もちろん、いま私たちの後方にいて、隣りの女性を殺そうとたくらむ消し屋が、自分の仕事をビジネスとみなしていることも真実だ。これには確信があった。消し屋は私と変わらず真剣で、私と同じように苦心して手続きを学び、ＩＱは高く世知に長《た》け、私の優位に立っている。なぜならむこうのルールは、憲法とその下に制定された法律という私の受ける制約から解き放たれている。

とはいえ、私は正しい側にいる利点があると信じている。この仕事をしてきた歳月のなかで、私は事件の依頼人を死なせたことがない。アリッサを死なせるつもりもなかった。

ビジネス……それは外科医のごとく、パイロットのごとく冷静であることを意味する。

アリッサはむろん冷静ではなかった。乱れた息遣いで袖を気にしながら、枝をひろげるモクレンの木とか、花がはじけた広大な綿畑と境を接してヒッコリーやクリの林がはじまるあたりを眺めていた。不安そうに回しているダイアモンドの細いブレスレットは、このまえの誕生日に自分で買ったものだった。その宝石から目を移した手のひらが汗ばんでいるのに気づき、アリッサは両手を濃紺のスカートの上に置いた。私の警護の下で、アリッサはもっぱら暗い色目の服を着ている。それは擬装ではあるけれども、彼女がプロの殺し屋に狙われているせいではない。思春期から悩んできた体重が理由だった。食事をともにするようになり、私は彼女の葛藤を間近に見てそのことを知った。本人の口からも体重の悩みはずいぶん聞かされた。依頼人のなかには、仲間などいらない、欲しくないという人間がいる。一方でアリッサのように、われわれから友人にならなくてはいけない相手もいる。

私はそういう役割が不得手だが、努力してそこそこには付きあえる。

標識を通過した。一マイル半先が出口だった。

ビジネスに求められるのはシンプルで抜け目のない計画である。この職種で受け身は禁物であり、私自身は〝予防〟という言葉が嫌いだが（その反対語は〝対抗〟か）、構想を描くことはわれわれの行動には欠かせない。

現時点でアリッサを、証言録取をおこなう訴追者のもとへ無事送り届けるには、消し屋を泳がせておくことが必要だった。部下に何時間も尾行させて、こちらは消し屋の所在を把握していつでも拘束できる態勢にある。だがそうしたところで、消し屋を雇った側は別の人間に仕事を肩代わりさせるだけなのだ。私としては消し屋をなるべく一日走りまわらせておきたかった。その間にアリッサを連邦検察局まで運び、証言録取によって有益な情報が検事に渡れば、彼女にもこれ以上身の危険はおよばない。証言がなされた段階で、目撃者を始末しようという消し屋の動機は消える。

私が練った計画とは、部下の支援を得て〈カロライナ鶏肉〉のトラックを追い越し、その前に出るというものだった。消し屋は見失うまいとスピードを上げるが、近づくまえにトラックと私の車は同時にハイウェイを出る。道路のカーブとこちらの選んだランプの構造から、消し屋が目にするのは私が運転していない囮《おとり》の車ということになる。アリッサと私は複雑なルートを通って検事の待つローリーのホテルへ向かい、囮は三時間をかけてシャーロットの裁判所まで行く。消し屋が偽りの標的に気づくころには時すでに遅し。彼は首謀者——雇い主——に連絡を入れ、殺しは十中八、九、中止になる。そこで消し屋を逮捕して、逆に首謀者までたどっていく。

約一マイル先がランプだった。ルームミラーを見ると、グレイのセダンは同じ位置を保っていた。鶏肉のトラックはほぼ三十フィート前方。

アリッサはというと、いまはゴールドとアメジストのネックレスをもてあそんでいる。母親から贈られた十七歳の誕生日プレゼントは、家族にとって分不相応に高価なものだったけれど、プロムに招待されなかったことへの無言の慰めになったという。人は命を救おうとしてくれる相手にたいし、かなり心を開くところがある。

私の電話が鳴った。「ああ?」私は部下に訊ねた。

「対象が若干動きました。トラックの二百ヤード後方です」

「ぼちぼちだ」私は言った。「行くぞ」

私はすばやく鶏肉トラックを追い越し、囮のすぐ後ろにつけた。運転するのはわが組織の男で、助手席にはアリッサに似たＦＢＩ捜査官が同乗していた。私の代役選びというのがなかなか面白かった。私は頭が丸く、耳が自分の好みより一インチ余計に飛び出している。髪はこわい紅毛で背は高くない。そこでオフィスでは一、二時間かけて即席のそっくりさんコンテストをおこない、いちばんエルフっぽい警官が選ばれた。

「状況は?」と私は受話器に向かって訊いた。

「車線を変えて加速中です」

私を見失いたくないのだ。

「待て……待てよ」と聞こえてきた。

部下にはいずれ、不要なつなぎの言葉に気をつけるよう諭すことにする。会話を暗号化した電話でも、送信したという事実は探知されるのだ。教訓は早く身につけるにこしたことはない。

「まもなく出口だ……オーケイ。行くぞ」

時速六十マイルを出しながら、私は出口のレーンにはいり、木々が鬱蒼《うつそう》と繁るカーブを曲がった。鶏肉トラックはこちらのバンパーにぴったりついている。

部下から報告が来た。「おみごと。対象はそちらを見もしません。囮を視界に入れて、スピードを限界まで落としてます」

私はランプが一八号線に合流する赤信号で停まり、それから右折した。鶏肉トラックは左折した。

「対象はそのままルートを進んでいます」と部下の声がした。「うまくいってる模様」落ち着いた口調だった。作戦行動からは離れた私の立場からしても、部下はよくやってくれている。めったに笑わず冗談のひとつも口にしないし、本人のことはあまり知らないのだが、この数年は近いところで仕事をすることも多い関係にある。彼のそんな部分——陰気な性格——を変えたいと思うのはその職務のためではない。非常に優秀な人間だけに、こちらとしてはただ、もっと仕事に楽しみを見出してほしいと思うからなのだ。人々の安全を守るという努力には、満足感や喜びすらあっていい。なかんずく、われわれが頻繁におこなっている家族の護衛の場合には。

ひきつづき情報を入れるように言うと、私は接続を切った。

「それで」とアリッサが言った。「私たちは安全？」

「安全だ」私はそう答え、制限速度四十五マイルのゾーンで速度を五十まで上げた。十五分後、私たちは証言録取をおこなうため検事と落ち合う予定になっている、ローリー郊外へ至る道を走っていた。

どんより曇った空の下に、おそらくは何十年と変わっていない風景があった。平屋の農家、丸太小屋、トレーラー、それに末期的な状態にありながら、もし世話が行き届いていて運がよければ動きそうな自動車。聞いたことのないブランドのガソリンスタンド。けだるそうに口でノミを取ろうとする犬。子どもの動きを見守る、はちきれそうなジーンズをはいた女たち。細面でビール腹の男たちが、ポーチに所在なく腰をおろしている。きっと私たちの車に——このあたりでは珍しい白いシャツにタイ、ダークスーツ姿の男と、ビジネスウーマン風の髪形をした女が乗っていることもふくめて——興味津々なのだろう。

やがて人が住む一帯を過ぎると、道はさらに畑を二分するようにつづいた。ポップコーンさながらに実がはじけた綿畑を見ると、この土地は百五十年まえも、何ひとつ変わらぬ収穫に覆われていたのだという思いが湧いてくる。南部に来れば、南北戦争と、その戦いに巻きこまれた人々のことが頭から離れなくなる。

　私は鳴った電話に応答した。

　部下の声は切迫していた。「エイブ」

　私は肩を緊張させて訊いた。「むこうがハイウェイを降りたのか？」さほど気にはならなかった。私たちが出口を出たのは三十分以上まえのことだった。いまや殺し屋とは四十マイルも距離が開いている。

「いえ、まだ囮を追跡してます。ただ様子がおかしいんです。携帯で連絡を入れた対象は電話を切ると、なぜか顔を拭いはじめて。二台置いた後ろまで車を近づけました。どうも泣いてるようなんです」

　その理由に思いをめぐらすうち、私の呼吸は荒くなっていた。やがて不穏だがもっともらしいシナリオがひとつ頭に浮かんできた。われわれが囮を使うと疑って、殺し屋のほうでも囮を使っていたとしたら？　こちらの囮の車を運転するエルフ男と同じ伝で、自分と似た男に尾行をさせていたのではないか。部下が目撃したのは、運転する男と本当の犯人のあいだでおこなわれていた連絡の場面で、犯人は運転手の妻か子を人質にとっているのかもしれない。

　だが同時にそれは、本物の消し屋がどこか別の場所にいるということを示唆していた。

　白い閃光とともに、左手にある寂れきったガソリンスタンドの敷地から、フォードのピックアップトラックがハイウェイに乗り出してきた。フロント部分をプッシュバーでガードしたトラックは運転席側からぶつかってきて、私たちの車を丈のある草むらから沢までものの見事に吹っ飛ばした。アリッサが悲鳴をあげ、私は痛みに呻きながら部下の呼びかけてくる声を耳にしたが、程なく作動したエアバッグに携帯とハンズフリーのセットが飛ばされた。

　私たちの車は五フィートの斜面を霧が立ちこめる浅い小川の底まで落ち、そこであっさり止まった。

　なんと、隙のない攻撃を計画していた相手は、私がシートベルトをはずして銃に手をやる間もなく、運転手側の窓に木槌を叩きつけて粉々にし、その一撃で私の動きを制した。私のグロックはベルトからむしり取られ、むこうのポケットにはいった。どうやら肩を脱臼したらしく、出血はひどくなかった。私は割れたガラスを口から吐き出すとアリッサを見た。アリッサもまた茫然としていたが、怪我はたいしたことがなさそうだった。襲撃者の手に握られているのは木槌だけで銃はなく、これならアリッサにも藪に転がりこんで逃げおおせるチャンスがある。大きくはないが、それなりのチャンスが。ただし、行動はいますぐ起こさなくてはならない。「アリッサ、逃げろ！　左だ。早く！」

　アリッサはドアを押しあけて外に出た。

　私は道路を振りかえった。目にはいるのは、釣餌のカエル捕りによさそうな小川近くの路肩に駐まる、道すがら何台も見かけたような白のトラックだけだった。それが道路からの視界を完全にさえぎっている。こちらが自前のトラックを逃走に利用したのと同じことだと思うとぞっとした。

　消し屋が私の側のドアのロックを解除しようと手を差し入れてきた。私は痛みに目を細めながら、相手の男の鈍い動作に感謝していた。その分だけアリッサは距離を稼ぐことができるのだ。部下たちはＧＰＳを通じて私たちの正確な位置を把握して、十五分ないし二十分で警察がここに到着する。うまくいくかもしれない。たのむと念じながら、私はアリッサが逃げているはずの浅い川床に目をやった。

　が、彼女は走っていなかった。

　頬に涙を伝わせ、車の脇でうつむきかげんに、ふくよかな胸の前で手をつかねて立っていた。彼女の傷は思った以上にひどいのか。

　ドアが開き、消し屋は私を地面に引きずりだすと、馴れたやり方でナイロンの拘束具を私の手にはめた。放された私はコオロギの鳴き声が喧《かまびす》しい、酸っぱい臭いのする泥に突っ伏した。

　拘束具？　あらためて見るとアリッサは車にもたれかかり、私には視線を向けられずにいた。「おねがい」彼女は襲撃者に話しかけていた。「母は？」

　そう、アリッサは放心しているわけでも、大怪我を負っているわけでもない。私は彼女が逃げなかった理由を悟った。逃げる理由がなかったのだ。

　標的は彼女ではない。

私だった。

恐ろしい真実の全体像が明らかになった。私の前に立ちはだかる男は何週間かまえにアリッサに近づくと、母親に危害をくわえると脅し、政府の御用業者にまつわる汚職をでっちあげさせたのだ。私の知己が司令官を務める陸軍基地が関係していたことから、犯人はアリッサの護衛役が私になると踏んだ。この一週間、アリッサは警備の手順について、その詳細を男に伝えていた。男は消し屋ではなく、私から情報を引き出すために雇われた、いわゆる調べ屋《リフター》だった。狙いは当然、私が担当していた例の組織犯罪である。私は裁判で証言した五名の新たな身元を知っていた。証人保護プログラムが彼らを匿う場所も知っている。

アリッサが涙ながらに息を喘がせて言った。「だって言ったじゃない……」

だが調べ屋はそれを無視して、時計を見ながら電話をかけていた。おそらく相手は私の部下が尾行している、五十マイル離れた囮の車に乗った男だろう。連絡は通じなかった。囮は私たちの車の事故が携帯電話を通して伝わってから、間をおかずに停止させられているはずだった。

つまり調べ屋は、思ったほどの時間がないことに気づいている。私はどこまで拷問に耐えられるかと考えた。

「おねがい」アリッサがまたささやいた。「母を。言ったじゃない、あなたの言うとおりにすればって……ねえ、無事なの？」

調べ屋はアリッサに目をくれると、思いなおしたようにベルトから拳銃を抜き、彼女の顔に銃弾を二発放った。

絶望に刺された私は顔を歪めていた。

男は内ポケットからぼろぼろのマニラ封筒を出して開くと、地面に向けて中身を振り出した。私にはその正体がわからなかった。彼は私の靴と靴下を脱がせた。

そして柔らかい声で訊ねてきた。「あんたは必要な情報を知ってるな？」

私はうなずいた。

「話してくれるか？」

十五分持ちこたえることができれば、生きているうちに地元の警察がここまで来るチャンスが出てくる。私は首を横に振った。

私の反応が良くも悪くもないとばかりに、男は無表情で仕事にかかった。

二十分頑張れ。私は自分に言い聞かせた。

三十秒後、私は最初の叫びをあげた。二度めはその直後、それから吐く息すべてが悲鳴になった。

十三分、と私は念じた。十二……

しかし断言はできないが、私が「やめろ、やめてくれ」と音《ね》を上げたのは六、七分後ではなかったか。男は手を止めた。私は相手の知りたがっていることをそのまま口にした。

男は情報を書きとめて立ちあがった。左手にトラックのキーが見えた。右手には銃がある。男は私の額の中央にオートマティックの狙いを定め、私はこれで苦痛がやむという、ほとんど安堵《あんど》に近い、とんでもない安堵といった気分を味わっていた。

男はくつろいだ姿勢で、発砲にそなえてわずかに目を細め、私はと——

二〇一〇年九月
土曜日

このゲームの目的は相手の城を攻略して占領するか、
相手の一族を退治して……
——ボードゲーム〈フューダル〉の解説書より

1

「まずいことになったぞ、コルティ」

「つづけろ」私は細長いマイクロフォンに向かって言った。私はデスクでハンズフリーの状態だった。読んでいた古い手書きのノートを置いた。

「依頼人と家族はフェアファクスにいる。調べ屋にゴーサインが出て、そいつはどうやら時間の制約を受けているらしい」

「どれくらい？」

「二日」

「雇い主はわかるか？」

「それがわからない」

　土曜の早い時間だった。この稼業では、空き時間も週の労働時間もまちまちだ。私の場合は二日まえにはじまったばかりで、昨日の夕方に小さな仕事をひとつ終えた。きょうは書類仕事を片づけようと楽しみにしていたのだが、わが組織はつねに待機する態勢にある。

「つづけるんだ、フレディ」むこうの声音には含みがあった。散発的とはいえ十年もいっしょに働いていれば、この職業では機微に通じるところもある。

　ためらいなど知らないＦＢＩ捜査官がためらっていた。ようやく、「わかった、コルティ、だから……？」

「なんだ？」

「調べ屋はヘンリー・ラヴィング……ああ、わかってる。しかし確認ずみだ」

　やがて心臓の鼓動と耳の血流ばかりが聞こえるなかで、私は思わず、無意味と知りつつ答えていた。「やつは死んでる。ロードアイランド」

「死んだ。死亡の報告はあがってる」

　私は窓外に九月の微風に揺れる木々を眺めると、デスクを見渡した。すっきりしたデザインだが、小さくて安い造りの代物だった。置かれているのはとりあえず私の気を惹こうという書類数枚と、その朝、私のオフィスから数ブロックしか離れていないタウンハウスに配達された〈ＦｅｄＥｘ〉の小包。これは〈ｅＢａｙ〉で買ったもので、届くのを心待ちにしていた品である。きょうのランチの時間にあけてみるつもりだった。私は包みを脇にどけた。

「先を」

「プロヴィデンスの件か？　あの建物には他人がいた」とフレディは足りないパズルのピースを埋めたが、私はこの捜査官の報告からすぐさま状況を推測できた。二年まえ、私の仕掛けた罠を逃れたヘンリー・ラヴィングが潜伏していた倉庫は火事で焼け落ちた。その内部で見つかった死体は、科学捜査の人間の調べによってＤＮＡの明らかな一致を見た。ひどく焼けた死体でも、例のデオキシリボ核酸というのは、しぶとく一千万ものサンプルを後に遺す。隠すことも破壊することも不可能なので、細工する意味がない。

だができることもある。事後、ＤＮＡ研究所の技師に嘘を強要し、死体が自分であると証言させる。

ラヴィングは私の罠を見透かしたような輩《やから》だった。私の依頼人のところへ行った後に予備の計画を練り、逃亡の必要が生じたときの備えに、ホームレスか家出人を拉致して倉庫に匿っておいたのだろう。技師を脅すというのは賢い思いつきで、人に厭がることをさせるのがヘンリー・ラヴィングの類まれな技量と思えば、そう突飛な話でもなかった。

つまり、多くの人間が焼死したものと胸をなでおろした――私なら快哉を叫ぶところだ――その男が、実は生きてぴんぴんしていた。

戸口に影が射した。その正体はアーロン・エリス、わが組織の長であり、私が直接報告をする相手である。髪はブロンドでやたらに肩幅が広い。その薄い唇が開いた。私が電話中であることを知らなかったのだ。「聞いたか？　ロードアイランドは――やはりラヴィングじゃなかった」

「いまフレディと話してる」ハンズフリーのセットを指で差した。

「十時に私のオフィスで？」

「わかった」

エリスはライトブルーの靴下と不釣り合いな、タッセル付きの茶色いローファーを履いた足で小器用に立ちまわって姿を消した。

私はここから十マイル離れたオフィスにいるＦＢＩ捜査官に言った。「アーロンだ」

「わかってる」とフレディは答えた。「あんたのボスには、こっちのボスから報告が行った。あんたにはおれがこうして報告してる。ま、仲良くやろう。いつでも連絡をくれ」

「待て」と私は言った。「フェアファクスの依頼人たちだが。お守《も》りの捜査官は派遣したのか？」

「いいや。出来たての現場だ」

「いまから誰かをやってくれ」

「ラヴィングはまだ近くにいやしない」

「とにかくやれ」

「でも――」

「とにかくやるんだ」

「望みとあらば、それはもう」

フレディは私にそれ以上言わせず電話を切った。

〝ヘンリー・ラヴィング……〟

私はしばらく座ったまま、ふたたび窓外に視線を転じた。アレクサンドリア旧市街に位置する、看板のないわが組織の本部の建物はやたら醜悪で、一九七〇年代の見苦しさがある。私は芝生の一画、古美術品店、〈スターバックス〉、そして緑地帯に育った茂みを見た。フリーメイソン寺院に向かってつづく茂みは、ダン・ブラウンの作中に登場する人物がｅメールではなく、植栽でメッセージを伝えているかのようにふぞろいだった。

私は机上の〈ＦｅｄＥｘ〉の箱と書類に目をもどした。ステープラーで留めた書類の束は、メリーランド州シルヴァー・スプリングに近い隠れ家の賃貸契約書だった。偽の身分を装って家賃値下げの交渉をしなければならない。

一枚は昨日、ヴァージニア州ラングレーにオフィスがある、陰気くさいスーツを着た、同じく陰気くさい二名の男のもとへ無事送り届けた依頼人の引渡し指示書だった。私はその指示書に署名して済み《アウト》の箱に入れた。

最後はフレディから電話が来たときに眺めていたもので、自分でそのつもりもなく持ってきた。ゆうべ、タウンハウスでボードゲームを見つけたのだが、まえから解説書を再読したいと思っていて箱をあけたところ、この紙片がはいっていた。休日のパーティに招くゲストの名前、買っておくべき食料品、装飾品などを書き出したリストだった。黄ばんだ紙を何気なくポケットに入れておいたのを、けさになって気づいた。もう何年もまえのパーティである。いまとなってはもう思いだしたくもないことだった。

私はそこに記された手書きの文字を見つめると、長方形の褪《あ》せた紙を機密書類廃棄箱《バーンボックス》に咬ませ、紙吹雪にした。〈FedEx〉の箱をデスクの後ろにある何の変哲もない、網膜認証などとは無縁のダイアル錠の金庫に入れた。そして普段から週末に出勤した際もオフィスで着るワイシャツに、暗色のスーツのジャケットを羽織った。オフィスを出るとボスの部屋がある左手へ向かい、防弾のミラーガラスを入れた窓から射してくる薄い陽光が縞模様を織りなす、灰色の長たらしい絨毯《じゅうたん》に沿って歩いた。もはやメリーランドの不動産価格のことも、小包のことも、過去の不要な記憶も頭になく、私は再登場したヘンリー・ラヴィングのことだけに思いを凝らしていた。この男は六年まえ、私の師であり親友だったエイブ・ファロウを、ノースカロライナの綿畑近くの溝で拷問をくわえたすえに殺害した。私はつながったままの電話でその叫びを聞いていた。

悲鳴は七分間つづき、やがて慈悲深い銃撃が、慈悲深さなど微塵《みじん》もなく、プロフェッショナルらしい効率性だけを目的におこなわれたのだった。

2

私が座るくたびれたディレクターズチェアの隣りの男は、明らかに私のことを知っていた。部屋にはいるなり、むこうから親しげにうなずきかけてきた。が、私には連邦検事という以上の認識はなかった。年齢は四十の私と同じころで弛み気味の短軀、頭は整髪が必要だった。

アーロン・エリスが私の視線に気づいた。「連邦検察局のジェイソン・ウェスターフィールドを憶えているだろう」

私はごまかさずに答えようとした。黙って首を振った。

「フレディから報告を受けてます」

「フレデリクス捜査官から？」とウェスターフィールドが訊ねてきた。

「そうです。フェアファクスに依頼人がいて、この数日で情報を集めようという調べ屋がいるとか」

　ウェスターフィールドの声は甲高く、いらつくほど陽気だった。「そうなんだ。われわれもそう聞いてる。現時点では、調べ屋にゴーサインが出ている程度のことしかわからない。月曜の夜中までに容疑者からの情報を求めている人間がいて、さもないと大変なことになるとか。何が大変なんだか、こっちは知ったこっちゃないが。これは失礼《パルドネ・モワ》」

　私が裁判に向かう検察官のような恰好だったのにたいし、ウェスターフィールドは週末の服装をしていた。それもオフィスに出る週末用ではなく、チノにプレイドのシャツ、ウィンドブレイカーという週末キャンプへ出かけそうな出立ちである。これは土曜、日曜の出勤があたりまえのコロンビア特別区では珍しい。もしかすると、本人はカウボーイ気取りなのかもしれない。見れば椅子の縁に浅く腰かけ、寸の詰まった指でファイルをつかんでいる。緊張しているからではなく――本人はおよそ緊張するタイプには見えない――興奮していた。内側で新陳代謝が活発におこなわれているのだ。

背後で別の女性の声がした。「遅くなりました」

　女が場にくわわった。その独特なうなずき方から、彼女がウェスターフィールドのアシスタントであることがわかる。隙のないヘアスタイルに仕上げた肩までのブロンド。新品かドライクリーニングしたブルージーンズ、黄褐色のスポーツコートに白のセーター、乳白色の真珠のネックレスが印象的だった。イアリングも真珠で、耳たぶにやはり人目を惹くダイアモンドがあしらわれている。黒っぽいフレームの眼鏡には年齢のわりに三焦点レンズが入れられていて、それはオフィスと私を見つめる際に顔をゆっくり動かすしぐさでわかる。羊飼い《シェパード》は依頼人の購買傾向を知っておかなければならない――相手を理解するのにとても役立つからで、私はすかさず〈シャネル〉、〈コーチ〉、〈カルティエ〉を目に留めた。金持ちの娘で、イェールかハーヴァード・ロースクールではトップに近い成績だったのだろう。

　ウェスターフィールドが言った。「こちらはクリス・ティーズリー連邦検事補」

　彼女は私の手を握り、エリスにうなずいてみせた。

「ちょうどいま、ふたりにケスラーの状況を説明していたところでね」そして私たちに向かって、「クリスはわれわれと仕事をすることになってる」

「詳細を聞きましょうか」私はティーズリーがほのかな花の香りをさせていることを意識しながら言った。彼女は大きな音をさせてアタッシェケースを開くと、ボスにファイルを手渡した。ウェスターフィールドがそれに目を通しているあいだ、私はエリスの部屋の壁に掛けられたスケッチを見つめた。角部屋にあたるエリスのオフィスは広くはないが、多数の写真やモールギャラリーのポスター、彼の子どもたちの作品で飾られていた。丘の中腹に建つ家を描いた水彩画は悪くなかった。

私のオフィスの壁には電話番号のリストしかない。

「状況はこうだ」ウェスターフィールドがエリスと私を見た。「けさ、局のウェストヴァージニア州チャールストン支局から連絡があった。話をまとめると、田舎で覚《メ》醒《ス》剤の囮捜査をやっていた州警察が公衆電話に付着した指紋を採取して、それがヘンリー・ラヴィングのものと判明したらしい。殺人容疑の逮捕令状および監視令状は、なぜかラヴィングが死亡した後も取り消されていなかった。まあ、死亡と推定された後というべきなんだろうが。州警から連絡があって事件を引き継いだわれわれは、一週間まえにラヴィングが名前と身分を偽り、空路チャールストンにはいった事実を知った。どこから来たのかは不明だ。で、けさになって、本人がウィンフィールドのモーテルにいることを突きとめた。だがすでに――二時間ほどまえ、およそ八時半ごろにチェックアウトしていた。行き先は従業員も知らない」

上司がうなずくのを合図に、ティーズリーがつづけた。

「監視令状は法的に有効なので、捜査官がホテルでeメールをチェックしました。受信が一通、送信が一通で、開始の命令とラヴィングの承認です」

エリスが訊いた。「やつはウェストヴァージニアで何をするつもりなんだ？」

ラヴィングのことなら、私はこの部屋の誰よりも知っていた。そこで言った。「彼は通常、仲間と仕事をします。現地で誰かを拾うつもりなのかもしれない。武器もです。仲間と飛行機に同乗することはないでしょう。いずれにしても、DC周辺の空港は避けるはずだ。こちらにはいまも彼の風貌を憶えている人間が大勢います。あの……あの何年かまえの出来事があってから」私は質《ただ》した。「送信者のインターネットアドレスは？」

「プロキシを通しています。追跡不能です」

「モーテルの部屋に、または部屋から電話連絡は？」

「まさか《メ・ノン》」

フランス語が気に障る。ウェスターフィールドは休暇の旅行からもどったばかりなのだろうか。それともアルジェリアのテロリストを訴追するのに必死で勉強中なのか。

「命令の正確な中身は、ジェイソン？」と私は訊ねた。

ボスの合図を受けて、ティーズリーが主役を張った。

「お話にあったとおり、開始しろという、それだけでした。まえもって細部を詰めた話し合いをしていたということでしょう」

「つづけて」と私は言った。

女は読みあげた。「ラヴィング――Re：ケスラー。開始だ。必要なのは詳細、事前の打ち合わせに従い、月曜の深夜零時までに、でなければ説明したように、歓迎されざる結果になる。情報を得られた段階で、対象は抹殺されなくてはならない。引用終わり。フェアファクスの住所が記されています」

歓迎されざる結果……大変なことになる。

「音声はないのか？」

「ええ」

私はがっかりした。音声分析では発信者について多くのことがわかる。性別に、たいがいの場合は国籍と出身地域、疾病、さらには鼻や口、喉などの形態まである程度は推測ができるのだ。が、最低で依頼人の氏名の綴りが確認できたのはプラスだった。

「ケスラーは特別区の警官だ。ライアン・ケスラー刑事」とウェスターフィールドが説明した。

「ラヴィングの応答は？」

「〈了解〉。それだけ」

「首謀者が求めているのは〝詳細〟だ」――ウェスターフィールドは指二本を二度折り曲げてみせた――「月曜の夜中までに。詳細を……」

私はプリントアウトを見せてほしいと頼んだ。わずかに渋る様子だったティーズリーは、まるで反応も示さないウェスターフィールドを見て紙片を差し出した。

私はその短文を読んだ。「文法、綴りと句読点もまともだ。〝従う〟の使い方も適切だ」この指摘にティーズリーが眉を曇らせた。私は多く使われる〝従いながら〟という言い回しが冗長だとは指摘しなかった。ティーズリーは部下ではない。私はつづけて、「〝詳細〟につづく同格句にそろえて打たれた読点、これはめったに見られない」

　いまや全員が私を見つめていた。私は大昔に言語学を学んだ。文献学という、文章分析による言語研究もかじった。手慰みといったところだが、ときにこれが役立つこともあった。

　エリスが首をねじった。エリスは大学でレスリングをやっていたが、私の知るかぎり、いまはあまり運動はしていない。それでも鉄の三角形を思わせる体形を維持している。「やつはけさ八時半に宿を出た。おそらく武器を持っているから飛行機に乗る気はない……それにコルティ、きみの言うとおり、こっちの空港で目撃される危険を避けたがっている。離れても四時間ほどだ」

「やつの車は?」と私は訊いた。

「まだつかめていない。局でチームを編成して、街じゅうのモーテルとレストランをしらみつぶしにしてる」

　私のボスが言った。「このケスラーだが、首謀者が口を割らせたがる何を知ってるというんだ?」

「見当がつかない」とウェスターフィールドが答えた。

「ケスラーというのは、いったい何者なんです?」私は訊いた。

「いくらか細かい情報をつかんでいます」とティーズリーが言った。

　若い検事補がファイルを繰るあいだ、私はウェスターフィールドが出向いてきた理由に思いをめぐらした。私たちはボディガードの最後の砦として知られる(少なくともアーロン・エリスは予算折衝の席でみずからそう任じ、私としてはいささか心苦しい部分もあるが、ワシントンではこれが功を奏しているらしい)。国務省外交安全局ならびにシークレットサービスは、合衆国の当局者および外国首脳の警備にあたる。証人保護プログラムは有名、悪名を有する者を新たな身分で隠して世間に解き放つ。ひるがえって、私たちは名を知られた依頼人にたいし、差し迫った脅威が確実に存在する場合にのみ対処をする。個人セキュリティの緊急救命室《ER》とも呼ばれるゆえんだ。

　基準は曖昧なのだが、人員が限られるなかで、私たちが受け持つ依頼人は国家の安全保障にかかわるか——きのう、ＣＩＡの紳士たちのもとへ送致したスパイがそれだ——、たとえば去年、店頭販売された汚染薬剤に関する公判に出た内部告発者を保護したように、公衆衛生上の問題に巻きこまれた人物に絞られる。

　しかしティーズリーが件の警官の略歴を口にすると、答えは明らかになった。「ライアン・ケスラー刑事、四十二歳。既婚、子どもはひとり。特別区の金融犯罪を担当、勤務は十五年、叙勲経験あり……名前に聞き憶えがあるかもしれません」

　目をやると、ボスは私たちふたりを代表して首を振った。

「彼はヒーローです。何年かまえにメディアに取材されています。ＤＣで潜入捜査の最中に北西地区のデリ強盗に遭遇。客を救ったものの自身は被弾。それがニュースとなって、〈ディスカバリーチャンネル〉の警官もので彼の特集が組まれました」

　私はろくにテレビを見ない。だが事情は理解できた。ヘンリー・ラヴィングのような調べ屋に狙われたヒーロー警官……ウェスターフィールドはここに自分がヒーローになるチャンスを見出した——おそらくはケスラーが捜査していた金融詐欺のたぐいで、その黒幕を訴追しようというのだ。たとえ元の件が大きくなくても——巨大化する可能性もあるが——ワシントンＤＣで英雄的行為をした警察官を標的にするというのは、それだけでウェスターフィールドの意図に沿う理由となる。私はウェスターフィールドを見くだしたりはしない。なぜならワシントンは、公けの政治とともに個人がすべてなのである。この事件をやることで、彼のキャリアが報われるかどうかに興味はない。こちらの関心はあくまでケスラーの家族の命を守ることにあった。

　しかも、他ならぬあの調べ屋がからんでいた。

「まあ《アロール》」ウェスターフィールドが言った。「そういうわけだ。ケスラーは思わぬところに鼻《ネ》を突っ込んでいた。われわれはそれがどこか、何か、誰か、いつか、なぜかを知りたい……さっさとケスラーの家族を塀のなかに入れて、話はそこからだ」

「塀のなか？」と私は訊いた。

「そうです」ティーズリーが言った。「こちらではＤＣの拘置所を考えていて、わたしのほうで多少リサーチをして、ハンセンの施設が警報システムを改修したばかりだということがわかっていますし、環境の良好な棟にいる看守全員の被雇用者記録にも目を通しました。いい選択です」

「そのとおり《セ・ヴレ》」

「塀のなかは望ましくない」と私は言った。

「ほう？」ウェスターフィールドが訝《いぶか》った。

たしかに、矯正施設内の隔離された場に保護拘置するというのは理にかなう場合もあるが、今回はそれにあたらないと私は説明した。

「ふむ」と検事は口にした。「内部にはきみたちの人間がいると思っていたんだが、ちがう《ノン》かね？　効率がいいぞ。フレデリクス捜査官ときみには接見を許可する。いい情報がとれる。私が保証しよう。塀のなかでは、目撃者は思いがけないことを思いだしたりするものだからな。みんなハッピーだ」

「こういった状況での経験がありません」

「ない？」

「たしかに拘置すれば、調べ屋はまず外から侵入することはできない。それに――」私はティーズリーにたいして、その熱心な宿題の消化ぶりを認めてうなずいた。「――間違いなくスタッフも精査されている。ほかの調べ屋だったら私も賛成しますよ。でも今度の相手はヘンリー・ラヴィングだ。やつのやり口はわかってます。こちらでケスラー一家を囲いこんだら、おそらくやつは看守のひとりの弱みを見つけだす。看守のほとんどは若い男性です。私がラヴィングなら、目をつけるのは身重の妻がいる人間――それもできれば初産で、その彼女を訪ねる」私の事務的な口調に、ティーズリーが目を瞠《みは》った。「看守はラヴィングの要求に一も二もなく従うでしょう。しかも、いったん所内にはいった家族には逃げる手段がない。ケスラー一家は追いつめられる」

「小兎《プティ・ラパン》みたいに」ウェスターフィールドの物言いは、思ったほど皮肉に満ちてはいなかった。私の主張を慮《おもんぱか》っていたのだ。

「くわえて、ケスラーはDCの警官です。彼を納得させるのは厄介でしょうね。ハンセン拘置所には、彼が挙げた罪人が半ダースからいるはずだ」

「きみならどこに匿う？」とウェスターフィールドが訊ねた。

私は答えた。「まだわかりません。考えてみないことには」

ウェスターフィールドも壁を見あげたが、目的が絵なのか証書類なのかははっきりしなかった。やがてティーズリーに向かって、「ケスラーの住所を教えてやれ」

若い女は上司よりもずっと読みやすい字で住所を書き出した。それを手渡されるとき、またしても香水の突風に見舞われた。

私はふたりに礼を言って受け取った。私は対戦型ゲームのプレイヤーで——それもあらゆる種類のゲームをやって、勝利には謙虚かつ寛大であることが必要と学び、その理屈を仕事に用いてきた。これはいうまでもなく礼儀作法の問題だが、いい勝者は将来同じ相手と再戦するとき、若干ながら心理的優位に立てるということも知っている。

ふたりが席を立った。検事が言った。「わかった、きみたちのやり方で——誰がなぜラヴィングを雇ったのかを探ってくれ」

「最優先にします」と私は請けあったが、それは真実ではない。

「オールヴォワール……」ウェスターフィールドとティーズリーは扉を出ていった。検事は部下にひそやかな声《ソット・ヴォーチェ》で指示していた。

私も立ちあがった。任務に必要なものを取りに、タウンハウスに立ち寄らなくてはならない。

「報告は現地から」と私はエリスに言った。

「コルティ？」

私は戸口のところで立ちどまって振りかえった。

「ケスラー一家は拘置所に送らない……それでいいのか？　彼らを隠れ家に匿って、そこから事件を仕切ろうというんだな？」これまでも後ろ盾になってくれて——配下の人間を支える側になければ、アーロン・エリスという存在の意味がない——今度の件でも、おそらくエリスは私の見解に同調するだろう。実際、彼は一家を保護拘置しないという戦術的判断について再確認を求めてきたのではない。

エリスが問い質していたのはこういうことだった。ヘンリー・ラヴィングから依頼人を保護するという仕事に、誰あろう私を指名したのは正しい決断であったのか。つまり数年まえに私の師を殺害し、私が仕掛けた罠から逃げたと思われる相手が容疑者なら、その目的は私ということになるのではないかと。

「隠れ家がもっとも効果的なアプローチなので」と私はエリスに答えてオフィスにもどり、武器をしまってあるデスクの引出しの鍵を探った。

3

政府機関というと、その職員や部局を表すのにイニシャルや頭字語と結びつくことが多いのだが、私たちのあいだではなぜか〝調べ屋《リフター》〟〝消し屋《ヒッター》〟と同じようなニックネームが通用している。

わが組織内の最下級のボディガードは近接警護官だが、依頼人に影のように寄り添うことから〝複製《クローン》〟と呼ぶ。〈技術支援・通信部〉の人員は〝魔術師《ウィザード》〟。〝街路清掃人《ストリート・スウィーパー》〟とは〈防御分析・戦術〉の担当で、一マイル先にいる狙撃手や、依頼人の携帯電話に隠された爆弾の探知などを任務とする。組織で監視をおこなう者は、当然ながら〝スパイ〟と称される。

私は〈戦略警護部《SPD》〉に属し、組織に八名いる戦略警護官ではいちばんの古株である。割り当てられた依頼人の警護プランを立案し、実行する。この任務の内容と部のイニシャルから、羊飼い《シェパード》として知られている。

ニックネームをもたない部署に〈調査支援〉があり、私からみれば、ここが補助部門のなかでもっとも重要だ。まともな調査研究がなければ、羊飼いは個人の身の安全をはかることはできない。私がよく若い警護官たちに説くのは、事前の調査をしておけばそれだけ戦術力の必要が減るということだった。

そして幸運にも、私には部内で最優秀と認める部下がいた。

私は彼女を呼び出した。

ベルが一度で、イアピースから「ドゥボイス」と声が聞こえてきた。

鳴らしたのは彼女の盗聴対策ずみの携帯で、私は形式的なあいさつを受けた。出自がフランスだけにデュボワと発音したくなるが、彼女の家族はドゥボイスを名乗っていた。

「クレア。問題が起きた」

「何です？」きびきびとした問いがきた。

「ラヴィングが生きてる」

彼女は合点した。「生きてるって？……そんなことがあるんでしょうか」

「ああ、ある」

「考えてみます」ドゥボイスはほとんど独り言のように言葉を発した。「建物が燃えて……ＤＮＡが一致した。報告書を思いだしているのですが。誤字が二カ所ありましたね？」クレア・ドゥボイスは、その若者らしいイントネーションのわりに年を重ねているが、それほどの年齢でもない。ブルネットの髪をショートにして、ハート形の繊細できれいな顔立ち、スタイルはたぶん抜群——私も世の男並みに興味はあるのだが——たいてい機能的なパンツスーツに隠されているし、私はその服装がスカートやドレスよりも好きだった。実用性があるという意味で。

「それは関係ない。街にいるのか？　きみの手を借りたいんだ」

「つまり、週末で出かけているのかという質問ですか？いいえ。計画が変更になって。参加しましょうか？」ドゥボイスは一本調子でまくしたてた。私は九月の朝日が射しこむヴァージニア州アーリントンの静かなタウンハウスで、朝食をとる彼女の姿を思い描いた。もしかすると、スウェットか身体の線が浮き立つローブを着ているかもしれないが、そのどちらの姿も想像がつかなかった。あるいは向きあって座る無精ひげをはやした若い男から、たわんだ〈ワシントンポスト〉越しに好奇の視線を浴びているのかもしれない。それもしっくりこなかったが。

「やつはフェアファクスの依頼人を狙ってる。詳細は不明。時間が限られている」

「わかりました。ちょっと整理させてください」カタカタと短い音が聞こえてきた——タイプに関して、彼女の右に出る者は地球上にひとりもいない。そして半ば自分に語りかけるように、「隣りのミセス・グロツキー……それから水……オーケイ。二十分で行きます」

ドゥボイスには注意欠陥障害の気味があるのではないかとも思う。だが、それが私の役に立つこともよくあった。

「私は依頼人たちに同行するが、任務については追って連絡する」

私は電話を切ると、車輌部で手続きをして、建物地下の広い車庫からニッサン・アルマダを借り出した。キング・ストリートからアレクサンドリア旧市街の趣きがある狭い道を抜け、ポトマック川に沿ってワシントンＤＣから遠くないヴァージニア側を走った。

このＳＵＶはいかにもの黒ではなくライトグレイで、汚れてへこみもある。個人の身を守る仕事において車は大きな部分を占め、われわれの全車輌がそうであるように、このニッサンも防弾ガラス、ドアの装甲、ランフラットタイヤ、防爆剤入りのガソリンタンクと改造がほどこしてある。車輌担当のビリーの手で、転回性能を上げるために重心が下げられ、グリルにはエンジン保護を目的に、ビリーがサポーターと呼ぶ装甲パネルが装着されていた。

二重駐車をしてブラウンストーンのタウンハウスに駆けこむと、ほんの一時間まえに一杯用のカプセルマシンで淹《い》れたコーヒーの香りが残っていた。私は大型のジムバッグに急いで荷物を詰めた。オフィスとちがい、この部屋の壁には私の過去の証《あか》しがあった。卒業証書、成人教育コースの免状、かつての雇い主や満足した顧客、たとえば国務省、ＣＩＡ、ＡＴＦ（アルコール・タバコ・火器および爆発物取締局）から贈られた感謝状で埋まっていた。英国のＭＩ５からのものもある。また数葉の写真はヴァージニア、オハイオ、テキサスといった場所で撮ったものだ。

こんなふうに壁を飾る理由が自分でもよくわからない。めったに目を向けなかったし、ここで人付きあいをすることなど皆無だった。そういえば何年かまえには、こういうことはそれなりに広いタウンハウスに独り引っ越してからやることじゃないのかと考えたりもした。

ジーンズ、紺のウィンドブレイカー、黒のポロシャツに着換えた。それから二個のアラームを作動させ、施錠して車にもどった。高速道路に向けて車を走らせながら番号をダイアルして、ハンズフリーのイアフォンを耳に挿した。

三十分後には依頼人の家にいた。

ヴァージニア州フェアファクスは雰囲気のいい郊外の住宅地で、寝室がふたつの平屋とタウンハウスの家並みから、隣家との境に木立のバリアをめぐらし、非武装地帯に仕立てた十エーカーもの豪邸まであった。そんな両極端の中間に位置するケスラーの家は一エーカーの中央に建っていた。半ばむきだしで、半ば密生する木々の葉は夏の勢いを失いかけ、色が変わりつつある――ヘンリー・ラヴィングを掩護する狙撃手にとって、木は恰好の隠れ場所となるだろう。

私はUターンすると、ドライブウェイに駐めたアルマダから降りた。通りの向かいにいるFBI捜査官とは面識がなかったが、フレディの補佐がアップロードした写真を目にしていた。私は車に近づいた。彼らも私の人相は知っているはずだが、こちらの正体を認識するまで両手を脇に置いたままにした。双方でIDを出した。

「われわれが来てから、家の前で立ちどまる者はいません」

私はIDケースをしまった。「州外のナンバープレートは？」

「見ていません」

〝ノー〟とは異なる答えだった。

捜査官のひとりが近くの広い四車線道路を指さした。

「あっちで大型のSUVを二台見ました。速度を落としてこちらのほうをうかがうと走り去っていきました」

私は訊ねた。「北へ行ったのか？」

「ええ」

「半ブロック先に学校があります。きょうはサッカーの試合があるんです。シーズンにはいって間もないので、フィールドに来たことがない保護者たちが道に迷っていたんでしょう」

捜査官たちは、私がそれを知っていたことに驚いた顔をした。情報はここへ来る途中、クレア・ドゥボイスから得ていた。付近でおこなわれるイベントについて、こちらから確認していた。

「それでも、彼らをまた見たらすぐに知らせてくれ」

通りの先に時季遅れの芝を刈ったり、早くも落ちた葉を集めたりする住人たちの姿があった。暖かく、空気のすがすがしい一日だった。私は地域全体に二度目をくばった。私はよくパラノイアと評される。事実、そうなのだろう。だが今度の相手はヘンリー・ラヴィング、姿を消す達人……もちろん、最後の最後になって忽然と姿を見せる。二年まえのロードアイランドのことを思いかえすと、ラヴィングは不意に現われた。武装して、まさか乗っているはずのない車から。

だが現実に乗っていた。

バッグを肩にかついでニッサンまでもどると、私は窓に映る自分の風貌に目をやった。刑事であるライアン・ケスラーの信用を得るには、しかつめらしい連邦捜査官そのままより、潜入捜査をやる刑事風の外見のほうがいいと思っていた。カジュアルな服装、薄くなりかけた茶色っぽい髪、顔はきれいにひげを剃り、ちょうど通りの先でおこなわれているサッカーの試合で、息子や娘に声援を送る四十がらみのビジネスマンに見えるはずだ。

私は保安電話《コールドフォン》で連絡を入れた。

「あんたか？」とフレディが訊いた。

「いまケスラー邸にいる」

「部下に会ったか？」

「ああ。優秀で目につく」

「庭に飾った地の精《ノーム》の陰にでも隠れてろというのか？なんたって郊外なんだからな」

「批判してるんじゃない。ラヴィングが現場に監視をつけるなら、こちらもお見通しだと知らせておきたいんでね」

「すでに人がいると考えてるのか？」

「ことによると。だがラヴィングがここに来るまでは動かないだろう。やつの現在地、あるいは到着時刻に関して情報は？」

「ない」

ラヴィングはどこにいると自問しながら、私はウェストヴァージニアからのハイウェイを思い浮かべた。われわれはルーレイにまともな隠れ家を持っている。いまはそのあたりを走っているのだろうか。

フレディが言った。「待て、いまちょうど……いいところで質問したな、コルティ。チームがモーテルで拾った詳細が来た。そう、やつは明るい色のセダンに乗ってる。年式、モデルは誰も見てない」

ヘンリー・ラヴィングは健忘症の遺伝子を活性化させる。とはいえ、ただ極端に不注意な人間が多いというのもまた真実だ。

フレディがつづけた。「やつが周辺にはいるまで最低でも三時間。それに、ケスラーの家にたどり着くのに多少の時間を食うだろうな」

私は言った。「貸しでもあるのか——ヴァージニア州警に？」

「いいや、でもおれは愛すべき男だから、連中はおれの頼みを聞いてくれる」

　フレディの軽薄さには辟易する。しかし、この困難な仕事で一日を乗り切るにはやむをえない。

「やつの写真を州警に回せるか？　こことウェストヴァージニアのあいだにいる全車輛にオレンジ手配で送るんだ」そうすれば、コンピュータで速報を受けたパトロール中の警官は、明色の車とラヴィングの人相と合致する運転手を捜すことになる。オレンジは相手が危険人物であることを意味していた。

「それはやるにしても、おれはあんたが数学の天才だと思ってるんだがな、コルティ」

「だから？」

「百万台割る警官四十名。答えは？」

「ありがとう、フレディ」

　電話を切り、私はライアン・ケスラーを呼び出した。

「はい？」

　私は名を名乗り、到着を告げた。もうすぐ玄関まで行くと。私はケスラーにフレディと連絡をとり、私の外見を確認するよう求めた。これは有効なセキュリティ対策だが、一方で相手の猜疑《さいぎ》心《しん》を募らせるためでもあった。ケスラーは警官——それも勲章を受けた警察官なだけに、護衛されることをよしとしない面があるはずで、私としては現実に危険が存在することを感じてほしかった。

　沈黙がつづいた。

「もしもし、ケスラー刑事？」

「ええ、フレデリクス捜査官と外にいる連中には連絡して……あなたの姿も見えてますよ、コルティ捜査官。こんなことは必要ないと話しました」

「とにかく、私はきみの話をうかがいたい。よろしければ」

　ケスラーは苛立《いらだ》ちを隠す努力をしなかった。「ほんとに時間の無駄ですから」

「どうかひとつ」と私は朗らかに言った。私は慇懃《いんぎん》にすぎるきらいがある——肩が凝る、とよく言われる。だが穏やかで型にはまった物腰のほうが人々の協力は得やすい。第一、居丈高にふるまうのは得意ではない。

「わかりました。フレデリクス捜査官に電話します」

　さらに私は武装しているかどうかを訊ねた。

「はい。だめですか？」不機嫌そうだった。

「いや。問題ない」

非武装のほうが望ましかったが、その資格をもつ警察官に武器を捨てろと諭すのは無益な戦いだ。

ケスラーがフレディと連絡をとる間に、私は家を眺めた。

一軒家というのは防御不能に近い。

全体が視界にはいり、透過構造で火にたいして脆弱である。熱センサーに無防備で、避難ルートは限られる。戦術的な防御はジョークに等しい。一発の銃弾で力を削ぐことができる。警備会社が謳いあげる五分での対応など、調べ屋にとってみれば、のんびり誘拐を仕組む余裕があるという意味になる。家の所有権、自動車、金融書類といった個人記録が、どんなに韜晦《とうかい》しようと居住者の玄関まで犯人を直接導いてしまう。

依頼人は自宅という安全な毛布を欲しがるものだが、私は彼らを愛する住居からすみやかに引き離す。

私はライアン・ケスラーの家を見ながら、彼と家族をコロニアル風の貧弱な二階建てから一刻も早く連れ出そうと決意した。

窓を確かめながら玄関まで歩いた。ライアン・ケスラーが扉をあけた。ライアンの容姿は本人の人事ファイルその他のリサーチで知っていた。私は人気《ひとけ》のない階下を見通すと、片手を腰から浮かした。

ライアンは腰のホルスターから手を離した。

私は自己紹介した。握手をしてＩＤを示した。顔写真と氏名、それに連邦政府の紋章が付いていたが、この紋章の鷲は司法省のものと似ていても、われわれ独自の意匠をもつ鳥だった。組織に関しては明示されていない。私の肩書も単純に〈合衆国公務員〉となっている。

彼はそれを一瞥《いちべつ》しただけで、私なら口にしそうな疑問を投げかけてはこなかった。

「フレデリクス捜査官に連絡して、私の身元を確認したかな？」

「いいえ」警官の直感で私のことは信頼できると思ったのだろうか。そこまでするのは男らしくないと感じたのかもしれない。

がっしりした体格のライアン・ケスラーは肩幅が広く、髪の色は黒で、実年齢より老けて見えた。顔をうつむけたのは、私のほうが背が低いうえに一段下のステップに立っていたからだが、そのせいで二重顎が目立った。細めの腰回りの上に丸々とした腹が乗っている。目は漆黒で鋭い。その顔に浮かぶ笑みなど、私の場合と同じで想像するのは難しい。おそらく取り調べが得意ではないかと思われる。

「あの――コルティ捜査官」

「コルティだけでいい」

「名前だけ？　ロックスターみたいに」

私のIDにはふたつのイニシャルが記されているけれど、自分で使ったことも、〈コルティ〉に何かを付け足したこともない。まえにも経験があるのだが、ケスラーはそれを厭味と受けとったらしい。私はこれが賢明なやり方なのだとは説明しなかった。仕事において、私は人々に――善人悪人、その中間もふくめ――自身の情報はなるべく出さないと決めている。人に事情を知られればそれだけ妥協する余地もふえ、依頼人を守る職務に支障をきたすことになる。

「フレデリクス捜査官がこちらに向かってる」と私は言った。

溜息。「大げさなんですよ。お門違いだ。私を脅そうなんてやつはいませんよ。〈J－エイツ〉を追ってるわけじゃないんだし」

〈J－エイツ〉とは、フェアファクスで幅を利かせるラテン系ギャングの一派である。

「とにかく、こちらにも一枚咬ませてもらいたいんだ」

「それはその、警護するってことですか？」

「そのとおり」

ライアン・ケスラーは私のことを睨《ね》めまわした。私は身長が六フィートたらず、体重は百七十ポンドで、職務の状況やその月に好んで食べたデリのサンドウィッチによって五ポンドの増減がある。軍隊経験はなく、クワンティコでFBIの課程を受けたこともない。護身術の基本はそこそこ身につけているが、とりたてて武術の心得があるわけではない。タトゥーも入れていない。ジョギングやハイキングで外に出ることは多くても、マラソンや鉄人《アイアンマン》レースの類とは無縁だった。若干の腕立て伏せや腹筋をやるのは、運動が血行をよくして、しかもデリのサンドウィッチに罪の意識なくチーズを足せるという、おそらく誤った考えにもとづくものだ。案外射撃の腕はよく、いまはインサイドパンツ・ホルスターの〈ガルコ・ロイヤルガード〉に収めたグロック23——四〇口径——と、〈モナドノック〉の伸縮式警棒を携帯している。が、そんなことを知るはずもないライアン・ケスラーには警護対策が貧弱に見えたのだろう。

「連中だって」ライアンの目が通りの向かいに駐まるFBIの車に向けられた。「妻と娘を怖がらせてるだけだ。だいたい、ちょっと目につきすぎじゃないですか?」

双方が同じ見解というのが面白かった。「たしかに。でも、彼らはこのうえない抑止力になる」

「あの、しつこいようですが、時間の無駄です。この話はボスにもしました」

「ルイス刑事部長か。私もここへ来る途中に話をしたんだ」

コロンビア特別区首都警察のロナルド・ルイス。ずんぐりした身体に幅の広い顔、焦げ茶色の肌。遠慮のない性格。直接会ったことはないが、国内でも有数の危険都市の、そのまた危険な地域の立て直しに手腕を発揮していると聞く。首都警察で南東地区の警邏《けいら》警官から出世したルイスはライアン・ケスラー同様、ちょっとした英雄だった。

私が宿題をしてきたことを知り、ライアンは気後れを見せた。「で、私が標的になる理由がわからないと聞かされた。お引き取りねがうしかありませんね。お時間をとらせてすみませんでした」

「ミスター・ケスラー、ひとつだけ頼みを聞いてくれないか? たのむ。家のなかでいくつか説明させてくれ。十分ですむ」あくまで明るく、焦りは気振りにも見せない。それ以上言葉にすることはなく、理由も口にしなかった——戸口で議論しても勝ち目はない。むこうは下がってドアを閉じればすむことなのだ。私はひたすら期待のまなざしで相手を見あげた。視線ははずさなかった。

ライアンはまた嘆息した。そして聞こえよがしに言った。「いいでしょう。どうぞ。五分ですよ」足を引きずるライアンに通されたこぎれいな郊外住宅は、家具用のレモンオイルとコーヒーの香りがした。彼と家族について、観察した範囲でそうそう判断はできないが、ひとつ目につくのが書斎に額入りで飾られた、〈ワシントンポスト〉の黄ばんだ一面だった。

〈ヒーロー警官、強盗に襲われた二名を救出〉

若いライアン・ケスラーの写真につづく記事。

ここに来る車中、クレア・ドゥボイスが高級時計を思わせる手際でライアンの背景を教えてくれた。それには警官による救出劇の経緯もふくまれていた。チンピラが特別区の繁華街にあるデリに押し入り、興奮して銃を発砲するという事件が起きた。情報提供者と落ち合うことになっていたライアンは、たまたまそのデリ裏の路地にいた。彼は銃声を聞くと武器を抜いて裏口から駆けこみ、店のオーナー夫妻の命こそ救えなかったものの、逃走した強盗に脚を撃たれながら、店内にいた客二名を助けたのだった。

　事件の顛末には思わぬ展開があった。助かった女性客はライアンと連絡をとりつづけ、やがてふたりは付きあうようになった。その女性というのがライアンの現在の妻、ジョアンである。ライアンは最初の妻とのあいだに娘がひとりいたが、この妻は娘が六歳のときに卵巣癌《がん》で死去している。

　略歴を伝えてきたあと、ドゥボイスは車内の私にこう言った。「なんだかロマンティックですね、彼女の命を救って。輝く鎧をまとった騎士ね」

　私はあまりフィクションを読まず、中世をふくめた歴史物を好む。騎士の鎧など、これまで創られてきた防御システムのなかでも最悪だと反論しようかと思った。たしかに見てくれはいいが、戦士はシンプルな盾に兜に鎖《くさり》帷子《かたびら》、あるいはなにも着けないほうがよほど攻撃を受けにくい。

　それに脚を撃たれて伴侶を得るというのも、むしろロマンティックとは逆なのではという気がした。

　ちらかったファミリールームを通るときにライアンが言った。「こんな土曜日に……奥さんやお子さんと出かけたいとは思わないんですか？」

「じつは独身で。それに子どもはいないんだ」

　ライアンは口をつぐんだが、これはありがちなことだった。郊外に住む特定の年齢層からは、話す相手が未婚で家族のない四十代とわかったとたん、よくそんな反応が返ってくる。「こっちへ行きましょうか」キッチンにはいると、それまでの香りにまた新たな匂いが混じった。週末用の豪華な朝食、まず私の好きな料理ではない。そこは雑然として、シンクには汚れた皿がきちんと積みあげられていた。薄色のテーブルを囲むコロニアル風の白いダイニングチェアに、ジャケットやスウェットが引っかけてある。壁にぎっしりと、四対一の割合で掛けられた〈セーフウェイ〉と〈ホールフーズ〉の空の紙袋。教科書、ダイレクトメール、ランニングシューズにＤＶＤとＣＤのケース。

「コーヒーは？」ライアンがそう訊いてきたのは自分が飲みたかったのもあるし、ただ気がふさいでいるだけで、失礼な男に思われたくないという気持ちからだった。

「いや、けっこう」

ライアンがコーヒーを淹れるあいだ、私は窓辺に寄り、そこらにいくらでもありそうな裏庭を見渡した。窓とドアを観察した。

詮索する私の視線に気づきながら、ライアンはコーヒーの味を楽しんでいた。「ですからコルティ捜査官、私に見張り番は必要ないんですって」

「本当はこの背後にいる人物を見つけるまで、きみときみの家族には隠れ家にいてもらいたいんだ」

ライアンは嘲笑した。「引っ越しですか？」

「せいぜい数日のことだよ」

階上で物音がしたが、一階に人の姿はなかった。クレア・ドゥボイスからはライアンの家族の情報も得ていた。ジョアン・ケスラーは三十九歳、統計の専門家として八、九年働き、ライアンと出会って結婚した後に仕事を辞め、当時十歳だった継娘の母親に専念することになった。

娘のアマンダは公立ハイスクールの三年生だった。

「成績優秀で、三科目で大学先修《AP》課程プログラムを履修しています。歴史、英語、フランス語と。イヤーブックに載っています。ボランティアにも熱心です」これを聞いた私は、母の死をきっかけに病院か医療にまつわる組織とかかわったのだろうかと考えていた。するとドゥボイスがつづけた。「それに彼女はバスケットボールをやってます。私が得意なスポーツ。意外でしょうけど。でも背はそんなに高くなくてもいいんです。そう。大事なのはぶつかる覚悟をもつこと。激しく」

ライアンが切り出した。「ですから、私は暴力とは縁のない事件をあつかう一警官にすぎないんですよ。テロリストもマフィアも、陰謀も関係ないし」彼はまたコーヒーを啜り、ドアのほうに目をやると、砂糖を二個足してすばやくかきまぜた。「フレデリクス捜査官から聞きましたけど、その男っていうのはなんだか知らないが、情報を月曜の夜までに欲しいんだとか？　そんな期限があるような話に、私は一切首を突っ込んでません。それどころか、いまは休業中で。この一週間ほどはおもに署の管理の仕事をしてました。予算のね。それだけです。何かあると思えば知らせますけど。ないんだから。誤解ですよ」とくりかえした。

「去年、警護を担当した依頼人がいてね」私は勧められることなく、とりあえず回転椅子に腰をおろした。ライアンは立ったままだった。「その彼を始末するために雇われた消し屋——つまりプロの殺し屋と五日間鬼ごっこをやった。これがとんでもない手違いでね。消し屋は間違った名前を教えられていたんだ。しかし、それでもやはり私の依頼人は殺されていたかもしれない。今度の場合、きみを追ってるのは消し屋じゃなく、調べ屋だ。その言葉を聞いたことはあるかな？」

「たぶん。取り調べをする連中でしょう？　プロの」

いい線だった。私はうなずいた。「まあ、消し屋はまだいい。誤解でもなんでも、危険にさらされるのはきみひとりということになる。だが調べ屋となると……きみに楔を打とうときみの家族を狙い——欲しい情報を強引に引き出そうとする。むこうがあやまちに気づくころには、きみの身近な人間が深く傷つけられてしまうかもしれない。それですまないこともある」

ライアンは私の言葉をかみしめていた。「その相手っていうのは誰です？」

「男の名はヘンリー・ラヴィング」

「元軍人？　特殊部隊？」

「いや。民間人だ」

「ギャング？　組織犯罪？」

「そこははっきりしない」

実際、私たちにしても、ヘンリー・ラヴィングについては北ヴァージニア生まれ、十代後半に家を出てからは家族と疎遠になっているというぐらいしかわからない。学校の成績は失われていた。最後に逮捕されたのは、少年拘置をふくむ刑罰を受けた時期である。釈放された一週間後、事件を担当した判事が、理由が不明のまま辞職して土地を離れていった。偶然だったのかもしれない。だが、私個人はそうは思っていない。同時にラヴィングの法廷記録と警察記録が消えていたのだ。ラヴィングは自身のルーツを隠し、匿名性を守ろうと動いた。これは私たちの共通点のひとつにかぞえられる。

私はふたたび窓外を眺めた。もったいをつけ、いまもがらんとした廊下を見やると声を落としてつづけた。

「しかし、ほかにも言っておきたいことがあるんだ。ここだけの話にしてもらえるだろうか？」

ライアンはコーヒーをもてあましていた。

「ヘンリー・ラヴィングは依頼人を拉致して情報を聞き出すのに、少なくとも十回は成功している。それもこちらで把握している件数にすぎない。このうち半数の第三者の死にも関わっている。連邦捜査官や地元警官を殺害したり、重傷を負わせたこともある」

ライアンは一瞬顔をしかめた。

「私は……われわれの組織と局は、彼を捕まえようと長年努力してきた。だからいいだろう、正直に認めよう。ああ、私たちはきみときみの家族を守るつもりだ。でもね、刑事、きみは私たちにとって天の恵みなんだ。勲章を受けた警察官で、武器を使う戦術行動に馴れている」

「もう何年もまえの話ですよ」

「あの技術が消えてなくなることはない。そう思わないか？　自転車に乗るのといっしょで」

伏し目がちな視線。「射撃場には毎週出てます」

「やっぱり」黒い目に変化があった。炎がきざしていた。

「この男の検挙に力を貸してもらいたいんだ。といっても、ここではやれない。この家ではね。きみと家族にとっても、近隣住民にとっても危険すぎる」

するとライアンは自分の銃を叩いた。「グレイザーを装塡してます」

安全弾。殺傷力はあるが、石膏ボードは貫通せず、外の第三者を傷つけることのない強力な銃弾だ。俗に〝郊外弾〟と呼ばれる。

「だがラヴィングはちがう。やつはＭ４かＭＰ５を持ってくる。修羅場になるぞ。巻き添えが出る」

ライアンは私が話したことを反芻していた。汚れた皿に初めて気づいたように目を向けた。「あなたの提案は？」

「きみと警官もうひとり、それに私で警備の細部を詰める。ラヴィングにたいする防御面で優位に立てるように、きみと家族を隠れ家に匿う。われわれと局とで、やつを見つけたら路上か潜伏場所で身柄を確保する。やつならそれをかいくぐることもありそうだが、そうなったらきみの出番だ。こちらで考えている隠れ家は申し分のない場所だよ」私はこの話がオフレコだとはっきりさせながら、それは静かに語りかけた。

「こいつとは、まえにもやりとりがあったような口ぶりですね」

私はひと呼吸おいた。「ああ、そうなんだ」

ライアンが考えこんでいると、廊下から女性の声が聞こえた。「ライアン、あの人たち、まだあそこにいるけど。わたし……」

女性は角を曲がってくるなり足を止め、茶色の目を細めて私のほうをうかがった。彼女の顔は、ドゥボイスが転送してくれた写真のおかげですぐ認識できた。ジョアン・ケスラー。ランニングシューズにジーンズ、ジッパーが付いた暗色のセーターにはかぎ裂きがいくつかある。可愛いとか目を惹くというのではないけれど、顔立ちはととのっている。外で陽灼けした肌には皺が目立ち、爪が二本折れているところからすると、たぶんガーデニングのせいだろう。夫とはちがって細身だったが、運動家タイプには見えない。縮れて長いダークブロンドの髪をポニーテイルにまとめていた。かけている眼鏡は流行のものでも、分厚いレンズが以前の職業を思い起こさせる。見るからに運輸省の統計家という人物がいるとすれば、それがジョアン・ケスラーだった。

ジョアンの顔にはつかの間、私を目にしたショックがきざまれた――私が来たことに気づかなかったらしい――が、やがてまったくの無表情になった。怒りに心を閉ざしたわけではない。茫然としていたのだ。この一連の出来事にとまどう本好きの少女といった感じで。

「こちらはコルティ捜査官。司法省の方だ。ボディガードさ」

私は肩書や雇い主に関して、ライアンの誤りを正すことはしなかった。ジョアンの力ない手を握ってひとしきり微笑を浮かべた。彼女の目は遠くにあるままだった。

「ミセス・ケスラー――」

「ジョアンで」

「事情はご存じですか?」

「ライアンからは何かの勘違いだと聞いてます。脅されてると思っている人がいるって」

私が見やると、ライアンは首をかしげてみせた。

私は穏やかな表情を保ったまま、ジョアンに話しかけた。「たしかに勘違いかもしれないんですが、ご主人から情報を得るために雇われた人間がいることは疑いようのない事実なんです」

　ジョアンの顔に翳《かげ》がさした。彼女はささやいた。「わたしたちに危険がおよぶかもしれないと、あなたは本気で考えているんですか？」

「ええ」私は調べ屋とヘンリー・ラヴィングについて語った。「フリーランスで取り調べをする人間です」とまとめた。

「でも拷問とか、そんな真似をするって意味じゃないんでしょう？」と低声《こごえ》で訊ねるジョアンは、不気味なほど感情のない瞳で夫を見つめていた。

　私は言った。「いえ、まさにそういう意味です」

4

「調べ屋には買収しようという者もいれば、脅したり、迷惑な情報でもって強請《ゆすり》をかけてくる者もいます」私は説明した。「しかしライアンを狙う男は、ええ、物理的に抽出するのが専門でね」

「〝物理的に抽出〟」とジョアンはつぶやいた。「〝専門〟って。弁護士か医者みたいに聞こえるわ」

　私は黙っていた。こうした流れで、人はとにかく自分のためになるものを探そうとする。私が愛好するゲームのように――もっぱらボードゲームだが。私は相手を見るようにしている。身振り手振り、口にする言語、視線、服装からいろいろとわかる。呼吸のパターンにしてもそう。ケスラー夫妻には、私が必要であると確信させなくてはならなかった。私はたったいま学んだことをもとに判断した。ふたりに話しかけながら、妻のほうに注意をかたむける。

　私は静かに切り出した。「ラヴィングはローテクです。身体の繊細な部分に、紙やすりとアルコールを使う。さほど残酷には聞こえないが、これが実に効果を発揮します」

　私は師エイブ・ファロウの姿を写した現場写真を思いださないようにした。うまくはいかなかった。

「なんてこと」とジョアンが声を洩らし、薄い唇を手で押さえた。

「調べ屋の基本テクニックは〝楔を打ちこむ〟、つまり相手の弱みを握ること。私が警護をおこなっていたある件では、ラヴィングは家に押し入り、情報をとろうと男の目の前で子どもを拷問しようとしました」

「やめて」ジョアンは喘いだ。「でも……アマンダが。わたしたち、娘がいるの」部屋の一点から一点へと揺れた視線が、やがてシンクと汚れた皿に注がれた。やにわに進み出たジョアンは黄色いキッチン用手袋をはめると、お湯のコックを全開にした。これはよくあることで、依頼人は些細なことに集中したり、ときには執着する。自分にできる範囲のことに。

ライアンが言った。「コルティ捜査官の言うとおりにしよう。しばらく家を出るんだ」

「離れるの？」

「ええ」私は言った。「用心のために」

「いまから？」

「そうです。すみやかに」

「でもどこへ？　ホテル？　友だちのところ？　荷造りもしてないのに。だって、いますぐにってことでしょう？」

「荷物は身の回りのものだけでいい。それに、隠れ家は私たちが用意したものです。遠くありません。快適な住まいですよ」その場所については具体的にしなかった。依頼人を隠れ家に運ぶ際に目隠しはする気もなかった。依頼人を隠れ家に運ぶ際に目隠しはしないので、大体の見当はつくにしても、住所を告げることはぜったいにない。「では、荷造りのほうを――」

「アマンダが」すでに口にしたことを忘れてしまったのか、ジョアンがさえぎるように言った。「わたしたち、娘がいるの。十六歳の。ライアン！　あの娘は？　学校から帰ってきた？」

依頼人が活動過多の状態になったり、思いがあちこちに飛ぶというのは往々にしてある。私も最初、彼女が土曜の朝であることを忘れたのかと思ったが、夫妻の娘はコンピュータ講座の課外単位を取るため、週末に近所のコミュニティカレッジに通っているとわかった。

「三十分まえに音がした」とライアンが言った。

ジョアンは明るい黄色の手袋をじっと見ていた。それをはずすとお湯を止めた。「いいかしら……」

「はい？」私は先をうながした。

「連れていきたくないんです、アマンダは。その隠れ家にあの娘を連れていきたくない」

「しかし、お嬢さんもライアンと同じように危険にさらされている。あなたもですよ……先ほどから申しあげている、ラヴィングが欲しがる〝楔〟として」

「やめてください」

ジョアンには、娘を切り離すことがとても重要であるらしかった。私はアマンダがライアンのひとり娘だったことを思いだし、ケスラー夫妻はなぜ子どもをつくらなかったのかと考えた。ライアンが最初の結婚時にパイプカットをしたのかもしれないし、ジョアンは妊娠できない身体なのかもしれない。もしかすると夫妻で家族をふやさない選択をしただけなのかもしれない。私は依頼人のことをできるだけ知りたいという思いから、こうした情報を吟味する。それが功を奏することもある。ジョアンは皿を見つめて手袋を置いた。

ライアンもまた考えをめぐらしていた。「賛成だ。娘は危害のおよばない場所に連れていこう」彼は私が話した、ラヴィング逮捕時に起きる銃撃戦の可能性を考慮していたのだ。

ジョアンが言った。「わたしたちは隠れ家に行きます。でも、あの娘はどこか別の場所に行かせる。それがわたしの賛成するたったひとつの条件です」

するとライアンが妻に向かって、「きみとアマンダで行け」

「いやよ」ジョアンはきっぱりと言った。「わたしはあなたといっしょにいるわ」

「しかし――」

「いっしょにいる」彼女は夫の手を握った。

私はもう一度窓辺へ行って外を見た。夫と同じように する私の懸念を感じとったジョアンは動揺を隠さなかった。私は振りかえった。「理論上はそれでもいいのですが、こちらにはお嬢さんを別の隠れ家に匿うだけの人員がありません。どこかお連れする心当たりはありますか？　行先があなたやご家族と親類関係がなく、旅の記録やクレジットカード決済でお嬢さんの名前が残らないようなところであれば」

ラヴィングをはじめとする手練の調べ屋は、データマイニングされた情報にたいして自在にアクセスしてみせる。

「ビル」ジョアンが唐突に発した。

「誰です？」

ライアンが言った。「ウィリアム・カーター。家族ぐるみの友人です。署内の同僚でした。十年ほどまえに退職してます。彼なら娘といっしょにいてくれる」

私はライアンとの昔の関係から、ラヴィングがその男のことを突きとめるのではないかと考えた。「その男とパートナーだったり、組んで仕事をしたことは？　アマンダの名付け親であるとか？」

「いいえ。ただの友人です。同じ事件をやったことはありません。ラウドン郡の湖畔にその場所を持ってる。ホワイツ・フェリーの近くに。あそこがいい。アマンダはやつになついてます。代理叔父といったところかな」そしてライアンはくりかえした。「しかもあいつは元警官だ」

「きみたちふたりが結びつくようなものはぜったいにないね？　共同所有している釣り船とか車は？　公けの記録に残るような金の貸し借り、不動産売買は？」

「いえ。ありません」

「十分でここまで来られるだろうか？」

「五分です。近所に住んでますから。午後は試合を見にいくはずだけど、こういうときにはさっと予定を変更してくれますよ」

私はバッグを開いてラップトップを抜き出した。大きなユニットを起動して、新たなウィンドウにコマンドを打ちこんでいった。そしてわが組織の安全なデータベース上をスクロールしていく情報に目を凝らした。ウィリアム・カーター本人もしくは経歴、生活環境に気になる部分はなかった。つぎに検索したのは娘のことだった。アマンダ・ケスラーは典型的な十代の若者で〈フェイスブック〉、〈マイスペース〉、ブログに熱心だったが、個人情報の露出は最小限にとどめている。私はほっとした。人々がオゾン層に吐き出す個人履歴を思うと、ソーシャルネットワーキングのサイトは、羊飼いというわれわれの仕事を悪夢に変えた。調べたところ、アマンダはウィリアム・カーターや彼の別荘のことも、ラウドン郡のこともネットに上げていなかった。

これならラヴィングがつながりを探そうにも、実質不可能だ。「連絡を」私はライアンに折りたたみ式の携帯を渡した。黒くて、標準的なノキアやサムスンよりやや大振りのものだった。

「これは？」

「コールドフォンだ。暗号化してプロキシを通る。いまからはこちらの指示があるまで、この電話だけを使ってくれ」私は夫妻の電話を取りあげてバッテリーを抜いた。

ライアンはユニットを調べると——ジョアンは毒蛇でも見るような目をしていた——連絡を入れたカーターと会話をした。

電話が終わった。「こっちに向かってます」そこで刑事は口をつぐんで頭を整理すると、戸口に向かって叫んだ。「アマンダ？ 降りておいで。話があるんだ」

すると戸口に人影が現われ、夫妻の娘がキッチンにはいってきた。赤いフレームの眼鏡をかけ、髪は長くてもじゃもじゃだった。体形は父親譲りで、腰は細くて肩が広い。いかにもバスケットボールの選手という感じだった。

はしこい目をして、おそらく表の捜査官たちのことは何か聞いていたのだろうが怖がる様子はなかった。私のことをじっと見つめた。

継母が言った。「アマンダ、こちらはコルティ捜査官よ。政府に勤めている方。ＦＢＩみたいな」

「やあ、アマンダ」と私は気安く声をかけた。

「どうも」アマンダは私個人よりも見栄えのするラップトップに興味をかきたてられていた。

子どもに危険を悟らせるには技術が要る（私の経験では、男の子にくらべて女の子のほうが悪い知らせにうまく適応する）。話し合うことに熟達した私でも、まずは親から子に伝えさせるという方法を採る。ライアンが引き取った。「アマンダ、ちょっと困ったことが起きた」

うなずいた少女の目は鋭さを増していた。

「ある人間が、ぼくが担当する事件のことで気に入らないと思ってるらしくてね、署とＦＢＩでその男を逮捕することになってる。ただ逮捕されるまではしばらく、一家で家を空けることになる」

「パパが捕まえた人？」アマンダは感情を出さずに訊いた。

「よくわからないんだ」

「最近は事件の担当がないって言ってたじゃない」

ライアンはおもむろに言った。「昔の話かもしれないな。まだはっきりしない」

私は少女に言った。「犯人の目的はわからないけど、危険人物であることは確かなんだ」

「ママとぼくはコルティ捜査官と出かけて、事件のことを相談する。誰がそんなことをしているのか、突きとめる手伝いをする」

「拘禁？」

ライアンは苦笑した。そんな言葉をテレビ番組で憶えたのだろうか、と私は思った。

「そうじゃないが、家を出たほうがよさそうなんだ。ぼくらがＦＢＩに協力するあいだ、おまえにはビルおじさんと何日かすごしてもらおうかと思ってる。湖の家でね」

「ねえ、パパ」とアマンダは訴えかけた。うっすらニキビをこしらえた可愛い丸顔が失望で歪んだが、私にはそれが誇張されているように見えた。「学校は休めない」

アマンダはその理由を――学期最初の生物の小テスト、バスケットボールの練習、学生カウンセリングセンターのホットラインの当番、ホームカミングデーのパレード準備委員会と、ひとつでも引っかかればいいのだと矢継ぎ早に挙げていった。「だから、とてもむり」

子どもというのは……無敵で不死身だ。自分が宇宙の中心にいると勝手に決めつける。

「欠席するのはせいぜい三、四日だから。休暇みたいなものよ」

「休暇？　もう、ジョアン、たのむから」

「荷物をまとめるのよ。いますぐ」

「いますぐ？」

私はアマンダにもコールドフォンを渡し、携帯を預かった。アマンダはしぶしぶ電話を差し出した。私は言い添えた。「それからこちらでいいと言うまで、オンラインにはつながないように」

「なんで？」ティーンエイジャーにとって、最悪の権利剝奪になる。

「そんなに長くはかからないよ。でも、この男はきみのコンピュータをたどる方法を知ってるかもしれない」

「なんか、最低」

「アマンダ」父親がたしなめた。

「ごめんなさい。でもオンラインにしなきゃ。その、フェイスブックとツイッターだけでも。それにブログは毎日書いてる。すごく大事なことなの。いままで一回も休んでないし――」

ジョアンが言った。「コルティ捜査官からオーケイが出るまでだめ。ビルおじさんのとこで不自由な生活をなさい。テレビを見て、本を読んで、ゲームをして。釣りもできるし。釣りは好きでしょう」

「ちぇっ」十代の顔に思いきり皺が寄り、またとないような怒りの形相になった。

「楽しいわよ。さあ、荷造りして。もうすぐビルが迎えにくるから」

「楽しみ」アマンダは皮肉っぽくつぶやいた。娘が出ていくと、私はケスラー夫妻に訊ねた。「近くに親戚は？」

ジョアンがはっとして目をしばたたいた。「ああ、そうだ。妹。マーリーのことを忘れていたわ」マーリー、変わった名前だった。「ひと月ほどここにいます。いっしょに連れていかないと」

「外出中ですか？」と私は訊いた。家内にはほかに人の気配はなかった。

「いいえ、寝てるんです」

「義妹は夜更かしでね」とライアンが説明した。

「起こして。ここを出ないと……そう、それと妹さんにも携帯を使わせないように」

慌ただしい指示にジョアンは目を泳がせた。彼女は調理台にあるトレイを顎で指した。「あの人の電話はそこに」私はそのスイッチを切ってバッテリーを抜き、バッグに入れた。ジョアンは廊下へ出ていき、やがて階段を上がる足音が聞こえてきた。

ライアンは書斎で大型のブリーフケースとショルダーバッグに書類を詰めだした。首都警察の紋章入りのものが多かった。私は〝楔〟とされる可能性がある身寄りについて質問をつづけた。ライアンの両親はすでに他界していた。兄はワシントン州在住。ジョアンの父と二番めの妻――最初の妻とは死別している――は近くに住んでいるが、現在はヨーロッパに旅行中。姉妹はマーリーだけで、ジョアンは初婚だった。

「マーリーにお子さんは？」と私は訊いた。

重苦しい一瞬の迷いがあった。「いません」

むろんケスラー夫妻には友人がいるだろうが、調べ屋が利用しようにも、血縁でない人間ではまず成功したためしがない。

裏庭のほうにまた目を走らせると、二軒先で、男が緑色のガーデンホースを脇に抱えるようにしてゆっくり手で巻いていた。網戸を下ろそうとしている隣人もいる。ひっそりとした家も一軒あったが、窓のシェードがかすかに動いた。

「きみの背後の、左手の斜向かいにある家だが。きょうは在宅しているんだろうか？」

ライアンは私が指した方角を見た。「ええ、けさ、〈スターバックス〉へ行こうとしてるテディを見かけましたけど」そこで戸口に目をやり、妻に聞かれていないことを確かめた。「あの、コルティ、これは……ここだけの話ですけど。ジョアンはうまく対応できません。あいつは、ぼくらが思いもしないようなことでうろたえます。ニュースが流れてるだけで部屋を出ていくこともあるんで。それを頭に入れておいてもらえると助かります」

「すまない。肝に銘じるよ」

「ありがとう」ライアンは笑みを見せると、荷造りをしに二階へ上がっていった。

実のところ、私は繊細なジョアンにたいして、必要以上に無遠慮にふるまった——ライアンにいまの行動をとらせるため、すなわち懇願させるためであり、私はそれを聞き入れた。もっぱらライアンを味方につけることが目的だった。

私の電話が鳴り、発信者通知の音声がイアフォンを通して「フレデリクス」と告げた。

私は〈着信〉ボタンを押した。「フレディ」

「ドライブウェイにはいるところだ、コルティ。おれを撃つなよ」

5

私にはあのＦＢＩ捜査官がやたらジョークを口にするのが理解できなかった。あれはたぶん、私が冗談を言わないのを自分の楯にしているのと同じで、本人の自己防衛の手段なのだろう。苛立ちはあったが、彼の妻と五人の子どものように同居する義務もないわけで、そこは受け流すことにした。

「正面に回してくれ」と私は言って電話を切った。

私は玄関で長身、白髪の捜査官と顔を合わせた。突飛な思考をもち、変人ぶる癖はあるけれど観察眼の鋭いクレア・ドゥボイスが、かつてフレディにこう言ったことがある。「ご存じでしたか、一流のFBI捜査官はテレビに出てくるマフィアのドンに似てるし、一流のマフィアのドンはテレビのエージェントに似てるってことを?」私は当てはまらないが、的を射ている。どっしりと円柱のごとく、悠然とかまえる五十五歳のポール・アンソニー・ゼイヴィア・フレデリクスは、大学卒業から局一筋の古株である。その彼が若い捜査官を従えて家にはいった。ふたりは私の後をキッチンまでついてきた。

ルディ・ガルシア特別捜査官は二十代後半だった。さっぱりした外見と控えめな態度が、入局以前は軍人だったことを表している。すばしこく動く目に無表情、しかも既婚であることから、ビールを飲んで楽しむタイプではないらしい。とはいえ、私も自分に関して同じような評判を耳にしたことがある。

「ケスラー夫妻は荷物をまとめてる。ウェストヴァージニアから連絡は?」

すくめた肩が答えのすべてだった。多くは期待していなかった。未確認の車輌、未知のルート。ラヴィングは目に見えない。

「どう思う、フレディ、やつの到着時刻だが?」

「フェアファクスまで、最短でも二時間強はかかる」捜査官は、額にはいった英雄ライアンの新聞記事を読みながら言った。「こいつは憶えてる。ああ」

ガルシアは一階を歩きまわり、外に目をくばった。表の人間にそれと悟られないよう巧みに動いている。しかも自身が標的にならないように。

ジョアンとライアンが階段を降りてきた。警官の太い手には二個のスーツケースが提げられていた。夫妻は廊下で足を止め、ライアンがスーツケースを置いた。キッチンに来た夫妻に、私は捜査官たちを紹介した。

「おふたりの週末を台無しにして」とフレディが言った。「申しわけない」

私は訊ねた。「マーリーは起きました? そろそろ出ないと」

「いま降りてきます」

私は提案した。「ラウドンの友人の家へ行くのに叔母さんも同行してくれたら、アマンダもすこしは気が晴れるかもしれない」

ライアンはなぜか答えに躊躇《ちゅうちょ》した。「それはちょっとと」ジョアンが相づちを打った。

フレディの無線が鳴った。「SUVが接近中。登録者はウィリアム・カーター」

私は言った。「友人だ。ケスラー夫妻のお嬢さんが同行する」

やがてビル・カーターが玄関に現われた。ノックもせずに私たちのところまで来ると、ジョアンをきつく抱きしめ、ライアンの手をやさしく握った。この白髪の男は六十代前半、健康そうに陽灼けして、背は六フィート二インチ前後。いかめしい顔にグレイの双眸も鋭く、私の手を取りながら透明で大型のアビエーターグラス越しに見つめてきた。フレディ、ガルシアともあいさつを交わしながら、ふたりのIDを入念に調べた。私は男のジャケットの下にのぞくホルスターの上辺と、拳銃のつややかな銃把に気づいた。

「これは本物だ」とカーターはぼそりと言った。

「ひどいのよ、ビル」とジョアンが言った。「何もかもが順調だったのに、突然……こんなことに」

私はカーターにもコールドフォンを手渡し、その理由を話した。

「誰に追われてるんだ？」カーターがライアンに訊いた。

「人の姿をした悪魔さ」素気ない応答だった。

私はカーターの飾り気のない質問に答えていった。元警官なら細かい事情を知りたがるはずなのだ。「男の名はヘンリー・ラヴィング。白人、四十代半ば、体重は二百ポンドぐらい、黒髪。こめかみに傷痕。おそらくもう消えている」私はコンピュータを叩いた。「ここに古い写真が一枚ある。容姿を変える名人だが、雰囲気をつかむ助けにはなるでしょう」私の依頼人とカーターは黙りこみ、ヘンリー・ラヴィングの温顔《おんがん》を見つめていた。首にカラーを巻けば聖職者にも見える。表情は私に会計士か〈メイシーズ〉の販売員のようだ。濃紺のスーツは、似て穏やかで、多少ふっくらしていた。殺し屋にも、拷問師にも、誘拐犯にも見えない。そこが彼の強みだった。

私はカーターに言った。「こちらは事態を把握しているし、むこうはあなたのことを知らないでしょう。でも油断しないように。ラウドンの家に無線LANはありますか？」

「ええ」

「止められますか？」

「もちろん」

私は付けくわえた。「それとアマンダには、あなたのコンピュータをダイアルアップに設定されないように注意して」

「やり方を知ってるんだろうか?」

「十代の子だから」と私は言った。「台所用品でコンピュータを組み立てるかもしれない」

「その説が正しいとして」カーターはケスラー夫妻を見た。「彼女にはどこまで話した?」

ライアンが言った。「かなりのとこまで。あまり大げさには言わなかったけど」

「度胸があるぞ、あんたの娘は。脅かすのもひと苦労だ。ま、こっちで気が紛れるようにはするが」

「ありがとう、ビル」

「あと、出発するときには」私は低声でカーターに告げた。「彼女の姿が見られないように、身をかがめさせること。フロントシートの下に落としたものを探させるふりでもして。一、二ブロックだけでいいから」

それはさすがにやりすぎだとカーターは思ったようだが、結局同意した。

階段を駆け降りてきたアマンダは、赤白のギンガムチェックのカバーにおさめた枕を手にしていた。近ごろのティーンエイジャーは枕なしで旅行できないらしい。お守りの毛布のようなものかもしれない。

「ビルおじさん、ハイ!」アマンダは抱きつくと、新参者のフレディとガルシアを値踏みした。

「やあ、こいつは不思議な冒険になるぞ」

「うん」

「出発するか」とカーターは言った。

なんだか可笑しかった。身体の締まった十代の運動選手が肩にぶらさげているのが、だらしない笑みを浮かべた熊の形をして、背中にジッパーが付いたプラッシュ製のバッグだったからだ。

ジョアンが義理の娘の当惑をよそにきつく抱き寄せた。つぎに父親が同じことをした。彼もまたぎこちないお返しの抱擁を受けた。「さあ、お父さんをよろこばせてくれ」ライアンは愛情たっぷりに言った。

「パパ……ちょっと」アマンダは父親に肩をつかまれた恰好のまま腰を引いた。

「いつでも連絡をくれ。どんなことでも。番号は入れてあるから」

「うん、わかった」

「大丈夫だからな」肩から手を離した大柄の刑事は甘すぎる言葉をかけたことで、かえって娘を不安にさせたのではないかと気にしているふうだった。彼は笑った。

「じゃあね」枕にバックパック、それと熊のバッグを抱えたアマンダはカーターのSUVに走っていった。

カーターはいま一度ジョアンを抱き、ライアンの手を両手でつつみこんだ。「あの娘の面倒はおれがちゃんとみる。心配するな。神のご加護を」

そして彼は出ていった。

ライアンは書斎にもどり、ブリーフケースとバックパックをもう一個出してきた。その重さから、中身は銃弾と、ひょっとして銃器がもう一挺はいっているのではと思われた。

フレディが外の部下に無線で連絡を入れた。ひとりの応じる声が聞こえた。「カーターが出発しました。尾行はいません。女の子の姿は見えませんでした」

階段に足音がして、キッチンの入口になかなか魅力的な女性が現われた。驚いたのと寝起きだったせいか、目をぱちくりさせていたが、服装はきちんとして化粧もしていた。どことなくジョアンと似ており、齢《とし》は六、七歳若い。背はジョアンより高いのにほっそりして、あまり丈夫そうではない。

「マーリーです」とジョアンが言った。

「ねえ、なんなの」とマーリーは言った。姉の話が信じられないという面持ちだった。無理もない。「冗談だと思ったのに、ジョー。だって……」フレディとガルシアに目をやり、「あなたたちのこと、『ザ・ソプラノズ』で見たかしら」そして注いだオレンジジュースにハーブのパウダーを混ぜ、それを飲み干して顔をしかめた。

捜査官たちは呆気《あっけ》にとられていた。

姉より長くストレートなマーリーの髪は、完璧でも本物でもないが、大方ブロンドだった。身に着けているのはスエードのフルスカートに、黄色と緑の花柄をあしらった薄手のブラウス。銀のジュエリー。結婚指輪はしていない。私がかならずそこに注目するのは、あたりまえだが下心からではなく、結婚歴が依頼人につけこもうとする調べ屋の手口について情報をあたえてくれるからである。

肩から高級カメラを提げて、玄関にはキャスター付きの大型バッグ、重そうなバックパックにラップトップのケースと、二週間の旅にでも出そうなほどの荷物を置いている。マーリーはキッチンのドア近くのテーブルから手紙の束を取りあげた。どれも彼女宛の郵便物だが、印刷された北西地区の住所が消され、手で書きこんだケスラー夫妻の住所に転送されてきていた。おそらくマーリーは失業して、姉と義兄の家に転がりこんだのだろう。

郵便物をめくりながら、マーリーはかすかに顔を歪めた。右にくらべて左腕を慎重に動かしている。ブラウスの薄い生地を通して、肘のあたりに包帯が見えた気がした。コートラックから取ったジャケットを羽織ると、マーリーは姉のほうを向いた。「なんだかすごいパーティになりそうだけど、わたしは降りる。今夜はワシントンに泊まるわ」

「どうして?」とジョアンが訊ねた。「あなたもいっしょに行くのよ」

「そのオプション、あんまり楽しそうじゃないんだもの。だから三番めの扉を選ぶことにする」

「マーリー、おねがいだから……あなたも来なさい。ほかに行くあてがあるの?」

「アンドルーに電話した。彼のとこに泊まるから」

「電話をした?」携帯をもう一台持っていたのかと私は案じた。「家の電話で?」

「ええ」

だったら面倒なことにはならない。携帯の通話をモニターしたり追跡するのは簡単だが、固定電話を盗聴するのは、たとえラヴィングの仲間がそれをやろうにも非常に難しく、マーリーがこの作戦に深刻な影響をおよぼしたとは考えにくい。

マーリーはあたりを見まわした。「わたしの携帯がないわ。どこにあるか知ってる?」

「こちらで預かってます」私は追跡される危険性について説明した。

「それ、要るのよ」

外部から隔離されることを私が話すと、マーリーは不満そうにしていた。これ以上コールドフォンの手持ちはなかった。

「じゃあ……やっぱり街に出るわ」

ジョアンが言った。「だめ、それはやめてちょうだい」

「だって――」

私は言った。「残念だが、あなたにはお姉さんご夫婦と行動をともにしてもらいます。早く出発したいのです。すでに時間がかかりすぎています。だから、いますぐ」

マーリーが振った手の爪は、先のほうで白い三日月がきらめいていた。たしかフレンチティップといったような気がするが、間違っているかもしれない。彼女は姉に向かって顎をしゃくりながら私に言った。「わたし、あの人といっしょにいたくないの。だいたい、面白くないのよ」そして笑った。「冗談……でもほんとに、わたしは平気だから」

「だめです」私は毅然として言った。「あなたにはわれわれに同行してもらって――」

「みなさんでどうぞ。よければホンダを貸してちょうだい」マーリーは私を見つめた。「わたしの車はお店にあるの。新しい燃料ポンプにいくら取ると思う？　ちょっと、なにしてるの？」

ガルシアが荷物をアルマダに運んでいった。キッチンにもどってきて私にうなずいたのは、敷地は安全という意味だった。

フレディがマーリーに言った。「コルティの言うことは聞かないと。行きますよ。さあ」

マーリーは目を見開いた。「待って、待ってよ……わたし、あなたを知ってる」眉を寄せて私のことを見つめてきた。

私は虚を衝かれてまばたきしたにちがいない。会ったことがあるのか？

女は付け足した。「リアリティショーに出てる。『バケーション・フロム・ヘル』に。ツアーガイドの役で」

「マーリー」とジョアンがたしなめた。

妹は口を尖らせた。「あの人、卑怯よ。わたしの電話を取りあげて」

そのとき、私はあらためてキッチンの窓から裏庭を眺め、先ほど見た光景から変化があるかどうかを確認していた。三十分まえになかったものが見えるのは、昼近くになって移った九月の陽光のせいだった。私はライアンを呼んで指さした。「あれは道かな？」

ケスラー邸と、すでにふれた左斜向かいの家のあいだに、草を踏みつけた跡が線になってつづいている。たしかコーヒーを買いに出たテディの家だ。

「ええ、ノックス家まで行きます。近所ではそう、いちばん親しい友人たちで。よくいっしょに出かけてます」

その小径《こみち》は夏にバーベキューをやったり食材や道具を借りたり、誕生日のパーティを開いたりで行き来するうちに出来たものだった。

「なんなの？」とジョアンが訊いた。「不安になるわ」

「あら、彼ったらものすごく真剣みたいよ」とマーリーが言った。

「コルティ？」フレディが唸るように言った。

私は渋面をつくってうなずいた。

「ちっ」捜査官は舌打ちして溜息を洩らし、ジャケットのボタンをはずした。「ガルシア！」

「暗くしろ」

フレディとガルシアが書斎、テレビ室、キッチンのブラインドを下ろし、カーテンを引いていった。

ライアンが気を張りつめ、ジョアンが目をむいて口走った。「どうしたの？　教えて」

フレディがグロックの銃把に手のひらを置くのが見える。われわれはこれを筋肉と神経を再調整し、武器のある位置を正確に把握するためにやる。私が腰を圧迫するベイビーグロックを意識するのも同じことだった。とりあえずはホルスターにおさめたままにした。

ライアンが窓辺に近寄った。

「やめろ」と私は言い放った。「さがれ。ラヴィングはここにいる」私はキッチンと玄関のあいだにあたる窓のない廊下に全員を集めた。

「そんなことがあるか？」とフレディが疑問を口にした。「やつはウェストヴァージニアからの道半ばだろう」

私は答えなかった。可能な説明は幾通りかあったが、依頼人の生命を守り、この一帯から離れるという現下の目標とはまるで関係がないからだ。

「何を見つけたんです？」とガルシアが私に訊ねてきた。

「あの小径の先の家は？　ここからいちばん近い窓だ。十分まえにはブラインドが下りていた。いまそれが六インチほど上がってる。たったそれだけあけておく意味があるとすれば、偵察以外にない」

「見張り役ですか？」

「いや」と私は言った。「見張りなら最良の視界が得られる家を選ぶだろう。この裏の真向かいか、その右隣りの家だ。ラヴィングは左手の家にいる。それはやつが小径を見て、あそこに住む家族がケスラー夫妻と仲がいいと察したからだ」さらに補足して、「彼らなら夫妻について耳寄りの情報を持っているだろうし、私のＳＵＶがここのドライブウェイに乗り入れて、セダンが表に駐まる理由に思いあたるかもしれない」

「テディとキャスが！」ジョアンが口をはさんだ。「男はふたりのところにいるっていうの？」

「確かなのか、コルティ？」とフレディが訊いた。つまり、このボタンを押せば代償は高くつくし、ひどいことになりかねないという意味だった。

「……ここに人を呼んでほしい。フェアファクス郡ときみたちのところと、付近にいる者を片っ端から」

「連絡しろ」フレディに命じられたガルシアがホルスターから携帯電話を抜き出し、短縮ダイアルのボタンを押した。

「あのこれ、わたしには突飛《とっぴ》すぎるんですけど」マーリーがそう言って尖った笑い声をたてた。「誰かが窓をあけたってだけで、ツアーガイドがわたしたちを怖がらせるわけ？　頑張ってね、みなさん」マーリーは近くのテーブルに置かれた皿から車のキーを取りあげた。「わたしは街へ行くから」彼女は玄関に向かって歩きだした。

「だめだ」私は一喝した。「それから全員で――」残る私の指示は、通りから聞こえた激しい破壊音にかき消されていた。

ジョアンが叫び声をあげた。マーリーは息を呑み、扉の前で立ちすくんだ。

駆けだした私が、若い女のジャケットの襟首をつかんで引きもどし、ふたりしてタイルの床に倒れこむのと前後して、リビングルームの正面にあたる一枚ガラスの窓に銃弾がつぎつぎ撃ちこまれていった。

6

放心状態から脱したジョアンが膝立ちで前に進み出て、妹を窓から離れた廊下の奥へと引きずっていった。

マーリーは、転送されてきた郵便物を白い破片が散る床に落とした。カメラも取り落とすと、彼女は悲鳴とともに必死で手を伸ばした。

「いいから！」とジョアンがたしなめた。

ライアンは武器を手にうずくまっていた。

私が銃を抜かなかったのは、いまだ標的もなく、しかもコンピュータをショルダーバッグに放りこもうとしていたからだった。それに私は羊飼いとして、射撃はなるべく戦術経験の多い人間にまかせるようにしている。

リビングルームにさらに二、三発撃ちこまれた。弾がランプや壁、額縁に命中した。銃声は静かでも、ガラスの砕ける音は大きい。

フレディが電話で表の捜査官たちに連絡したが、応答はなかった。

死んだのか？

「ガルシア！」と私は怒鳴った。若い捜査官は本能的な行動で、側面を隠す木立を見渡せる横窓に寄っていた。

「何か見えるか？」

「なにも」とガルシアが叫んだ。「銃撃は正面からだけです」

私は全員に書斎まで退くよう合図すると、正面の小さな来客用バスルームにはいり、その窓から外を覗いた。

捜査官たちの車はシルバーのフォードに追突され、約十フィートも動いていた。シートベルトをしていなかった男たちはまず後ろへ、それから前へ投げ出されたのか、フロントシートに倒れていた。その生死の判断はつかない。

フォードは動けない状態だったが、シートベルトを締め、エアバッグに保護された運転手は開いた窓越しに発砲していた。その顔ははっきりしない。前かがみになって慎重に狙いをつけている。私がバスルームを出ると、ライアン・ケスラーが深呼吸をひとつして前方に飛び出していき、マカロニウェスタンのクリント・イーストウッド顔負けに、玄関脇の窓を拳銃の銃身で割った。そして車を撃とうとした。

「やめろ！」と私は叫び、ライアンをつかんで引きもどした。

「何するんだ」警官はわめいた。「標的があるのに！」

「待て」私はできるだけ穏やかに言った。「ガルシア、側庭を監視しろ。目を離すな」

「了解」

「フレディ、裏は？」私はキッチンにいる年輩の捜査官に呼びかけた。

「ここまで異状なし」

また二発がリビングに撃ちこまれた。

マーリーがふたたび声を出した。

ライアンが言った。「裏から出る！　脇からやつを攻めよう。なぜ撃たせてくれないんだ、コルティ？」

マーリーがすすり泣きながら、キッチンの裏口に向かって這いだした。浮ついた調子が、むきだしのパニックに変わっている。「怖いの、わたし、怖い」

「もどるんだ」私はもう一度女の肩を押さえて言った。

またも表情を凍りつかせたジョアンは、言葉もなく割れたガラスを見つめていた。目の焦点が合っていない。たまにあることだが、彼女を背負って運ぶことになるかもしれない。

私は落ち着いた声で言った。「誰もどこにも行けない」

フレディが電話を受けた。「コルティ！　五分まえに、銃を持った男二名がジョージ・メイソン大学に現われたと通報があった。学生十名が撃たれた。フェアファクス郡の戦術要員全員がそっちへ向かってる。チームをよこすように要請してるんだが、こっちに割く人手がない」

「学校で乱射？　いやちがう、それは目くらましだ。通報したのはラヴィングだ……ガルシア？」

「側面は変わらず動きなし」

「よし、移動しよう。正面から出る」

「敵がいるぞ！」とライアンが声をあげた。

「いや、いない」と私は言った。「裏に住んでるノックス夫妻だが――乗ってる車は？」

「レクサスとフォード」ライアンはすばやく外を覗いて顔を引っこめた。「あれはふたりの車だ！　やつに殺されたのか！　なんてことを」

「ああ、もう……やめて」ジョアンはつぶやくと妹にしがみついた。妹はめそめそ泣きながら、拾ったカメラを両手で赤ん坊をあやすように抱えていた。

「車に乗ってるのはテディ・ノックスで、ラヴィングじゃない」と私は言った。

「なんだって？」ライアンが訊いた。「人質になってるのか？」

「ちがう、本人が銃を撃ってる」

「テディがそんなことをするわけがない。いくらラヴィングに無理強いされたって」

「ラヴィングが無理強いしてるんだ。家にいる妻を脅して。だがテディは人を撃つ気はない。出まかせに撃って、われわれを裏へ追いやるつもりだ。そこでラヴィングが待ちかまえてる。夫妻の家か、茂みのなかかもしれない。やつには仲間がいるはずだ。単独でまともに攻撃を仕掛けてきたりはしない。だからわれわれは正面から出る。フレディ、きみとガルシアは家に残って、側庭の——木立がある側と裏を見張ってくれ。あとライアン、きみには私たちが表に出る際、反対側の庭を見てもらう。相手が銃を手にするまでは撃つな。近所の住民には、すぐに表に出てもらうことになる。巻き添えは避けたいんだ」

ライアンは悩ましげに家の正面を見やった。私の命令に従うべきか自問していた。

ジョアンが言った。「彼の言うとおりにして、ライアン！　言うとおりにしましょう。おねがい！」

「私のSUVまで急いで、ただし転んで怪我はしないように。オーケイ？」

「転んで怪我する？」私の口から出た思わぬ気遣いの言葉に、ライアンがつぶやいた。

足を挫《くじ》いて手間取れば、全員が死ぬことになりかねない。

「ラヴィングが車のバックシートに乗っていたらどうする？」とフレディが訊いた。

「それは理にそぐわない」私はそう口にしてライアンのほうを向いた。「側庭は？　ラヴィングが腹這いで近づいてくることもある。きみは写真を見ている。やつと確認できたら、致命傷にならないように狙うんだ。われわれは雇い主が誰かを知る必要がある」

「肩でも足首でも撃てます」とライアンは言った。

「よし。下半身がいい。大腿部は避けてくれ。やつの動きは止めたいが、大量出血は困る」

「わかりました」

私はキーフォブのボタンを押してニッサンのエンジンを始動させ、ドアロックを解除すると、玄関扉を数インチ開いてシルバーのフォードの運転手に狙いを定めた。車は半ば緑地帯に乗りあげ、半ば通りにはみ出して停まっている。運転手の男はベースボールキャップをかぶってサングラスをかけ、頬に涙を伝わせていた。「すまない、すまない」と口を動かしているようだった。黒い拳銃がダクトテープで手に固定されている。遊底《スライド》が後退していたのは、弾を撃ちつくした証拠だった。

「テディ！」とジョアンが呼びかけた。

哀れな男は首を振った。家に残る妻は〝楔〟として――ラヴィングに銃を突きつけられている、あるいは男のほうがそれと思いこんでいる。おそらくラヴィングは、夫がドライブウェイを出た時点で妻を殺しているだろう。調べ屋の計画は見事なものだった。私がラヴィングの立場ならやはりそうする。白昼、法執行官数名と邸内に立てこもる武装した警官の依頼人を、限られた人員で拉致するならこれしかない。

私は目配りしながらライアン、ジョアン、マーリーを外に出した。私たちは二十五フィートほど離れたアルマダまで着実に進んだ。

私としては、ラヴィングとその援護が家の裏手で待機していることに確信はあったものの、まずガレージをチェックした。安全だった。私たちは先を行った。

飢えた狼さながら、ライアンはリヴォルヴァーを掲げ、用心鉄に指を掛けたまま離れた側庭に目を光らせていた。

私はたどり着いたアルマダに全員を乗せ、ドアをロックした。

マーリーは泣きっ放しで身をふるわせ、ジョアンは見開いた目をしばたたき、ライアンは匍匐《ほふく》してくる兵士がいないか側面を見渡していた。

「シートベルトを！」私は叫んだ。「しばらく揺れる」

ライアンが護っていた庭で車を大きく旋回させ、隣家の芝生を踏んで通りに出るとアクセルを踏みこみ、前のめりで歩行者、自転車、バックで出てくる車に注意しながら大型車の速度を時速六十マイルまで上げた。

敵またはフレディ、ガルシアによる銃声が聞こえなくても驚きはなかった。調べ屋の一味は計画がうまくいかなかったと気づき、いち早く逃走したのだろう。学校で乱射事件が起きたとラヴィングが偽通報をしていなければ、地元のフェアファクス郡警察の手を借りて道路閉鎖をしているところだが、いまはそうした展開になりそうもない。

私は目立たないように車のスピードを落とした。ラヴィングにこちらの方角に回りこまれ、グレイのニッサンのＳＵＶを見なかったかと偽のバッジを使った聞き込みをされても困るからだ。

ライアンがシートに背をもたれ、銃をホルスターに入れた。「ラヴィングに間違いないんですか？」

「ああ。あれこそやつが選びそうな方法だ。疑いの余地はない」

　私はその結論から導かれる推論を頭に浮かべていた。すなわちラヴィングもまた——この逃走の方法から——ゲームの相手が私だと知っているはずなのだ。

7

　三十分後——昼の十二時半ごろ——私は車間距離をあけ、ほぼ同じスピードで後ろをついてくるベージュの車を観察していた。いま走行している地上路があるプリンス・ウィリアム郡は、多種多様な人間のいる土地だった。住民には政治家、経営者、農夫、誇り高き労働者、入門レベルの努力家、それに数多くの移住者がいる。

　北ヴァージニア一帯では、覚醒剤《メス》の大半がプリンス・ウィリアム郡で製造されている。

　車の型式は判然としなかったが、二マイルほど手前で私たちが車を進めたブルーカラーが暮らすわびしい脇道を、同じく曲がってきたことが気になっていた。この近道はとくにあてもなく選んだ。尾行を確かめるには、平和そのものの路地に住みつくか迂回してみることである。

　ベージュの車を運転するのは地元の住人ではなかった。われわれの後を追ってくる。

〝明るい色のセダン。年式、モデルは誰も……〟

　たぶんラヴィングは車を乗り換えていると私は推した。が、同じ車に乗りつづけている可能性もある……なぜなら、それがこちらの予想を裏切ることになるからだ。思案したすえに、いまはまだ無線で支援を求めないことに決めた。やはり目につきたくなかった。

　とにかくベージュの影から目を離さない。

　ケスラー夫妻はいくぶん落ち着きをとりもどしていた。助手席のライアンは見張りをつづけ、マーリーの振り子は不気味に振れて、ヒステリー状態から小生意気な女へともどっていた。私のことは相変わらず〝ツアーガイド〟呼ばわりで、三十分まえにパニックで泣き叫んでいたとき以上に閉口させられた。ジョアンはまたも内にこもって、窓の外をぼんやり眺めていた。彼女の臆病さとは生来のものなのか、それとも六年まえのデリの事件でみずから死に直面し、ライアンと店主夫妻が撃たれるのを目撃して根本から変わってしまったのだろうか。ジョアンは感情面で極限まで達していたのかもしれないが、それは精神状態そのものとはちがう。調べ屋または消し屋に追われた後の依頼人の反応というと、悲しみの段階から否定、怒り、駆け引き、抑鬱、受容とつづくことが多い。ジョアンの無関心は否定の段階から来ていた。

私たちがケスラー邸付近から回避ルート経由で脱出する際、ジョアンはたったふたつだけ発言した。まず彼女は、ラヴィングと仲間の隠れる場所がはっきりしているだけに、少なくとも義理の娘とビル・カーターは安全だという正確な分析をしてみせた。それから、テディ・ノックスの妻も当然無事であるはずとの見方をしめした。妻を殺害してしまうと夫にたいする影響力――楔――は失われ、ラヴィングに不利な証言をすまいというテディの意志を削ぐことになると。たしかにその線もありうる。だが一方で、ラヴィングはテディが何を知ってどんな証言をしようがおかまいなしに、便宜的に妻を殺すことも考えられた。私の意見はそちらだったが口には出さなかった。

ライアンから、フレディに連絡を入れ、テディの妻の無事を確かめてほしいと言われたが、捜査官たちはラヴィングとの銃撃戦の最中かもしれないし、追跡している場合もあるので邪魔をしたくなかった。フレディは伝えるべきことがあれば連絡してくる男だった。ライアンにそう話すと、彼は連絡を入れようとしない私に焦《じ》れた様子を見せながらもうなずき、即席の監視にもどった。

私は〈バーガーキング〉の駐車場にいきなり乗り入れて車を停めた。

マーリーの早口に不意をつかれた。「ねえ、ちょっと席をはずしていい？　公衆電話があるわ」

「だめだ。車内に残って」

「おねがい？」モールに行かせてくれとせがむティーンエイジャーさながらの声。

「だめだ」私はくりかえした。

「でも、あれなら跡をたどったりされないでしょ。わたし、知ってるんだから」

「何を？」と姉が訊いた。

「監視任務のこと。この話、『ＮＣＩＳ』で見たから。スパイが安全のために公衆電話を使うのよ。〝オフ・

ザ・グリッド〟って言うみたい」

「すまないが、電話はだめだ」と私は言った。

「もう、つまらない人ね。弁護士を要求するわ！」マーリーは小娘のように唇を突き出した。私はいよいようんざりして無視を決めこんだ。

私はベージュの車が通り過ぎるのを待った。が、車は来なかった。十分後、ふたたび道に出て速度を上げ、きわどく信号を抜けようとしてクラクションを一、二度鳴らされた。中指も立てられた。しかしベージュの車は見かけなかった。

私のハンズフリーの機器が、フレディからの連絡を告げた。

ようやく……

私は訊ねた。「表の車にいたきみの部下たちだが、無事なのか？」

「ああ。ボロボロだが。シートベルトをさせておくべきだった。いい教訓になったろう」

「で、学校の乱射事件は？」私は嘘だと信じていたが確信はなかった。現実に惨事となれば私とて平気ではいられないが、偽通報のテクニックをヘンリー・ラヴィングがレパートリーにくわえたかどうかのほうにより興味があった。新たに整理する必要がある。

「あんたの言ったとおりさ。でっちあげだ。なにも起きてなかった。それでも六十名の警官と捜査官が一時間近く右往左往してね」

「なるほど、ラヴィングは？」

「ずらかった。証拠はなし。車もなし」

「そのあたりで消えたベージュの車を見た者はいないか？　セダンだ」

「ベージュ？　いいや、聞き込みをしてみたんだが。通りのむこう側に住む連中中で、相棒の姿を見かけた男がひとりいる。側庭の木立のなか、ガルシアが見ていたあたりだ。長身で痩せ形、砂色の髪、ダークグリーンのウィンドブレイカーか軍のジャケットを着ている」

「武器は？」

「黒の自動拳銃。種類はわからない。あんたが出発したあと、茂みから駆けだしていった」

人口の密集した地域を過ぎると、周囲は畑と家並み、あとはビジネスが遅々として進まないのか、あるいは銀行の手に渡ってしまったのか、荒れた感じの商業地に変わっていた。私は大型ＳＵＶのスピードを徐々に上げていった。

「テディ・ノックスはラヴィングと確認したのか？」

「ああ」

かつてエイブ・ファロウは、不注意の思い込みをした者を小馬鹿にするような常套句は使おうとせず、同じ鉄則をわれわれの頭に叩きこんだ。ウェストヴァージニアでは、ラヴィングは雇われてケスラーを狙う人間と認識されているかもしれないが、われわれは彼が実際に襲撃したという独自の証拠をつかんでいるわけではない。ここまでは。

フレディは言い足した。「それに、やつがノックスと妻に使用したテープに指紋があった。一部だが本人のものだ」

私は情報を求める依頼人たちの視線をひしひしと感じていた。

「ノックス夫妻は？」とにかく妻が死んだという報はもたらしたくない。

「ふたりとも無事だ、そのことを訊いてるんだったら」

「そうだ」

私はケスラー夫妻にこの事実を伝えた。

「ああ」ジョアンが大きく息をつき、頭を垂れた。「ありがとう」とつぶやいた。信仰に篤い一家には見えなかったけれども、私はジョアン自身にはそういう部分があり、天に祈りを捧げているという印象を受けた。

「で？」私はフレディに訊ねた。つまり、夫妻はほかに何かをしゃべったか？

「身元以外はなにも。ふたりをキャプテン＆テニールをスピーカーでがんがん鳴らした部屋に閉じこめてもいいが、しゃべらんだろうな」

「見た感じでは？」私は意味のない軽口を無視して訊いた。

「なんにも知らないな。やつの服装ぐらいはわかるかもしれないが、それが役に立つか？　大したことじゃないだろう」

私はノックスが手にしていた銃から話はつながらないのかと言った。

フレディは冷たく笑った。「古い盗品だ。証拠収集班が来て車、庭、堆肥の山にご近所一帯のリサイクル箱まで引っくりかえした。相棒が目撃された林もだ。で、証拠はなし。ゼロ、無だ。ラヴィングとそのボーイフレンドが車を駐めた場所さえわからない。タイヤのトレッド一個、繊維ひとつも見つからない。第一言わせてもらうが、やつはあと二時間は現われないはずだった。こいつはおれの勘違いなのか？」

ラヴィングがフェアファクスに早く着いたことにたいして、私は私なりの答えを用意していた。「やつはおそらく、ウェストヴァージニアのモーテルで受付係に楔を打ち、ラヴィングは八時にチェックアウトしたと言わせたうえで、けさの四時か五時に出発したんだろう」

「葉巻を一本進呈だ、コルティ。やつは係の娘の名前と、娘の通ってる中学を口に出せばよかった」

ラヴィングはクレア・ドゥボイスと同じ分量の宿題をやっていた。そしてこれは以前にも経験があったが、その方法論と綿密さに、私は倒錯した感銘をおぼえた。

私はつづけた。「しかし、明るい色のセダンに乗っていたのは間違いない。モーテルでもっと早い時間にその車を目撃した人間がいるわけだから」

「そりゃそうだ」さらにフレディは、チャールストンの支局が室内の捜索を念入りにおこなったと言った。「なにも出ない」

私は後ろを見ると、回避の一環としてまた道を折れた。ベージュの車はいない。異状は見られなかった。地元の住民は土曜日らしい活動をしている。買い物に出たり、用事をすませたごほうびでファストフードのレストランに寄ったり、映画や子どもたちのサッカーの試合、テコンドーのレッスンに出かけたり。

「どう思う、フレディ、本物か牽制か？」私は家を襲うというラヴィングの戦略を判じかねていた。やつは本気でわれわれを殺し、ライアンと家族を人質に取るつもりだったのだろうか。あるいは陽動か。思惑は私には測り知れない別のところにあるのではないか。

フレディは考えこんでいた。「本物？……じゃないか。やつは先回りして、ライアンを連れ出したかったんじゃないかと思う。うまくやることもできたはずだ。おれたちがむこうの目論見どおり裏から出てれば、それでおしまいだ。いまごろ連中はわれわれの弔辞を書いてるだろうし、ケスラーは爪の下に竹を刺されてるよ。それどころか奥さんの……そうだ、妹についておれの意見を披露してやろうか。あれはブロンド女性の評判を悪くする」

「つぎのステップは？」

「首謀者を見つける」私はライアンには誤って標的にされたかもしれないと話したが、自分ではそう信じていなかった。ヘンリー・ラヴィングがそんなミスを犯すはずがない。ラヴィングの雇い主を捜して、彼……または彼らがそこまで重要視するライアンの情報の中身をつかみたいと思っていた。

私はフレディに、到着したらそこを調べにかかると答えて電話を切った。

切ったとたんに電話が鳴りだし、私は発信者通知の音声が読みあげる番号に耳をすました。連邦検事のジェイソン・ウェスターフィールドだった。彼のヒーロー警官で、まだ存在してもいない事件のスター証人がフェアファクス郡で起きた銃撃戦のさなか、あやうく拉致されそうになったというニュースを知ったのだろう。ウェスターフィールドは、いまはとにかく話したくない人物だった。私は〈受信〉ボタンを押さなかった。

見ればライアンがサイドミラーに目を凝らしている。

私は言った。「ケスラー刑事？」

「ライアンと呼んでください」

「オーケイ、ライアン。家の側面を見張ってくれたことに感謝するよ。きみはＳＷＡＴだったのか？」

「いいえ。通りに出たことしかなくて。見よう見まねです」ライアンは沈んでいた——もうすこしで隣人を撃ってしまうところだったのだ。ライアンは変わらず背後を気にしている。私がステアリングをきつく握るのと同じで、リヴォルヴァーの銃把を揉むようにしていた。

車内は重苦しい雰囲気に静まりかえっていた。私も気をとりなおし、今回の作戦について考えながら、ヘンリー・ラヴィングの心に踏み入ってつぎの手を読み切ろうとした。ラヴィングは比較的短い時間で他州から隠密裏に移動してくると、信用できる相棒を見つけて武器を調達、標的位置までの動きを巧みに隠蔽して被害者の住む地域の偵察を徹底しておこない、なかでも物わかりのいい隣人に狙いをつけ、大学内の乱射事件という偽通報で支援の目をそらしたうえでリスクの高い日中の襲撃を仕掛けてきた。ラヴィングが実行したのは〝味方による陽動作戦〟——誤解をさせるか、もしくは力ずくでもって仲間割れに追いこみ、真の敵は別の方向から近づくというものだった。被害者は危険人物――テディ・ノックスにたいし、武器を捨てることを厭《いと》わなくなる。

この分析は役には立つが、序盤戦のチェスボードを俯《ふ》瞰《かん》するのと同じで、相手のプランをひと口味わう程度でしかない。むこうが選べる手は無限に残されている。

ジョアンが頭を振りながらバッグを胸もとに引き寄せた。これもまた依頼人にありがちな行動である。身近な物に慰めを見出すのだ。ジョアンは低い声で話しかけてきた。「もしあなたがいなかったら……」本人は家族の運命を漠然と語るつもりだったのだろうが、私も察したように、当初われわれの介入を拒んでいた夫への批判にもつながると思いなおして口をつぐんだ。ライアンは気づいたとしても反応しなかった。

やがてライアンは私に視線を向けてきた。「アマンダに連絡したいんですが」

「かまわない。ただし私たちの居場所は言わないように」

彼はコールドフォンを取り出した。私からユニットの説明を聞いて電話をかけた。接続したとたん、すっかり穏やかな口調で娘の旅の様子を訊ねた。それからようやく、自宅でちょっとした問題が起きたことを話した。どんなニュースを聞いたのかは知らないが、全員無事でいると。

「ちょっとした問題」とマーリーが言って冷笑した。「〈タイタニック〉号の船長もそう言ったわ」若い女は大きなショルダーバッグの口を開き、手にしたモノクロの写真を繰りはじめた。それでいいと私は思った。忙しくしていればいい。牛の数をかぞえて。州外のナンバープレートを探して。

ライアンは電話を妻に渡した。ジョアンも娘にたいして、やはり事件のことをやんわりと伝えていたものの、明るい表情を装うのは難しいようだった。しばらく耳をかたむけてから、「わからないの。そのうちはっきりするわ。ミスター・コルティ……コルティ捜査官が調べてくれるから……」さらに娘の話を聞いてからは、話題は高校のこと、友だちのこと、クリスマス休暇に計画しているスキー旅行のことなど他愛ないものに移っていった。

私はすばやく道を曲がった。またミラーを覗くと――尾行はいなかったが――顔をしかめるマーリーが見えた。逃げる際に痛めたのだろうかと考えるうち、彼女が腕に

〈エース〉の包帯を巻いていたことを思いだした。

「マーリー、大丈夫か？」

「先週、腕をぶつけて」

「ひどく？」と私はさも心配そうに訊ねたが、こちらの護衛の仕事に影響をあたえる怪我なのかを確かめる必要があった。調べ屋というのは野生動物さながら、手負いの相手に襲いかかる。骨折なら治るまで最低六週間。

「いいえ。整形の医者の話だと、ただの血腫だって。すてきな言葉。〝打ち身〟よりセクシーに聞こえるもの」

「かなり痛む？」

「すこし。そんなでもないわ。とことん利用するけど」マーリーは笑いながら説明した。「わたしがDCのダウンタウンで写真を撮ってたら、携帯片手のその間抜けがぶつかってきて、階段から落ちたのよ。そいつ、ろくに謝りもしなかった。要するにね、人が真面目に通勤してる時間に、撮影なんてどういうつもりだっていうわけ」

私が気にしていたのは怪我の原因ではなく健康状態だったのだが、マーリーは憤然としてまくしたてていた。

「あれからめまいがして、何日も写真を撮ってない。名前を聞いとけばよかった。訴えてやったのに」声がとぎれて、マーリーは私のほうを見た。「ねえ、ツアーガイドさん？　友だちに電話していい？　おねがい。ほんとにおねがい」またも歌うような調子だった。

「誰に？」

「泊めてもらおうと思ってた人。ターミネーターに計画をぶち壊されるまえに。六時に会う予定だったの。わたしが来ないと彼が心配するから」

ジョアンがたしなめた。「マーリー、やめたほうがいいと思わないの？　アンドルーならわかってくれるわ。いい、コルティ捜査官はあなたにあの公衆電話を使わせたくないのよ」

「そうじゃない」と私は言った。「ただ、あそこで時間を浪費したくないんです。でも連絡したいならどうぞ。悪いアイディアじゃない。ラヴィングに家を知られてるだけに、その彼が気にして訪ねていったりするのは困るが」

私はコールドフォンをマーリーに渡した。「話は短く。私たちの現在地や事件のことは一切話さないように。いいですね？」

「わかった」

するとマーリーはここまでの浮ついた人格を捨て、急に気乗りしない様子を見せた。たぶん、会話が筒抜けになることに思いがおよんだのだろう。あるいは予定を変えたくなかっただけなのかもしれない。ようやく電話をかけた。私はミラーに、マーリーの肩が緊張で固まるのを認めた。だが、すぐに彼女の態度が変わった——リラックスしている——アンドルーの留守番電話につながったのだと私は推測した。マーリーはティーンエイジャーの声にもどっていた。「どうも、わたし……うん、最悪よ。すごく会いたいんだけど、やっぱり行けそうもない……ちょっと、いろいろあって。大事なこと。家族で。真面目な話だから今夜は無理そう。なるべく早く連絡するから。じゃあ元気で。ごめんね」

マーリーは切った電話を私に返してきた。その手がふるえているようだった。それから彼女はジョアンに感謝祭の予定について訊ねた。まるで無関係な話に、私は聞くのをやめた。

車の量が減り、私はスピードを上げた。が、いまは追跡されていないので、時速六十マイルの制限は超えないようにした。わが組織は政府のナンバープレートを使用していない。全車輛が複数の営利、非営利の法人名で登録されたものなので、かりに警官のスピードガンに引っかかれば、停められて面倒なことになる。

ライアンがささやきかけてきた。「訊いていいですか？」

「いいとも」

「家に来たのはふたりですか？　ラヴィングと仲間の？」

「だろうな。三人かそれ以上ということも考えられるが、ラヴィングの特徴からすると、たいがい仲間はひとりだ」

「そうすると……あの場には五人の捜査官、それに私がいた。捕まえることもできた」

ライアンはラヴィングを拘束するという、私が先に提示したプランを念頭においていた。

私は心得顔でライアンを見ると、道路に目をもどした。「車に乗っていた捜査官？　あれは数にはいらない」

「たしかに。でも……」

私はつづけた。「私も押さえることを考えたんだが、あそこは立ち回りに都合のいい場所じゃなかった。ミセス・ノックスばかりか近隣の住人まで人質にされかねない。やつはやたら罪のない人間を巻きこむんだ。それがトレードマークでね」

ライアンはぐずぐずと言った。「そうか。そこまでは考えてなかった」

彼は用心棒役にもどった。横目でうかがうと、本人は騙されたとはつゆほども思っていないようだった。

私が師から教わり、ドゥボイスに教えるのは、目標は何か、目標を達成するもっとも効果的な手段とはなんなのかとつねに自問することである。ほかは問題ではない。これは医療でも科学でも学究でも、業界における物差しになる。警護の分野もなんら変わらないビジネスであり、物差しはいっしょなのだ。エイブ・ファロウは折りにふれて語っていた。落胆、傷心、怨念、昂揚、沽券《こけん》……いずれも関わりがない。

〝自分を消す。感情をもたず、欲望をもたず、侮辱を感じない。自分を無にする。実体をなくす〟

涼しい顔で最善の方法を採り、依頼人を思いどおり動かすのも羊飼いの腕のうちである。あれこれ指図しなければならない場合もあるが、そうすることで依頼人の気が休まる。ときに理を説く。

それでだめなら、さりげない技を決める。

私がライアン・ケスラーに、ヘンリー・ラヴィングの逮捕に手を貸してもらいたいと持ちかけたのは、しょせん口先だけの話だった。もとは真実だ——当然、私もラヴィングを捕まえたい——けれども、そこはあくまでライアンを取りこむための方便にすぎなかった。本人と会い、彼を英雄にしたデリの一件の詳細をドゥボイスから聞いて、私はアプローチを決めた。店の客の救出と、そこにつづくラブストーリーは関係ない。重要なのは事件がライアンにあたえた影響である。かつて活動的だった男は脚に傷を負い、愛する外回りからはずれて金融犯罪捜査に追いやられ、おそらくはデスクでバランスシートと睨めっこの日々がつづいていたのだろう。こちらとしては彼の心根に、マッチョなカウボーイの部分に訴える必要があった。

そこで私は相棒の役割を振った。間違ってもライアンがそんな役を演じることがないようにするわけだから、私の策は人をないがしろにしている、汚いという意見すら浴びるかもしれない。ある意味、そのとおりだ。

しかし、目標は何か、目標を達成するもっとも効果的な手段とはなんなのか。

　私はライアンに、独力ではラヴィングを逮捕できないと信じさせなくてはならなかった。自分では演技過剰とも思ったが、ライアンはすっかり話に乗ってきたように見えた。この技――依頼人の欲望と弱さにつけこみ、こちらの振りつけどおりに動かすことを〝餌とすり替え〟と呼ぶ。そんなテクニックはエイブ・ファロウに教えられた。むろん、敵との闘いに依頼人を加勢させることなどありえないのだが、一時間半まえに玄関先で会ったライアン・ケスラー刑事と、いま横に座る男との差は歴然としている。

　そのとき、私はライアンが緊張するのを感じた。私はルームミラーを見た。同じかどうかわからない、ベージュの車がふたたび背後に現われた。制限速度をわずか三マイル超過したわれわれとほぼ同じスピードで走っている。

　マーリーが道の前ばかりか、後ろに視線をくばる私たちふたりに気づいた。「どうしたの?」目をむいて身を起こす彼女の声には、混乱した調子がよみがえっていた。

「さっきまで私たちを尾行していた車かもしれない。一度消えてもどってきた」

　ライアンはもどかしそうに私を見つめていた。

　決断のときだった。

　私は意を決した。アクセルをゆるめ、ベージュの車が近づくようにスピードを落とした。やがて背後を一瞥するとためらいなく言った。「よし、いまだ! 撃《シュート》て!」

8

ライアン・ケスラーはまばたきすると拳銃をすばやく抜いた。「狙うのはタイヤ? 運転手?」

「ちがう!」と私は言下に答えた。私が声をかけたのはライアンではなく、ルームミラー越しにこちらの目を覗きこんでいた女のほうだった。「マーリー、きみのカメラで。ナンバープレートを撮《シュート》れ」

　女はキヤノンに本格的な望遠レンズをマウントしていた。私は車のナンバーを知りたかった。離れすぎて肉眼では捉えられなかったのだ。

「そうか」ライアンはシートにもたれた。がっかりしているように見えた。

マーリーはカメラをかまえると、振り向きざま一眼レフのシャッターを切った。それが最近のデジタル物なら、シャッター音はたんに音響効果ということになるのだろうか。

それからマーリーは画面を見つめていた。「ナンバーは読めるけど」

「すばらしい。そのままで」私は呼び出したフレディに、至急ナンバー検索をしてほしいと要請した。

マーリーが読みあげる文字と数字を電話口で復唱した。ライアンはまたも銃を握り、周囲に目を凝らしていた。

六十秒とたたないうちに、フレディから返事が来た。彼は笑っていた。「登録はジミー・チュン。プリンス・ウィリアムでレストラン経営。息子が車でレストランのチラシを配ってまわってる。こっちから電話して、その息子としゃべった。グレイのSUVの後ろを走ってるそうだ――ちなみに、洗車したほうがいいらしいぞ――で、誰かに写真を撮られたみたいで気分を害してる。いいメニューがそろった店だぞ、コルティ。名物はツォー将軍のチキン。よく聞く料理だが、ツォー将軍は実在の人物なのか？」

「ありがとう、フレディ」

電話を切ると、乗客たちに見つめられていた。

「安全だ、問題ない。中華料理のデリバリーだった」

するとマーリーがいきなり真顔で言った。「オーダーしましょう」

姉の口から笑いが洩れた。ライアンは聞いていないようだった。

車が無害とわかり、私はいくぶん落ち着いて道路のリズムに没入した。運転を楽しんだ。十代のころ、私は車を持っていなかった。だが保険会社の優秀な弁護士だった父は、私に安全運転を習わせた。路上を走っている他人はまず頭がおかしいと考え――父は仕事柄このことを熟知していた――適切な予防策をとっておけば、ドライブはずいぶん楽しめる。

父自身は、ハイウェイを走るのにはいちばん安全だと言ってボルボに乗っていた。

私はどんな場合でも、運転するという行為が好きだった。理由はよくわからない。スピードでないことは確かだ。私は相当に用心深いドライバーである。きっと羊飼いとして運転するときには、依頼人と私は動く標的になり、止まっているよりは安全度が増すからだろう。もちろん、いつもそうだとはかぎらない。エイブ・ファロウは集団での移送中、ヘンリー・ラヴィングに拉致されて殺された。ノースカロライナの鶏肉トラックの事件。

私はそんな思いを脇へやった。

いま、私たちの車は西へ向かう道を、フェアファクスとプリンス・ウィリアムの両郡を出入りしながら進んでいた。通り過ぎたチューダー風の小塔があるショッピングモールは、チェーンの直販店や賑わうファストフードのフランチャイズが組み立てラインよろしく並び、そこで働く十代の店員たちは時間を指折りかぞえている。群れ集ってまぶしく光を放つ中古車は、一台一台の売り文句に感嘆符が付いていた。診療所に保険代理店、築五十年の平屋で不定期に営業する骨董品店、銃砲店にＡＢＣストア。つぶれかけた納屋が一、二棟。オフィスパークの高層ビルもどき。

北ヴァージニアはニューヨークの郊外なのか、それとも南部連合の一部なのか、どうにも判定がつけがたい。

私は時刻をチェックした。午後一時半をすこし回っていた。この道を二時間弱走ったことになる。私は隠れ家へは直行せず、近くのモーテルに寄って尾行を惑わせ、そこで車を乗り換えようと決めていた。依頼人の移動に関して、私は休みをはさむことが多い。モーテルに三、四時間滞在した後、隠れ家への旅を再開するつもりでいた。わが組織はこの地域で、安全で人目につかない約十軒からなるホテル、モーテルのリストを持っている。なかでも最適と思われる一軒に私は目星をつけていた。

車の往来を見ながら、私は短縮ダイアルを押した。

「ドゥボイスです」

私は訊ねた。「〈ヒルサイド〉では誰になってる？」

われわれの擬装は途中で利用する施設ごとに異なっている。たとえ自信があっても、私はかならず確認することにしている。

キーボードのカタカタ鳴る音、ブレスレットのじゃらつく音が聞こえた。ドゥボイスが答えた。「あなたはフランク・ロバーツ、〈アルティザン・コンピュータ・デザイン〉の販売担当重役です。あそこには八カ月まえに二日間滞在しています、同伴者はピーター・スモリッとその友人」最後の言葉が氷のように響いた。内部告発者が連れていた慇懃《いんぎん》無礼な女性にたいし、ドゥボイスがいだいた見解は消えるということがなかった。「ロバーツは――つまり、あなたですが――タイソンズとレストンで、モスクワの同僚と営業に回っていました。壁の銃痕は気づかれないうちに修復してあります」

「そうだった」私たちは襲われたわけではない。頭のおかしなロシア人が、隠していた銃を、同じく秘匿していたウォッカを派手に消費したあげく抜き出したのだ。サイレンサー付きの銃の発砲は偶発的なものだったが、私が相手の背中にお見舞いしたスタンガンの一撃はまた事情がちがう。

私はドゥボイスに言った。「これからチェックインする。二十分後に連絡する」

「二十分ですね。了解」

数マイル走って速度を下げると、ウィンカーを出して〈ヒルサイド・イン〉の長いドライブウェイにはいった。スタッコの壁に切妻屋根という白いコロニアル風の建物は、幾何学模様の芝に枝ぶりのいい木々と、魅力ある造園をほどこした五エーカーの土地の中央に建っていた。英国庭園のバラはいまも花盛りだった。まだ鑑賞しようなどという気は起きないかもしれないが、ガーデニングに興味があるなら、ジョアンにはすこしでも楽しんでもらいたいと私は思っていた。マーリーは皮肉で言ったにせよ、依頼人の気を紛らわせることが自分の利益につながるという意味では、私もツアーガイドのはしくれなのだ。

〈ヒルサイド・イン〉は一部が傾斜地にかかりながら、斜面よりその裾に位置する部分が広く、裏には荒れた農地がひろがっている。右手は貧相な森だったが、調べ屋や消し屋が遠くから目視されることなく距離をつめるには骨が折れる。

私はドライブウェイを進むと、右に折れて駐車場を抜け、ロビーの大窓を避けるようにモーテルの裏口まで行った。車を駐め、全員を車内に残らせた。私は裏手の二棟の客室棟にはさまれたアーチ路を事務所へ歩いた。駐車場には車が二十二台。自動車局のデータベースに直接アップリンクするスキャナーを持っているが、これだけの数をスキャンすれば相応の時間がかかって怪しまれることになる。また長年この仕事をやってきて、素性が知れるようなプレートを付けた車輌を道中、あるいは隠れ家に駐める調べ屋、消し屋というのを私は知らない。

　私は財布を探り、さまざまな個人名、企業名のはいった十枚のクレジットカードから、フランク・ロバーツ名義で発行された〈アルティザン・マスターカード〉を見つけだした。〈アルティザン〉は実在の会社で——つまり法人化されていて——立派なウェブサイトを持っている。われわれが現実にコンピュータソフトウェアのデザイン事業に参入するつもりなら、すでにeメールを送ってきた潜在顧客の長いリストが手もとにある。わが組織はこうした擬装企業を数多く擁しており、ドゥボイスのようなリサーチのスペシャリストが最高責任者の略歴から販売会議の開催地、さらに広告キャンペーンまであらゆる種類の情報を一括して、各社の報告書を嬉々として作成していた。羊飼いはコンピュータ・デザイン、航空水力学、ハムやチーズその他の製品やサービスについて、短くても信憑性のある会話ができるように時間をかけてデータを記憶する——この手の話を並べたてると、退屈とまではいかなくても相手の受けが悪く、それ以上突っ込む気が失せると言われる。当然ながら、そこが狙いなのだ。

　フロント係、ベルボーイにおかしな動きがないのを見てチェックインするとSUVに引きかえした。駐車場にも不審な点はなかった。

　私は運転席のドアをあけて言った。「荷物を持って出てください」

「ここには泊まらないのかと思ったのに」とマーリーが言った。

「しばらく休憩します。車を換えるので」

「その必要があるんですか？」とライアンが訊いた。

「念のために」安全確保の分野に呪文《マントラ》があるとすれば、これがそうだ。

「ホットタブはある？」とマーリー。「ラウールっていう名前の可愛いマッサージ師がいればなおいいけど」

「残念だが、部屋からは出られない」と私はくりかえした。

　マーリーの無言の表情が、私のツアーガイドとしての評価をあらためて物語っていた。

　私が三人を急《せ》き立てるように案内したベッドルームが

二室のスイートは、スナイパーの見通しが利かない、防御面でいうと〈ヒルサイド・イン〉で最高の部屋だった。ジョアンはぼんやりとあたりを見まわした。妹は狭く貧相な間取りに心底がっかりしたらしい。連邦政府は経済刺激策となる金を、この施設に投入すべきとでも考えていたのだろう。ライアンはまるでＳＷＡＴの隊員のように浴室とクローゼットの扉を開いた。つぎに窓辺に寄ってそっとカーテンを引き、三十フィートほど離れた一面の壁を見つめた。そこはバンケットルームの側面にあたる。ライアンの物腰はどこか挑戦的で、ガラスのむこうにラヴィングがいるといわんばかりだった。

目にしたものが撃ち倒す標的ではなく、灰色のシンダーブロックであることにライアンは落胆の様子を見せたが、それでも「いい選択だ。守りやすい」と言った。

私はうなずいた。

「ねえ、あの部屋を使っていい？」マーリーが広いほうを指さした。私は肩をすくめた。せいぜいシャワーを浴び、昼寝をするために借りた部屋である。私は使うつもりはなかった。残るふたりが同意すると、マーリーはそちらへ向かった。

私は言った。「そっちの電話は通じてないが」

その歩みが鈍った。私は、マーリーは友人のアンドルーと気兼ねなく長話をしたいのだと思っていた。だがマーリーは大げさに口を尖らせて言った。「だったら、マッサージの手配をしてちょうだいね、ツアーガイドさん」彼女はウィンクして姿を消した。

義妹にうんざりした視線を向けると、ライアンはコールドフォンを掲げてみせた。「ボスには？」

「かまわない。ただし場所は言わないこと」

ライアンはこくりとうなずき、バックパックを手にするとダイアルしながら別の寝室にはいっていった。そして足でドアをしめた。

私は陰にこもったジョアンとスイートのリビングルームに残された。ジョアンはテレビを付けてチャンネルを回した。自宅の襲撃に関するニュースはなく、ジョージ・メイソン大学で乱射事件が発生したという偽通報だけが報じられていた。

「どうしてニュースにならないのかしら？」とジョアンは口にした。

「わからない」と私は答えた。

本当は知っていた。私のボス、アーロン・エリスの差し金だ。エリスは私とちがって羊飼いの経験はない。連邦の治安機関の管理畑を歩んできて、議会との折衝、予算獲得における攻防……そしてメディア対策に長けている。六年まえにエイブ・ファロウが死んだとき、私が組織を引き継ぐという話が出た。私はエイブの子飼いだった。しかし、この職務は現場に出る時間が減ることを意味していたし、私はそれが厭だった。そこで当局はあれこれ物色し、ラングレーでの働きぶりが光るエリスを引き抜いたのである。

　羊飼いという仕事の繊細な部分まで把握しているとはいえないエリスだが、われわれの不利になりそうなニュース記事を骨抜きにするには、まさに打ってつけの人材なのだ。静かな郊外地区で起きた襲撃事件を完全には揉み消せなくても、報道を遅らせて侵入未遂といった程度ですませてしまうだけの力はある。

　もちろん、私から見るエリスの手腕は、むこうから見る私がそうであるように謎だらけで、彼の魔法はおよそ見当がつかない。思うにその才能の一端は〝楔〟を見出すこと、すなわちヘンリー・ラヴィングと同じ武器を使うところにある。私も場合によってそうしてきた。

　大方の人間がそうであるように。あくまで、たまにだが。

　ジョアンはうなだれ、画面に目を向けなくなった。その顔には化粧っ気がない。時計と結婚指輪、婚約指輪をしているだけで、たしか悪趣味な宝石で飾り立てていたマーリーとは対照的だった。ジョアンは割れた爪の一枚に見入った。私は窓辺に寄ると、カーテン越しに外を覗きながらアーロン・エリスに電話をかけた。エリスには進捗状況を報告はしたものの、われわれの現在地と、地域に三十から四十ある政府の隠れ家のうちいずれに向かうかについては情報共有しなかった。それは必要な者だけが知っていればいい。たとえば支援に出てくれる仲間の羊飼いやフレディの支局の捜査官とは——そしてこちらは現実として、新しい車輛を運んでくる輸送課の人間とは情報を分けあう。しかし、依頼人の居場所を知る人間を最小限にとどめる配慮は怠らない。

　これは同僚を信頼しないということではなく、ヘンリー・ラヴィングがボスに手を伸ばせば、依頼人の居所を聞きだすのにどんな手でも使うと確信があるからである。

エリスにはジュリアという魅力的な妻と、八歳を頭にきっちり十四カ月ずつ離れた三人の子がいる。ラヴィングなら十分ほどで依頼人の居場所を吐かせるはずだ。

　エリスのことはすこしも責められない。私だってそんな立場にやられたら口を割る。組織にはいったとき、エイブ・ファロウにこう言われた。「コルティ、いいか。もっとも大事なルールは、これは他言無用、身内だけのルールだが、しょせん依頼人は荷物だ。一ダースの卵、クリスタルの花瓶、電球。消費財だ。彼らの安全は命を懸けて守る。彼らのために命は犠牲にしない。憶えておけ」

　エリスはいくつか質問してきたが、そこに別の意図を感じた私は先手を打った。「ウェスターフィールドから電話があった」

「知ってる。取らなかったそうだな……それとも取りそこなったか？」

「取らなかった。目下のごたごたには参加させられないと思ってね、アーロン。むこうが寄りつかないようにしてもらえるだろうか」

「ああ」だが、どことなく浮かない調子の返事だった。ボスは言った。「ときどきは状況を知らせてやれ」

「そっちに知らせて、そっちから知らせるというのは？」

「直接連絡すればいい。何か気まずいことでもあるのか？」エリスはそれこそママの誕生日に電話をしろと、兄が弟をたしなめるような言い方をした。

　私は折れた。

「ラヴィングの居場所だが、音沙汰は？」とエリスが訊いた。

「ない」

「共犯者は？」

「ひとりいることは確認ずみだ。大まかな人相はつかんでる」私はケスラー邸を側面からつこうとしていた、長身で砂色の髪の男が目撃されたことを伝えた。「それしかわからない。そろそろ切るよ、アーロン。これからライアンと、彼の担当した事件について話すつもりだ。調べ屋の目が届かないいまだからこそ、首謀者を見つける手立てを講じたいんでね」

　その通話を終えると、ジョアンが私の電話で義理の娘に連絡した。アマンダにたいして、ジョアンは変わらずうわべをとりつくろっていた。月曜日には学校に欠席の事情を説明すると話した。娘のほうは、学校のほか数々の課外活動を休まなくてはいけないことに気が動転しているようだった。

そんなアマンダの様子に、私は同じ年ごろの自分を思いだしていた。私も授業に出るのを楽しみにしていた。勉強の精密な部分、つまり試験を受けるのが好きだった。飽きっぽくて——いまもそうだが——本来学校へ行くのがおっくうだったのに、授業が複雑さを増しながらつづくゲームと気づいてからは、ひたすら集中するようになった。あるとき父が休日のパーティがあるとかで、私を仕事場へ連れていこうとしたことがある。誘われたのはうれしかったのだが、私は具合が悪いからと断わった。父が出かけて、母がまだベッドで寝ていると見るや、服を着たままの私は毛布をはねのけて学校へ行った。仮病をつかって授業に出る生徒など、ほかに聞いたことがない。私は学問の世界にはいりかけたが、周囲の状況の変化もあり、結局は個人セキュリティの仕事に落ち着いた。

私はジョアンにささやいた。「ビルと話をさせてください」

ジョアンはうなずき、話が一段落したところで電話を代わってほしいと義理の娘に告げた。そして私に電話機を差し出した。

「コルティです」

「どうも。街の友人と話しましたよ」とウィリアム・カーターは言った。ケスラー邸での出来事を、首都警察の人間から聞いたということらしい。そして「おしゃれな新しい電話でね——ご心配なく。われわれは面白そうなパーティに出そこなったんだな」と付けくわえた。遠回しに話すのは娘が聞いているからだろう。

「むこうが接近してきて。負傷者はいません」

カーターは言った。「聞きました。友人の居場所がわからないとか」

「おっしゃるとおり」

カーターは笑った。私は堅苦しかったり、流行遅れの言葉づかいをやんわり指摘されることがある。自分では正確を期しているのだと思うようにしている。それに、人には二十歳ぐらいまで——私の場合は大学を卒業したあたり——におぼえた話し方が身に染みている。変えようとする努力は意味がない。うまくいかないのだ。そもそも変える必要があるだろうか。

私は言い添えた。「こちらの情報では、むこうはあなたのことを知らずにいる」

「それはよかった」

「道中はいかがでした？」と私は訊ねた。

「なにもなく。道に迷いましたが。同じ景色を三度も四度も見たな」

回避の運転テクニックを使ったという彼なりの表現だった。

「よろしい。アマンダを退屈させずに、そちらの固定電話には近づけないように」

「ああ、その件ね。そういえば故障中だった」

私は元刑事が好きになった。「ありがとう」

「みんなを守ってくれ、コルティ」

「わかりました」

謎めいたくすくす笑いが聞こえた。「私なら、いくら金を積まれてもあんたの仕事はやらないな」

9

ライアンがシェービングキットを手にベッドルームから出てきた。彼は顔を洗っていた。シャツを着換えていた。

しかも飲んでいる。バーボンだろう、と私は思った。強い酒だ。

私はときどきワインやビールをたしなむが、アルコールが人を愚かにし、不注意にさせることは否めない。それは私自身が証明できる。運ではなく技量がものを言うボードゲーム――チェスや〈アリマア〉や〈ウェイチー〉――をプレイしていて、本気で勝負にこだわらないときにはワインを口にすることもある。上等なブルゴーニュの白に触発され、大胆かつ予測不能な手で勝利をものにしたりもするが、その数は葡萄《ぶどう》のせいで犯すミスにくらべれば微々たるものだ。

ライアンの飲酒は、銃への執着や家族の保護者というその役割とともに、警護の方程式に算入しなければならない要素だった。私は状況を見積もった――ヒーローコンプレックスをかかえ、飲酒をする武装警官。本人がそれと気づかないままショック状態におちいり、家族にこんな悲劇を持ちこんできた夫に、これもまた無意識に怒りをたぎらせる女性。そしていいかげんなお調子者で、自尊心のかけらもなく、パニックと軽薄のあいだを行ったり来たりする妹。

たしかに、これまで警護してきた依頼人には何かしら弱点や短所があった。それは私にも当然あるわけで、依頼人の奇行によって仕事に影響が出るようなら、そこに留意して埋めあわせていけばいい。何もなければ気にせず仕事をつづけるだけのことである。私たちは羊飼いであって、親ではない。

ジョアンもまた夫が任務と偽った裏にある真の目的に気づいてはいたが、それに反応することはなかった。まして私と顔を見あわせたりはしなかった。

私はコーヒーを淹れ、スタイロフォームのカップにたっぷり注いだ。そして部屋の隅にライアンを呼び、警官どうし一対一で腰をおろした。私が切り出そうとするそばから、ライアンが言った。「あの、コルティ。私が間違ってました。その、ジョーが言ってたように、あなたがいなかったら、あそこで……いや、考えたくもないな」

つまり、妻の言うことを聞いたのだ。

私は向けられた感謝にうなずいて応えながら、酒がライアンの心をほぐし、敵意を遠ざけたのだと感じた。腰に銃さえなければ、こちらから酒のお代わりをすすめていたかもしれない。

ライアンの発言はジョアンの耳にも届くほどの大声だった。おそらく彼女にも間接的に謝っていたのだろう。

私は言った。「きみが、これは何かの勘違いと考えていることは知っているんだが、万が一そうではない可能性をふまえて、私としてはラヴィングを雇ってる人間を見つけたいんだ」

「首謀者ですか。話が聞こえたもので。そういうことなんですか?」

「そうだ」

「最初はでたらめだと思ってました。でも、家であんなことがあって……だって、こっちが何も知らないと思ったら、あそこまで騒ぎを起こすはずがないでしょう」

「いや、ヘンリー・ラヴィングはちがう」と私は言った。くわえて、われわれはかならず首謀者までたどる努力をすると説明した。「そうやって逮捕したら、たいがい調べ屋とつながる情報が手にはいる。さもないと調べ屋は姿を消してしまう、連中の興味は金を取ることだけなんでね。首謀者が拘束されていると、調べ屋は残りの料金を回収できない。黙ってずらかる」

「いまやってるのは、でかい事件《ヤマ》が二件だけです」

それだけ？　意外だった。ワシントンＤＣのような都市で、ライアンほどの経験を積んだ刑事なら、捜査中の事件簿に埋もれているのが普通なのだ。私は訊いた。

「具体的に教えてもらいたい。こちらでチェックさせる。慎重にね。きみの捜査をぶち壊すようなことはしないから」

「しかし、昔は百人から挙げたんです。いや、もっとだな。その復讐かもしれない」

私は首を振っていた。「そうじゃないと思う」

「なぜ？」

「なによりやつはきみを殺したいとは思っていない。情報を欲しがっている。ところで、きみは路上犯罪を担当していた」

「ええ」

「動機が復讐という犯罪はどのくらいあった？　で、そこにからんでいた人間は？」

ライアンは考えこんだ。「十件程度か。たいてい痴情のもつれとか、ギャングがタレこんだ相手を追っかけるとか。あなたの言うとおりです、コルティ、ぜんぜんちがう」

「事件について話してくれ」

ライアンが最初に語ったのは、ペンタゴンの仕事をしていた男の口座で振り出された偽造小切手の件だった。

「被害者の名前はエリック・グレアム。民間のアナリストです」ライアンはつづけて、ＤＣのダウンタウンでこの男の小切手帳が盗まれたと説明した。犯人は抜け目がなかった。グレアムの口座残高を見て限度額に近い小切手を切り、匿名のオンライン口座に送った。それを現金化して業者から金貨を買った。で、私書箱で受け取った金貨を売って現金に換えたらしい。巧妙なマネーロンダリングの方法だった。犯人は小切手をどこに提示する必

「十日まえに受けたばかりの事件なので。あまり進んでいないんですが。金貨がピックアップされた私書箱はニュージャージーです。受け取りにきたのが二十代のアジア系の男。ニューアーク市警の尻は叩いたんですが……ま、お察しのとおり、むこうには偽の紙切れより大事なことがあるから」麻薬とギャングの問題では、ニューアークは東海岸で一、二を争う都市だった。

「彼がやっていたことは調べたのか？」と私は訊ねた。

「誰です？」

「被害者の、小切手帳を盗られた男」

ライアンはつかの間、毛足の長いカーペットを見据えた。「ペンタゴンで？」

「そう」

「とくには。なぜ？」

言い訳めいた口調がもどっていた。

「行きずりの犯行なのか、それとも標的にされたのかが気になってね」

「それは行きずり、行きずりでしょう。窓を割って盗むだけの。持っていったのはジムバッグに服、機密のものとか大事なものはなかった」

要もなく、私書箱の操作で金貨を手に入れたのである。

「可哀そうな男で」とライアンは言った。「口座にいくら入れてたと思います？　四万を預けたばかりだったんです」

近くに座るジョアンは、音量を下げたテレビを見ていた。どうやら話を聞いていたようだ。「当座預金口座にそんな額を？　それってちょっと怪しくない？」

私はジョアンが統計家だったことを思いだした。だからこそ数字がすぐ頭にはいってくるわけで、家計を一手に引き受けていたのだろう。それともうひとつ気づいたのが、ジョアンがその事件に関して初耳らしいということだった。これに奇妙な感じを受けたのは、私の経験上、夫婦はよく仕事の話をするからである。とはいえ、人生の裏側というものに過敏な反応をしめすジョアンだけに、寝物語では非暴力犯罪も願い下げなのかもしれない。

だが夫は、その疑問については調べたと答えた。「どうやら株を売ったその金を、息子が通うアイビーリーグの学校の授業料にあてるつもりだったらしい。偽造があった一週間後が支払い予定で」

「手がかりは？」と私は訊いた。

私は名前、電話番号、住所といった詳細を訊ねた。ライアンは大型のブリーフケースを開くと、ぎっしり詰まった書類のなかにマニラフォルダーを見つけ、こちらが求めた情報を出してきた。私はいま一度、きみの捜査を脅かすようなことはしないと保証した。

「助かります」

「もうひとつの、きみが担当している大きな事件とは？」

「ねずみ講《ポンジ・スキーム》」とライアンは答えた。

「マドフ事件のような？」

「額は小さいけど。理屈は同じです。起きる被害は、くらべても同じじゃないかと思いますね。バーナード・マドフは金持ちの人生を破滅させた。私の容疑者は貧乏人を破滅に追いやりかねない。言わせてもらえば、よっぽど悪質だ。貧乏人には頼れるものなどないんだから」

ライアンの説明によると、捜査対象の投資顧問はワシントンでも収入が低い、マイノリティの集まる地区で人々を餌食にした罪に問われているという。

「容疑者の名前は？」

「クラレンス・ブラウン。牧師です」

私は眉を上げた。

「わかります。本物にしたって、とくに街のあのへんで投資を呼びこむには、これが恰好の隠れみのでもあるんです。通販で神学位を取ってね」ライアンはつづけて、男が千人近い顧客をつかんでいたことに驚いたと言った。めいめいが投じた額は小さくても、ポートフォリオのトータルはかなりの額に上る。

この数カ月、顧客が金を引き出そうとしても、ブラウンはあれこれ理由を持ち出して言い逃れていたという——ポンジ・スキームの典型的な兆候である。顧客が警察に訴えて、事件がライアン・ケスラーのデスクに回ってきた。ライアンは被害者十人あまりから供述を取り、ブラウンの運用実態を浮かびあがらせようとしていた。ブラウンはライアンにたいし、金がもどらないのは、ある特定の投資にまつわる技術的な問題にすぎないと弁明した。この投資顧問は甘い生活をむさぼっていたわけではない。事務所は地味なもので、ブラウンがアパート住まいをしているＤＣの南東地区の町中にあった。

「気になるのは」と私は言った。「これが証券法違反だとしたら、どうして首都警察の扱いになるんだろう？」

ライアンは引きつった笑いを見せた。「それは小物だからですよ。事件にしても、被害者にしても。だから小物の警官が担当する」

重苦しい沈黙が降りた。

ふたたび大きなブリーフケースの中身が探られた。現われた書類を見て、私はこの捜査に関連する詳細も書き留めた。「ほかに事件は?」

またも肩がすくめられた。「話したとおり、静かなもので。ほかはちっぽけなもんです。クレジットカード詐欺、個人情報の盗難。少額の。どれも軽罪で」ライアンはメモ用紙を出して細部を書き出した。「どうでもいいような」と肩をすくめて、「以上です」

私は礼を言う代わりにうなずいた。「これは役に立つ。すぐに確認をとらせよう」

私は自分のメモをテーブルの隅に置いてライトを点けると——シェードとカーテンが引かれていたせいで、室内は薄暗かった——電話をかけた。

「ドゥボイスです」

「クレア。ケスラーの事件について情報がはいった。そこにかかわる人物のなかに——容疑者でも、目撃者でも、被害者でも誰でもだ——ラヴィングを雇った首謀者がいないか調べてほしいんだ」

「オーケイ、準備はできてます」

ドゥボイスが私に呼びかけてくることはない。一回り年下の彼女は〝サー〟と〝コルティ〟の中間を生真面目に守っている。

私はライアン・ケスラーが担当していた事件の詳細を伝えた。

ドゥボイスが言った。「偽造事件? 国防省の仕事をする男。微妙な感じですね。軍と付きあえば、文民政府とも付きあい、個人の業者とも付きあう。彼らの厭がることがあるとすれば、外部の人間に話をすることです。わたしたちのような、内側にいる部外者でも。伝手《つて》はありますか?」

「ないな」と私は言った。

ドゥボイスはふと黙りこんだ。彼女の癖のひとつに、ブルネットの髪を何度も耳に掛けなおすというのがある。私はそんな姿を想像してみた。これが頭に定着しないうちに、彼女のほうがしゃべりだしていた。「わたしの友人とデートした男を知っています。変わった人。ゲームばかりやってる男です。あなたとは種類のちがうゲームですが。ボーイフレンドや夫としてのゲームでもなくて。というのも、ペンタゴンとCIA向けにシナリオを動かしているんです。たとえば第三次世界大戦のシナリオとか。第四次世界大戦のシナリオとか。そういったものが本当にあるんです。なんか恐ろしい話だと思いません？いつもわたし、第五次はあるのかしらって考えるんですが。それはともかく、その彼に連絡してみます。ポンジ・スキームのほうも調べを進めます。わたし自身は投資はしません。マットレスに隠しておく主義なので」

電話を切るときに、私は彼女のブレスレットが鳴る音をたしかに聞いた。

もしライアンの事件と、ヘンリー・ラヴィングを雇った首謀者のあいだに関係があるとすれば、それがたとえどんなに薄っぺらなものでもドゥボイスは見つけてくるはずだ。若さのわりに、われわれの仕事のなかでも証拠を追う捜査面において、ドゥボイスは私以上に優秀だった。私が持って生まれたようなゲームプレイヤーの気質はそなえておらず、したがって私と調べ屋、消し屋が戦う命懸けのチェスマッチは彼女の性に合わない。だが自分の出番となるとテリアのごとく執拗に、しかも狡猾に動きまわる。その熱い性質と軽やかな心で、ドゥボイスは事情を聞く相手とさんざん話しこんだすえ、しまいに圧倒するか怖気づかせてしまう。あるいは虜《とりこ》にしてしまう（現実に一年まえ、彼女は何時間か事情聴取をした依頼人から結婚を申しこまれている。この男は犯罪組織の元構成員で、ドゥボイスは「最上のデート人材ではない」とはねつけた）。

やはり一年まえ、私はオフィスで別の羊飼いとシェアしていた個人アシスタントのバーバラに、柄にもない笑顔といった表情でドゥボイスを眺めているところを見られた。真相はといえば、首謀者とおぼしき人物について、有益な情報をこれでもかと掘り出してきた女性に称賛のまなざしを向けたにすぎない。ところが、五十歳のシングルマザーでオンライン・デートサイトの常連のバーバラには、その笑顔で充分だった。私の目に恋心があったと決めつけ、なぜドゥボイスをデートに誘わないのかとあとから問い詰められた（〝年の差恋愛〟みたいなことを言われたが、たった十二歳の差でそれはちょっと酷ではないか）。

いずれにせよ、私はその提案をいなした。しかし腹心の部下に向けられた私の職業的興味が衰えることはなく、そんな思いをいつもの控えめな方法ではあったけれど、はばからず表に出した。

私は自分のメモをラップトップに打ちこみ、ファイルを暗号化して保存した。

マーリーが出てきた。なぜだか服を着換え、化粧を直していた。あたりに香水の花の香りが漂った。さっきよりも魅力が増したように見える。姉妹は似ているところが多いのに、不思議とマーリーだけがいわゆるセクシーで、これは年齢差とは関係がなかった。マーリーはステーションに寄ってコーヒーを注いだ。それからカップを置き、小首をかしげてドレッサーに飾られたフラワーアレンジメントを眺めると、カメラを手にして十枚ほど連写した。私は家族が私の保護下にはいってから、マーリーが撮影した写真全部を確認すると心に止めた。私やチームの誰かが写っているものを確実に消去するためだった。

やがてマーリーはコーヒーにもどり、私に視線を向けると私のカップに注ぎ足した。

「ありがとう」

「何か入れる？」

「いや、これでけっこう」

彼女は何か言いたそうにしていたが口を開かなかった。

私は受け取った携帯メールを読み、返事を送ると依頼人たちのほうを向いた。「新しいＳＵＶが到着しました。そろそろ出発します」

ライアンが、「靴を脱いでくつろごうと思ってたのに」と軽口をたたいた。初めて会ったときから、ライアンの態度はがらりと変わっていた。彼にあたえた任務と酒のおかげだろうと私は推した。

私は立ちあがった。「ここにいてください」私はライアンを見つめた。「私以外の人間にはドアをあけないように」

ライアンはうなずき、ホルスターを調節した。

私は外に出ると、われわれの部屋がある棟を一周してモーテル裏の駐車場まで行った。ダークグリーンのＧＭＣユーコンが、フォード・トーラスを従えて近づいてきた。私が手を振ると、二台は近くで停まった。ＳＵＶから男ふたりが降りてきた。

わが組織の若き職員ライル・アフマドは海兵隊上がり、オリーブ色の肌の頑丈な体格に、髪はさっぱりとクルーカットにしていた。身代わり、すなわち近接警護官である。アフマドとは彼がワルシャワの米国大使館の警護をしていたころに出会った。当時の私は現在の組織にはいるまえで、国務省の警護・捜査部門である外交安全局の職員をしていた。

アフマドは物静かな切れ者で、複数の言語をあやつる才能を自負している。組織の希望の星だった。

ＳＵＶを運転してきたのは輸送課のビリー。のっぽで、外見からは年齢不詳のこの男の髪はむさ苦しく、並びの悪い前歯には思わず目をそむけたくなる。ビリーは車、トラック、オートバイと、本人が〝死んだ恐竜〟と呼ぶガソリンや軽油で動く物体を偏愛していた。彼は全車輛のメンテナンスを受け持つばかりか、私たちが使用する三、四十台の車でルービックキューブをやる――車輛をとっかえひっかえ運転しながら、この地域一帯に人員や依頼人を運んでいる。組織のカーコレクションはかなりのもので、予算としては人件費、隠れ家につぐ位置を占める。車というのは指紋のようなものだ。携帯電話やクレジットカードとともに、人の痕跡をたどるには車ほど有効な手立てはないだろう。だからこそ、われわれは車輛を頻繁に換えるようにしていた。

ビリーがニッサンに顎をしゃくった。「彼女、準備はいいかい？」

「ああ」私たちはキーを交換して、ビリーは車で走り去った。

トーラスから降りてきたのはルディ・ガルシア、フレディがケスラー邸に伴ってきた若いＦＢＩ捜査官だった。私は手を握ったガルシアをアフマドに紹介し、三人でモーテルの部屋へもどった。

私は新たに登場したアフマドをケスラー夫妻とマーリーに引きあわせた。するとマーリーが姉に「すてきじゃない」とささやきかけた。未婚のアフマドは赤面しただけで、それ以外の反応はなかった。私はライアンの会釈の陰に落胆を見ていた。もうひとりの護衛の存在が、ラヴィングを倒す作戦に参加するチャンスをＤＣの警官から奪いかねないと感じたのだろうか。

そこに私の電話が鳴った。わが組織からの発信だったが、この人物に呼び出されるとは私も予期していなかった。

「アーミズ（Hermes）」私は言った。Hを発音しないその名は監視装置、コンピュータおよび通信システムを統括する技術担当責任者の本名だった。

「コルティ」と早口で言うその声音には、聞き取りにくい抑揚があった。「信じないかもしれないが、スクウォーク・ボックスにヒットした。アルマダにつないだやつだ。で、十五分まえに、DC北東のトラップに誰かさんから電話があった」

　私は胸が高鳴るのを意識していた。

「わかった、ありがとう、アーミズ」

　私は電話を切った。ふと迷った。イエスかノーか。

　そして依頼人たちとガルシア、アフマドにプランを若干変更する旨を告げた。

「あと数時間ここに滞在することになる。食べ物が欲しければ、ライルかルディがルームサービスを注文します。誰も部屋を出てはいけない。長くはかからないので」

　ライアンが訊いた。「コルティ、どういうことなんです？」

　私は気のないそぶりのつもりで肩をすぼめた。「仕事の件で、ある人と会うことになってね」

　私はある人というのがヘンリー・ラヴィング当人だとは話さず、足早に部屋を出た。

10

羊飼いの役割とは、個人の身の安全を守る仕事にほかならないという定義には議論がつきまとう。

　ニックネーム自体が語っている。私からすれば〝羊飼い《シェパード》〟とは、曲がった杖を持った農夫ではなく、大型犬のことを指す。

　私自身は犬好きではないが、野原で羊を追う牧羊犬がいれば、群れを守り、捕食者の大きさや数にかまわず立ち向かっていく牧羊犬もいることを知っている。このふたつの役割こそ、個人警護官の担うべきものではないのか。かつてエイブ・ファロウはこう言った。「羊飼いの仕事とは依頼人を警護すること。それだけだ。調べ屋や消し屋、そして首謀者の逮捕は他人にまかせておけ」

だが――師と意見を異にする数少ない一例だが――私はその理屈には与しない。われわれの任務は群れを安全な場所へ移動させ、脅威となる狼の喉笛を咬み切るという両方だと思うのだ。依頼人を警護し、調べ屋または消し屋、およびその雇い主を制圧することは、私にしたら分かちがたく結びついている。

ガルシアのトーラスで特別区へ急ぎながら、私は狩猟パーティを率いることになりそうなフレディと話していた。わが組織にない部門が戦術だった。日ごろ、私は導入を求めているのだが（しかも〝拳銃使い《ガンスリンガー》〟というニックネームまで用意してあった）、エリスは委員会で、いわば銃殺の憂き目にあった。戦術部門は驚くほど費用がかさむのである。そこでわれわれはＦＢＩ、場合によっては地元のＳＷＡＴに頼っている。

私がヘンリー・ラヴィングを罠に掛けたいというプランを出すと、フレディが言った。「これでうまくいくと思うか、コルティ？　サンタクロースが歯の妖精に会うみたいな話だ」

「もう着いたのか？」特別区の九番通りに拠点があるフレディのほうが走る距離は短い。

「二十分かかる」

「急げ。持ち駒は？」

「たくさんある。優れた火力による平和だ」とフレディはどこからかの受け売りらしいことを言った。電話を切ると、私はワシントンＤＣめざして速度を上げた。

アーミズからの連絡は蠅取り器《フライトラップ》のことだった。このトラップは悪人を仕留める場所までおびき寄せるのに、われわれが普段から使っている策略だ。奏功するのは二、三十回に一回だが、試さない理由はない。組織の全車輌と、羊飼いが所持する大半の携帯電話の内部には、われわれがスクウォーク・ボックスと呼ぶ電子装置が取りつけられ、暗号化されても追跡可能な偽の通話を発信する。調べ屋や消し屋がそれなりの機器を持っていれば、これらの電話が呼び出した固定電話の番号を拾うことができ、基本的な逆探知で場所も探り出せる。

アーミズによると、ラヴィングはケスラー邸付近に待機していた折り、こうしてアルマダから自動発信された通話のうち一本を傍受すると、ＤＣ北東地区の倉庫に設置されていた固定回線に電話をかけた。そこで現在使われていないというメッセージを聞いた。このメッセージは私自身が録音したもので、私の声紋を採っている者――おそらくラヴィングなら、そこがケスラー一家の隠れ場所と考えるのではないか。

月曜の深夜までにライアンから情報を取り、ウェストヴァージニアで受けているゴーサインのeメールにあった、〝歓迎されざる結果〟を回避しなければならないというプレッシャー――そのうえ、任務遂行に執拗な執念を燃やすその性質からして、ラヴィングと仲間は少なくとも倉庫の偵察はおこなうはずだ。

ラヴィングと私の戦いが本格的にはじまろうとしていた。

仕事に関して、自分が情熱を向ける対象にかこつけて語ることの多い（ほかのことでは冷めた人間と言われる）私だが、その情熱の対象というのがボードゲームで、私はプレイだけでなく蒐集もしている（あの朝〈ＦｅｄＥｘ〉で届いた小包は、長年探していたアンティークのゲームだった）。住居にアレクサンドリア旧市街のタウンハウスを選んだ理由のひとつが、二ブロックほど離れたプリンス・ストリート近くに贔屓《ひいき》のゲームクラブがあったからである。会費はそれなりでチェス、ブリッジ、囲碁、〈ウェイチー〉、〈リスク〉、その他のゲームでもすぐに相手が見つかる。会員はほとんど男性だが、国籍、教育レベル、年齢はごった煮で、服装や収入もそう。政治信条もさまざまだが、これは関係がない。

タウンハウスには、六十七のゲームがアルファベット順に並べられている（ほかにまだ百二十一のゲームをメリーランドの水辺の家に置いている）。

当然、難度の高いゲームのほうが好みだ。目下のお気に入りは〈アリマア〉、最近発明されたチェスのバリエーションなのだが、優雅であり難解で、コンピュータがプレイできるプログラムを書いた者にあたえられるという作者からの賞金はいまだ支払われていない。チェス自体もよく出来たゲームで、私も愛好している。ただ文献も多く、さんざん研究され、分析されてきたものなので、熟練したプレイヤーと盤をはさんで向きあうと、黴《かび》臭い異様な幽霊集団を相手にしている気分におちいることがある。

では、同じく知的興奮をあたえてくれるコンピュータゲームに比較して、ボードゲームのどこが好きなのか。

ひとつには芸術性である。ボードのデザイン、駒、カード、ダイス、スピナー、それに棒やピンなど木製、プラスティック製、象牙製の付属品。その美的感覚がうれしく、実用的な意図が付与されているところも楽しい。あくまでゲームをやることに実があると主張する者の言いぐさではあるが。

ボードゲームは長持ちするし、手でふれることができるのがいい。スイッチを切ったり、壁からプラグを抜いて消えるということがない。

しかしいちばん重要なのは、敵である生身の人間と差し向かうことなのだ。私の人生にはヘンリー・ラヴィングのような、姿の見えない者たちを相手にした死活の戦いが多く、依頼人の拉致や殺害の策を練ろうとする際の彼らの表情は想像するしかない。チェスや囲碁、〈チグリス・ユーフラテス〉――ちなみに、とてもよく出来たゲームだ――をプレイするときには、戦略を選ぶ相手を間近にして、こちらの打った手にたいする反応も観察できる。

かの有名なコンピュータ業界の大物、ビル・ゲイツも熱心なブリッジプレイヤーだと聞いたことがある。

とにかく、ゲームをプレイすることで頭脳が鍛えられ、羊飼いとしての私の力になっている。

ゲーム理論も役立っている。大学院で数学の学位を取得中、アカデミズムの世界に浸って実社会へ出るのを先延ばししていたころ、遊び半分でかじった。

ゲーム理論が最初に議論されたのは一九四〇年代のことだが、その考え方は以前から流布していた。理論を体系づけた学者たちがブリッジ、ポーカーといったゲームや、より単純なじゃんけん、コイン投げを分析していたのには本来、レジャー活動での勝利に寄与するのではなく、意思決定を研究するという目的があった。

簡単に言うと、ゲーム理論とは当事者間に――敵でも仲間どうしでも――対立が起き、おたがい相手の動きが読めないとなったときに最善の選択をするための指針なのである。

古典的な例が〝囚人のジレンマ〟で、ふたりの犯罪者が捕まって別々の房に入れられる。警察はそれぞれに白状するか否かの選択をあたえる。両者とも、他者がどちらを選ぶかはわからないが、警察の情報で、白状すればおたがいのためになると知らされる。すなわち、釈放はされないが刑期は短縮される。

しかし白状しなければ、刑期がさらに短くなったり、あるいはゼロになる可能性もある。が、これはリスクが高い……より長い刑期を食らう場合も出てくるからだ。

白状するのが〝合理的〟な選択。

白状しないのは〝合理的な不合理〟と呼ばれる行為になる。

現実社会においては、ゲーム理論が経済、政治、心理学、軍事計画など数々の状況に応用されているのがわかる。例を挙げれば、経営難の銀行の預金者は、預金全額を下ろすのは得策ではないと知っている。もしそれをすればパニックを惹き起こし、銀行が倒産して誰もが金を失ってしまう。その一方で先に金を引き出してしまえば、自分は一切損失をかぶらずにすむ。共通の利益など知ったことではない。資金を全額引き出すことにより、合理的な不合理が個人を救うかもしれないが、それが取り付け騒ぎの引き金をひいて銀行は破綻する。

これが羊飼いという私の仕事にどのような影響をもたらすか。

私にしても、ヘンリー・ラヴィングのような敵にしても、相手の動きが読めずにいる。そこで私は勝つための最善の戦略を採るべく、引きつづきゲーム理論をあてはめる――戦いに臨む総合的な計画を意味する戦略ではなく、〝ポーンをルークの7へ〟とか、じゃんけんで石《グー》を出すといった具体的な一手である。

ここでの私の戦略は、ヘンリー・ラヴィングがどちらかといえば合理的な選択をする、つまり餌に食いつくと信じてフライトラップを試すことだった。

しかしゲーム理論は、ゲームボード上や現実の不確実性ゆえに存在する。たぶんラヴィングはこれを罠と察し、私が先乗りしていることを確信したうえで、この機に乗じてケスラー一家の本当の隠れ家を突きとめるつもりでいる。

あるいはまったく異なる戦略に出て、思いも寄らないかたちでこちらをあざやかに出し抜くつもりだろうか。

そろそろ首都が近づいてきた。私はまたクレア・ドゥボイスに連絡を入れた。「大勢必要だ。フェスティバル、パレードぐらいの。DCに。尾行はついてないと思うが、確実を期したい。そちらの手持ちは？」

「大勢。わかりました。どのくらいですか？　スタジアムでゲームがあります――でも残念ながら、今シーズンの戦いぶりからしてそんなに多くは望めません。あと、ロマンス作家と彼女の本のカバーモデルが――北西地区の〈セーフウェイ〉でサイン会を開いてます」

調べるでもなく、どうしてそこまで知っているのか。

「スーパーでやるロマンス本のサイン会には何人ぐらい集まる?」

「驚きますよ」

図星だった。「だがもっと欲しい。それにダウンタウンで。千人以上」

「春ではないので。わたし自身は桜は見にいきませんが」とドゥボイスは言った。「花が力を貸してくれたらいいんでしょうけど。でも、わたしは花見をする気持ちが理解できないんです。ええと、お待ちください……」

タイピングの音、装身具のじゃらじゃら鳴る音が聞こえてきた。

ドゥボイスは言った。「あまりないですね。同性愛者の権利を主張するデモがデュポン・サークルのコネティカット・アヴェニューで。改宗者への説教。推定四百名……南東地区でメキシコ系アメリカ人のパレードがありますが、そろそろ終わってしまいます。あっ、これですね。いちばん大きいのが、議会の外でおこなわれる抗議集会。約二千名の多勢。なぜそんな言い方をするのかしら。〝多勢〟って。〝二千名の無勢〟じゃなく」

「それがよさそうだ」

ドゥボイスの説明では、最高裁判事候補者へ抗議または支援をしようと人が集まるのだという。上院で一、二度の投票を経て同意を得るはこびとなっている法律家が保守的で、左寄りの連中が抗議の声をあげ、逆に共和党員たちは支援の輪をひろげようとしているというのが私の漠然とした理解だった。

「正確な場所は?」

上院議員会館付近との答えを聞くと、私は電話を切ってその方角に車を駆った。五分後には、連邦政府発行の身分証の力でデモ周辺を低速で走り、尾行をさえぎるバリケードを越えていた。候補者を支持する者たちが一方の側に集まり、抗議する者たちがそこに向きあう恰好で徒党を組んでいる。私は悪意ある中傷や脅迫の言葉までが飛び交うのを耳にした。警察が大挙出動していた。

そういえば最近〈ワシントンポスト〉で、アメリカ政治において両極化が進み、党派心が先鋭化しているという連載記事を読んだ。

私の電話が鳴った。「フレディか」

「どこだ?」

「最高裁判事候補のデモを轢《ひ》かないようにしてるところだ」

「おれに代わって何人か吹っ飛ばしてくれ」

「現場か?」

「集結地点に来てる」

「何かあったか?」

「現在のところなし」

「まもなく到着する」

抗議者たちの反対側に抜けると、私は尾行がないことを確信してユニオン駅のすぐ北にあり、ときどき利用している小さなガレージへ急いだ。五分とかからずガルシアの公用車から別の擬装車輌に乗り換え、はいったのとは別の口から表に出た。

十分後、私はフライトラップにいた。

ヘンリー・ラヴィングとのゲームは、新たなラウンドが開始する。

11

われわれがDC北東地区のみすぼらしい一郭を選んだのは、そこが捕り物に絶好の場所だったからである。

コロンビア特別区の工業地域というのはここもふくめて、デトロイトやシカゴのサウスサイドに負けず劣らず劣悪な環境にある。われわれが格安で借りた倉庫は、湿気が多く雑草だらけの埋め立て地にあり、錆びた鉄道の線路(列車が通るところは見たことがない)に崩れかかった作業路、酸っぱい臭いを放つ運河二本が横切っていた。わが所有地は草木の生い茂る三エーカーで、ゴミと生気のない木々と、熱帯のトカゲを思わせる気味の悪い色をした水溜まりがそこかしこにあった。中央に建つ古びた倉庫には、本物の隠れ家らしく見せるために人の住む痕跡を施してある。崩壊しかけた二軒の離れは、戦術班が悪人を待ち伏せ、十字砲火を浴びせるには申し分ない。倉庫自体は煉瓦壁が防弾の役目を果たすし、窓も少ない。ずいぶん使用したものの、成功したのは二回だけだった。最近では去る一月の吹雪の日に四時間、かじかんだ手に握ったカップからどんどん冷えてまずくなるコーヒーを啜りながら、消し屋が大胆で、しかも本人にとっては残念な動きに出るまで待った。

今回、私は周辺からはほぼ監視の目が届かない裏通りや野原を車で走り、倉庫からやや離れて、近所のドライブウェイや道路から見えない他の連邦車輛の脇に駐車した。そしてショルダーバッグを背中ではずませながら藪を抜け、錆びの浮いた落書きし放題の鉄道橋をくぐった。ギャングたちでさえ、この朽ちた都会の最たる例には興味をしめさない。私はあたりをもう一度うかがい、敵が監視している兆候がないことを見てとると、集結地に向けて丈のある草むらに分け入った。地面に目を落とすと、折れた枝、裏返った葉や石ころのなかに、フレディが最低六名の捜査官を連れてきたことを物語る跡があった(そんなあからさまな証拠を残していることに、誰ひとり頓着していないようだった。私は時間を使い、目立つ足跡を消していった)。

まわりはゴミと棄てられた自転車と腐食した機械類の世界、正真正銘がらくたの山だった。右側に見える狭い運河は胆汁のような緑の水であふれ、廃棄物が点々として、リスの死体もひとつふたつ浮かんでいる。この水を口にして絶命したのだろうか。信じられないことだが、ポトマック川方面に向けてレクリエーション用の小型パワーボートが進んでいく。汚水の流れが視界から消えて程なく、私は指揮所に着き、フレディとその部下たちとあいさつを交わした。柄が大きく、にこりともしない三十代の男性捜査官が六名、同じく暗い顔の若い女性が一名。そんな法執行官たちの取り合わせは、さながらこの都市の縮図である。黒人、ラテン系、マイノリティの白人――女性、年季を入れた男性捜査官。ＦＢＩというとダークスーツにワイシャツか、ＳＦ映画に登場する兵士ばりのいかつい戦術用装備をまとっていると思われがちだ。現実の捜査官たちはウィンドブレイカー、ベースボールキャップにジーンズというくだけた服装をしている。今回の女性の場合はデザイナージーンズと言いなおすべきで、これが私にはフィットしすぎに思えてならない。全員が防弾ベストを着ていた。

私自身も着用している。

誰もが緊張の面持《おもも》ちだったが、捜査官たちの目を見れば交戦を期待していることがわかる。

通信機器のイアピースとマイクを付けながら、私はフレディが告げる各員の名前に注意を払った。事態が白熱したときには区別する必要が出てくるかもしれないからだ。それぞれにうなずいてみせながら、接触の有無を訊ねた。すると女性捜査官が答えた。「グレイかタンの小型セダンが、西側のあちらの道路を走り去りました。五分まえのことです。停まりませんでしたがスピードを落として。推定で時速十マイル」

グレイかタンなら、ベージュがそう見えることもある。ウェストヴァージニアから来たラヴィングの車だろうか。私が示唆したその点を捜査官たちは書き留めた。

低速での通行自体は訝しむほどではないかもしれない。特別区の道路の多くは穴だらけでアスファルトが割れ、信号もなくなっていたりする。子どもが土産に盗んでいくのだ。それで車が速度を上げない説明もつく。が、翻ってこうした悪条件はラヴィングに、怪しまれずスピードを落として走る理由をあたえることにもなる。

「狙撃手はいるか?」と私はフレディに訊いた。

彼は鼻で笑った。「狙撃手? あんたは映画の見すぎだな、コルティ。こっちにあるのはせいぜいブッシュマスターだ」

「正確なことを知りたいんでね、フレディ。大きさじゃなく」

「いまのはジョークか、コルティ? あんたにジョークは似合わない」

「地図は?」私は訊いた。

「ここです」女性捜査官が差し出してきた。

あまり時間がないことを痛いほど意識しながらも、私は地図を仔細に眺めた。ラヴィングは速攻で来るか、でなければ攻撃は一切仕掛けてこない。私は捜査官たちに向かって逮捕のプランを説明すると、各人と武器にとってベストの配置を指示した。フレディから出たいくつかの提案も的を射ていた。

私は隠れ家に擬せられた建物を見つめた。屋内にはふたつ、三つの灯がともる。それとアーミズが開発した機器が据えられている。よく出来た玩具といった趣きで、ゆっくり回転する扇風機の羽根のような代物がブラインドやカーテンに不規則な影を投げ、室内にいる人間がときおり部屋を移動している印象を醸し出す。またテレビ画面のちらつきに似た光も放つ。人が会話しているような音声も出す。しかも議論、笑い話、密談というモードセレクター付きで、盗聴する調べ屋、消し屋に、倉庫にいるのは労働者ではなく護衛のついた依頼人と信じさせる工夫がされている。

「ケスラー一家の様子は？」とフレディが訊いた。

「普段の依頼人よりは落ち着いてるよ」だが私は白状した。ジョアンはゾンビで一年も療養中といったありさまで、夫は酒を飲んで動くものと見れば撃ちたがり、そしてマーリーは――ヒステリーを起こしていないときには――プロの人殺しよりボーイフレンドとのトラブルを気にかけていると。

「あの妹のことは忠告したぞ、コルティ。ま、この仕事に飽きたら、ドクター・フィルのむこうを張って人生相談番組でもやるんだな」

やおら私は言った。「そろそろ位置につく」

フレディがある表情をつくった。そこには私が直感で読み取るメッセージが数多くふくまれていた。フレディとはずいぶん昔、尋常ならざる状況で出会ったのだが、こうした作戦行動で私が協同できる唯一の人物である。ふたりのあいだでは、私が戦略家として手を選び、戦術家のフレディが私の選択を実行する。

じゃんけんで言えば、私が石に決め、フレディが拳を握る。

私は右手に深い木立が接し、そのむこうを臭い運河が流れ、左手には草むらと機械類の山がつづく雑草だらけの溝を歩いた。行き止まると、寂しく葉が繁るあたりに隠れて〈大耳《ビッグイア》〉ユニット――直径十二インチのパラボラ型をした超高感度マイク――を設置し、ヘッドセットを着けた。マイクを倉庫に向け、意図的に開いてある窓の下の装置を狙った。

倉庫の先へ目をやると、われわれの敷地の中央付近に一般の車輛二台が積みあげられている。錆びて落書きだらけのシェヴィのセダンとダッジのヴァンだが、落書きの一部は私自身が数年まえにスプレーで描いたものだった。

ひとりになって強く孤独を感じながら、周囲を眺めわたす私の背筋に興奮と期待が伝っていった。

もちろん恐怖もある。

エイブ・ファロウに言われ、私も部下に話していることだが、このビジネスでは恐れを知らなくてはならない。怖がらなくては力は発揮できない。

十分、長い長い十分間が過ぎた。

「一班から指揮所」イアフォンに声が響いた。「北で動きがあります」

「指揮所から一班へ。つづけろ」

「報告します。身元不明の人物がゆっくり移動しています。黒っぽい服装、おそらく男性。いま視界から消えました。十八番グリッドです」

「武器は？」

「はっきりしません」

私は気を引き緊《し》めて身を乗り出し、対象が目撃されたというあたりを見た——私のいる場所とは反対側にあたる。草の金色と緑が目にはいり、やがて私も動きを認めた。対象は、袋小路から倉庫に向かってひそかに近づこうとしていた。

「捉えました」と女性捜査官が言った。「丸腰です。ラヴィングではない模様」

「たぶん仲間だろう」私は無線に答えた。「だがひとりじゃない。ラヴィングもここにいる」

他の人員も各自の持ち場から、見たもの——見ていない、というほうがほとんどだが——を報告してきた。ためらいがちに倉庫へ接近する人影の動きが止まった。

そこに低声で、「二班。男はダッジに目をとめました。なかを気にしてます」

私は黙っていた。詳細は検証されしだい上がってくる。プロの人間に情報の追加を求めるのは時間の無駄なのだ。逮捕に向かおうとする人間に〝気をつけろ〟と念を押すのと同じだ。私はスラックスで両手を拭った。

「こちら一班。男がふたたび動きだしました。ゆっくり」

「二班。了解。男は間違いなくダッジに興味をしめしてます」捜査官のひとりが訊ねた。「車内に機材があるとか？」

「ない」とフレディが言った。「空っぽだ。そのまま探らせろ……四班、ほかに何か見えないか？　ラヴィングがいる気配は？」

「ありません」

「三班？」

「ありません」

そこへ、「こちら二班。仲間が近づいてきます……片手をポケットに……後ろを見ながら……手に何かを持ってる。携帯です」

私は取り出した〈アルペン〉の10×32ロングアイ・レリーフ双眼鏡で一帯を走査したが、男の姿は見えなかった。

浅く早くなった呼吸を鎮める努力をしながら、私はマントラのひとつを心に唱えた。石《グー》、紙《パー》、はさみ《チョキ》。石、紙、はさみ。

そのとき、何かが折れる音を耳にした。

真後ろで。

私はぎょっとして、のろのろと首を回した。

サイレンサーを装着した銃をひたと構え、瞬間目を伏せたヘンリー・ラヴィングは、踏みしめた枯れ枝を避けられなかった自分への軽い失望に口を歪めていた。

12

ラヴィングは、私のジャケットからはみ出した防弾ベストの縁に気づいた。彼は銃を掲げ、私のむきだしの首に狙いを定めた。

その後、青白い左手をわずかに動かして指示を伝えてきた。

私は立った。これから片方の耳に入れた無線マイク用のイアフォンをはずし、反対の耳から装置をモニターするイアピースをはずす。ホルスターに挿した銃を拇指と人差し指で抜く。

私は要求すべてに従うと同時に、落ち着いて相手を観察した。

いまやゲームの流れは明白だった。ラヴィングはこれを罠と見きわめ、みずから動いて私を引きこむことにした。合理的な決断だ。ダッジのそばに相棒をとどまらせ、倉庫本体には近づかせなかった理由もそれで説明がつく。

もしラヴィングが仕掛けにはまったら、相棒が動く手はずになっていたのだろう。

ラヴィングは罠と承知したうえでリスクを冒した。むろんライアン・ケスラーを手に入れるためでなく、私の拉致が目的だった。それなりの圧力をかければ、ケスラー一家の居場所を吐くだろうと考えた。私はいきなり警護対象としての立場に立たされていた。

とりたてて特徴がなく中年に近づいた、肉付きのいいビジネスマンの面相におさまる穏やかな目が現場をすばやく見まわし、指揮所と倉庫から離れたこの場所に脅威がないことを確かめた。

思えば、私の師を拷問して殺した男にここまで接近したのは初めてだった。ロードアイランドの不首尾に終わった逮捕劇では、私はおよそ百フィート以内には近づいていない。引き金を絞るとき、その目がかすかに細められるのは見ていた――その直後に、ラヴィングは自身が罠にはまったのだと悟った。首謀者と思っていた人物が、じつは目に見えない楯に守られた囮捜査官であったのだと。

いま、私たちはひと言も発していなかった。むこうは当然話をするつもりだが、それはあとから車の後部座席か、遠く離れて似たように荒廃した倉庫でとなるだろう。私がライアン・ケスラーの居場所を口にするまで、どのくらいねばるかと計算しているはずだった。

なぜならヘンリー・ラヴィングは、私が口を割ると知っている。誰であっても、早晩白状する。

私が銃、無線、携帯を地面に置くと、時間が限られているのを意識したヘンリー・ラヴィングは手招きをした。

両手を肩の高さまで上げて恭順の意を表した私は、ラヴィングの視線に魅入られて前に出た。目をそらすことができなかった。たしかに目力《めぢから》はあったが、そのせいではない。それが死の間際のエイブ・ファァロウが見たものだったからである。銃弾が至近から発射され、エイブの額を撃ち抜いていたことからわかる。ふたりの男は見つめあっていたのだ。私はよく、ときには寝入るまで何時間もエイブの最期に思いを凝らすことがある。エイブは結局、警護していた五名の依頼人の新しい名前と居所を口にした。だがあのとき、私は装着したままの携帯電話で音声を聞いていた。エイブが最後の証人の住所をささやき、命を奪う銃声が聞こえるまで三十秒ほどの時間があった。その間、何があったというのか。ふたりはどんな表情を浮かべていたのか。低い声でのやりとりがあったとして、それはどんな内容だったのか。

これがおそらく、私がヘンリー・ラヴィング逮捕に執着する理由だった。ラヴィングはエイブ・ファロウを殺したばかりか、死にあたって苦痛と絶望を舐めさせた。

私はおとなしく両手を脇へ持っていきながら、そんな状況下で、羊飼いの思いはどこへ至るのかと考えていた。自分は拷問にどこまで耐えられるか、だろうか。

〝ラヴィングはローテクです。身体の繊細な部分に、紙やすりとアルコールを使う。さほど残酷には聞こえないが、これが実に効果を発揮します〟

しかしながらこの疑問は、前に進み出る私の頭をよぎった空論にすぎなかった。

というのは、見かけによらず、この段階で私は敗者ではなかったのである。

敗者はヘンリー・ラヴィング。

この場での本物の餌は倉庫でもなく、ライアン・ケスラーが屋内にいるとほのめかすことでもない。

本物の餌は私だった。

罠というのは、外見とはおよそ異なるものだ。

そして、それが閉じる瞬間が来た。

私は目を細めながら、両手を肩の上まで差しあげた。これが近くにひそんでいたＦＢＩの二個のチーム、すなわち私の掩護部隊への合図だった。

地面に伏せるとき、私は爆発にたじろぐラヴィングの様子を目にしていた。すさまじい爆音だった。私は熱風を顔に受けながら、泥の上を転がって銃と無線、それに電話を取りもどした。こちらの指示どおり、掩護にまわった三班、四班の捜査官の手で十五分まえに仕掛けられた強力な閃光手榴弾が、遠隔操作によってつぎつぎ炸裂していった。私が肩より上に手を上げたら爆発させることになっていたのだ。

あるいはラヴィングが私を撃ったら。

「行け、行け！」私は伏せたまま叫ぶとイアフォンを挿し、銃を握った。「やつは運河に向かった」

フレディの声が聞こえてきた。「二班は仲間を押さえろ！」

三班、四班の捜査官たち――わずか三十フィートばかり離れて私と行動をともにしていた連中は、すでにラヴィングの追跡にかかっていた。私は走って彼らに追いついた。茂みや草むらを抜け、タイヤに棄てられた洗濯機、冷蔵庫を回りこんで追走した。調べ屋はこちらを気にせずスピードを上げることに集中し、振りかえって発砲してくることもなかった。

私はラヴィングが罠と気づいていると考えるかたわら、ここに私がいると踏んで、あえて拉致にかかってくるのではとも思っていた。そうしてライアン・ケスラーの居場所を引き出す。

で、私を殺す。

そう、私はやつの人生における〝ヘンリー・ラヴィング〟なのだ。

私の策とは、周囲に捜査官を置いて近くに爆発物を準備させ、マイクをセットしたうえで、ラヴィングが来ると思われる方角に背を向けるというものだった。自身を何より目につく標的に仕立てたのである。〝囚人のジレンマ〟の容疑者のごとく、私はリスクある選択をした。合理的な不合理。私はラヴィングが頭から殺害ありきではなく、ケスラー一家の所在に関する情報を引き出そうとする可能性に賭けた。もしかすると運河を行くあのボートで来たのかもしれないが、やつはいま別の方向――開けた場所へと向かっていた。遮蔽物はほとんどなく、意外な決断に思われた。だが百ヤード先の土手の頂に道路が見えた。そこに逃走用の車を待たせていたのだ。

それでも、半ばまで行かせず容易に押さえられる。私の護衛役だった四名の捜査官が距離を詰めている――私もどうにかついていった。フレディに連絡を入れ、ラヴィングは道をめざしているので、車を回して退路を遮断しろと告げた。

無線が榴散弾のように飛び交い、われわれの声を各自のもとへ届けていく。

私は呼吸を乱しながら獲物の追跡をつづけた。

朗報がもたらされた。

「二班。一名確保。ラヴィングの相棒」

私は考えていた。これでその男から、本人の持つ電話から、科学捜査の面で貴重な情報が得られる。自白もあるかもしれない。

囚人のジレンマ……

そこへ二班の捜査官が、「押さえました。丸腰です」

武器がない？　だがケスラー邸では、男はセミオートトマティックを持っていた。

まずい……

仮借のない事実を突きつけられ、私はたたらを踏んで止まった。そして前方にいる四名の捜査官に向け、はっきり伝えることを心がけて言った。「三班、四班、伏せろ！　急いで弾除けを探せ。確保された男は相棒じゃない！　偽者だ！」

私は投げ出された縫いぐるみのごとく、地面に突っ伏した。

たぶん、それで命が助かったのだろう。

茂みに倒れこんだ私の頭上で空気が切り裂かれたと思うと、近くの泥と小石が舞いあがった。直後、遠いライフルの発射音があたりに響きわたった。

私は叫んだ。「狙撃だ！」

「なんだ――？」という声が無線で送られてきた。

前方の捜査官たちが一斉に身を伏せると同時に、周辺の泥とゴミが飛び散った。

ラヴィングの相棒は射撃の名手だったが、捜査官たちは適当な遮蔽物を見つけていた。直撃から身を護るのは無理でも、丈高い草のおかげで視認されずにいる。

すでにラヴィングは、土手と車からわずか四十フィートの距離に達していた。捜査官たちが散発的に銃を放ったが、彼らが立ちあがった瞬間に三発連射され――むこうはオートマティックを持っていた――また身をかがめるというくりかえしだった。

私は標的を探したが、なにも見えなかった。

フレディの送り出した車が、逃走車輌までラヴィングとほぼ同時にたどり着きそうな勢いで土手沿いを疾走している。

私は溜息をついて〈送信〉ボタンを押した。「フレディ、車をもどせ！　早く！」

「こいつは唯一のチャンスだぞ、コルティ」

「だめだ。呼びもどせ。カモにされる」

「くそっ……わかった」

間に合うか？

すると車は急ハンドルを切り、そのかたわらにアスファルトの破片や屑が巻きあがるのが見えた。相棒が長銃身のライフルの狙いを転じたのだ。ドライバーの機転で道から逸れた車は土手のむこう側に消え、やがてクラッシュする音がした。

ふたたび姿を見せたラヴィングが車に飛び乗り、スピードを上げて走り去った。

明るい色のセダン。

〝ダンかグレイ……〟

無線から、フレディが局と首都警察に車の捜索を命じる声が聞こえてきた。

狙撃はやんだ。

それでも私たちは正規の手順に従い、相棒が射撃体勢のままでいるのを想定して、標的にならないよう匍匐で集結地点へと引きかえした。

その後は銃撃されることなく指揮所まで帰り着いた。私は二班が捕えた男を取り調べた。目の前の怯えた若造にはあまり期待がもてなかったが、一応形式は踏む。目くらましに使われたのは若い覚醒剤《メス》中毒者だった。その説明によれば、南東地区にあるクラブ近くで男に声をかけられ――人相を聞くとラヴィングだった――倉庫でドラッグを入手する手伝いを頼まれたという。ラヴィングはヘロインが欲しいが怖くて自分では買えない、この敷地に放置された古いダッジのヴァンでディーラーが商売していると説明したうえで、現金をつかませると四百ドル分買ってくれ、残り百ドルであんたの使う分を買えばいいと言った。ただし慎重に――「ゆっくり近づいて」――たまに警官が見回りに来るからと。

「まさか、おれは刑務所送りですか？」

目を見開いた若造の哀願には、なんだか滑稽なところがあった。たしかに、彼が実際に違法行為をしたという確証はない。

私はいくつか質問を投げたが、ラヴィングは若造が捕まるのを見越していた。囮はこちらの益になりそうな話は聞かされていなかった。フレディが証拠を求めてしつこく問い質したが、科学捜査を信奉する私からみれば、この状況でラヴィングと若造をつなぐのは唯一、百ドル紙幣だけである。何かしら微細証拠のやりとりがあれば、握手と金を通してということになるが、それでラヴィングの潜伏先まではたどれない。

私たちは本物の相棒が銃撃してきた場所を突きとめようとした。見通しが利いて完璧と思われる場所はいくらでもあった。強力な銃が放つ火光や葉のそよぎを見た者はいない。大破した車の捜査官たちは無事だった。そのひとりから、土手の対岸で銃声を聞いた労働者たちから聞き込み中との無線連絡が来た。ダークブルーの４ドアセダンに向かって走る人の姿を見た目撃者がいるという。「ビュイックらしいとのこと」

私は無線のボタンをクリックした。「こちらコルティ。男の人相を訊ねろ」

しばらく間があってから、「長身、痩せ形、ブロンド。緑のジャケット」

「そうだ、相棒だ」

「プレートナンバーを憶えてる者はいません。そのほかの特徴も」

「ありがとう」と私は言った。

首都警察のヘリも投入された捜索に関して、連絡が複数はいってきた。だがラヴィングは目撃されないまま近隣を突破していた。

「手は尽くした」とフレディが言った。

そのとおりだった。しかしラヴィングは私の裏をかき、こちらの策を無効にした。たしかに私たちはゲームをやっていたが、それで引き分けに終わる可能性もなくはなかった。

石と石。紙と紙……

でも私にとって、引き分けは負けに等しかった。

私は倉庫に乗りつけた車へ行くと、ショルダーバッグからハンディスキャナーを取り出した。

フレディが言った。「相棒は集結地点に着いたと思うか？」

私は答えなかった——推測に意味はない——たぶん着いてはいる。十五秒もたたないうち、私は車のタイヤに一個めの追跡装置《トラッカー》を見つけ、その後まもなく、一個めから六インチ離れて二個めを見つけた。これはひとつ発見したら、私が探すのをやめると期待して隠したものだろう。三個めは見つからなかった。少なくとも、スイッチがオンになった三個めはなかった。取りはずすとスイッチが切れ、発見されたことをラヴィングに知らせる仕組みになっている。これらをつぎの罠に誘う餌にはできない。

爆弾探知機で二度めの探索をおこなったが、爆弾は出てこなかった。とはいえ、私は本気でリスクがあるとは考えていなかった。ラヴィングは私を使って依頼人に近づこうとしている。殺したいわけではない。

殺すのはそのあとだ。

13

私は借りた車をガルシアのトーラスと交換してアレクサンドリア旧市街まで走らせ、オフィスに隣接した車庫に駐車した。

ＤＣ一帯では、このようにさまざまな政府系機関の本部が散在している。それはときにスペースの問題から来ている。たとえばラングレーは人であふれかえっている。ＣＩＡでミーティングというと、玄関から百ヤード以上離れた場所に車を駐めざるをえない場合も生じる。それに保安面の問題もある。〈スレート・コム〉の記者からモサド、アルカイダに至るまで、ＮＳＡ（国家安全保障局）、ＮＲＯ（国家偵察局）、ＣＩＡの場所は誰でも知っている。つまりわれわれのような他機関には、できるだけ拠点から離れたいという思いもあった。

私は車庫でビリーに会うと、ガルシアの車のフルスキャンを依頼した。なにしろ私がフライトラップにいた数時間、ユニオン駅近くのガレージに放置されていたのだ。

「ここに来る途中で停めてスキャンをかけた。なにも出なかった。それでも徹底的にチェックしてもらわないとね」

追跡装置には時間単位、週単位の未来に作動するタイマーを内蔵しているものが多い。無線信号のみならず、ちっぽけな電源まで検知するには精緻な装置が必要になる。

「まかせてくれ、コルティ」と痩せっぽちの男は言った。「掃除人を呼ぶから」ビリーはピータービルトのトラクタートレーラーの運転台でくつろぐつもりでいるのだろう。

私は遠回りして表に出ると、ローストビーフにマスタードの追加とピクルス二枚をのせた全粒粉のパン、それとブラックコーヒーを買ってオフィスにもどった。まるで魅力がないロビーに飾られた生気のない鉢植え、ローンが承認されたばかりといった感じで笑う男女のポスター、そして黒地に白の接着文字で社名が半ダースほど記された看板はどれも見せかけだった。私は巧みに重武装した警備員二名に会釈すると、壁のパネルに目と拇指を合わせて扉を抜け、階段を昇った。

自室の外で、シェアしている個人アシスタントのバーバラが顔を上げ、伝言メモを差し出してきた。この細身の中年女性は、私のコーヒーをわざと見ないようにした。自分がフロアで毎日淹れているコーヒーを、私がなぜ飲まないのかと訝っているのだ。私が飲まない理由とは、確実にまずいから。

バーバラの灰色がかった黒髪は凍ったように乱れない。たまに思うのだが、バーバラはお気に入りの店で髪をととのえてもらうと、それをスプレーでがちがちに固めているのではないか。

わが組織は閉まるということがなく、補助のスタッフが常駐しているわりに、アシスタントには週四十時間以上は労働させない決まりになっている。計算をしたわけではないが、バーバラは二回めの四十時間に突入しているはずだった。

「週末は好き」とバーバラは言うことがあった。「いつもより静かだから」

汚染された泥にまみれて寝ころび、腕利きの狙撃手に撃たれるのはべつとして。


私はデスクに着き、ピクルスひと切れとサンドウィッチを喉が詰まりそうなほどほおばった。それから熱くて濃い、非常においしいコーヒーを口にした。

私は〈ヒルサイド・イン〉のライル・アフマドに電話をした。

「現在の状況は?」

「静かです。ガルシアと私で、ほぼ二十分ごとに見回ってますが」

「電話は? 受付からは? ないのか?」

「ないです」歯切れのいい答えだった。アフマドの祖先は中東のいずれかの国の出で、本人はムスリムかもしれないし、ちがうかもしれない。この国でそうした信仰をもつ一部の人間とはちがって、アフマドには自意識過剰になったり身構えたりするところがなかった。そうする必要もなかったのだ。これまで私を殺そうと狙ってきたのは、キリスト教徒かユダヤ系、あるいは神を信じない連中である。

「依頼人たちは?」

「元気です」と請けあったアフマドの声音には、たとえ彼らがいいかげん退屈して不機嫌になっていたとしても、十フィートしか離れていない距離でそうは言いたくないというふくみがあった。後ろでベースボールゲームの音がして、ジョアンが妹に「うん、そうね。どうかしら……でもそれがいちばんいいと思うなら」と話しかける声が聞こえてきた。

母もよくそんなことを言った。

「四十五分後には隠れ家の警護にもどる」

「わかりました」

電話を切ると、私は例の〈FedEx〉の小包のことを考えながら、サンドウィッチに二度かぶりついた。届いたのはアンティークのゲームで、ランチの時間に中身を確かめようと思っていた。売り手の話どおり状態がよく、駒とカードがそろっているかが気になっていた。背後の金庫に目をやったが手は出さなかった。

金庫にしまいこむのは、盗まれるのを恐れているからではない。自分の私生活はここで働く人間と、たとえ親しくても共有しないという、ただそれだけのことなのだ。たしかに安全も現実的な理由にはなるけれども、とにかく秘密にしておくことが心地よかった。なぜかはよくわからない。


ライアンの担当した事件について、これまでに判明した事実をドゥボイスから報告を受けようと手を伸ばした電話が先に鳴った。ボスからの内線だった。

「コルティ」

「アーロンだ。ちょっと来てくれないか?」

口ぶりが内容を雄弁に語るというのはよくあることで、私はアーロン・エリスのどちらかというと素気ない要請に不穏なものを感じた。エリスのオフィスではウェスターフィールドが待ちかまえていると覚悟はしていたが、行ってみると別の人物が同席していた。痩身で禿頭、スーツにパウダーブルーのシャツを着た男。ノーネクタイ。男が私を見つめる目は私を見ていない。それこそ私の実際の姿ではなく、私が体現するものを見ているようだった。

私たちは握手をした。男はサンディ・アルバーツと名乗った。

エリスとは面識がある様子だったが、わがボスはワシントンDCのほぼ全員と知り合いなのである。そのエリスが言った。「サンディはライオネル・スティーヴンソン上院議員の補佐官だ」

オハイオ選出の共和党穏健派。最近、〈ニューズウィーク〉か何かの表紙に載っていたような気がする。

「私は、本当はここにいない」アルバーツはわが組織の秘密性をあてこすった。この言い方はしょっちゅう聞かされる。「お忙しいこととは思うが。いまの状況をこちらからお話ししてさしあげましょう、先生」

「コルティで」

「では、コルティ係官。上院議員は情報委員会に属している」

これは内部に立ち入る権限があるという意味だった。私はそのことをずっと気にしていた。

「委員会は来月、国内監視問題、すなわち愛国者法、FISA（外国情報監視法）に基づく令状に関する公聴会を開く。そこでプライバシー侵害の可能性について検討することになっていて、私は議員の代理で調査をしているところだ」アルバーツは朗らかに両手を差しあげた。「なにも、ここで間違ったことがおこなわれていると言ってるんじゃない。連邦法執行機関内で、できるだけ多くの人間から聞き取りをしているだけでね。情報を集めてる。きみが組織の上級警護官ということでお訊ねしたいんだが、関連機関の電話回線やeメールを傍受しようとして、なんと言うか、不注意にも令状を取りそこなったという例に心当たりがあるかどうか。FBIでもCIAでも、DEA（麻薬取締局）、NSA、NRO、地域の法執行機関でも」

「お役に立ちたいのはやまやまですが……いまは担当の仕事にかからなくてはなりません」

アルバーツはうなずいていた。「ここでのきみの役目はわかっている。議員はアーロンの友人だ」私のボスに視線を投げると、「われわれとて、きみたちの大事な仕事の邪魔はしたくない。ただ、少々時間の制約があってね」

「なぜ？」とエリスが訊いた。

「委員会が調査を開始すれば、マスコミがかならず追ってくる。連中に先を越されたら元も子もなくなる」

それに反論はできなかった。「話の聞ける人間ならほかにもいますよ」と私は持ちかけた。

「いや、われわれはスターが欲しいんだ」とアルバーツは答えた。

ボスが私の掩護に回った。「この事件が解決したあとなら、それもいいでしょう」

　アルバーツは不服そうにしながらも話に乗ってきた。

「三、四日だね？」

「そんなところです」と私は言った。「確約はできませんが。私が警護している一家は、いま重大な時期に差しかかっています。こちらが自由になりしだいご連絡しましょう」

「よし、わかった」とアルバーツは言った。ふたたび私の先を見通すようにして、例の笑顔ではない笑いを浮かべた。「感謝しているよ」席を立った男は、エリスに向かってうなずくとブリーフケースを手にした。「そのね――きみたちの立派な仕事ぶりについては」

　男が出ていってから、私はエリスに訊ねた。「上院議員と友だちだって？」

　エリスは鼻で笑うと、その大きな肩をすくめた。「人にぺこぺこするのが友だちだっていうなら、そういうことになるか。スティーヴンソンはこっちの欲しい予算をなにかと通してくれるんでね。右寄りの人間だが、頭で物事を考える右だ。切れ者だし、対立する相手の話にも耳をかたむける。われわれにはああいう政治家がもっと必要だ。議会で大騒ぎする輩が多すぎるんだよ。どこでもかしこでも大騒ぎするのが」

　私はさっき通り抜けてきた不穏なデモのことを思いだしていた。双方がそれこそ相手を殺さんばかりの勢いだった。たしか〈ニューズウィーク〉の記事は、ワシントンの二大政党主義を盛りあげようとするスティーヴンソン上院議員の取り組みに焦点をあてていた。

　幸運を。

　私は壁を飾るボスの子どもたちの作品を眺めた。川を占拠する巨大な魚。ウサギ。紫色の飛行機。

「で、アルバーツは？」

「会ったのは一回か二回だけ。典型的な環状路族《ベルトウエイ》でね。政治活動委員会で資金集めをやり、上院議員の補佐官として財政委員会、軍事委員会、それで今度は情報委員会でスティーヴンソンと組んだ」エリスは椅子のなかで身をよじった。「付きあってやるのか？」

「アルバーツにってことか」

「そうしてもらわないとな、コルティ。財布のひもを握る人間は幸せにしてやること……あまりうれしそうな顔は見せなくても」

「公聴会で証言はできないな。こっちは存在しないからこそ使い途《みち》がある」

「そこはアルバーツもわかってるさ。彼は他機関に、それも公的機関につながる手がかりを必要としているだけだ」

「この文脈に〝手がかり〟をあてはめると、なんて変換されるかわかるかい、アーロン？」

「密告？」とボスは口にした。

私の頭にあったのは、まさにその言葉だった。

14

土曜日

私は自室にもどった。

バーバラが言った。「コーヒーが冷めてたから新しいのを。淹れたてよ」

なんてことを。私は礼を言って口にふくんだ。以前の記憶にもましてひどい代物だった。

私は短縮ダイアルを押した。

「ドゥボイス」と甲高い声がした。「本部ですね」

「十分ほどは。こっちに来られるか？」

まもなく現われたドゥボイスを見て、私は彼女の週末のプランを台無しにしたのだろうかと考えた。

ドゥボイスには猫二匹と、会話の断片から察して決まったボーイフレンドがいるのだが、いっしょには暮らしていない。私は会ったことがない。同僚たちとの付きあいはしない主義だ。そのボーイフレンドというのが、いつでも猫の餌やりとトイレ掃除に来てくれるらしい。私はときどき心苦しくなる。その一方で、クレア・ドゥボイスとそんな関係をつづけるのは、実は面倒くさい相手かもしれない彼女と同居するより、かえって大変なのではないかとも思う。

ドゥボイスは私の向かいに腰をおろした。

「依頼人の電話だ」私はケスラー一家のノキア、サムスン、ブラックベリー、それに取りはずしてあるバッテリーを入れたバッグを渡した。あとでドゥボイスが廊下の先にあるアーミズの作業場内の密室にしまうことになる。緊急にあたって、ライアンやジョアンがどうしても自分の電話に入れた番号が要るという場合には、アーミズか技術担当の専門家が入室し、信号漏洩の心配なく電源を入れて情報を得る手順のみが有効となる。

「ラヴィングは？」とドゥボイスが訊いた。

「現場に仲間がいたんだが、ブルーの4ドア、おそらくビュイックという以外に手がかりはなくてね」

片方の眉が上がった。「ライト、それともダーク？　ブルーの色合いですが。最近の乗用車には、どうやら約二十五種類のグリーンがあるんです。レッドは十八種。ブルーは調べていませんが、すみません、でもたぶん同じでしょう。あと、だいたい六カ月ごとに色温度が一度下がって褪色します。ものによりますが」

「濃いほうだ」

ドゥボイスはそれをありきたりのノートに控えた。

「で、これを」私は追跡装置がはいったビニール袋を出した。

ドゥボイスは太くて濃い眉を持ちあげた。「二個。なるほど。そういうこともあるという話でしたね。ときには三個。フライトラップに乗っていった車に？」

私はうなずいた。「ラヴィングの相棒のしわざだ。指紋が欲しい。それと出所も」

「追跡します」と答えるドゥボイスの動詞の選び方に皮肉はなかった。

私は訊ねた。「で、ライアンの事件だが？」

ドゥボイスはノートに目もくれなかった。「まず、偽造の件ですが。グレアム、エリック。四十九歳。国防総省の軍属。背景はこうです。彼はいわゆる〝インナーサークル〟に勤務している。Eリングとか、そういうことでしょう。つまりペンタゴンの中枢。わたしのIDで糸をたぐっても、彼の職務は特定できなかったのですが、機密事項で武器開発にかかわっているという線で進められそうです」

「そこをどうやって探る？」武器開発者というのは非常に慎重で、自分が武器を開発しているなどとはけっして口外しない。

「彼の経歴、人物証明をチェックして、防衛関係の請負業者一、二名と会った日時を関連づけてみました。ほら、言ったことより言わないことのほうが、その人物の多くを語ることがあるとおっしゃいましたね。それをまとめてみます」

まさにドゥボイスは逸材だった。

彼女が髪を掻きあげると、ブレスレットの飾りが鳴った。そこに純銀の犬、アルマジロ、バゲットに小さな銀のウェンセスラス王が見える。任務でプラハへ行ったときに買ったものだった。彼女はつづけた。「グレアムがからんだ保安上の問題はありません。でも、何かおかしな事態が進行しています。それをどう判断していいものか」ドゥボイスは私のサンドウィッチを見つめていた。

「夕食ですか?」

私は時計をあらためた。四時半を過ぎていた。「昼のつづきさ。それで、ほかに何を見つけたって?」

「首都警察の刑事部にもどって――新たにわかったことですが――どうやらグレアムは告訴をあきらめたようです」

「あきらめた?」

「金曜日に刑事部長のルイスに電話をして、これ以上つづけるつもりはないと話しました。訴えを取りさげたいと」

「理由は?」

「本人が申告している仕事のためです。保安上の問題。公けにしたくないのです」

「妙だな。盗まれたものが国の安全保障に関わってくるというのか? ライアンの話では、犯人が盗っていったのはコンピュータとか仕事上のファイルとか、そんな機密とは無関係のものだった」

ドゥボイスは同意した。「そうです」

「だったらなぜ? 端から心配するほどのことじゃないし、そもそも盗難を届け出たりはしないだろう」

「ですよね。別の事情があります。法律を確かめてみました。責任は本人にあるんです。小切手帳や署名を軽率にあつかい、注意を怠った場合には、銀行は偽造小切手の埋め合わせをしなくていいことになっているようです。つまり支払いは自分の保険会社からということになります。で、支払いは事故証明がないと受けられません」

私はこの話を理解しようとした。「要するに、彼は四万ドルの被害をこうむって、泣き寝入りしようとしている」

「政府が賠償するんでしょうか? でも、それはなさそうだし。本人と連絡がとれるように引きつづき努力します。正直言って簡単ではありませんが。さあ。どうぞ。さっきからサンドウィッチに目が行ってますよ。レストランで連れがいると、相手より料理が気になったりしますから。連れがいないと料理より人が気になるし」

「しかし、ライアンは告訴取りさげについては言わなかった。〈ヒルサイド〉で話を聞いたばかりなんだ」

「たぶん知らないんでしょう。アシスタントから聞いたんですが、木曜と金曜の全日、彼は管理関係の用事でオフィスに不在だったそうです。翌週には、部署の会計手続きの刷新を議題に大きな会議が開かれます」

私はライアンが内部調査のようなことを口にしていたのを思いだした。

ドゥボイスが訊いた。「では、首謀者のリストからグレアムの事件を消しますか？」

「いや。その逆だ。みんなが四万ドルのことに、聞かれるまで知らんぷりを決めこんでいる」私はまたサンドウィッチをかじった。

「ダンチかリナーか。午後の食事にブランチに対応する呼び方がないなんて」ドゥボイスのこの発言はジョークではなかった。

「彼の印象は？　グレアムの」

ドゥボイスは考えこんだ。「動揺して、逃げ腰」

「告訴を取りさげるように、誰かに圧力をかけられたのでは？」

「考えられます。グレアムの家族は収入は多くありません。四万がなければ、息子はプリンストンにもどれないでしょう。わたしなら、何がなんでも犯人を探し出します」

あるシナリオが頭にひらめいた。「いいか、首謀者は小切手を偽造して金を受け取る。それを——過激派のモスクに寄付するでも、コカインを大量に買うでも、売春でもいい、とにかく悪評の立つことに使う。グレアムがやったように見せかけて。金の出所はたどれるようにしておく。そこで言うわけだ、ソースファイルをよこすか、いま動かしてるシステムを破壊しろ、さもないとおまえの人生を破滅させて、おまえを逮捕させると。グレアムは従う。が、ライアンだけはまだ事件を追っている。そこで首謀者は、ライアンの知る事実を探ろうとヘンリー・ラヴィングを雇う」

「なるほど」

「で、もうひとつの事件。ポンジ・スキームのほうだが」

輝く黒髪にかこまれたドゥボイスの空色の瞳がノートに注がれた。

〝ポンジ〟について、私はグーグルで調べていた。マドフの詐欺事件のことは断片的に知ってはいたが、ある程度の知識がなくてはニュースも見られない。その手口とは、投資顧問を装った詐欺師が、投資に回すと謳って人から金を集める。集めた金を自分の手もとに置きながら、資金価値は増しているというステートメントを出しておく。初期投資家が精算を求めてきたら、泥棒は最近集めた投資金から支払う――投資家全員が一度に金を要求してこないかぎりはうまくいく仕組みだ。その実態が露見するのは、たいがい顧客が不安になって取り付けが起きるからである。〝囚人のジレンマ〟の伝でいくと、預金者が合理的不合理に行動する。

ドゥボイスが説明をはじめた。「まず容疑者のクラレンス・ブラウンは――」

「通信販売の牧師だ」

「ちょっとちがいます。彼のオンライン教会でチェックしたところ――」

「オンライン？」それは初耳だった。

「ええ。郵便どころではなく。神学位をダウンロードしてプリントアウトできるんです。〈新シオン同胞教会ドットコム〉。誰でもできます。あなたでも、わたしでも。どこまでいかがわしいか確かめてみようと思って、わたしも聖職者の途中までやってみたんです。女司祭って言うのかしら。でも大金を要求されたのでログオフしました」ドゥボイスのブレスレットには十字架とダビデの星、それにイスラム教の三日月も付いている。魔女の隣りにやたら背を丸めた猫。ドゥボイスはつかみどころがない女だった。

「つづけて、クレア」

「たしかに彼は偽牧師ですが、いちばん気になるのはそこではありません。〝クラレンス・ブラウン〟は偽名でした。本名はアリ・パムーク」

「前科があるのか？」

「ないと思います。標準データベースにはなにも出ていません。でも、彼の過去をもうすこし詳しく調べている友人たちがいます。わたしがとくに気にしているのが、商号の記録です。社会保障番号、住所、電話記録、会計報告、ＳＥＣ提出書類と突きあわせてみますが」

私はおよそ捜査官を指す米国政府の正式な呼称ではない、〝友人たち〟という表現に引っかかっていた。しかしドゥボイスがこの調査をどう運ぼうと、これも定石どおりなのだ。依頼人を守るために、人が望むルールを片っ端から破りもするのが私の仕事だった。とはいえ、首謀者を特定する作業には証拠を集め、弁護人には鳥を逃がす窓の一枚もあたえないという、どんな警官とも同じ心得をもつことが要求される。

「ほかに詳細は?」

「父はトルコ系、母はナイジェリア出身。どちらも帰化しています。本人は数年まえにキリスト教に改宗して牧師になりました。ですが昨年、一昨年とヴァージニアのモスクに多額の寄進をしています。監視対象にはなっていません。いわゆる遊び人のたぐいで、たしかに南東地区のアパートに小さな部屋を持ってはいますが、ウォーターゲートにも住まいがあります。そのことはあまり他言していません。国務省によると過去二年にドバイ、ジッダ、ヨルダンに渡航しています」

その人物像は、ライアン・ケスラーが明かしたものとはかけ離れていた。

「これは役に立つ」それは私からの最高の賛辞だった。

「ほかにライアンが担当していた小さな事件については?」ケスラーはそのあたりを軽視していたが、私はとにかく刑事部長のルイスに直接確認するよう依頼していた。

「ああ、クレジットカードの盗難ですね? どれも小さなもので、大半が司法取引になりました。身元詐称の事件はより大きいとはいえ下級の重罪でした。ほとんどが司法取引ですんでいます。大物でいえば、オンラインで電子機器を注文した少年たち。彼らは相手を間違ったんです――〈アドヴァンスト・サーキット・デザイン〉のコンピュータ・セキュリティの専門家でした」

〈インテル〉のライバル企業。

「この被害者は犯人を追跡して警察に突き出しました。少年たちは保護観察と罰金で放免されましたが。たいしたものですね。ハッキングされた人間が、ハッカーたちをハッキングしかえすだなんて。荒っぽい裁き方だけど」

私はサンドウィッチを食べ終えた。手がかりは多少、だがとびきりのものは皆無。物足りない。「発掘をつづけてくれ」

「シャベルがありますから」

「両方の事件を」

「棍棒も持ってます」

私は部下に笑顔を向けた。調教師の扱いがうまくいくことを祈った。

私は電話をいじりながら情報を書き出した。「あと数点、調べてもらいたいことがある」ドゥボイスのほうにメモを押しやり、いくつか指示をあたえた。「最優先で」と言い添えた。

「わかりました」

「私はケスラー一家を隠れ家へ連れていく」

ドゥボイスは立ちあがった。そこに逡巡が見えた。

私は好奇の目を向けた。

「聞きました、フライトラップでのこと……ラヴィングと接近したって」

彼女には珍しい沈黙の時間だった。

だが死の淵に立たされた経緯について、私から話すことはなにもなかった。それは過去であり、あるいは起きたかもしれない出来事――ラヴィングの死、または私の死――は結果として起きなかった。そこから学ぶべき教訓などなく、私がこの先の戦略を立てるうえでは無意味で、部下に知らせる必要もなかった。

過去について考察するのは非効率である。ゆえに目標の達成にはつながらない。

だから私は感情を排した目で、ただ黙って相手を見つめた。

「さっそく取りかかります、コルティ」ドゥボイスは共に働きだしてから、おそらく初めて私の名前を呼んだ。

15

私はビリーから監視機器はなく健康とのお墨付きをもらったガルシアの車を操り、ふたたびハイウェイに出た。奇抜ながら合法的なルート変更を何度かして、尾行がいないと確信したところでハイウェイにもどり、〈ヒルサイド・イン〉をめざした。

モーテル到着は午後七時をすこし回ったころで、出たときとほぼ同じく、建物裏のユーコンから数台離れた場所に車を駐めた。

北を望むと、靄《もや》のむこうに遠く団地の輪郭が見える。あそこに住むのはたぶん二、三千人……郡の人口のほんの一部、地域一帯からすればさらに小さな集まりにすぎない。仕事中にはよくそんな思いにとらわれるのだが、調べ屋はあのどこかにいるという気がしてならなかった。

でもどこに？

どのあたり？

三十マイル離れて、やはり依頼人と私のいる場所に想像を働かせているだろうか。

それとも一マイル足らずの至近にいてこちらの居場所もつかみ、羊飼いを殺してライアン・ケスラーを拉致する策をめぐらしているのか。

私は電話でアフマドに到着を告げて部屋に帰った。秘密のノックというやり方も悪くはないが、われわれは使わない。アフマドに通され、室内にはいった私はキチネットでブラックコーヒーを注いだ。ルームサービスの料理の匂い——タマネギとニンニクがほとんど——が充満している。皿が二枚、きれいに片づいたものと、つつき回したものがシンクのそばのトレイに置いてあった。

「すぐに隠れ家へ出発します」

全員から期待のまなざしを向けられ、私は自分がわだかまりを残してきたのだと肌で感じた。だが知るべき人間はふやさずで、私は出かけた先について説明することなく、ここに着いてひろげた荷物をまとめるようにとだけ告げた。

マーリーとジョアンが作業にかかるあいだ、私はライアンを脇へ呼んだ。また酒を飲んだ様子だったが、私が外に出たときから酔いの度合いは変わらないように見える。「グレアムの事件で新たにわかったことがある。彼は告訴を取りさげた」

「なんだって？」ライアンは驚いていた。「意味がわからない。本当ですか？」

私は本当だと答えた。

ライアンはつづけて、「最初に事情を聞いたとき、グレアムは偽造のことで怒り狂ってました……癇癪《かんしゃく》持ちなんですよ。子どもの教育費をどう工面するのか。このままじゃ退学だ。息子にたいする夢がおじゃんになるって。犯人を捕まえろって、グレアムはそりゃものすごい剣幕だった。それなのに？」

「彼と最後に話したのはいつ？」

「たしか火曜日です」

「すると、そこから昨日までのあいだに、何か重大な出来事が持ちあがった」

「その間に告訴を取りさげた？」

「そうだ」

ライアンは言った。「私は一日会議に出てました。くだらない経理のことで」そこでしばらく考えこむと、「じゃあ、関係がある事件ってことになるのかな」

「私はそう思ってる。きみが捜査で発見した何かが、きみを狙う人間を特定する鍵になるかもしれない」

ライアンは溜息を洩らすと、言い訳がましく答えた。「ああいう連中から情報を取るのは大変なんですよ、国防省とか。おれたち小物には話をしないし」

私がつぎに振ろうとしていたのは、ライアンとしてはおそらく気乗りのしないはずの話題だった――別の捜査で、彼が暴いていない重要な事実があった。「で、投資《ポンジ・》詐欺《スキーム》のほうだが」

「はい？」

「〝クラレンス・ブラウン〟は偽名だ。本名はアリ・パムーク」私はクレア・ドゥボイスが探り当てた事情を説明して、いまも容疑者の背景を調べていると付け足した。

しかし、連邦政府の捜査官が自分より多く情報を得ていることに当惑があったとしても、ライアンはそれを表には出さなかった。もっぱらその事件の展開に混乱しているようだった。

「正式に改名してるんですか？」

「まだわからない。で、きみが捜査中に、他人の欲しがりそうな事実をつかんだというようなことはあるだろうか？」

ライアンは頭を下げ、私の肩越しに視線をやった。どうした？　妻、義理の妹、武装した護衛？　ワイルドターキーだかメイカーズマークの隠したボトル？「すみません、コルティ。なにも思いつかない。気にしておきます。考えてみます」

私は時計に目を落とした。全員を隠れ家まで送り届けたい。私は部屋を出ると、もう一度自分の正体を思いかえしながらフロントへ歩いた。

そう、私はフランク・ロバーツ。勤務先は〈アルティザン〉。イカしたコンピュータソフトウェアをデザインしている。

私は笑顔でフロントの男に話しかけた。「そろそろ出発するよ。精算をおねがいしたい」

「かしこまりました、ミスター・ロバーツ」男はそわそわしていた。たまに手順どおりにいかないとき、係の人間が見せるしぐさである。「お気に召しましたか？」

なぜ三、四時間ばかりでチェックアウトするのかという意味だった。

「ああ、相変わらず快適だね。営業会議をやる場所が必要だったんだが、早く切りあがったものだから、いまから連中を案内して街へ連れていくのさ」

「なるほど、なるほど。土曜日もお仕事とは大変ですね」

「まあ、会社が夜の分も出すっていうもんだから、これも仕方がない」

請求書を見ると、ルームサービスの食事にワインのボトルも注文されていた。もちろんライアンだ。ほかに酒を飲んでいそうな者はいなかった。腹立たしい気分になる。毎度、酒を経費として認めさせるのにひと苦労するのだ。ライアンはバックパックに酒棚をまるごと突っ込んでこなかったのか。

私は受付に礼を言って部屋にもどった。

ルディ・ガルシアがあけたドアの隙間から室内を覗くと、マーリーが笑いながら姉に話しかけていた。私はその光景に眉をひそめた。女性たちがいたのは共有のリビング部分ではない。彼女たちは脇の寝室にいて、鏡越しにこちらの目にはいった。

私はガルシアに訊ねた。「ルームサービスが届いたとき、ケスラー夫妻とマーリーを寝室に入れたか？」

「それはもちろん」

「ドアは開いていたのか？　あそこの寝室の？」

ガルシアは振りかえった。「さあ、どうでしょう。見られないようにはしましたが」

私は顔をしかめていた。「映った姿も？」

捜査官は鏡に見入った。「ああ……くそっ」

「ベルボーイに不審な動きは？」

「そう言われると、緊張していた感じでした」

私はひとつ息を吐くとドアを閉じ、アフマドは裏窓、ガルシアは正面と指示した。ふたりは無言で武器を抜き、すばやく防御態勢に着いた。私は室内全体の照明を落とした。

そしてジョアンとマーリーに声をかけた。「寝室の明かりを消して。早く」

間をおいて、そちらの部屋も暗くなった。

「どうしたの?」ジョアンが心配顔で寝室から出てきた。

「ラヴィングがわれわれを見つけて、こちらに向かっていると思われる」

あるいは、すでにここにいる。

16

私の頭脳が、ある種のゲームを腕の立つ相手とプレイしているときにふと起きる働きをした。

直感で、敵の戦略が手に取るようにわかったのだ。これはふつう、チェスなど完全情報ゲームと呼ばれるもので起きる。完全情報とはプレイヤーの過去の動き——戦略——が、すべて相手に明らかにされることを意味する。双方がゲームの最初から動きを逐一見ていく(たとえば〝囚人のジレンマ〟はちがう。囚人その一は囚人その二の選択を知らないというように、こちらは不完全情報ゲームである)。

なぜだかときおり、相手が過去に打った全手が頭のなかに融合され——それこそグラフィックか映像のように——相手のつぎの一手がすっと見えてくることがある。

いま、収まるところに収まったピースは、鏡にくっきり映った依頼人たちの姿、ついさっきフロントで目にした支配人の焦燥、ベルボーイの緊張。

全詳細はつかんでいなくとも、私は法執行官を騙ったラヴィングが、いい隠れ家になると目星をつけた地域のホテルやモーテルに、ファクスないしeメールを送ったのだとほぼ確信していた。そこには逃亡者とでも称して、ライアン・ケスラーの写真が載せられていたはずだ。ラヴィングは電話番号と通報の指示を記しながら、支配人たちには容疑者を発見しても勝手な行動はとらないよう警告していた。支配人は接客係に写真を見せる。われわれの部屋に料理を運ぶ際、従業員が鏡にライアンの姿と、生々しく腰に挿されたコルトを認める。

支配人の態度が落ち着かなかったのは、私がサービスに不満で早いチェックアウトを言いだしたからではない。ふたりの女性と私が、ライアン・ケスラーと屈強でにこりともしない、見るからに危険な男たちの人質にされていたからなのだ。

私にとって大きな疑問は、支配人がラヴィングに、正確にいつ連絡したのかということだった。十分まえならなんとかなる。一時間なら、ラヴィングはすでに近くにいる。

「異状なし」同僚たちがそれぞれ、自分のアクセントで報告してきた。

私はフレディに連絡した。むこうはすぐに出た。「コルティか」

「山場だ」

「もう、一回来てるだろう、フライトラップで」

「ラヴィングがこちらに向かってる。〈ヒルサイド・イン〉」私は住所を早口で伝えた。

「わかった、切るなよ。こちらの人間を急行させる――それとプリンス・ウィリアム郡もだ」

「ためしにね。でも、むこうはフェアファクスみたいに偽の通報を入れるぞ」

「ああ。そうだな」

「手勢をこちらに寄越すことだけに集中してくれ。早く」

私は私物をまとめる依頼人たちが向けてくる狼狽の表情を無視した。ただしライアン・ケスラーには、拳銃をしまうように手ぶりでしめした。あれだけ酒を飲んでいたら妻や私を、あるいは自分自身を撃ってしまいかねない。さいわい、ライアンの銃はリヴォルヴァーで引き金は重い。私は大げさに肩をすくめるのを見て、ライアンの思いを理解した。すなわち、さっきみたいに、ラヴィングをここにおびき寄せて倒せないのかと。

餌とすり替え……

ライアンはもどかしそうに銃をホルスターに収めた。

フレディが電話口にもどってきた。「騎兵隊が向かった。到着予定は二十分から三十分後。籠城か？　とっと逃げるか？」

「決めかねてる。そっちの表の回線を通して、この電話をここのモーテルの受付につないでくれ。擬装はするな。係には発信者が司法省かＦＢＩだとわからせたい」

「わかった、待てよ。失敗したらかけなおしてくれ。こういう技術的なことは苦手でね」

　室内の人間が上着とスーツケースをまとめるあいだ、同僚たちが窓から窓へ、そしてドアへと効率よく移動しながら、脅威がないことを合図してくる。私は耳を凝らし、回線のつながる音が聞こえるのを待った。

　ようやく呼出音がした。

「〈ヒルサイド・イン〉です」応対に出たのはさっき話した男だった。あとはこちらの声を覚えられないことを祈るばかりだった。

　私は元気よく言った。「はい、私はヒュー・ジョンストン特別捜査官です。そちらのモーテルにいるという容疑者について、現在調べを進めています」

「その件で折りかえそうと思っていたところで。彼らは逃げようとしています！」

　やはり推測は当たっていた。

「人質がいらして――ミスター・ロバーツです。ひどい目に遭われた様子でした。以前からいらしてる方で、会社でこちらの部屋を利用されています。支払いに来て、自然に振る舞おうとされていましたが、おかしいんです、たった四、五時間でチェックアウトするなんて」

「いま救出の手配をしているところですが」と私は言った。「どの捜査官と話をしましたか？」

「ジョナサン・コルティ特別捜査官という方です。最後にeが付く」

　その真意はともかく、ラヴィングのひねくれたユーモアのセンスに私の胃が引きつった。ジョナサンは本人のミドルネームだった。

「それで」私は訊いた。「彼が連絡を入れてきた正確な時刻は？」

「いまから四十五分まえです、料理を運んだベニーが誘拐犯を見た直後でしたから。銃を持っていたので間違いないと思います。早くしないと、彼らが出発してしまいます」

「わかりました。よく聞いてください」私はしかつめらしく言った。「この男のMOは――MOはわかりますか？」

「やり口《モードウス・オペランディ》。妻と『クリミナル・マインド』を見てますから」

「彼のMOには、人を残して追っ手を阻止するというのがあります。わかりますか？　あなたにはこれから一時間ばかり、宿泊客を部屋から出ないようにしていただきたい。罪のない人たちを銃火にさらしたくないのです」

「それは……わかりました。いいでしょう。やってみます。それにしても」

電話を切ると、私は額をさすりながらタイミングを推し測った。ラヴィングはわれわれがこの場所にいることを四十五分まえに聞いた。相棒と合流して、フライトラップ付近の土手で拾った車は乗り捨てることになる。車を換えるのには多少時間がかかる。

だが、そう長くもない。

〝石、紙、はさみ……〟

守るか、逃げるか。

私はしばし考えた。「オーケイ、出よう。さあ早く」

「変わらず異状なし」ガルシアが窓の隙間を覗いて告げた。

アフマドがおうむ返しに言った。

そこにライアンがふらふらと近づいてきた。酔眼の周囲の肌に皺が寄っていた。「コルティ、ねえ、こっちでやつを倒しましょう。おれたちならできる。四人もいるんだから。だいたい、ひとりの男から逃げるなんて」

「ふたりよ」とジョアンが口をはさんだ。「仲間がいる。それにもっといるかもしれない」

ライアンはそれに取りあわず、私に話しかけた。「いま掩護を要請したじゃないですか。ほら、完璧だ。むこうはこっちが知ってるってことを知らない。罠に踏みこんでくる。そこに集中砲火を浴びせるんだ！」

私は言った。「だめだ。私の仕事はきみを逃がすことなんだ」

「逃げるのはうんざりだ。こんな茶番はくそくらえだ、コルティ。ジョアンとマーリーをここから連れ出してください。ふたりを隠れ家へ連れてってくれ。おれは残る。彼も」ライアンは武器を二挺携えたアフマドを見やった。

「背水の陣は、われわれの柄じゃないんだ、ライアン。罪のない人たちが多すぎる」

「罪のない人間なんて、そこらじゅうにいますよ、コルティ。そんなのはやることをやらないやつの言い訳だ」

「ライアン」ジョアンがたしなめた。「おねがい！　わたし、怖いのよ」

私は穏やかに言った。「ここは銃撃戦の頃合いでも場所でもない。ぶつかるのは合理的な選択じゃない」これから向かう隠れ家のほうがましとほのめかした。

「あなた」ジョアンがせがむように言った。「おねがい」

ライアンは反感むきだしの顔で荷物をつかんだ。「くそっ」

私はアフマドの肩の先にあたるホテルの中庭を注視した。気になっていたのは、駐車場と庭をはさんで並ぶ黒い窓の列だった。スイートを出て左に曲がると、ユーコンが駐まる建物の裏へつづく小道に至るまで、その窓に姿をさらすようにして五十フィートを横切らなくてはならない。

私はこちらと向きあう部屋の窓を観察した。たとえ開かない窓でも、世の消し屋、調べ屋なら窓越しの二発撃ちテクニックを心得ている。つまり一発めの銃弾は標的を狙わず、空か地面に向けて撃って窓を割り、その直後に決定的な一発を放つのだ。

それでも、われわれはリスクを取らねばならない。ユーコンが安全なのはわかっていた。搭載されたセキュリティシステムが、誰かがバンパーに息を吹きかけただけでも、私のポケットにあるキーフォブを鳴らしてくる。

私は一行をグループに分けることにした。ラヴィングや銃の名手であることを個人的に思い知らされたその相棒に、警護官たちを一度に撃たれないためである。「いまから、建物の裏を通ってヴァンへ向かいます。三つのグループに分かれて。ガルシア、きみはマーリーと。アフマドはジョアンと。ライアンは私といっしょに」私は宙にUの字を左倒しに描いて説明をつづけた。「ガルシア、きみが先頭だ。ドアを出たら歩道を左へ行く。駐車場につづく小道で止まって、私たちを掩護する。つぎはアフマド、きみだ。駐車場まで一気に進んで待機だ。後続を掩護しろ」

「わかりました」

「そのつぎに私たちが行き、きみたちが駐車場まで退却するのを掩護する」と私はガルシアに言った。

マーリーが顎をふるわせ、いまにも泣きそうな顔をしていた。軽薄な調子はすっかり消えている。いろいろな意味で、女性の肉体をもつ子どもなのだ。

「私がリモコンでSUVを始動させる。飛び乗ってベルトを締めること。じゃあ、行こう」

ガルシアとマーリーが歩道をゆっくり移動する間、私は戸口にしゃがんで脅威を探した。明白なものはなかった。

　電話が鳴った。

「フレディか」

「念のために、やつは同じことをやったぞ——偽通報をな。プリンス・ウィリアム管内では十件の襲撃が進行中。ご明察だ」

　私は推察したのではない。ラヴィングの戦略を学習していた。

「だが、うちの連中が向かってる。あと十五分で着く」

「こちらは出発する。やつがわれわれを見つけたのが四十五分まえ。もう近くまで来ているはずだ。いまは話せない」私は電話を切った。

　ガルシアとマーリーは柱の陰に隠れ、捜査官はこちらを意地悪く見おろす黒い窓に視線を走らせている。屋上にも注意を向けていた。

　つぎにアフマドが連れて出たジョアンは、険しい顔つきでバッグを胸に押しつけ、スーツケースを転がしていった。ふたりは急ぎ足でガルシアを追い越すと、駐車場への小道を左に折れた。

　ガルシアから合図が来た。

「行こう」私はライアンにささやいた。

　私の人生で最長ともいえる道行きがはじまった。

　私がライアンに寄り添ったのは、相棒の腕がスナイパー並みとはいえ、ラヴィングが私を排除するためにライアンを殺す危険は冒さないとわかっていたからだった。ただし私たちの脚を撃ち、ライアンを助けようというガルシアやアフマドを釘づけにするケースは考えられる。

　だが何事もなくガルシアと合流して、今度は私が問題の窓を見張るなか、ガルシアとマーリーが裏の駐車場をめざした。ふたりが行き着いたところでライアンと私が動いた。片手に銃、片手にキーフォブを握った私はユーコンのスタートボタンを押した。爆発は想定していなかったが、実際起きずにほっとした。私たちは駆け足で車に乗りこむとベルトを締め、ドアをロックした。

　銃撃もなく、悲鳴や衝突など——こちらの注意を逸らす陽動もなかった。

　私は十秒たらずで車をスペースから出し、モーテルの右側にあたる棟の裏手を回りこもうとした。逃走の際に、尾行されないように車を乗り換えるというのは筋のいい手だった。しかし、私の策は裏目に出た。ラヴィングにも当たりがつけられる公共の施設へ寄ったからである。まっすぐ隠れ家に向かっていれば、いまごろは安泰だったのだ。

相手の動きを読むため、私がよく調べ屋になりきろうとするのと同様、ラヴィングは私のやり方に倣《なら》って、都合のいい寄り道となるホテルやモーテルの名前をまとめていたのだろうか。たぶん、私たちは同じリストを持っているのだろう。

いずれにしても、ここまでは順調だった。私たちは装甲の施されたSUVに乗り、依頼人は傷つけられていない。ラヴィングは影も形もなかった。ここまで来るのに、予想以上に手間取ったと考えてよさそうだった。

ドライブウェイを進んで……

ハイウェイまで八十ヤード、そして六十、五十。

とにかく、あの道に出たかった。〈ヒルサイド・イン〉は姿を消すには持ってこいの場所で、防御にも適していた。だが建物の正面は生け垣と木立が目隠しになり、池が脱出ルートを限られたものにして、そこに曲がりくねったドライブウェイ――見た目には美しいけれども、黄昏時となるとヘッドライトなしでは先を見通せない。

要するに、待ち伏せには絶好の場所だった。

道路から四十ヤード。

減速用の段差を突っ切った。

三十ヤード。

前方に、ドライブウェイと交差するように高さ八フィートの生け垣がそびえ、敷地とハイウェイとが仕切られていた。遠い車線からモーテルの敷地に左折しようとするニッサンのヴァンが見えた。運転しているのは女性で、隣りにシートベルトをした子どもを乗せている。脅威ではない。

が、私はブレーキを踏んだ。

「なんだ？」とライアンが訊いた。

「なぜ曲がってこない？」私は誰にともなく言った。

左折で宿のドライブウェイにはいってこようとするのに、女性は対向車輛を長く待ちすぎていた。私は女性の車のフロントグラスに、対向車のウィンカーが反射しているのを認めた。宿にはいろうというそちらの車に通行の優先権があるはずだ。

だが曲がろうとしない。

そのとき、深いツゲの木立に溶けこむように気配を消す曖昧な人影が見えた。手には黒っぽいものがある。それこそラヴィングが車を停めている理由だった——モーテル裏から出ようとする私たちに気づき、相棒を車から降ろしてこちらの側面に配した。

男が狙撃してくるまでに逃げ切れるか。

私はアクセルを床まで踏みこんだ。しかし、車が前に飛び出そうとしたそこへ、ヘンリー・ラヴィングの黒いダッジ・アヴェンジャーが乗り入れて急停止し、ドライブウェイをふさいだ。

私はブレーキを踏んだ。私たちは正対した。

いつ終わるともしれない刹那《せつな》、車内の静寂、外の静寂。やがて茂みにひそんだ相棒が銃火を開くとともに、ラヴィングの車がタイヤから黒煙を上げて突っ込んできた。

17

私はギアをリバースに入れた。三点ターンは時間をとりすぎる。アクセルを思いきり踏んだ。

車体の側面から耳ざわりな衝撃音が聞こえてきた。相棒が茂みから銃を撃ちつづけていたのだ。だが引き金をひく瞬間にこちらが動いたことで、弾はタイヤではなく板金に当たって事なきを得た。いくらランフラットタイヤが丈夫とはいえ、破れないというわけではない。

また一発がボディの鋼を叩いた。けたたましい音がした。映画とちがって、現実には跳弾の唸りは聞こえないし、火花も見えない。弾はおよそ秒速三千フィートで飛ぶ鉛の塊である。車に当たればそれは大きな音をたて、まずその場に留まって周囲に跳ねかえることはない。

「掩護しろ」と私は命じた。「相棒を自由にさせるな。ただし目視できる敵か、ぼんやりとでも見える標的に限る。むやみに撃つな。ほかの全員は頭を下げて」

ライアンは三列あるシートの最後部にいて、ガルシアと女たちは私のすぐ後ろの席に座っていた。

「ガルシア、左で銃口が光った!」

「了解」ガルシアはウィンドウを数インチ下ろすと、慎重に銃を撃ちだした。規則では、明確な標的があって付近に第三者がいない場合を除いて発砲は禁止されている。

ガルシアは相棒がひそむ深い木立に向けて銃を放ったが、狙うのはあくまで木や地面で、巻き添えが出ないように配慮しながら相棒をその場にとどめておくのが目的だった。

追ってくるラヴィングの車にたいし、まだバックで車を走らせていた私は隣りのアフマドに、やつを狙えと叫んだ。だが木々に沿って曲がりくねるドライブウェイのせいで、それは至難の業だった。どうしても急ハンドルを切らざるをえないので、同僚が狙いを定める機会を奪ってしまうことになる。

また一発、相棒の放った弾がユーコンの側面を穿った。目をむいたマーリーがあっと悲鳴をあげ、口もとを手で覆った。ライアンがあけようとしていたリアのウィンドウは密閉されていた。手にはリヴォルヴァーが握られていたが、少なくとも指は用心鉄の外側にあった。

四輪駆動のユーコンがバウンドして、盛大な砂埃を巻きあげた。

私はすばやく首を回し、フロントグラス越しに後方をうかがった。ラヴィングの車はアフマドの銃弾を避けつつスピードを上げて迫ってくる。私は進行方向のリアウィンドウに目をもどした。

アフマドが言った。「ラヴィングが速度を落としました」その声は落ち着いていた。

「ガルシア、撃て」

FBI捜査官は、恐怖で凍りついたままバッグを胸もとに押しつけるジョアンにのしかかって窓をあけた。

「木があって」とガルシアは叫んだ。「狙えません」

「おれがやる!」ライアンがつぶやいた。「おれが野郎を倒す」

この言葉にジョアンが反応した。「だめよ、あなた、やめて! 酔っぱらってるんだから」

「なんだと、酔っぱらいでも、やつらが束になったっておれのほうが腕は上だ」ライアンはぐっと身を乗り出した。しかし、車が減速用バンプに乗りあげたおかげでライアンの体勢が脇にくずれ、対立は避けられた。銃が暴発しなかったのはなによりだった。

ガルシアが前のめりに拳銃で三発放った。

それが命中したかどうか、私にはわからなかった。いまはそれどころではなかった。四駆のユーコンは時速四十マイル、トランスミッションが絶叫するほどの速度で逆走しながらバンプを越え、植え込みを蹴散らしていた。

一発がユーコンのフェンダーかバンパーに食いこんだ。さらにフロントグラスをかすめていった。ガラスは割れていない。銃弾の被甲にもよるが、耐性はあっても防弾ではないだけに、私は直撃がないことに感謝していた。だが、ラヴィングがライアンを殺してしまうリスクをとりたがっていないと思えば、これも筋が通る。

やがて、モーテルから十ヤードのあたりに直線が見えてきた。

「いいか」私はガルシアとアフマドに叫んだ。「あと五秒で標的がクリアになる。ダッジのグリルを狙え。エンジンを壊すんだ」

「ちがう、フロントグラスだ！」とライアンが怒鳴った。

私はそれ以上口を開かず、こうした状況における合理的な行動が、車の中枢を狙うことなのだとは説明しなかった。運転手に命中させるには、よほどの幸運が必要になる――いまの狙撃シナリオではまず見込みがない。

だが、こちらの路面が安定したとたん、ラヴィングはライトを消して車を右へ運んだ。ダッジはスキッドしながらドライブウェイのカーブ脇の茂みにもぐり、芝生を越えて消えた。

「標的なし」アフマドが穏やかな声で言った。

それでも私はアクセルを緩めなかった。汗をかいた手で、手首が痛くなるほどステアリングをきつく握り、スピードを落とさず後退していった。「ガルシア、フレデリクスに連絡だ。状況を伝えろ」

「わかりました」

ガルシアはフレディに注意をうながして電話を切り、ふたたびジョアンに覆いかぶさるような防御態勢を取った。マーリーは隅で縮こまってすすり泣いていた。

「つかまれ、銃に気をつけろ」私はバックのまま、つぎの減速用バンプに時速五十マイル近い速度で突っ込んだ。宿の中庭にはいって走行をつづけながらロビーに目をくれると、うろたえた顔の受付係が電話機をつかんでいた。

「どこだ？」私は呼ばわった。「ラヴィングはどこにいる？」

「見当たりません！」とアフマドが言った。

ギアの悲鳴はいまも変わらず、床が熱く感じられた。リバースのギアはこんなスピードを出すためにつくられていない。

「ドライブウェイが終わる」と私は叫んだ。「でかいバンプだ！　引き金から指を離してつかまれ」

減速しないで一気に縁石を乗り越え、十分まえに三つのチームに分かれて歩いた隙間を抜けて裏の駐車場に出た。低木の茂みをなぎ倒し、駐車場に突き出したコンクリートのパティオに着地して、色とりどりのガーデン家具をアスファルト上に押しやっていた。テーブルから落ちたグラスがこなごなに割れた。私は車を左に滑らせてからブレーキを踏んで停め、息を喘がせた。肩が痛んだ。

駐車場のむこうには、モーテルの敷地に沿って六フィートの防犯フェンスが立っていた。左側には高さ約四フィートの煉瓦塀。右側がいま私たちが抜けてきたばかりのドライブウェイで、その奥が小さな茂みだった。

「だめよ、だめ」とマーリーが泣き声まじりに言った。「逃げ場がない。わたしたち、これからどうするの？　もういや」

「大丈夫だから」ジョアンが妹をなぐさめた。

「ほんとに怖いんだから」

「小道とドライブウェイ、それと木立を見張れ」私はアフマドに向かい、バックで走ってきた方向と小さな林を顎で指して言った。

「ガルシアは煉瓦塀だ」

「了解しました！」

「小道に影」とアフマドが言った。「誰か来ます。車に乗っている模様」

「いまだ！」とライアンがわめいた。「突っ込め！　やつはじき現われる。こっちがまだ逃げてると思ってる。アクセルを踏め！」

私は相手にしなかった。

アフマドがさらにウィンドウを下げ、小道に向けて銃を構えた。

「どうするつもり？」だしぬけに疑問を投げてきたのは、意外にもライアンではなく妻のほうだった。

私はそれにも答えなかった。

アフマドが言った。「影が接近中」

私はその方向に目をやった。車が一台、われわれがいま来た小道を低速でたどってくる。用心深く。

「やつだ」ライアンが言った。「ライトを消してる。突っ込め！　突っ込め！」

「ガルシア、煉瓦塀だ。目を離すな」

「了解」

「塀なんかどうでもいい。やつは建物のあいだを抜けてくるぞ！」とライアンが口にした。「見えるだろう！」

「いや、ちがう」と私は言った。「ラヴィングは誰かに車を低速で走らせている。フェアファクスとまったく同じだ。やつと相棒は二手に分かれ、林と煉瓦塀からわれわれの側面を狙う気でいる。アフマド、車があの隙間を通るときにタイヤを撃て。運転手は怖気づいて停まる。そしたらドライブウェイと先の林を見張れ。ガルシアは塀だ」

ふたりは命令を受け入れた。

囮の車が小道からゆっくり姿を現わした。

アフマドはタイヤを撃ち抜くや銃身を上げ、車のむこうを見通した。「はっきり見えませんが、木立に人がいます。単独で」

「煉瓦塀」ガルシアが声をあげた。「ラヴィングの車。こちらの側面を突こうとしてます」

「掩護しろ」私は叫んだ。「両方向。一般人に注意して」

男たちが発砲すると、ラヴィングが退いた。相棒も木立の陰に隠れた。

「また来るわ」マーリーが相変わらず泣きながら言った。「ここから出られない！」

これでむこうは私たちが態勢をととのえていることを知った。私はギアを四駆のローに入れると、車をまっすぐ防犯フェンスに向けた。

「なにするの？」マーリーが息を呑んだ。「だめ！　身動きとれなくなる！」

ユーコンのノーズをフェンスにあてて軽く押すと、一枚パネルが外れた。それを乗り越えて反対側の農場に出た。

私は命じた。「フェンスの隙間を狙え。だが相手を確認するまでは撃つな。野次馬がいるかもしれない」私は並木を目当てにゆっくり丘を下っていった。

驚いたことに、そこに食いついてきたのはジョアン・ケスラーだった。「脱出ルートを用意していたのね。必要なときには乗り越えられるように、フェンスのポストに切り込みを入れたんだわ。いつやったの？」

「二年ほどまえに」

私は中間施設を決めるにあたり、防御面とともに脱出のことを考慮に入れていた。施設については夜遅くまで予習する。〈ヒルサイド・イン〉の人間は、私がフェンスを破損したとは知るよしもない。

「なにも見えない」とライアンが言った。「いまのところ」

同僚たちには通り抜けたフェンスの穴を狙うよう命じながらも、私はいまこちらが横断している地表をラヴィングがひと目見て、自分のセダンでは追跡不能と判断する確信があった。

むこうはたったひとつの合理的な決定をくだすはずなのだ。すなわち、一刻も早く退却する。

18

三十分後、私たちはハイウェイに復帰して隠れ家をめざしていた。

午後八時をまわったころで、私はラウドン、フェアファクスの両郡をおおよそ北の方角へ、複雑で予測不可能な経路をとりながら高速で車を走らせた。

後ろの席のライアン・ケスラーはうつむきがちで、帆布のバッグを覗いたりしている。銃弾を探しているのか？　酒か？　ジョアンは黙って窓外を眺めていた。マーリーもようやく落ち着いて、おしゃぶりがわりのコンピュータをいじっていた。ヒステリーからは脱したものの、私をツアーガイドと呼んだ軽薄さはとりもどしていない。

依頼人はむろん恐怖に怯える。頭も混乱するし、すこしおかしくなったりもする。私はわが組織の人間には百パーセントの信を求める。では依頼人には？　かりに七十五から八十パーセントでも、こちらの思惑に沿ってそれなりに迅速に、知的に動いてくれれば満足する。私の仕事では、依頼人たちが犯す避けがたいあやまちを穴埋めして、破滅につながる彼らの欠点や性癖をできるだけ抑えることが大きな部分を占めてくる。

これは悪い人生哲学ではないと思っている。

事実、今回の依頼人たちの行動は典型的なサンプルだった。私は経験から、感情が麻痺したジョアンのことを、大騒ぎする夫や幼稚に浮かれ騒いでヒステリーを起こす妹以上に心配していた。ジョアンのような依頼人は突然、爆発するように崩れてしまう。それも間の悪いときが多い。

覗いたルームミラー越しに合わせたジョアンの目は空ろで、焦点が定まらない感じだった。私たちは同時に視線をそらした。

尾行がないことに気をよくして――よほどの偶然でもないかぎり、ラヴィングには発見されない――私は電話をかけた。

「もしもし？」太い声が応じた。

「アーロン」

ボスが答えた。「コルティ、〈ヒルサイド・イン〉のフレデリクスから聞いた。無事だったそうだな。逃走中ということを考えて連絡は控えた」

「どうも」これがひとつ、ボスの優れたところだった。本人は羊飼いという仕事に感じるものはないのかもしれないが、われわれの動きを理解して適宜対応してくれる。私は言った。「まだフレディとは話していないんだ。負傷者は？」

「いない。しかしひどいことになった。撃たれた弾を拾ったら四、五十発もあるらしい。二発は人がいた客室に当たってる。これには蓋はできない」

「どうなる？」

「マスコミに関しては、なんとラヴィングのほうでわれわれに逃げ道を用意してくれたよ。やつが送った――誘拐と組織犯罪がらみだというファクスに乗っかることにする。〝悪党エクトル〟の出番だ。選択肢はあまりないしな」

エクトル・カランソは麻薬犯罪に手を染める小物のコロンビア人で、国内やラテンアメリカ諸国で多くの重罪逮捕状が出されている。報告書によって人相もまちまちで、経歴もはっきりしないのだが、その危険な性質について警告し、全国に注意を呼びかけるという点では共通していた。神出鬼没で知られる人物である。

ところが、彼は完全なる架空の人物なのだ。たとえば今度の〈ヒルサイド・イン〉のように、真実を伏せておきたい状況で銃撃戦が起きた場合、われわれはセニョール・エクトルに罪を着せ、〝いまだ特定できていない、特異性をもった麻薬その他に関する違法行為と考えられる〟とする。ライアン・ケスラー事件で首謀者が捕まったら、アーロン・エリスが数日のうちに再登場して――

おっと、こちらの誤りでした。真犯人はかくかくしかじかと公表することになる。それでも、当面は〝悪党エクトル〟のせいでマスコミを忙しくさせておける。

「現在、隠れ家へ向けて移動中」

「よろしい。着いたらひと休みだ」間があいた。つぎに来る言葉はわかっていた。「やつの確保はわれわれ全員の望みだがね、コルティ。しかし、きみには隠れ家に腰を据えてもらいたい。これ以上、ラヴィングとの戦いは無用だ」

エリスの頭にはロードアイランドのことがある。

「こちらから攻めたのはフライトラップ攻撃だけだ。〈ヒルサイド〉の件は純粋に防御だ。われわれは逃げようとしていたんだ」

「それはわかってる……しかし、なぜこの情勢で中間施設を使ったのかという問題が出てきそうだな。隠れ家へ直行すればいいものを」

つまり、私が無意識のうちに——あるいは明確に意識して——ラヴィングを引き寄せようとしたのではないかと質してきたのだ。エリスは理由を知りたがっていた。だが、たとえ相手がボスでも、私は答えるつもりはなかった。

エリスはそれを察してつづけた。「これはきみからの連絡だし、こっちは尋問してるわけじゃない。ただ、いずれ問題になるだろうと言ってるだけだ」

私は言った。「こっちが何をしようと、それはすべてクレアが首謀者を追跡する手助けになる」

「上等だ」とエリスは口のなかで言った。タフな土曜日をすごして、もはや事を穏便にはこぼうという気がなかった。「ウェスターフィールドに連絡してないな。すると言ってたが」

「これからする。忙しかったので」

それが事実なのに、苦しい言い逃れに聞こえた。

電話を切ると、私はウェスターフィールドの番号を探した。すると発信者通知の音声がフレディの名を唱えた。私は〈受信〉ボタンをクリックして訊ねた。「〈ヒルサイド〉で何かつかんだのか？」

フレディは言った。「手がかりなし。やつは消えた——あっという間に。フーディーニばりか。子どもにやる小遣い並みか。きれいさっぱり」

「怪我人はいないとアーロンから聞いた」

「ああ。みんな、びっくりしてる。でもそれがどうした？　人生は驚くことばかりだ。たまにびっくりするのも悪くない。アーロンがマスコミの相手をするって？　報道陣の数は目につくなんてもんじゃないぞ」

「本人がなんとかするさ」

フレディは、ラヴィングが人質にした女性も無事だったと言い足した。強要された彼女の夫が目くらましの追跡を仕掛けてきたのである。「いまさらどうでもいいが、女は誘拐犯の顔を憶えてないそうだ。亭主のほうも健忘症にかかってる」

私は訊いた。「ラヴィングが逃げた方角を示すものは？」

「ない」

「連中のダッジはこっちで破壊したのか？」

「ああ。ファンとタイヤをな。西に五十ヤード行ったあたりで乗り捨ててあった。隠しといた車に乗り換えたんだ。遺棄された車はきれいだったよ。新しいほう？　われらが精鋭をもってしても、タイヤのトレッドひとつ見つからない。知ってるだろう……連中は陰毛の一本だって拾ってくるぞ」

「で、ファクスにはライアンの写真が載っているんだな？」

「ああ」

「出所はどこになってる？　きみのところか？」

「連邦税務調査部」

思わず頬笑みそうになった。〈アルティザン・コンピュータデザイン〉に負けず劣らずの偽組織。ラヴィングのことながら褒めたくなる。

私は言った。「典型的な——本人を見つけても、捕まえようとしないで通報せよってやつだな。無料通話の番号か？」

「プリペイド式の携帯だ」

「すでに使用不能になってる」

フレディはわざわざ返事をしてこなかった。

「送り主のファクス番号は？」

「スウェーデンのプロキシを通したコンピュータから送信されてる」

当然だ。

フレディが疑問を口にした。「やつが〈ヒルサイド〉に決め打ちして警告して、ファクスを送ったのはなぜなんだ？　誰かが洩らしたのか？」

「餌をまいたんだろう。可能性がありそうな中間施設につぎつぎファクスを送ったんだ。この一帯の宿のフロントには、どこでも貼り出されてるんじゃないか」

「まったく《ヒーザス》」フレディは〝ジーザス〟の名を吐息まじりに発音した。たぶん冒瀆になると畏れたのだろう。私はフレディが最低週に一度は教会に通っているのを知っていた。「こいつは金を稼ごうとしてる。いったいケスラーが、何をそんな大事な話を知ってるっていうんだ？」

　それこそクレア・ドゥボイスと私で、この先数時間以内に探り出そうとしていることだった。

　するとフレディが気になる問いを投げてきた。「サンディ・アルバーツって男を知ってるか？」

「電話してきたのか？」

「オフィスに来た。インディアナだかオハイオ選出の上院議員、スティーヴンソンのとこで働いてる」

「彼なら知ってる。オハイオだ。アルバーツの用件は？」

「いくつか質問を受けた。通信傍受のことだとか、愛国者法のことだとか。言っておくが、コルティ、あんたの名前が出た。明るく楽しくいいことばかりだ。でもな、とにかくあんたの名前が出たんだ。興味が湧くね」

　興味が湧く。私は気が重くなっていた。「それで？」

「〝それで〟はなかった。忙しいと言ってやった。あきらめたよ」

「ありがとう」と私はつぶやいた。

「何が？」

「わからない」

　電話を切ると、私はアルバーツがフレディを訪ねたことについて考えた。

　やがて、これ以上は先延ばしはできないと判断して、ウェスターフィールドの番号を出し、〈送信〉ボタンを押した。

　男は二度めのベルで応答した。私の心は沈んだ。留守番電話に切り換わることを期待していたのだ。「コルティか」と切り出し、フランス語は出なかった。「いいか、きみと話し合いを持ちたい。でも、いまはAGと同席している」土曜の晩に、ウェスターフィールドは司法長官《AG》と会っている……そんなときに私の電話に出たのか？

「終わったら折りかえす。この番号か？」

「ええ」

「きみの代役はいるか？」

「いいえ」

カチッ。

私は脇道に曲がって車を停めた。マーリーがはっと息を呑み、不安そうに顔を上げた。彼女の心の振り子はまだヒステリー側に振れたままだった。昏睡状態から脱したジョアンが声をかけた。「大丈夫。大丈夫だから」

「どうして停まるの？」妹はピリピリした声で訊いた。

私は言った。「車をチェックするだけです。何発か当たったのでね」

ライアンが獲物を探す狙撃手さながら、暗い道路脇に目を走らせている。

アフマドが後ろから降りてきて、私たちはユーコンを念入りに調べていった。銃撃戦や荒っぽい逃亡劇によるダメージはそれほどでもなかった。ＳＵＶは私の腰よりも頑張っている。

タイヤを見ながらふと目を上げると、ジョアンが後部座席に座ったまま、時計を見ながら電話をかけていた。相手はアマンダだった。開いたドアから洩れてくる会話から察して、順調にいっているらしい。私とまた目を合わせたジョアンは、顔を伏せて電話をつづけた。どうやら田舎ですごした一日の報告をまくしたててくる義理の娘にたいして、彼女は努めて明るく振る舞おうとしていた。

電話を変わったライアンは目尻を下げ、やはり娘と話しこんでいる。

親と子どもたち。

つかの間、古い記憶が浮かんできた。よぎる子どもたちの顔、望まない思い出。私はそれらを押しやった。この作業はわりとうまくいく。今夜は、消えるのがいつにもまして遅かった。

車内にもどってドアをしめると、ライアンがぎょっとして振り向き、銃を握った。私も一瞬緊張したが、ライアンはわれに返って力を抜いた。

ひょっとして、彼は誰かまわず撃ちたいのだろうか。

車を動かそうとしているところに電話が鳴り、発信者通知の声が司法省のものとわかる番号を告げた。〈受信〉ボタンの上で指がためらった。

私は押さなかった。呼出しは留守電につながり、私はユーコンをふたたび本線に入れた。

19

より暗く、曲がりくねった道。

尾《つ》けてくる者はいない。新しい暗視装置の力を借りて無灯火で走れば話はちがってくるが、速度の上げ下げをくりかえし、ときに急制動をかけて急旋回したりしながら、こちらが知りつくし、ラヴィングのほうは不案内と思われる道中で、私は尾行がいないという確信を得ていた。

四十分後には七号線に出て、すぐにジョージタウン・パイクに乗ってリヴァーベンド・ロードを行った。そこからグレートフォールズの中心部を迂回して、ＧＰＳは役に立っても信頼まではおけないという入り組んだ道を通った。

やがて家が三軒――それも非常に大きな三軒のみが建つ深い森を抜け、私たちは高さ七フィートの柵と、その先が六フィートの金網フェンスで道と仕切られた隠れ家の施設に到着した。

施設にはベッドルームが七室の母屋、離れが二棟――うち一棟は緊急用設備で――大型のガレージが二棟、それと正真正銘、干し草置場になっている納屋がある。十エーカー近い起伏のある地所はポトマック川に接していた。ちょうど川幅が狭くなり、不規則に滝と急流がつづくあたりなのだが、いずれにしても〝瀑布《グレートフォールズ》〟とは大げさな表現だ。〝地味でも絵になる〟ぐらいがしっくりくる。

物件としては格安だった。近ごろでは、損益を気にしないでいると政府の職員は務まらない。一九九〇年代、ここは都会の大使館住まいに疲れた中国人外交官たちの静養先になっていた。また、ＦＢＩの調べによると、中国の秘密警察が出入り業者や下級公務員から情報を集めたり、ＮＳＡやＣＩＡなど、ラングレー、タイソンズ、センターヴィルに存在するアメリカの秘密施設の写真を撮影した連絡員、工作員らと定期的に顔を合わせる場でもあった。結局、彼らがやっていたのは防衛機密よりもむしろ商業財産の窃盗が主だったが、それが違法であることは言うにおよばず、政治的にも見さげた行為である。
中国人が逮捕されると慎重な交渉が進められ、外交官と偽ビジネスマンらは訴追されずに国外退去、その見返りに政府が家を没収したうえ……いくつか秘密の恩恵にも浴することで同意に至った。地所は多くの部局で隠れ家として利用され、およそ八年まえにエイブがわれわれのものにした。

茶色に塗られた十九世紀の屋敷は改装され、われわれにできる範囲で現代のセキュリティ設備を組みこんであった。それは人が想像するほどハイテクでもセクシーでもない。フェンスにはセンサーが取り付けられているが、フェンスにセンサーがあることを知らない人間にしか有効ではない。敷地はどこもかしこもモニターされているわけではなく、主な進入路（明らかなものとは限らない）には、地中に重量センサーを埋めこんである。もちろん全体には充分な数のビデオカメラが目立つ場所、目立たない場所に配されていた。私はこの朝から、われわれが観察人《スペクテイター》またはスペックと呼ぶ人員一名に敷地の監視をさせていた。わが観察人たちはウェストヴァージニアの薄暗い一室で、日がな一日テレビの画面に見入りながら――これは本人たちが認めはしないが――騒がしい音楽を聴いて頭を振りたくっていたりする。そんなことができるのは、カメラにマイクが付属していないからだ。それをするとなると帯域幅が厖大なものになってしまう。いずれ映像、音声の両方が拾えるようになれば、スペックたちのサウンドトラックはお役御免になるだろう。だが、いまのところは敷地のサイレント映画に、スピーカーからはデフ・レパードが流れるといった具合なのだ。

われわれを受け持つスペックに連絡すると、むこうはすぐに応答した。

「着いた」と私は言ったが、すでに五分もこちらを観察している相手は当然それを知っている。

スペックは、異状なしと伝えてきた。怪しいものはまったく見ていないという。

「シカはどこだ？」

「いるはずの場所にいます」

私はこの仕事や人生のいくつかの局面で、野生動物について多くのことを学んだ。例を挙げれば、シカやその他の動物が何を、なぜ怖がるのかといったことである。スペック――そして子飼いの部下には、動物の行動パターンにくれぐれも注意を払うようにと話している。それが侵入に関する手がかりになるかもしれないのだ。一年まえには、不穏な動きをするアナグマのおかげで消し屋の存在が知れ、依頼人の命が救われたという経験もしている。現に私は専門家が集まる会議の席上で、これをテーマに講演をおこなった。

「付近の往来でも、おかしな動きはありません」とスペックは鼻にかかった声でコメントした。顔を合わせたこともない男だが、ある程度の印象はもっている。ウェストヴァージニアの山中に住み、この訛り、ヘビーメタル好きとくればイメージも固まってくる。

スペックに礼を言ってコードを打ちこむと、正面ゲートが開いた。地面にはほとんど目につかないが、丈夫なゴムシートが埋められている。私たちは防犯フェンスを抜け、曲がりながら百フィートもつづくそのドライブウェイを進んだ。ガルシアとアフマドは周囲に気をくばり、マーリーとライアン・ケスラーも警戒を解かずにいたが、どうやらライアンはこっそり一、二杯を引っかけたらしい。ジョアンは病院の待合室でひと月遅れの雑誌を眺めるような顔で外を見ていた。

私は車を駐め、全員を降ろした。木製に見せながら実は補強鋼という玄関扉脇のパネルを開き、小型液晶ディスプレイの下にあるキーパッドを押した。すると動作、音および熱を感知するセンサーによって、プログラムが邸内は無人であることを確認した（これは人間の心拍も識別できる代物だが、さすがにニオイネズミが餌を探す音、温水器が作動する音には反応しない）。私は扉を開錠して邸内にはいると、一時的にアラームを解除した。われわれが内側から施錠すれば再設定される仕組みで、火事や侵入が起きた場合には扉をあけられるように非常ボタンを備えている。窓も大半が同じシステムになっており、それ以外は六インチ幅にしか開かない。

私は照明をつけると、すこし冷えこんできたのでヒーターのスイッチを入れ、ウェストヴァージニアと同一の画像を映すセキュリティ用モニターを起動させた。つぎに安全なコンピュータサーバーを動かし、シールドされた固定回線の動作をチェックした。それから発電機が装甲されていることを確かめた。発電機は侵入者に本線を切断されると自動的に始動する。

私は依頼人たちを連れ、黴臭い一階をざっと見せてまわった。

「あら、すてき！」マーリーが壁に並ぶセピア色の写真に歩み寄った。棚にある本や雑誌、それにまあ、私が寄付したものではないがボードゲームには目もくれない。私はマーリーの浮ついた表情を見ながら、一時間まえの銃撃戦のことを忘れてしまう依頼人などいただろうかと記憶をたどってみた。ひとりもいない。

私は食事、飲み物、テレビについてベルボーイさながらに説明した。ケスラー夫妻を同じ階の奥の部屋に、マーリーをその隣室に案内した。妹は感心した様子だった。

「名誉挽回ね、ツアーガイドさん」と言った。差し出してきた一ドルのチップはどうやらジョークのつもりらしい。応対に困った私は、その奇矯な行動を無視することにした。するとマーリーはまたまた口を尖らせた。口を尖らせるのが得意な女なのだ。

アフマド、ガルシアと私は交代で眠り、つねにふたりが起きて警護にあたることにした。羊飼いの寝室は一階の狭い一室で、玄関と依頼人の部屋の中間に位置する。

私は施設と隠れ家のレイアウトを熟知して、ここが初めてのアフマドには予習させていた。こちらで何度か――最近では一カ月まえに――試験を課し、アフマドがレイアウトに通じていることはわかっていた。そこで彼からガルシアにブリーフィングさせ、私のほうでは通信システムと武器ロッカーについて説明をおこない、ダイアル錠の番号を教えた。ロッカー内の在庫はそう多くない――ヘッケラー＆コッホ、フルオート仕様のＭ４ブッシュマスターが数挺に携帯武器、それにフライトラップでラヴィングに使った閃光手榴弾である。

依頼人たちが各自の要塞に無事引きこもってから、私はオフィス代わりにしていた書斎へ行き、古いオークの机に着いてラップトップを起動すると、電話とあわせて壁のソケットに挿した。個人セキュリティをあつかう仕事には大事なルールが数多くあるが、エイブがリストの上位に挙げていたのが〝バッテリーの充電とバスルーム使用の機会は逃すな〟だった。

前者をすませ、後者にかかろうと、私は表側の寝室へ行った。耐えられる程度の熱湯で手と顔を洗い、フライトラップでラヴィングを追跡した際に負った傷と痣を確かめた。ユーコンで慌ただしく〈ヒルサイド・イン〉を脱出して以来、痛みのひどい腰はべつにして、深刻なものはなかった。

　私は邸内のセンサーをチェックし、全ソフトウェアと通信システムが作動していることを確認してまわった。エンジニアになった気分だった。

　個人セキュリティは最新鋭の職業である。悪党たちが玩具のことを知りつくし……それらを贖う予算が青天井となれば、必然的にそうなる。コンピュータゲームよりボードゲームを嗜好する人間だけに、私は本来ハイテクではないけれども、最新技術の導入も心がけていた。たとえば、サイズと形状がコンピュータマウスとよく似た爆発物探知機、非金属の火器を見つける高密度カーボンファイバー探知機、オートマティックの遊底がスライドして薬室に弾が送りこまれたり、リヴォルヴァーの撃鉄が起こされる音を警告するオーディオセンサー。あるいは壁の反対側の会話を振動から再構築するマイクロフォン、通信妨害装置、尾行車に道を誤らせるＧＰＳシグナル再配向機。

　私はいつも胸か尻のポケットに、ペンに似せたビデオカメラを挿していた。そこからリンクするソフトウェアのアルゴリズムは、接近する人間の身体言語《ボディランゲージ》が差し迫った攻撃を示唆していると判断すれば警告を送ってくる。また依頼人を移送するときには、私はこれを公けの場で多数の人々を記録するために利用する。ある場所ですれちがった相手の顔が、別の場に現われたかどうかを確かめることができる。

　二本めの〝ペン〟は、盗聴装置の排除が目的の無線信号検知器である。

　さらにわれわれが〝郵便箱〟と呼ぶ約一フィート四方の装置は、ＩＥＤ（簡易爆発物）が炸裂する音に反応して爆発的に開き、騎士の鎖帷子を思わせるケヴラー繊維と金属のメッシュを打ちあげ、飛来する金属片や爆風を遮断する。

　こうした装置は役立つこともあれば、役立たないこともある。しかし、敵に〝楔〟を打ちこむにはどんな手でも使うというのがエイブ・ファロウの口癖だった。その楔が微小な場合もあるが、多くはこれで事足りる。

　私はコンピュータの前にもどり、ドゥボイスが送ってきた数通のｅメールを受信した。返信しようとしている最中に気配を感じ、顔を上げるとケスラー夫妻がキッチンにいた。キャビネットと冷蔵庫の扉が開く音がした。

この施設には食堂とキッチンのあいだにバーがあるのだが、そこにはソーダのストックしかない。キッチンには、施設管理の者が通常ワインとビールを用意している。勤務中の私たちは当然飲めないが、依頼人にはなるべく快適にすごしてもらいたいとの思いがあるし――それより何より、彼らに不満を抱かせないことが重要なのだ。

ぎこちない足取りでバーへ行ったライアンが、すでに琥珀の液体がたっぷり半分まで注がれていたグラスにコークを足した。ジョアンは炭酸飲料のシエラ・ミストを手にした。「何か足すか?」と訊ねるライアンの声が聞こえた。

ジョアンは首を振った。

夫が肩をすくめたのは、勝手にしろの意味。

書斎を覗きこんできたライアンと目が合った。ライアンは回れ右して寝室に帰っていった。

私はコンピュータに注意をもどし、ドゥボイスの暗号化されたeメールに目を通した。

ドゥボイスの返事はこの日、私から出した数々の要求のうち何点かにたいするもので、ライアンが関係するふたつの事件については詳細な部分が得られているとの感触があった。あとはもうすこし、こちらで調べを進める必要がある。私は普段から使用する安全なサーチエンジンにログインして、アジアのプロキシ経由で要求を送った。

すぐに情報が返ってきた。私の目的は機密事項ではなく、単に一般メディアを追うことである。三十分で目を通した数百ページは新しい記事や論説がほとんどだった。そしてようやく、私の調査対象となる記述に行き当たった。

ライオネル・スティーヴンソンは、オハイオ州選出で二期を務める共和党の上院議員。それ以前は下院議員、選挙に出るまえはクリーヴランドの検事だった。穏健派として議会の両勢力のみならず、ホワイトハウスからも一目置かれている。司法委員会に四年いて、現在は情報委員会所属。上院の最高裁判事指名で票の取りまとめに奔走した。このスティーヴンソンの努力については、「誰もが他人を憎むという昨今のワシントンの風潮を思うと、支持をまとめるのは大変な苦労だった」というある政治家の評が引用されていた。

〝議会で大騒ぎする輩が多すぎる。どこでもかしこでも大騒ぎする……〟

地元オハイオ、またDC周辺の退役軍人病院や学校を足繁く訪問。ワシントン社交界の一員として若い女性同伴の姿を目撃されたりしているが、一部の同僚議員とちがって問題にならないのは本人が独身だから。支援しているのは複数の政治活動委員会、ロビイストおよび法律に一切抵触しない選挙資金調達団体。ニューリパブリカンと呼ばれる潮流のなかでスティーヴンソンが偶像視されているのは、その穏健な政治姿勢で民主党員や無党派の人間を転向させ、きたる州および連邦選挙で安定多数を獲得したと目されているからである。

私が見つけたなかでも最重要と思われるのは数カ月まえ、北ヴァージニアのコミュニティカレッジにおける本人の発言だった。多くの意味で、法と秩序の熱心な擁護者であるはずのスティーヴンソンがこう語っていた。

「政府は法を超越しない。人を超越しない。政府は法に縛られて人に奉仕するものです。ワシントンには――どの州にもですが――治安の名において、よりよい成果を得られるならば、規則は曲げたり破ったりしてもかまわないと考える者がいる。しかし、法の原則に優るものなど存在しないのです。そして建国の父たちの意思をないがしろにする政治家、検事、警察はそこらの銀行強盗や殺人犯と変わらない」

ひとりの記者が、この発言でスティーヴンソンは、講堂を満員にした未来の投票者から拍手喝采を浴びたと書いていた。ほかの記事には、この哲学を披露したことによってスティーヴンソンは地元の共和党票を失い、共和党の議員仲間の反感も買ったとあった。これはつまり、政府の監視に関して公聴会を開こうとしているスティーヴンソンの動機が、票の獲得ではなくイデオロギーに根ざしているということなのだ。

私はつづけて大量の文字をスクロールしていきながら、ひとつふたつメモをとった。

これをやりながら途方に暮れる思いで、私はあらためてクレア・ドゥボイスのリサーチ能力に嫉妬をおぼえた。しかし、この作業を彼女にあてがうつもりはない。

目を上げると、ジョアンがキッチンとリビングを隔てるドアをはいってきて、抱きの部分にもたれかかった。凛《りん》として美しい顔立ちには多少の生気がもどっている。

私は開いたページを暗号化されたファイルにセーブして

コマンドを入力し、パスワードで保護されたスクリーンセイバーを呼び出した。

私はチェスの駒が映ったり消えたりするモニターを見つめながら、スティーヴンソンにまつわる新事実をしばし脳内で反芻した。それから席を立ち、戸口のところまで行ってジョアンにうなずきかけた。

隠れ家の内部は驚くほど居心地がいい。虜になったという女性の依頼人も多い。男性にも多少はいる。調べ屋や消し屋に追われると、営巣本能がそれこそ〈ホールマーク〉のヘリウム風船のごとく、あっという間に膨らんでいく。以前、私が階段を降りていくと、依頼人の手で家具の配置変えがおこなわれていたことがあった。また別の機会には、カップルが部屋のカーテンを入れ換えていて、その間窓が素通しだったのかと思ってぞっとしたものだ。

私の好きなこの隠れ家の根本にあるのはくつろぎである――が、それは私個人が安らぐためではなく、職業上の理由から来ている。依頼人の動揺がおさまれば、そのぶん私の人生も安らかになる。

リモコンを手にしたジョアンが訊いてきた。「いい？」

「もちろん」

ジョアンがテレビをつけたのは、おそらく私たちがニュースになっているかを見るためだった。名前こそ出なかったものの、たしかに取りあげられていた。「ギャングが関係していると思われます」とアナウンサーが〈ヒルサイド・イン〉の銃撃について報じた。その後につづいたのがプレイオフに進出したオリオールズの勝算、エルサレムで起きた自爆テロ、最高裁判事指名に関し、賛成・反対両派による議会前のデモで唾を吐いたり、瓶を投げたりの小競り合いが起きたことを受けて、指名候補自身が声明を発表し、双方に自制をうながしたというニュース。私はフライトラップへの移動を隠蔽してくれた候補に無言の感謝を捧げた。

ジョアンはソーダを握りしめるようにして画面に見入っていた。ぺったりしたダークブロンドの髪をかきあげる指が開いている。肩にはバッグを掛けたまま。

見馴れたくつろぎの様子……

そこになんの前ぶれもなく、ジョアンがいきなり私を見て、いままでずっと会話をつづけてきたかのように口を開いた。「苛立ってるの。ライアンが。ものすごく。

私たちをこんな目に遭わせたことで自分を責めてる。自分を責めると、それをどうしていいかわからなくなるの。怒ってるわ。真に受けないで」

　ジョアンは、銃の腕なら私やほかの護衛たちより自分が上だと、夫が嚙みついたことを言っていたのかもしれない。

　あるいは私たちのことを、ラヴィングに恐れをなした臆病者とほのめかした件だろうか。

「わかってますよ」と私は言った。

「彼、デリの銃撃戦から回復していないの。傷のこと、脚のことじゃなくて――そっちはもう、だいたい平気だから。私が言ってるのは心のこと。その影響が尾を引いてる。それで内勤をやらざるをえなくなって。通りに出るのが好きだったのに。彼のお父さんがボルティモアで同じようにされていて。ライアンが金融犯罪に移ってからは、お父さん、彼に失望したみたい」

　私はライアンの両親が他界しているのを思いだし、父と息子の関係は結局どうなったのかが気になった。私自身の父は若くして死に、父の最後となった誕生パーティに多忙で駆けつけられなかったことがいまも悔いとなって残っている。

　死んだ父に、息子の一歳のパーティに出てもらえなかったことも。

　ジョアンがつづけた。「仕事に身がはいらないの。それで、上から管理の仕事を押しつけられて」ひと呼吸あって、「お酒のことを知られてるわ。本人は隠せてると思ってるけど。そんなのはむりだから」

　わが身を顧みても、いまの仕事を手放し、ヘンリー・ラヴィングのような相手とゲームができなくなり、依頼人と行動できなくなるという状況は考えづらい。

　だがもちろん、ジョアンにそんなことは言わなかった。私が絶えず警戒するのは、自分の保護下にある人々と何かを分かちあうことだ。これはプロ意識にもとる。依頼人が調べ屋に拉致されたり、マスコミと話した際に洩らしてしまう可能性も生じる。理由はもうひとつある。依頼人と羊飼いはいずれ別々の道を行く。これは動かぬ事実である。余計な関係をきずくのは望ましくない。感情面で傷を負うリスクは最小限に。エイブ・ファロウがわれわれに、ただ〝私の依頼人〟と呼べと指導した訳はそこにあった。

「彼らは名無しでいいんだ、コルティ。これは二次元のビジネスだ。おまえはボール紙から切り取られた人間になれ。そういう目で彼らを見なくてはいけない。彼らを生かしておくのに必要なことだけを知れ。彼らの名前は使うな、子どもの写真は見るな、むこうの機嫌をうかがうな、例外は銃弾をかいくぐって医者を呼ぶときだけだ」

　とはいえ、皮肉なことに依頼人はわれわれ羊飼いと話したがる。そう、分かちあおうとする。死という存在が彼らを饒舌にさせる部分はある。懺悔になることも多い。彼らは人生で犯したあやまち――それは誰にでもあるのだが――を語り、罪の意識をやわらげようとする。でも肝心なのは、私が脅威にはならないという点だった。私は二十四時間ないし四十八時間、長くてせいぜい数週間、彼らの生活のなかにいる。その時間が過ぎたら私は去り、彼らの友人なり愛する人なりに秘密を告げる場には二度とはいっていかない。

　そんなわけで、私はとくに口をはさむでもなく、話に相づちを打ちながら、いかなる判断もくださなかった。むろん、これには計算ずくのところもあった。むこうが信じて頼ってくれればくれるほど、こちらの指示に従順に従うようになるからだ。

　ジョアンは、私が画面を見えないようにしていたコンピュータに目を向けた。「ライアンのどっちの事件だと思う？」

「いま同僚がその両方を調べてます」

「土曜の夜の十時に？」

　私はうなずいた。

「ライアンはあまり仕事のことは話してくれないから。きっと、だいたいの見当はついてるんでしょうね、その、何て言ったかしら、首謀者の？」

「そう。つまりヘンリー・ラヴィングのような男を雇うからには、むこうにもそれ相応の覚悟があるだろうと？」

「ええ」

「たしかに。でもわかりませんよ。これまで数々おこなってきた任務のなかで、首謀者の正体に驚かされたこともある」

　そこにマーリーが現われ、グラスにワインを注ぐと私たちのほうにやってきた。

私は訊ねた。「部屋は問題なく？」

「思いっきりマーサ・スチュワート風ね、ツアーガイドさん。古い馬の絵。馬だらけ。みんな脚が細いのね。肥った馬でも脚が細い。昔の馬って、あんなだったのかな。すぐ転んじゃいそうだけど」

この発言にジョアンが微笑した——クレア・ドゥボイスばりの観察。

するとマーリーが言った。「どうしたらオンラインにできる？　eメールをチェックしないと」

「それはむりだ」

「えっ、またスパイ物？　おねがい。いいでしょう？」マーリーはティーンエイジャーを思わせる内気な目つきで訴えかけてきた。唇はというと、当然のように尖らせている。

「残念ながら」

「どうして？」

「われわれは、ラヴィングがあなたのアカウントを見つけるだろうと考えます。あなたがメッセージを読んだり送ろうものなら、むこうはこのあたりのルーターやサーバーのトラフィックタイムの相関を見抜いてしまう」

「コルティ、あなたって道を渡るとき四方を見まわすの？」

「マーリー」ジョアンがたしなめた。「もう」

「だから、おねがいよ」

「念のためです」私は真剣な面持ちで顎をしゃくるマーリーを凝視した。「何か？」

「ここにマッサージ師を呼べないんだったら、誰かマッサージしてちょうだい……ねえ、ツアーガイドさん、あなたの職歴にマッサージ師はないの？」私は唖然とした顔を向けていたにちがいない。マーリーは言った。「冗談が通じないのね」

「マーリー」姉が言い放った。「やめなさい」

「真面目に」妹は私に向かって言った。「eメールを二、三通だけ。ギャラリーに画像を送って見せないと」

「本当に大事なものなら、こちらで暗号化したうえで中央通信本部へ送信して、それをアジアとヨーロッパのプロキシを通じて送ることはできる」

「それってジョーク？」

「いいえ」

「じゃあ、他人が目を通すの？」

「ええ、三、四人。それに私が」

「てことは、わたしは究極の選択を迫られるってわけ……寝るわ」マーリーはぷいと背を向け、薄暗い廊下に消えていった。

ジョアンは妹の後ろ姿を見送った。マーリーのしっかりとした、あたかも誘うような歩みに合わせ、薄いスカートの下で華奢なヒップが揺れた。

「妹さん、何を服んでます？」と私は訊いた。

ジョアンはためらった。「抗鬱剤のウェルバトリンを」

「ほかには？」

「たぶんアチバンも一錠。二錠か三錠かも」

「あとは？」

「処方箋が必要なものはなにも。あの子は保険にはいってないから、医療費は私が面倒をみているの。わたしが払って……どうしてそれを？」

「言葉と、態度のはしばしから。彼女の入院歴もわかってます。二度ありましたね？」

ジョアンは控えめな笑い声をたてた。「それも知ってるの？」

「私の同僚が、関係ありそうなことはすべて調べているので。自殺未遂？　報告書からの推察ですが」

ジョアンはうなずいた。「医者の話だと、未遂というより狂言に近いみたい。ボーイフレンドに棄てられて。というか、ボーイフレンドともいえない相手にね。半年ほど付きあっただけで、同居して子どもをつくる気になって。その先は想像がつくと思うけど」

声がとぎれたと思うと、ジョアンは私にはわからないだろうとでも言いたげに、こちらをしげしげと見つめていた。たぶんライアンから、私が子どものいない独り者だと聞かされていたのだろう。

ジョアンはつづけた。「メモを残して、薬を多めに服んで。二度めも同じ。まえよりちょっとひどかった。ちがう男。恋人に入れこむぐらい、セラピーにも熱心に通ってくれるといいんだけど」

私は廊下に目をやると、声を落として訊いた。「彼女を傷つけたのはアンドルー？」私は自分の腕を叩いてみせた。

ジョアンのまぶたがふるえた。「優秀ね……」彼女は首を振った。「正直、わからない。まえに怪我をさせられたことがあるの。彼が病院に連れていったわ。あの子は事故だと言い張った。虐待の被害者って、いつでもそうだし。でなければ、自分のせいだって言うから。今度はあの子、どこかの男にやられたってはっきり口にはしてるけど。わたしにはわからない」

「では、転送されてきた郵便は？　アンドルーと破局した妹さんは、あなたを頼ってきた？」

ジョアンはくすんだ古い鏡に映る自分の姿に目を留め、顔をそむけた。「そのとおりよ。アンドルーは前途洋々だから。才能があってハンサムで、妹も才能があると思ってる。少なくとも、妹はそう話してる。でも嫉妬深くて支配的よ。妹にアルバイトを辞めさせて同棲をはじめたわ。それでつづいたのが二カ月。いつも怒ってばかりで、妹が家を出るとますます腹を立ててね。わたしたちが近くに住んでてほんとによかった。別れて行く場所があったから」

ドゥボイスの調べによると、マリーとして生まれ、正式には一度も名前を変えていないマーリーは、十代のころには地元警察の家出人名簿に載り、麻薬や万引きで何度か検挙されたが起訴は取りさげられている。いっしょにいた少年たちに強要されたということらしい。彼らの身代わりで逮捕されたのだ。

これは仕事にも、いまの会話にも関係がなかったけれども、私は口に出さなかった。

「つまり、あなたたちは予習をするのね？」

「仕事のことで？　ええ」

ややあって、私以上にジョークと無縁に思えたジョアンがふと笑顔を向けてきた。「わたしのことで何か見つかった？」

私は答えに窮した。ジョアンに関するドゥボイスの調査では、平凡を絵に描いたような人生しか出てこなかった。優等生、大学院生、統計家、そして主婦。アマンダの学校ではＰＴＡ活動。ありふれた四十年の上または下にはみ出す出来事といえば、それ自体珍しくもない、大学院進学をまえにした海外バックパック旅行――青春時代のクライマックスなのだろう――と、治療に何カ月も要した過去の大きな交通事故ぐらいのものだった。

「あなたは私が心配する必要のない人物だった」

笑顔が消え去り、ジョアンは私の目を見据えた。「あなたはいい政治家になるわ、コルティ。おやすみなさい」

20

午後十一時、邸内を巡回したあと、私は外に出て落ち葉に足を踏み入れた。そして〈ゼノニクス〉のスーパービジョン１００暗視単眼鏡で敷地の監視をはじめた。これは非常に高価だが、市場に出まわる最高の製品である。部内で所持するわずか三台のうち、私は最後の一台をその日の早くに借り出していた。

この仕事は通常クローンが担うものだが、私はわれわれ羊飼いも汚れ仕事を決まってやるべきと考えていた。むろんエイブの哲学であり――彼を殺すことになった信念だともいえる。

私は異状を見出すことに集中していた。気がつくと肩に力がはいっていた。息遣いも激しい。私は口のなかで唱えはじめた。石、紙、はさみ……石、紙、はさみ……

ゆっくり流れる雲とともに移りゆく月影のおかげで、気分がやわらいでいった。四十分たつと指がかじかみ、腕の筋肉がふるえてきたので家にはいることにした。

羊飼いの寝室で、私は〈ロイヤルガード〉ホルスターをはずし、ジムバッグから〈ドローＥＺ〉の瓶を取り出した。そのジェルを、自然の色合いがいまや使いこんだ野球のグラブさながらに鞣《なめ》されたホルスターに塗りこんだ。革の滑らかな部分が肌に密着し、粗い部分が外側を向く。本当はいま手入れをする必要はなかった。銃を抜く速度を計ってみたところ許容範囲にあったのだが、これをやるとリラックスできた。

その作業を終えるとバスルームで寝支度をすませ、ごつごつした古いベッドにもぐりこんだ。ブラインドは当然引いてあったが、殺し屋がナラの古大木が並ぶほうから現われ、部屋に銃弾を撃ちこんでくる確率はかなり低い。

だが窓には隙間があって、かすかな風の声とともに半マイル先の滝を落ちる水音まで聞こえてくる。

さいわい、私はほぼどこででも、だいたい思うように眠れる。これは仕事柄、すぐれて稀な資質であるということに気づかされた。果たして依頼人たちは不眠に悩まされるのだ。じき寝入ってしまうと思いながらも、私は靴だけ脱いだ恰好でベッドにくつろぎ、天井を眺めて、この家にはそもそも誰が住んでいたのかと考えた。

建てられたのは一八五〇年前後。おそらくは農家で、土地はオーツ麦、トウモロコシ、大麦――今日見るようなブランド農産物ではない、いわば必需品をもっぱら作っていた。私はルッコラとホウレンソウのサラダからはじまる、十九世紀労働者階級の家族の愉しげな夕食風景を想像した。

いまや敷地には一万本からの木々が植わっているが、当時の風景はマシュー・ブレイディなどの写真で見て知っていた。現在、ヴァージニア北部の森となっている大部分は、南北戦争の時代には開拓された農地だった。

グレートフォールズは早くから北軍に占領されていた。この一帯は激戦地の舞台ではないけれども、一八六一年十二月に、四万近い軍勢がいまの七号線とジョージタウン・パイク付近で一時的に衝突し、死者五十名と負傷者二百名を出した。結果は北軍の勝利とされてはいるものの、これは南軍が兵站のさほど充実していない地域を占領することに戦略的意義を見出せず、すんなり撤退したからである。

ヴァージニア州の他地域にくらべて、グレートフォールズは支持の入り混じる土地だった。北軍びいきと南軍びいきが隣人どうしということも多かった。この地では〝骨肉の争い〟という表現は単なる常套句とはちがっていた。

こうした事実を私は歴史書を読んで知り、歴史の学位も取得したが、国際情勢や紛争についてはボードゲームをプレイして学んだことも多い。私は有名な戦いを再現するゲームを愛好しているが、そうしたものはまずアメリカで企画されたものだ。ヨーロッパでは経済や社会生産性をテーマにしたゲームが、アジアでは抽象的なものが好まれる。だがアメリカ人は戦闘物を愛している。私は〈バルジの戦い〉、〈ゲティスバーグ〉、〈Dデイ〉、〈バトル・オブ・ブリテン〉、〈スターリングラード攻防戦〉、〈ローマ〉を持っている。

ゲームのコミュニティを通じて出会った人のなかには、それが冒瀆にあたるからと遠ざけるむきもある。しかし私は逆も真だと思っている。私たちは国に殉じた人々を、自分なりの方法で思いだして讃えているのだ。

それに、過去を書き換えることには大きな魅力があると、誰もが思うのではないか。まえに真珠湾をベースにしたゲームで、私は日本軍を徹底的に打ち負かしたことがある。私の世界では、太平洋戦線は開かれなかった。

思いは新築されたこの家に暮らしていた家族のことにもどった。おそらく大家族だっただろう。当時は子だくさんが普通だった。この寝室の数なら子や孫と一世代、二世代上までいても楽に足りる。

私は多世代同居にあこがれていた。

過去から呼び起こされた姿——ペギーと彼女の父母。いまになって私は、マーリーの容姿と気まぐれなところがペギーを連想させるのだと気がついた。むろんマーリーの暗い部分というか、癇の強い不安定な性質は似ていない。

〝ツアーガイドさん……〟

ペギーに一度、悪人呼ばわりされたことがある。ただそれは〈マクドナルド〉でフレンチフライのレギュラーを注文したらラージサイズが出てきたので、「黙って逃げよう」と持ちかけたときのことだ。

思いだしたくない記憶がつぎつぎに。

身体を伸ばすと、フライトラップでヘンリー・ラヴィングを追ったせいでふくらはぎと関節が、ホテルから避難した際の騒ぎで腰が痛んだ。私は望まない思いを振りはらうのにときどきやるように、強いて頭のなかで見えない相手と中国のゲーム〈ウェイチー〉を何手か指してみた。

やがて眠ることにして寝返りを打った。二分で意識が飛んだ。

日曜日

プレイヤーには、毎回軍勢を動かす順番がまわってくるとはかぎりません。つぎがどのプレイヤーの番か、どの部隊を動かして攻撃できるかはバトルカードによって決まります。いちばん上にあるバトルカードが開かれるまで、誰の番が来るかはわかりません。このように、プレイの順番は明かされないままなのです。

——ボードゲーム〈バトルマスター〉の解説書より

21

なにもしない。

　これはわれわれ羊飼いにとって、さしたる問題ではない。馴れている。航空機のパイロットと同じで、九十九パーセントの時間は退屈な作業のくりかえしである。われわれはそのことを念頭に置き——災いを回避するという、めったに訪れない場面のために訓練を受けてはいるが——仕事の日常は大方待ちの状態で過ぎていくものと理解している。少なくとも、それを理想とする。

　だが依頼人にしてみれば、隠れ家で時をすごすのが悪夢となる場合も多い。活動的な生活から引き離され、たとえここのように居心地のいい場所にいてさえ、働くことも、家周りの仕事を片づけることも、友人に会うこともできず、ひたすら時間をつぶすはめになる。電話はだめ、ｅメールも禁止……テレビだってつまらない。いまいる監獄の外にある世界を思いださせる番組、二度と見ることもなさそうな古臭い再放送、くだらないショー、ドラマもコメディも、自分たちが現実に乗り切ろうとしている悲劇を茶化してくる。

　なにもしない……

　その結果、眠りという忘却の世界を選びがちになる。依頼人を早起きさせる理由はない。

　日曜日の朝、午前九時半、私は五時から着いていた書斎の机で、ドアが開き、床が軋む音を耳にした。ライル・アフマドに朝のあいさつをして、ひとしきりしゃべるライアンとジョアンの声が聞こえた。アフマドはコーヒーと朝食の説明をしていた。

　私はｅメールを何通か送ると、立って伸びをした。

　夜は何事もなく明けて、ウェストヴァージニアの新しいスペックから、同僚そっくりの鼻声ながらより低音で、敷地内に不審な動きはなかったとの監視報告があった。零時ごろに車が一台通ったが、地元の住人がタイソンズ・コーナーかＤＣで夕食をすれば、帰り道として当然のルートということになる。いずれにせよ、ＧＰＳで速度を計測したところ、通過時に時速で一マイルも減速しておらず、われらがアルゴリズムによって脅威リストから除外されていた。

私はキッチンでケスラー夫妻と合流し、会釈を交わした。

「眠れました？」と私は訊いた。

「ええ、まあまあ」ライアンの目は充血していた。動作が鈍いのは脚のせいと、たぶん宿酔もあるのだろう。ジーンズに〈アイゾッド〉の紫のシャツという服装で、ベルトのバックルから腹がはみだしている。武器は変わらず携帯していた。ジョアンもジーンズ姿で、花柄のブラウスの下に黒のTシャツがのぞく。円いコンパクトの鏡で口紅――それが唯一のメイクアップだった――を確かめてから、コンパクトをバッグにもどした。

ライアンはアマンダと長く話して、カーターの別荘でうまくやっているらしいと言った。きのうは釣りをたのしみ、夜は隣人たちとバーベキューを囲んだという。

私もこの朝、ビル・カーターに電話を入れていた。ケスラー夫妻にそのことを伝えたうえで補足した。「不審なことはなかったそうです。ただ、お嬢さんはやはり明日の学校のことや、ゲームやボランティアのことを気にしてるらしい」

「スチューデント・カウンセリング・ホットラインです」とライアンが説明した。「実質、あの子が運営してるようなものだから」

少女の置かれた境遇はこちらのせいだけに、驚きはなかった。

「あの子が休まずにすむように祈りましょう」とジョアンが言った。

まだ日曜日の早い時刻である。ラヴィングと首謀者が早めに確保できれば、ケスラー親子の日常は表向き、夕食時までには元にもどる。

「きょうは何をするんです？」とライアンが外を見て言った。ガレージにゴルフクラブがあったことを思うと、ライアンは暖かな秋のゴルフ日和に未練があるのかもしれない。

「まずはくつろいで」と私は言いながら、依頼人を迎えにフロリダへ飛ぶ機中で、クレア・ドゥボイスが口にした言葉を思い起こさずにはいられなかった。「パイロットはかならず言いますよね、『座席でごゆっくり空の旅をおたのしみください』って。ほかにやることとありますか？　通路で逆立ちするとか？　窓をあけて鳥に餌をやる？」

ケスラー夫妻にも選択の余地はない。私も、夫妻はこれ以上、家から出ないようにとしつこく指図はされたくないだろうと思っていた。

「家のなかで」ライアンはつぶやくとカーテンの隙間から、色づきはじめた木の葉に当たる陽光を見やった。そして溜息を洩らし、イングリッシュマフィンにバターを塗った。

なにもしない……

私は鳴りだした電話の発信者通知に目を落とした。

書斎にもどりながら〈応答〉ボタンを押した。「クレアか」

「失礼」

「情報をつかみました」

「どうぞ」

ドゥボイスの若々しい声がまくしたてた。「電子追跡装置って面白いですね。〈マンスフィールド・インダストリーズ〉の製品です。小型のもので有効距離が六百ヤード。大型で千ヤード。優れものって感じですが、古いモデルです。新しい装置だと、わたしたちが使っているのと同じくGPSで衛星を利用するもので、オフィスにいながら追跡ができます。そちらの車に仕込まれたのは安物ですね。警察が使用しているタイプです」

たしかに面白い話だった。「で、品番は――」

「――首都警察が使っているのといっしょです」つまりライアン・ケスラーの雇い主だ。

「製造番号は？」と私は訊いた。

ところがドゥボイスの答えは、「製造番号はありません。ですから、出所は特定できません」

「指紋などの手がかりは？」

「ありません」

私はこの情報を吟味した。依頼人が刑事で、ハードウェアは当の依頼人が勤務する警察のものであるという可能性が出てきた。

パズルの新たなピース。

私は訊いた。「グレアムは？」小切手帳を盗まれた国防省の関係者。唐突に訴えを引っこめた男。

ドゥボイスの声が快活さを失った。「ああ。その件ですが」

かんばしくなさそうだった。「どうした？」

「すこし助けが必要になりそうです」

「つづけて」

「ちょびっと問題が……」

私には理解しきれない表現。

ドゥボイスは言葉を継いだ。「こちらでリサーチして、前進はしているんですが。例の刑事部長に――」

「ルイスか」

「ええ。ルイス部長に〝さる大物〟から連絡が来ました。聞いたとおりにお伝えするんですが、わたしには意味がまったくわかりません。なんていうか、脚本家が悪役を、極悪人を描くときに使いそうな言いまわしなので。とにかく、この大物がルイスに事件を追わないようにさせたんです」

「ペンタゴンの人間なのか？」

「わかりません。あと数字をいくつかつかみました。グレアムの年俸は九万二千。妻は五万三千。夫妻には六十万の住宅ローンがあって、大学生の娘がふたり、それに息子のスチュアート。娘たちはウィリアム・アンド・メアリー大、ヴァッサー大に通っています。授業料は合わせて年間約六万。生活費は悪くなさそうです。ウィリアムズバーグとポキプシーのわりには、という意味ですが。どちらかに行かれたことはあります？」

「いや」私は思案した。「すると四万ドルは彼にとって、われわれが思う以上に痛手だったということか」

「直撃ですね。自分がデュークに通ったころのことを思いだしました。家族はわたしの授業料を貯めるのに、倹約また倹約でしたから。中退なんかになったら悲惨な話で、いまごろわたし、本日のおすすめ料理を憶える仕事についてますよ」

「問題があると言ったな」〝ちょびっと……〟

「じつは……」

「クレア？」

ドゥボイスは、その飛躍する心と不思議な観察力のせいで変わり者に見られがちだが、本人は本人で私に劣らず負けず嫌いで、敗北を簡単には認めたがらない。自分がミスを犯したとなるとなおさらで、どうやらそういうことらしかった。

「こんなことを思いついたんです。許可を得るために、グレアムは嘘発見器のテストを受けたはずだと」

安全保障にかかわる政府の職員となるには、定期的にこの検査を通らなくてはならない。一部には専門のポリグラフ技師をかかえる組織もある。国防省ではたいていＦＢＩに委託する。

「そこで確認のため、局の友人に電話をしてみました。グレアムは先週検査を受ける予定になっていたんですが、本人から支局宛に、家を出られないと連絡がありました。風邪をこじらせたそうです。被験者が投薬中の場合は検査が受けられません。来月に延期されました」

「で、きみはペンタゴンのログイン記録をチェックした」

「そうです。グレアムはそう言いながら自宅にはいませんでした。そして誰も彼が具合が悪いとは感じなかった。テストを避けるために、彼は嘘をついたんです」

「いい見立てだ。つづけて」

「どうやら記録部の人間が、こちらが覗いたことを本人に知らせたようです。グレアムはわたしの名前をつかんで電話をかけてきました。不機嫌でした」

最高の結果ではない、と私も思った。どうせならグレアムには、われわれの捜査については完全に伏せておきたかった。しかし、ドゥボイスがそこまで動揺する理由にも得心がいかない。すると彼女が語りだした。「どうせこれで首が飛ぶなら、むこうの話を聞いて、告訴を取りさげたあたりの事情を確かめようと思いました。彼はそう、協力的ではありませんでした。それどころか、かなり失礼で。わたしのことを〝お嬢さん〟なんて言うんです。そう呼ばれるのはわたし、好きじゃなくて」

たしかにそうだった。

「あんたが令状を出そうという先はR指定だ、みたいなことを言われて」

「令状？　どうして令状が出てくるんだ？」

「そこが問題というか。むこうを従わせようと、こちらから脅しをかけました」

「なんのために？」私には令状が意味をもつシナリオが見出せなかった。

「こちらのでっちあげです。とにかく、むこうの話し方に腹が立って。わたしの質問に答えないなら、判事から書類を出してもらってでも話をさせると言いました」

私はしばらく押し黙った。教訓を授ける時間だった。

「クレア、ブラフと脅しはちがうぞ。脅すのはそれなりの裏づけがあるとき。ブラフはないとき。われわれは脅しをやる。ブラフはやらない」

「わたしのはブラフということになりますね」

「よろしい。彼はいまどこに？」

「発信者番号からすると自宅です。フェアファクスの。すみません。むこうは守りを固めているでしょう」〝お嬢さん……〟

「ではこうしよう。タイソンズの〈ハイアット〉で落ち合う。三十分後だ」

「わかりました」

電話を切ると、私は書類に目を通しながら、リビングのテーブルに座るライアン・ケスラーのところへ行った。そしてラヴィングの相棒が車のタイヤハウスに仕込んだ追跡装置について話した。

「署のものだって？」ライアンは驚きの声をあげた。

「そうと決まったわけじゃないが。品番は首都警察が購入したものと同じだ」

「じつは、おれたちはそいつを使ったことがないんです。理屈の上では上等でも、まず尾行ではうまくいかない。受信状態は最低だし、信号は妨害されるし。大金がらみで金をなくしたくないってときに、現金袋に付けるのが普通ですね。しかし、あんなのは警備用品を売ってる会社ならどこだって手にはいる」

「署の内部に、グレアムまたはクラレンス・ブラウンの事件を監視しそうな人間はいるだろうか？　あるいはもっと小さな事件でも」

「署内の誰かがラヴィングとつるんでる？　ありえないな。おれたちはそんなことはやらないし、警官が警官にそんな真似はしない」

私は黙ったまま考えていた――人は人にどんなことでもする――正しく〝楔〟を打てば。

私は自分の要求をライアンに聞かせたくなかったので、コンピュータまでもどるとドゥボイス宛にeメールを打ち、ふくれあがる彼女の課題リストにまたひとつアイテムを追加した。ドゥボイスから了解の返事が来た。

ガルシアとアフマドは巡回をつづけていた。私は首謀者を特定する捜査を継続するため、しばらく外出すると彼らに告げた。外に出ると別棟のガレージの扉を開いた。そこにあったのはホンダ・アコード、ヴァージニア州アーリントンに住む架空の人物の名前で登録されている。ビルの手がはいってランフラットタイヤを履き、馬力を上げ、若干の装甲まで施されていたが、市販のものとそう変わらない。私は車を始動させて敷地を出ると、太陽に燦《きら》めく枝葉のトンネルをくぐった。

隠れ家を出て十分が過ぎたころ、電話が鳴った。ウェスターフィールドの番号だった。検事に現況を伝えるというアーロンとの約束を忘れていた。

私は電話に出た。

出るべきではなかった。

22

「コルティ、こちらはスピーカーで、私とクリス・ティーズリーで聞いている」

「ええ」

「私から司法長官に話をして、ケスラー夫妻を特別区の塀のなかに入れる了承を得た。ハンセン拘置所だ」

私が折り返しの連絡を入れなかったせいなのか。少々強引にすぎる気がする。「そうですか。理由は？」

クリス・ティーズリーが電話に出た。「あの、コルティ捜査官」

「コルティ係官」と私は訂正した。わが組織はいわゆる局とは異なる一個の部門である。議会で予算が付き、エイブが設立した。

「コルティ係官」ティーズリーがつづけた。「こちらであなたの経歴を調べました」堅苦しい声だった。私は彼女の倍ほどの年齢だ。

私は運転と尾行の確認に集中していた。これは羊飼いの習性で、食料品を買いにいくときも無意識のうちにそうする。だが、いまは尾けられているはずもなく、なにも見えない。「どうぞ」

「こうした事件では決められた手続きなので」とティーズリーは早口に言った。つまり、私は訴追されるわけではないらしい。「ひとつあって。ロードアイランド州ニューポートで、あなたが指揮した作戦です。二年まえの」

ああ、そういうことか。

「こちらの手もとに捜査の全体報告書があります」ティーズリーは、私に認否の機会をあたえるとばかりに間をとった。私は黙っていた。

「あなたとあなたの組織の同僚二名が参加した任務は、今回の件にもかかわる同一人物、ヘンリー・ラヴィングから証人数名を護衛することでした」

ティーズリーはまたも間を空けた。もしかしてウェスターフィールドは、私がドゥボイス、アフマドらの部下たちを試すように、彼女のことを試しているのだろうか。リサーチをするのは簡単だ。難しいのはそれを他人に向け、引き金をひくことである。

どうやらティーズリーは早撃ちとはいかないらしい。ボスが引き取った。「コルティ、これを読みあげる。〈調査によれば、コルティ捜査官は――〉」司法省内務監査部も肩書を間違っていた。わが組織のことはあまり知られていない。

「〈――コワルスキー警護の任務を遂行するにあたって利害の対立を生じ、その保護下にある証人二名を危険にさらした。政府の三機関に属する個人保護の専門家六名が、二名の証人をロードアイランド州プロヴィデンスの連邦刑務所に保護拘置して匿うのが標準の手続きとしたにもかかわらず、コルティ捜査官はそれを選択せず、証人たちを最初モーテルに入れ、そこからロードアイランド州ニューポート郊外の隠れ家へと移送した〉」

「その報告書のことは承知しています」と私は答えながら、暢気《のんき》なシカを見て急ブレーキをかけた。

それでもウェスターフィールドは読みつづけた。「〈その結果、証人を拉致して情報を得るために雇われたヘンリー・ジョナサン・ラヴィングが、地元の警察官一名および部外者一名に負傷を負わせた。そして少なくとも当の証人一名の拉致に成功しかけた。

当該事項の取り扱いに関する調査において、ラヴィングがコルティ捜査官の上司だった、エイブラハム・ファロウを殺害した当人である事実が判明した。ファロウは……〉」この部分は削除されていた。「〈……の長で、しかもコルティ捜査官の個人的な友人だった。調査委員会は、個人的な復讐心に駆られたコルティ捜査官が当該証人を連邦拘置施設に入れず、ラヴィングが拉致に動くという明らかな予断をもちながら、二名を公けの場に置きつづけることを選んだと結論づけた。

事実上、証人を餌に使い、ラヴィングの逮捕ないし殺害を目論んだのである。このことは証人たちが既決重罪犯であった事実から裏づけられる。すなわちコルティ捜査官には、証人を危険な目に遭わせてもかまわないという感情があったと思われる〉」

ウェスターフィールドは結びに至った。「〈証人が失われず、公判が予定に沿って進行したのは、ひとえに幸運のなせるわざであった〉」

「幸運」と私は静かにくりかえした。私がぜったいに信じないもの。

「さて？」

プロヴィデンスの刑務所は街の最悪の一帯より危ない場所で、相当ひどい状況にあるのは明らかだった。当時の私の部下が、塀のなかには最低二名、ヘンリー・ラヴィングと取り引きする人間がいることをつかんでいた。依頼人はたしかに重罪犯だった。しかし、羊飼いは守る人間をけっして道徳的には判断しない。依頼人の資質で問題になるのは動く心臓だけだ。私たちの仕事とは、この心臓を止めないようにすることにある。

とはいえ、ボスにすら弁解していないのに、ましてウェスターフィールドとその若いアシスタントにそれをする気はなかった。

「今度も同じことだろう、コルティ。プロヴィデンスのモーテルに〈ヒルサイド・イン〉。むこうの隠れ家にこっちの隠れ家。こちらで〈ヒルサイド〉の一件を再現してみた範囲では、ラヴィングが現われて追跡されてから、きみはそのまま逃げられるところをモーテルの裏で時間をつぶした。ケスラー夫妻を車に乗せたままむこうと一戦交えた」

〝説明する人間は弱虫なんだ、コルティ。羊飼いは弱虫であってはならない。間違いはあっても弱虫はだめだ……〟

むろんエイブの信念だ。

私はウェスターフィールドの動揺を覚った。ここまでの会話で一度もフランス語が出てきていない。

私は低速で走るプリウスを追い抜いた。

「要するに、ロードアイランドのトラップは結局うまくいかず、きみが追う狐はきのう、元気な姿を見せた。で、きみはケスラー夫妻を使った捕り物を一からやりだした。そこに今度は、アーロンの話によればテロリストの要素がからんでくる」

「えっ……?」

「アリ・パムーク、別名クラレンス・ブラウン」

「テロリストとの関係は出てきていません。父親がトルコ人で、本人はヴァージニアのモスクに献金をしている。身分を騙ってもいる。現時点でわかっているのはそこまでです。目下、捜査中なので」

「だが、テロリストの集団がケスラーを誘拐し、彼の捜査にほかに誰がかかわっているかを知ろうとしたという線はある」

「いまお話ししたように、ジェイソン、まだわからない」

「だから、コルティ、私はきみがケスラー夫妻を二度の窮地から救ったことに感謝している。きみには才能があるし……運にも恵まれている。われわれとしては、三度めはラヴィングの運が上だったなんてことにはできない」

〝運……〟

「ケスラーは、深刻なテロの脅威につながる唯一の鍵かもしれない。その彼を、きみがやってきたような危機にさらすわけにはいかないのでね。長官には了承を取ってある。ケスラー夫妻と妹をいまから収容する。さっき話したハンセン拘置所だ。むこうにはこちらから連絡した」

いいか、こうやってやるんだぞとばかりにティーズリーを見つめるウェスターフィールドの顔が目に浮かぶ。

「ボスと相談したいのですが」

「これは長官からのお達しだ」

全員のボス。

いつのまにか制限速度を十マイルも上回っていた。私はアクセルをゆるめた。

ウェスターフィールドは理性的に話をつづけた。「これがつまらない横領だの、組織犯罪だというなら、私もあれこれ言わない。だが、テロがからんできては指をくわえてもいられない。脅威の正体を突きとめるために手を尽くすんだ。みすみす報復《ブローバック》を受けることもない」生き馬の目を抜くベルトウェイの内側で長くすごしてきたわりに、私はいまだ〝ブローバック〟といった言い回しに疎い。

「彼らを至急ハンセンに入れたい。きみがラヴィングを追いたいなら好きにしたまえ。首謀者を追いつめるのもいい。とにかく、私の証人を鼠捕りのチーズにはしないように」

私の証人……名だたるヒーロー警官。

ウェスターフィールドはつづけた。「こちらで装甲ヴァンを用意させている」

「だめです」

「だったらアーロンに電話をして、彼らの居場所を聞き出すまでだ」

「彼は知りません」

「なんだって？」

「教えていないので」

〝知るべき人間……〟

「それはつまり……」ウェスターフィールドは理解に苦しんでいたが、その理由はよくわからない。彼の組織内では、あらゆることを共有するというのだろうか。

「こんなことで喧嘩にはしたくないんだ、コルティ。しかし《モンデュー》……それはうまくないな」

おっと、フランス語が。ついに。

私はおもむろに言った。「こうしましょうか。私からアーロンに連絡します。一家をぶちこめと長官から命令があったことを彼が認めたら――」私は相手を焦らした。「――われわれのほうで装甲車輌を用意して、彼らをハンセンの施設へ移動させます。それにしても……DCの警官を？　拘置所に？　とてもライアンがよろこぶとは思えない。一家を移したあと、彼がどこまで協力してくれるかわかりませんよ」

「そのあたりはこちらに任せてくれ、コルティ。とにかく実行に移さないとな。きみを信頼していいのか？」

これは十分後にアーロン・エリスに連絡を入れ、私が有言実行するか確かめるという意味だった。

「ええ」

「ありがたい。これがベストなんだ――われわれにとっても、彼らにとっても、国にとっても」

その言葉がこちらに向けられたものか、ティーズリーや見えない聴衆に向けたものなのかがはっきりしない。

電話を切ったあと、しばらく考えると、私はアーロン・エリスに確認するまでもなくビリーの番号をダイアルし、装甲ヴァンについて訊ねることにした。

23

私たちの職業では、ホテルは都合のいい会合場所だ。人が近寄ってくることはないし、たとえチェックインしなくても、ビジネススーツ姿で待ち合わせを決めこみ、ロビーでおとなしくコンピュータを覗きこむふりをしていれば人の目にもつかない。

私はまさにそれをやっていた。

午前十一時十分、クレア・ドゥボイスがタイソンズの〈ハイアット〉に到着した。黒のパンツスーツという身なりだが、きのう着ていた黒とは別物だった。模様がある。内にはバーガンディの薄手のセーター。腰をおろすとジャスミンの香りがした。目が赤い。あまり寝ていないのだろう。顔もやつれていて、一瞬、セキュリティの問題を抱えているのはわれわれのほうなのかという気になった。だがドゥボイスはさりげなく、嗄《か》れた声でささやきかけてきた。「ビリーが、DCの刑務所まで行く安全な車輌を借り出したそうです。本人はそれを隠していますね。わたしがそう感じたという意味ですが。謎めいていますね。はっきりした意図はわかりませんが、なんとなく腑に落ちるというか。わたしが近づいていくと、彼には避けられてしまって」

これがじつに素朴な疑問を長々と表現する、ドゥボイス流のやり方だった。

「まずは」私はロビーの先を示すとラップトップを手にし、ドゥボイスと連れ立って〈スターバックス〉のスタンドまで歩いた。好きな店ではないのだが、いまはカフェインが必要だった。私はカップ二杯分を求め、クレア・ドゥボイスは食べ物を買った。ベジタブルのラップ。座っていた場所にもどると、私はウェスターフィールドの電話に関して、ロードアイランドの部分や調査の話を伏せて説明した。あるいはドゥボイスもそこまで承知していたかもしれない。公開されている件だけに、クリス・ティーズリーのように多少の悪知恵を働かせて掘りかえせばわかることだが、自分からむやみに部下や同僚の前に持ち出す話題ではない。

私が連邦検事に、ケスラー夫妻とマーリーの刑務所送りを要求されたと話すと、ドゥボイスはワシントンDCが分離独立すると聞かされたかのように目を白黒させた。「でも、それは不可能ですね。依頼人はあなたの管理下にあるんですから」

「しかし、むこうは国家の尊厳を管理している。それと自分自身のキャリアをね」私はあえて〝独善〟という言葉は入れなかった。また現段階では移送先のことも語らないようにした。「いずれにしても、これは当座の優先事項じゃない。大事なのはラヴィングの雇い主を見つけることだ。これまでつかんだ事実を話してくれ」

「いまはいただいたeメールについてチェックしていて、追跡装置をめぐって警察を洗っている最中です」

その任務を振ったのがわずか三十分まえのことなので、結果が出ていなくても驚きや戸惑いはなかった。

「依頼された通話探知の結果がこれです」ドゥボイスがフォルダーを差し出した。私はすばやく、だが抜かりなく目を通した。答えはほぼ予期したものだった。

つづけてドゥボイスがふたつめのファイルを出してきた——投資詐欺に関するものである。こちらには大部の文書類がはさまれていた。私が目を上げると、ドゥボイスが内容を要約してみせた。「クラレンス・ブラウン、別名アリ・パムーク」彼女は書類を繰っていった。「ケスラー刑事は事件に深入りしていません」

「本人もそう言ってる。忙しかったからと」

「それに、司法省もSEC（証券取引委員会）も、誰ひとり関心を払っていません」

「可哀そうだな、マイノリティの被害者たちが」

「多額のお金が動いたわけではないし。彼らの擁護に声をあげようという、たとえばアル・シャープ牧師みたいな人物も出てきていません。パムークは南東地区にオフィスを構えていますが、短期のリースです。家具はすべてレンタル。秘書が一名にアシスタント二名。いずれも大学卒ではなく。匂いますよね。もし投資顧問だったら、もっとましなことをすると思うんですが。わたし、映画を観たんです。《大統領の陰謀》を」

「本もある」

「ほんとに？　で、そのなかで——」

「ストーリーは知ってる」

「事情を突きとめるのに、記者たちがお金の流れを追うんです。そうかと思って、わたしも同じことをやってみました」

「なるほど」

「財務省と国務省に知人がいるんです。それと国際銀行協定にかかわった弁護士」どうやらドゥボイスは、コロンビア特別区内の三十歳未満の人口半数と知り合いらしい。「何年かまえにＵＢＳの事件があって、スイスの銀行がふるえあがってからは、情報を取るのはそんなに難しいことでもありません。それでも追跡は複雑な経路をたどりました」ドゥボイスはファイルから一枚の紙片を抜き出し、美しい手描きによる精巧な図表を私に示した。「ヨーロッパのインターポールと英国のＭＩ６の人間がつかまって。早朝勤務か深夜勤務か、二十四時間営業なのかわかりませんが。まとめると、投資者のお金の流れはＤＣからジョージタウンへ——なんか、そう言うと可笑しいですよね。でもこれはワシントンじゃなく、ケイマン諸島のジョージタウンです。わたしが〈ディーン＆デルーカ〉に通うジョージタウンじゃなくて。そこからお金はロンドン、マルセイユ、ジュネーブ、アテネに移動して、どこへ行ったと思います？」

パムークの父親がトルコ人ということで、私はイスタンブールかアンカラに賭けた。

だが真の答えははるかに興味深かった。「リヤド」

サウジアラビア、９・11の主だったハイジャック犯の出身地だ。私が推測の域を出ないと考えていた、ウェスターフィールドのテロリスト・コネクション説がますます現実味を帯びてきた。

「英国の幽霊会社です。そしてそこから、中東じゅうの何社にも流れたんですが——なぜか中東の会社ではありません。登記先はアメリカ、フランス、オーストリア、スイス、イングランド、中国、日本、そしてシンガポール。すべて幽霊会社です。ひとつ残らず。お金は集まった先から消えました」

私は苦いコーヒーを啜ると話を要約した。「つまり投資家が金を引き出すことはなく、ヒズボラ、タリバン、ハマス、アルカイダのテロ活動の資金にあてられたと」

「わたしはそう考えています」

投資詐欺を利用して、テロリストの財源を生み出すというのは賢いアイディアだった。そしてそれが真実なら、効果は倍増する。パムークが集めた金は活動資金となるばかりか、貯えをパムークに投資した西側の市民の人生を破滅に追いやるという、二次的な結果をもたらすことにもなるのだ。

「どこまで行った？」

「サウジは協力的ではありません。当然ですが。国務省とインターポール、それに地元のＦＢＩが、具体的に金を手にした人物を探り当てようとしています」

パムークは表看板にすぎないと私は踏んだ。近隣と関係をもち、原理主義を信奉していることから選ばれたのだろう。果たしてヘンリー・ラヴィングを雇ったのはパムークか、それとも中東にいる別の人物か。

「調べがつくのはいつごろになる？」と私は訊いた。

「できたら、あしたまでにと」

〝できたら……〟

「で、グレアムのことだが」

ドゥボイスは顔をしかめた。「すみません」

〝われわれは脅しをやる。ブラフはやらない……〟

私は肩をすくめた。ドゥボイスは教訓を学んだ。問題はいまの状況をどうするかだった。

私はコーヒーを飲み干した。そして師の声で言った。

「この仕事ではな」

「はい」

「ときには己れを試さなくてはならないこともある。限界まで追い込んで」

ドゥボイスは黙りこんでいた。彼女にしては珍しい。しかし、私の目をまっすぐ見てかすかにうなずいた。

「いまから、われわれはそれをやる……が、すでに業務の範囲は超えている。こちらからやれとは命令できない」

ドゥボイスがジャケットを留めるひとつボタンにふれたのは、無意識のしぐさだったのだと思う。腰のベルトに、私のと同じ小型のグロックを挿している。私は彼女のスコアには目を通していた。腕は立ち、射撃場で見る姿では黄色いレンズのゴーグルを通してのぞく研ぎ澄まされた眼と、イアプロテクターのあたりで滑稽にふくらんだ黒髪が印象に残っている。五十ヤードの標的には、つねに当たりをそろえていた。

おそらく頭にはテロ組織、ニュージャージーの犯罪組織、国防省のなんらかの陰謀という可能性まであっただろう。銃撃戦になるのだろうかと。

ドゥボイスは咳払いをした。「あなたに従います、コルティ」

　私は彼女を値踏みした。落ち着いた青い瞳、引き緊《し》めた唇、安定した呼吸。この先の覚悟はできていると私は判断した。

「行こう」

24

「ミスター・グレアム？」

　私が提示したＩＤを、男はまる一日覚悟していたかのように一瞥した。実際、そんなところだったのだろう。さっぱりした髪形のエリック・グレアムは五十がらみで、体格はがっしりしているが肥りすぎてはいない。ジーンズにセーターという服装で、仕事に出る金曜の起き抜けからひげを剃っていなかった。

　私のことは興味なさそうに見、ドゥボイスのことは名前を聞いたとたん、押し隠した軽蔑をこめて見つめた。

「コルティ捜査官、お話しすることはなにもない。偽造の件は取りさげたんだ。それを連邦政府がいったい何をどうしようというのか」

「私がうかがったのはその件ではありません……すこしお時間をいただけませんか？　重要なことです」

「どうして――」

「長くはかかりません」私は険しい表情を浮かべた。

　グレアムは肩をすぼめると、私たちを家に招き入れた。直接案内された書斎は、壁一面が写真、卒業証書に免状、それに三十年もまえの学業や運動にまつわる記念品で埋めつくされていた。

「彼女に説明したとおり」とグレアムは冷たく言い放った。「私はいまたいへん微妙な仕事に就いている。金を盗まれたのは残念だ。しかし大局的に、国家の安全保障の観点から、私は刑事訴訟を起こさないことにしたんだ」彼は偽りの硬い微笑を見せた。「だいたい、ＤＣ警察がかかずらうことか？　連中には、小切手帳を置きっ放しにした不注意なコンピュータ商売の男を相手にするより、もっと大事なことがあるはずだ」

　私たちが囲んだ円いコーヒーテーブルは、天板がガラスで中央に凹みがあった。そのガラスの下に、グレアムのスポーツの栄光を物語るカレッジフットボールとテニスの写真が敷かれている。壁にも休暇や学校行事で撮った家族写真が貼ってある。その何枚かに写っている息子が、将来の教育に暗雲立ちこめた当人だろう。やはり大学在学中の双子の娘たちのスナップもあった。多くは仕事仲間や政治家一、二名と並んで写るグレアムのものだった。

家族の姿も気配もなかったが、ダイニングのテーブルには、読み終えた〈ワシントンポスト〉日曜版をはさんでほぼ空のコーヒーカップが二個置かれていたし、ステレオからはＮＰＲ局のトーク番組が低く絞った音量で流れていた。上階で軋むような音がした。ドアがしまった。掠奪者の襲来にそなえ、グレアムは女子どもを丘の上に逃がしたのだ。

「ケラー刑事は災難だな」

「ケスラーです」

「こんな厄介なことになって。事情を聞かれたが好人物だったよ。きっと――」そこでふたたびドゥボイスに、睨んでいないふりをした睨みをきかせると、「――どこかの殺し屋だか誰だかが、何かのせいで興味をそそられたんだな」

面白い表現だった。

「気の毒に。しかし、いまの私はそれにかかわる立場にない。きみたちは私の小切手帳を盗んだ人間が、彼の命を狙っていると考えているのか？　それは理屈に合わない」

私は両手を掲げた。「申しあげたように、われわれはその件でうかがったのではありません。うかがったのは……」口をつぐんだ私はクレア・ドゥボイスに目を流した。

ドゥボイスは深く息を吸った。それから目を伏せた。

「謝罪をするためです、ミスター・グレアム」

「それは……なぜだ？」

「上司が」ドゥボイスは私を見つめながら切り出した。「あなたとの会話のなかで、わたしが発した言葉や態度のことを知り――」

「会話ね」グレアムは嘲るように言った。

「職業倫理にもとる行為だと意見されました」

「上品に言えばな」

私はただ見守っていた。黙って顔をめぐらし、室内を眺めた。

こちらの様子をうかがってきたグレアムは、私が部下を守ろうとしないことに気をよくしたようだった。彼が目を向けると、ドゥボイスが説明をはじめた。「わたしがコンピュータで事情を探った段階で、われわれのリストの最上位にあったのは、ケスラー刑事はあなたの小切手詐欺事件について知っていたため狙われたというシナリオでした。手もとにある材料から判断して、ある人物が、それも保安上の脅威となりうる人物があなたの小切手帳を盗み、あなたの立場を危うくしようと資金に手をつけたと。そしてあなたに秘密を渡せとか、あるいは国防省でかかわっている計画を妨害しろなどと脅迫したと。信憑性のあるシナリオでした」

グレアムは吐き棄てた。「ただし間違ってる」

ドゥボイスはうなずいて言った。「わたしはこの地位に就いてそう間がありません。あなたが連邦政府以外の職場にいらっしゃったかどうかは知りませんが」

「しばらく民間にいた」

「わたしもです。大手のソフトウェア開発会社で、保安システムのコンサルタントをしていました。どこかは言えませんが、著作権侵害の大きな問題をかかえていたんです。数千万、数億ドルの額の。コンピュータ業界にいらっしゃるなら、ソースコードはご存じですね」

「もちろん」グレアムはその陰険な目をむいた。

ドゥボイスは言った。「ある社員が、ソースコードの重要な部分をライバル企業に渡せと脅迫されたことがありました。わたしが犯人を突きとめたんです。その状況とあなたの件によく似たところがあって。そこに飛びついてしまったというか」

「私は問題ないと言ったんだ。それをそっちがねじこんできた」

「ええ、わかっています。ちょっと強引でした」

「あるいは、我を忘れたというか」

「我を忘れました」とドゥボイスは認めた。

「つまり、きみは別の会社で味を占めて、夢よもう一度となったわけだ」

「そう……おっしゃるとおりです」

「なかなかの野心家というわけだな、きみは？」ドゥボイスは答えなかった。

「野心があるのはけっこうだが。素質が必要だ、成功するにはね」

「はい。わたしには素質がありません」

「素質がなければ成功はできない」

「そうですね」

「成功はむりだ」グレアムは憐れみたっぷりの笑みをドゥボイスに向けた。「私から助言をふたつ差しあげよう。ひとつは業界の人間の言葉でね――コンピュータはある方向まではかなりのことしかできない。コンピュータはかなりのことしかできない。そこからどっちへ行くかは、きみの小さなおつむを使わなくちゃならない。わかるかな？」

「ええ……」ドゥボイスは黒髪をピアスの穴があいた耳に掛けた。

「人生経験からね。世の中でいちばん大事なことだ。物は瓶に詰めなきゃ買えない」

「わかりました。ふたつめの助言というのは？」

「それなりの人間には敬意を払うこと。きみは若くて美人だ。しかし、世間にここと居場所を決めたら、あとは一目散というタイプだろう」

「そのとおりです。自分の居場所を忘れがちです」

私はグレアムを見やった。「ほかに、私たちにできることはありますか？」

「きみのところのお嬢さんとは話がついた。これ以上、事を荒立てることもないだろう」

「感謝します」

「その態度を心がけるんだな」と彼は私の部下に言った。

つかの間の静寂のなかで、ドゥボイスがゆっくりうなずいた。肌が紅潮していた。「七年生のときの教師に同じことを言われました。それは当然――」

「お時間を割いてくださってありがとう、ミスター・グレアム」私は急いでさえぎった。「どうもご親切に。そろそろ失礼します」

私たちは玄関を出てホンダに乗りこんだ。車を出しながら、うぬぼれたエリック・グレアムがドアをしめるのを見て、私はドゥボイスに話しかけた。「助かった」

私なりの最高の賛辞だった。が、すぐには通じなかったらしい。

ドゥボイスは浮かない顔でうなずいた。

「辛かったのはわかる」

「ええ」

その短い返事で、ドゥボイスの激しい動揺が伝わってきた。彼女を責めることはできない。いましがた耐え忍んだ屈辱より、武装した敵を四人で戦術的に攻めていくほうが好みに合うのだろう。

それでも、私はあえて命じたのだ。グレアムの訴え取りさげにはなんら筋道の立った説明はなく、〝さる大物〟が首都警察に手を回して捜査を打ち切らせたという事実は、これこそライアン・ケスラーが狙われる動機になりうると示唆していた。グレアムの事情を探るには、たとえ部下が厭な思いをしようともあらゆる手段を講じなくてはならなかった。

〝小さなおつむ……〟

クレア・ドゥボイスにとってグレアムのような傲岸な差別主義者にひれ伏すのは、彼女の輝きが一千倍もまさっているだけに、その辛さは並大抵ではなかったろう。だが私の頭にはエイブ・ファロウの言葉が焼きついている。

〝人の安全を守るというのは、他と変わりのないビジネスだ。私の目標は何か、そしてその目標を達成するためにいちばん効果的な方法は何か、と自分の胸に問いかけろ。それが頭を下げることなら頭を下げろ。屈服することなら屈服しろ。顔を殴ることならブラスナックルを出せ。必要とあらば泣け。羊飼いは、己れの任務という原理の外には存在しない〟

だから私はドゥボイスに芝居を——許しを乞うことを——させながら、自分は姿を消し、ドゥボイスが再度脅迫説を持ち出した際のグレアムの反応を観察した。彼の癖、目つき、話し方、ボディランゲージを心に留めた。また書斎まわりに役立ちそうなものがないかと目をくばった。

何かが見つかると信じていた。

私は胸ポケットからビデオカメラ・ペンを抜いてドゥボイスに渡した。「書斎で十枚ほど写真を撮った。壁に貼ってあったスナップだ。うちのサーバーに上げてくれ。全員を人相認識にかけてほしい。手に入れたデータ全部を、事件の事実とあわせてORC《オーク》に」

これはグレアムへの謝罪パフォーマンスで、ドゥボイスがほのめかしていたコンピュータのことである。われらが技術系の魔術師、アーミズの巨大サーバー内に常駐するこの優れたプログラムは、正式名称を〈曖昧な関係《O》パターン《R》および《P》関連性《C》決定装置《D》〉という。私たちがそれを〈曖昧関係コネクター《ORC》〉と縮め、さらにトールキンのファンタジー小説に登場する邪悪な生き物と結びつけたのは、非常に出来のいい〈指輪物語〉のボードゲームを延々プレイした私だった。

　ＯＲＣの心臓部のアルゴリズムは洗練されていた――その仕組みには、私のなかの数学者が感心しきりで、集めた手がかりに何かしら関連があれば見つけだしてくる。

「それから彼の顔とキネシクスのプロファイルを――嘘発見器で解析だ」

　ドゥボイスは手に取ったペンをＵＳＢケーブルにつなぎ、成層圏に向けてビデオを発信した。ドゥボイスは窓外を眺めた。彼女のことはどのくらい放っていただろうか。

　私たちの関係は、これで永遠に変わってしまったのか。

　無言のまま、ドゥボイスの車を取りに〈ハイアット〉までもどる途中で、私の電話が鳴った。電話はまだドゥボイスの掌中にあった。ドゥボイスがその手を出しながら、「メールが来ています」

「読んでくれ」

「輸送課から。ウェスターフィールドへのメッセージのコピーです」

「つづけて」

　ドゥボイスは息をついた。「あなたが要請した装甲ヴァンが、十五分まえに隠れ家を出ました。刑務所へ向かっています」

25

　ますます雲が垂れこめて鈍色《にびいろ》とセピアが混ざりあう空の下を、私はグレートフォールズにある隠れ家の敷地に車を乗り入れた。

　突風に枯葉が飛ばされていくなか、車を降りて伸びをした。

　木立に藪、雑草が伸びる傾斜した野原と、田舎のたたずまいには心からほっとする。成人してすぐのころは教室や講堂に根を下ろしていたし、最近は仕事やプライベートでオフィスと隠れ家にこもりがちの生活だが、外に出る機会を見つけてはときに何時間、何日間とすごすこともあった。

ポトマックやその奥の深い森へとつづく小径に羨望のまなざしを向けてから、ＤＣの刑務所まで移動する装甲ヴァンの状況を知らせるビリーの新たなメッセージを見た。ジェイソン・ウェスターフィールドとその同僚は、現地でヴァンを出迎えるのか。やがて私は結論を出した。そうするに決まっている。

階段を昇りながらコードを押した。隠れ家のドアが開いた。

私はぐらつくカードテーブルをはさみ、お茶とクッキーを手に向かいあうマーリーとジョアンにうなずいてみせた。

たしかに、装甲ヴァンは走行中だった――それも長く複雑なルートをたどって――しかし中身は空なのだ。

〝謎めいて……〟

ケスラー夫妻を、特別区にある警備レベルが中程度の刑務所になど送れるはずはなかった。彼らの投獄を私が拒否したときから変化はなく、たとえウェスターフィールドが、私が依頼人を餌に使っていると確信しようと、それはむこうの問題でこちらには関係がない。

騒ぎがそれなりに大きくなれば、アーロン・エリスが私を馘《くび》にする可能性も出てくることはわかっていた。だが、この仕事の片がつくまでは、エリスは私を切ることはない。それはひとつには、彼が私の所在を知らないからで、突きとめるにはかなりの労力が要る。しかも、ケスラー夫妻の居場所を外の人間に知られる危険をともなう。エリスがそこまでするわけがない。

私は姉妹が、リビングの棚から引っぱりだしたボードゲームに興じる姿を見てうれしくなった。バックギャモン。ダイスを振り、動かした自分のマーカーを盤上から先になくすことを競う、起源を五千年近くさかのぼるゲームである。メソポタミアでは同種の遊びがおこなわれていたし、古代ローマの〝十二本の線のゲーム〟は、現代人がプレイするバックギャモンとほぼ同じものだった。

私は競技中の姉妹をそのままにして、裏の戸口で警戒をつづけるアフマドに声をかけた。万事異状なしとのことだった。ウェストヴァージニアのスペックに連絡を入れると、外から監視されている形跡はないとの報告が返ってきた。

シカ、アナグマその他の動物の異常行動もなかった。

肩を一方に、腰をその反対にかたむけたアフマドの立ち姿は、私にすれば身構えているとしか表現のしようがない。窓に目を走らせているのは本人の役目だが、私の視線を避けるためでもあった。彼は言った。「ハンセン拘置所への輸送車を手配したと聞きました」

「そのとおりだ」

アフマドはうなずいたが、当然ながら困惑していた。ヴァンに乗っているはずの人間が、現実にはほんの三十フィート先にいる。

私は訊ねた。「その件で連絡があったのか？」

「無線で聞きました」

私は策略について話をした。「きみには面倒は降りかからない。知らなかったと主張すればいい」

若い係官は興味をもってうなずいたが、私はそれ以上語らなかった。エイブ・ファロウに倣《なら》って、私もわれわれのビジネスについては、できるかぎり部下に伝授する責任を意識している——学ぶべき知識はいくらでもある。だが、いまの状況は詳しく伝えないことにした。アフマドには、すでに渦中にいると悟られないようにしておきたかった。

当人が口にしたのは、「名案ですね。この状況で刑務所は間違ってる」とそれだけだった。

「ライアンは？」

「部屋で仕事中です。例の会計プロジェクトでしょう」

私は一階に新たな匂いが漂っているのに気づいた。シャンプーか香水にふくまれる香料だった。

家庭的なものに胸を締めつけられるのは、依頼人を押しこめた隠れ家ではしょっちゅう体験することなのだが、何が不快といって、家庭のそれこそ些細な日常と、この場に彼らのいる理由とがあまりにかけ離れているのがたまらない。

ときおり経験するのだが、ふと心温まるイメージが浮かんで感傷的な気分になった。またもある記憶が頭をもたげてきたが、今度は急いで追いはらうことはしなかった。金曜の晩、通りの先のゲームクラブへ出かけようとしてタウンハウスでひとり、夕食のサンドウィッチを食べていたときのことだった。私はペギーと何年もまえに開いたパーティのリストを見つけた。それを眺めるうちに食欲が失せていった。あの場所の、壁にずらりと並んだ箱入りゲームのボール紙、紙、インクの強い匂いがよみがえってきた。タウンハウスが耐えがたいほど不毛な感じがした。香でも焚くか、人が家を売りに出すときにやるように、シナモンを茹でようかと思った。それともクッキーを焼くか。家庭的なこと。ありもしないのに。

姉妹のゲームが終わって、ジョアンが部屋に帰っていった。マーリーが私に笑顔を向けてコンピュータを起動させた。

私は訊いた。「勝者は?」

「ジョアン。あの人には勝てない。何をやっても。むり」

ジョアンは統計学者だけに数学の才があり、したがってゲームでも——その種類によっては——才能に恵まれていることになる。私の場合も数字に通じて、分析的にものを考える習慣がプレイする際に役立っていた。

バックギャモンは私も得意なほうだが、その一般的な戦略は〝ランニングゲーム〟、すなわち盤上のマーカーをいちはやく動かすこと。それができなければ、プレイヤーはホールディングゲームに持ちこみ、敵陣にアンカーをつくらなくてはならない。チェスほど複雑ではないけれども、洗練されたゲームである。ジョアンのプレイぶりを見てみたかった。とはいえ、それは純粋に理論的な興味からくるものだった。羊飼いになってからというもの、私はたとえそんな機会が訪れようと、依頼人を相手にゲームをやったことはない。

マーリーがコンピュータを指さした。「どう思う?」

「何が?」と私は訊いた。

「来てよ、ツアーガイドさん。見て」

マーリーは私を手招きすると、コンピュータにコマンドを打ちこんだ。すると〈GSI　グローバル・ソフトウェア・イノベーションズ〉のロゴが現われた。その名前に聞き憶えはあるのだが、どこで聞いたのか思いだせない。プログラムが読みこまれた。画像の編集/保存プログラムらしい。マーリーが撮った写真のフォルダーが出た。

マーリーの指がキーの上で泳いだ。最初はソフトウェアに不馴れなのかと思ったが、ためらいには別の理由があることがわかった。マーリーが物問いたげな目で言った。「アマンダのプログラムなの。いっしょに楽しみながらインストールして……可哀そうに。こんなことになって怯えてるわ」

　私はロゴをぼんやり見つめる女の目を覗いた。「彼女はそこらの大人の依頼人よりも強い。大丈夫でしょう」これは気休めではなく真実だった。

　マーリーは静かに息を吐いた。「ジョアンはわたしより強いと思ってる」そこで私を見あげて、「姉の意見にはめったに賛成しないんだけど、これはほんとだわ」

　やがてマーリーは真剣に考えること――私はそれを一日じゅうやっている――を放棄して、写真ソフトに集中した。

　彼女がすばやくタイプすると、画面に二枚の写真が横並びで映し出された。「この二枚のどっちがいいか、判断がつかなくて」そう言って笑うと顔を上げ、かたわらの椅子をたたいてみせた。「いいのよ、座って。咬みついたりしないから」

　私は迷ったすえに腰かけた。心地よい香料のもとは、やはりジョアンではなく妹のほうだった。そしてきのう気づいたことだが、マーリーは念入りにメイクしていた。着ているのはアイロンをかけた新しい服――薄手のスカートにシルクの栗色のブラウス。これが気になった。ふつう命の危機にある依頼人はここまでファッションにかまうことはないし、しかもマーリーが見た目どおりの怖がりで、本人が言うとおりのアーティストなら、細かな身だしなみにまで関心はいかないはずなのだ。むしろ、ジーンズにスウェットが性に合う女だろう。

　マーリーが身を寄せてきた。腕と腕がふれあって、私は甘い芳香につつまれた。そこでわずかに身を引いたと思うのは、マーリーがまた笑ったからである。

　私は苛立ちをおぼえた。が、彼女に言われるままコンピュータの画面を見た。「ギャラリーに出すって話はしたかしら？　このどっちかを出展するの。火曜の締切りに間に合うように送らなきゃいけない。どう思う？」

「その……質問の意味は？　どっちがいいかってことですか？」

「わたしにしたら、ほとんど同じなんだけど、一枚のほうがトリミングがはっきりしてる。写ってるのはビジネスマンか政治家か、陰気な顔をしたスーツ姿のふたりの男が、DCのダウンタウンにある政府のビルの暗がりで熱心に議論してるところ」

「誰なんです？」

「知らない。それはどうでもいいのよ。先週、財務省のビルのそばを歩いてて、そこにいたふたりを見たわけ。お金も力もありそう。でも、なんとなく少年っぽく見えない？　校庭みたいじゃない？　四十歳若かったら、その場で突き飛ばし合いをはじめそうな雰囲気だった」

　初めはわからなかったが、そう言われて見ると、たしかにマーリーの指摘は正しかった。

「テーマは対立」と彼女は説明した。

「違いがよくわからない」

「左のやつ？　こっちのほうがはっきりしてる。男たちが引き立ってる。でも、アングルがだめだし、構図のセンスもない。右のほうが様式としては優れてる。財務省ビルがよく見えてるし。太陽光が帯になって、ふたりの近くの階段に射しかけてるでしょう？　美的には上ね……で？」

「どっちがいいか？」

「質問はそれ、ツアーガイドさん」

　なんだか勉強していない科目の試験を受けているような、ばつの悪い思いに駆られた。どちらがいいのか、本当にわからなかった。普段見ているのは、監視用と犯罪現場の写真ばかりなのだ。審美眼は重要ではない。

　やがて、私は左の写真を指した。「こっち」

「どうして？」

　まさか自分の研究成果を発表させられるとは思っていなかった。「さあ。なんとなく」

「だめ、もっと」

「よくわからなくて。どちらも素敵だ」私は廊下に目をやった。「お兄さんと話さないと」

「ねえ、コルティ。わたしの機嫌をとってよ。週末を引っかきまわされたんだから。マッサージ師にもなってくれないし。あなたには貸しがある」

　私は我慢をかさねて写真を見つめた。そこで不意に思いついた。「自分の目標は何かと、自問しないではいられないところがいい。あなたは対立を見せるんだと言った。それは左のほうによく出てる。より焦点がはっきりして」

「芸術的じゃないけど」

「芸術的の意味はよくわからないが、そうだ」

　マーリーはハイタッチしようと手を上げた。そして私がしぶしぶ掲げた手を叩いた。「わたしが考えてたのはそれ」

マーリーはパッドをさわり、ＧＳＩのソフトウェアがサムネイルに変換した写真をフォルダーにもどした。それからスライドショーを動かすと、スクリーン全体を占める画像がしばらく留まっては暗転し、新しい写真が表示されていった。

私はおよそ芸術の才能とは無縁だが、技術的に機能するものの良さはわかる。マーリーの写真は焦点が合い、構図もよさそうに思えた。しかし、私に訴えかけてくるのはその被写体だった。もし静物や抽象だったら興味の湧かないところだが、マーリーはポートレイト専門で、高級デジタルカメラを使っているだけに、たとえ決定的瞬間を撮るまでのアウトテイクは百をかぞえるにしても、対象の心はしっかり捉えている気がした。スライドショーがつづくなかで、私は気になった何枚かを静止させた。マーリーが身を寄せてきた。

労働者、母と子、ビジネスマン、親、警官、運動選手……テーマはなかったが、マーリーはそんな彼らの感情がほとばしる瞬間を写していた。怒りがあれば愛もあり、失意や誇りもある。

「すばらしい。あなたには才能がある」

「それなりに場数を踏んだら、何回かはすっと切りこめたりするの。ねえ、あなたが護ってる人たちを見たくない？」

私は訝しんだ。

マーリーはキーを打ち、別のフォルダーを呼び出した。ようやく彼女の言う意味が――自分が見ているものの正体がわかった。マーリー、ジョアン、それに両親や親戚と思われる人々の家族アルバムだった。マーリーは名前と情報を口にしていった。

エイブの声が聞こえた。

〝彼らを生かしておくのに必要なことだけを知れ。彼らの名前は使うな、子どもの写真は見るな、むこうの機嫌をうかがうな、例外は銃弾をかいくぐって医者を呼ぶときだけだ……〟

私は言った。「ほんとに、ライアンと話をしないと」

「たかが家族の写真ぐらいで怖がらないで、コルティ。あなたの家族じゃあるまいし。怖いのはこっちなんだから」

髪をきっちりクルーカットにして、カーキのスラックスに半袖シャツを着た男の写真が現われた。マーリーは〈一時停止〉をクリックした。「大佐。わたしたちの父親……そうよ、彼は〝大佐《カーネル》〟って呼ばれてた。Cは大文字。ほんとは中佐、鷲じゃなくて小鳥」

とはいっても、堂々とした男にはちがいない。

マーリーは声を低くした。「フロイトには言わないでほしいんだけど、ジョアンは彼と結婚しようと思ってたの。ライアンは代わり。パパは職業軍人で、強くて静かで、他人行儀で笑わなかった……そう、あなたみたい、コルティ……ね、わたし、あなたのことからかってるのよ」

私は彼女の言葉を無視して写真を見つづけた。そのほとんどはマーリーがひとり、ジョアンは父親と写っていた。

「彼のお気に入りなの、ジョアンは。学校では完璧な運動選手で、完璧な生徒だった。面白くないわ、正直言って……パパはあの人をサッカーの試合やトラック競技に連れていくし。わたしも誘われなかったわけじゃないけど。スポーツとかクラブ活動とか苦手だった。不器用なの……パパはそう、露骨に贔屓はしなかった。『おい、おまえの姉さんは完璧だぞ』みたいなことは言わない。でも、そんな匂いがするわけ。だからわたしは別のほうに行ったわ。跳ね返りだったの。偉そうで——いいかげんにね。学校はドロップアウト。酔っぱらい運転で、たしか十七歳か十八歳のときに二度捕まって。ドラッグに、つまらない万引き」

ボーイフレンドたちのせいで、と私は思った。だが口にはしなかった。

「そんなこと、どうでもいいの。コミュニティカレッジをどうにか出て……ジョアンは学校を次席か三席で卒業したわ。政治学専攻で、パパを真似て陸軍にはいりそうになったんだけど、パパがそれを思いとどまらせたの。行けば活躍したんじゃないかな。教練教官とか。きょうだいはいる、コルティ？」

「いいえ」

「子どももいないし。ラッキーな男ね」

ジョアンの写真のなかに、げっそり痩せてやつれた姿があった。「このころは病気だった？」

「交通事故」

ドゥボイスが集めた経歴にあったことを思いだした。

マーリーはあたりを見まわした。「かなりひどかったわ。凍った道でコントロールを失って。大変な手術だった。あの人、それで子どもができないんだけど、その話はしないことになってる」

子どもに関する疑問はこれで解けた。ヒーロー警官の新たな魅力も判明した――彼はジョアンの命を救っただけではない。出来合いの家族に彼女を引き入れた。

さらに移っていく写真を私は眺めた。なかには百年まえのセピア色のものがあり、六〇年代、七〇年代のモノクロ、着色過多のプリントもあった。多くは最近のダイレクト・デジタルの写真だった。

さすがにもう充分という気がした。

「そろそろ仕事をしたほうがよさそうだ」と私は言った。

「そうね」

「いい写真だ」

「ありがとう」とマーリーが堅苦しく答えたのは、私の真似をしたつもりなのだろう。

〝ツアーガイドさん……〟

廊下を行ってライアンを見つけ、彼の担当事件でドゥボイスが発見した事実を伝えていると、電話が鳴ってメールが届いた。私はウェスターフィールドかエリスだろうと察しをつけた――臆病者の声が留守電に録音されないようにと考えたのだ。が、見ると発信者はドゥボイスだった。もしや私がグレアムの家でおこなった諜報活動の裏づけがとれたのか。それとも、ドゥボイスがいつものおしゃべり好きにもどり、あの場で耐えがたい試練をあたえた私は許されたのか。

ところがメッセージは簡潔で、しかも別件だった。

〈問題発生……アーミズのウェブサイト等をローミングするボットがヒットしました。掲示されたのは十五分まえ。ＵＲＬはこちら〉

私は書斎へ急ぐとコンピュータのロックを解除し、ドゥボイスの送ってきたアドレスを打ちこんだ。

サイトは〈サッシーキャット２２２〉というスクリーンネームで書かれたブログだった。私としてはクラレンス・ブラウン――というかアリ・パムーク――やエリック・グレアム、あるいはライアン・ケスラー本人について、ラヴィングが利用しかねない情報を期待していた。

すばやく目を通すと、投稿はブログにありがちな内容で、誰もが読みたくなるような情報ばかりではなかった。ショッピングモールでのデートにしくじって暇をもてあました土曜の夜のことや、最低のロックコンサートに関する音楽評といったユーモラスな話題。真面目な記事では、生徒が多すぎる教室の実態報告やＡＩＤＳ啓発キャンペーンへの呼びかけ、そしてブロガー自身が学校の自傷行為防止プログラムにボランティア参加して知った、あるティーンエイジャーの自殺をめぐる連載の第一回。

　この最後のエントリーを見て、私の身はすくんだ。心も重く電話をつかむとダイアルした。

「ドゥボイスです」

　私は訊いた。「サッシーキャット……これはアマンダ・ケスラーだな？　たしか、彼女は学校でカウンセリング・プログラムのボランティアをやっていた」

「そうです。彼女です」

　少女はスクリーンネームで、友人のコンピュータから載せれば安全と思ったのだろう。

「アーミズの話では、約一時間まえに裸のＩＰアドレスで投稿されています。アーミズは二分でラウドン郡の個人宅と突きとめました。ホワイツ・フェリーのそばです」

「ビル・カーターの家か？」

「隣家でした」

　われわれにボットがあるなら、ラヴィングにもある。その一帯の全不動産記録をたどれば、カーターの名前が浮かんでくる。カーターの本宅が、ケスラーのフェアファクスの家から五分の距離にあるとわかる。ラヴィングは、われわれが少女を匿っている場所を知ることになる。

　発信者通知が着信を知らせてきた。ウェスターフィールドの番号だった。装甲ヴァンが空だと気づいたのだろう。またも着信がはいった――この電話は四本の通話を受けられるようになっている。ボスの番号。

　私は両方を無視してドゥボイスに告げた。「私が直接カーターのところへ行く。ここからだと三十分はかからない。フレディに連絡して、戦術部隊を派遣するように言ってくれ。場所はわかるな？」

「ええ」

　私はすべての通話を切って電話をしまった。アフマドにブリーフィングをして、ラップトップと弾薬の予備をショルダーバッグに入れ、側面にあるドアを出ながら短縮ダイアルでビル・カーターに電話をかけた。ホンダに乗りこんでドライブウェイを走るあいだに、呼出音が三度鳴って留守番電話になった。

26

出ろ……出てくれ。

すでにカーターは死んで、少女はラヴィングの手中にあるのか。

つぎに起きるとすれば、ラヴィングからコールドフォンでFBIに、ライアン・ケスラーにつないで娘を人質にしたと伝えろという連絡が行く。情報を引き出すために雇われた調べ屋が要求をよこす。

連絡が届いた段階で、私の責任においてラヴィングをケスラーと接触させ、少女を解放する交渉をすすめるか。

あるいは、すすめないのか。そしてアマンダの死刑執行令状に署名する。

私は〈リダイアル〉を押した。

カチッ。電話の電子的な声が、「メッセージをどうぞ」とうながしてきた。

だめか……

私は電話を切るとエンジンの回転数を突きあげ、ほぼ限度の時速七十マイルで、七号線およびポトマック川にざっと平行する田舎道を走った。うららかな日曜日の午後三時には、ブランチを食べに出た人々やゴルファー、観光客などで速度を落とさざるをえなくなる。私はあらかじめラウドンとフェアファクスの郡警察に連絡を入れ、通行許可を得ていた。それをするとシステムのチェック、あるいはハッキングを目論む者にホンダの正体が知れてしまうので、できれば避けたかったのだが、いまは車を停められている余裕などない。

もう一度電話をかけてみた。

呼出音が一回、二回……

そこで――

「どうも」ビル・カーターが応えた。

私はほっと息を吐いた。「コルティです。ラヴィングがそちらへ向かっている」

「了解」すぐさま声が警戒の色を帯びた。「どうすればいい?」

「まず、武器を身につけてますか?」

「古い相棒のスミッティの三八をね。ああ。あと炉棚に十二番径がある」

「ではそれを。二連のポンプアクションで、オート?」

「上下の」

ならいい。「弾薬を装塡して。予備はポケットに」

「手を空けないと。ちょっと待っててくれ」空ろな金属音がひびいた。「オーケイ」と声が聞こえた。

「アマンダは?」

「道具を用意してる。三十分したら釣りに出かけることになってたんだ」

「家を出てもらいたい」

「きっと怒るぞ」とカーターが言った。

「じゃあ怒ってもらおう」

「何があったんだ?」

「友人のコンピュータから投稿したんですよ」

「なんと。ブランチをしに寄ったんだ。女の子どうしでしばらくいなくなったからな。まさかそんなこととは」

足音が聞こえて、問題が起きたから、すぐにここを出るぞと告げる声がした。すると、「その銃、なんで持ってるの、ビルおじさん?……」と話すアマンダの声がとぎれた。やさしく励ますようなカーターの口調に反発は出なかった。よろしい。いまはそんな暇はない。

「オーケイ、コルティ。つぎは?」

私はコンピュータの画面にやった目を道路にもどして言った。「こちらの手もとに、〈アースウォッチ〉から撮ったお宅の衛星写真があります。鮮明ではないが、ドライブウェイからつづく道路が見える。一本道ですね?」

「湖から近づく方法を除けば」

「道に車を見かけましたか?」

「アマンダ、大丈夫だ。こっちはアライグマも近寄らない人間の屑だが、……で、車か? こっちはアライグマも近寄らない人間の屑だが、一台通るのは見た」

「それは珍しい?」

「このへんは人気のない場所だが、たまに車は通る。そいつはスピードを落とさなかったし、別段怪しいとも思わなかった」

「車種は?」

「じつは、見たというより音を聞いたんでね。どこへ行けばいい？」

「車は乗らずに。近づかないこと。敷地内の、人が来るのが見える場所に隠れてください」私は衛星画像に目を走らせた。「小さな空き地があるでしょう……敷地の北東側の、道路に近いほうに」

「ああ、ちょっとした草むらだ。反対側には木立がある。そこなら行ける。高台だ」

「よかった。カムフラージュは？」

「フィッシングジャケットがある。深緑の」

「それでいい。電話はマナーモードにして」

金属がふれあい、ジッパーを締める音がした。「これでいい、ビルおじさん？」

「いいぞ」

少女はパニックを起こしてはいない様子だった。私は安心してつづけた。「ラヴィングは武装していて、やはり武装した仲間をひとり連れてます。髪は砂色で、おそらく緑のジャケットを着用している。痩せ形。射撃の腕は立つ。でも、誰も信じてはいけない。さあ、移動して。そちらには十五分で着きます。ＦＢＩも向かっています」

「近所はどうする？」

「ラヴィングはあなたの住まいを把握している。近隣に害をおよぼすことはないでしょう。草むらへ移動して。電話を切りますよ。集中してもらいたいので」

こちらも同じく、運転に注意を向ける必要があった。もしラヴィングがアマンダのブログに通じていれば、いまごろ彼女の居場所を知ってほくそ笑んでいるはずだった。こと〝楔〟となると、依頼人の子どもを拉致するにしくはないのだ。

27

隠れ家を出て三十分後、私は湖畔にあるカーター家の向かいの茂みに乗り入れ、ホンダを降りた。そしてサイレントアラームを作動させた。

バッグからフォレストグリーンのジャンプスーツを出して着た——これは二着あるうちの一着で、もう一着のほうは色が黒だった。バッグを肩に掛けると、道に沿って早足で歩きながら足もとに目をくばった。最近、車がこのあたりでいったん停まり、また動きだしたような形跡がある。ぬかるんだ地面に残る靴跡が、家があるとおぼしき約三百ヤード先の木立のなかへと向かっていた。ラヴィングがいると見なさざるをえない。

地面を調べて、私はラヴィングがいかにも通りそうなルートを判断した。いちじるしく低能か臆病な動物しか阻めそうにない低い石壁を跳び越えると、ラヴィングの道をすばやく移動した。それは多くの人には見えなくとも、私の目には明らかだった——なにしろ長年追究してきた興味の対象なのだ。

二十代のころ、私はまた別の学位を取ろうとテキサス州オースティンにいた。元来ハイキングが好きだったし、座ってばかりの学究生活にもうんざりして、大学のオリエンテーリングクラブに入部した。このスウェーデン発祥のスポーツは、特別な地図とコンパスを用いて未知の自然を行き、チェックポイント通過時にコントロールカードにパンチを押したり、電子パンチで記録しながら速さを競うという競技である。最初に〝二重丸〟——オリエンテーリング地図上の終点——に達した競技者が優勝となる。

私はこのスポーツに惚れこみ、いまなお競技に参加して、それが教室やコンピュータの前で沈滞した時間をすごしたり、意味不明瞭な文章を精読しなければならない身には絶好の息抜きになると知った。

オースティンのある大会で知り合った競技者仲間に、ＤＥＡ（麻薬取締局）の捜査官がいた。彼はサインカッター——発見した物理的痕跡をもとに人を追跡する専門家で、おもに不法移民や麻薬の密輸業者の行方を追っていたのだが、私は彼の影響でその世界に惹きこまれた。オリエンテーリングとちがって、サインカッティングには競技がない。しかし、国境警備隊やＤＥＡでは定期的な講習がおこなわれていて、この友人のはからいで私もそこに参加する機会に恵まれた。

私にとってサインカッティングとは、自身が駒となって屋外でプレイする巨大なボードゲームのようなものだった。たちまちその虜になり、私はオリエンテーリングの大会がないときにも表に出て、動物や、まさか自分が追跡されているとは思いもしないハイカーの後を追ったりした。週末に開かれるＤＥＡの講習会では、サインカッティング担当の捜査官から逃げる麻薬の運び屋の役を演じて小遣い稼ぎをしたこともある。テクニックを学び、痕跡の発見ばかりか隠蔽の方法にも通じていただけに、逃亡するのもなかなかの手際だった。

　この技が羊飼いとして数々の場面で活きた。

　いま私はそうしたテクニックで地面や木の枝をていねいに調べ、ラヴィングが通ったことをしめす手がかりを探っていた。印《サイン》とは、たとえば陽にさらされた枝が逆さになっている、小石やシカの糞が場違いに落ちている、あるはずのないところに落ち葉が敷かれているなど、じつに微妙なものだ。

　サインカッティングで教えられたのは、獲物が採るルートは九割の確率で地勢に従うということだった。つまり障害のもっとも少ない道をたどれば、普通ならほぼ確実に標的を追跡できる。ヘンリー・ラヴィングの場合はちがった。ラヴィングは一見、理にそぐわない方角へ、直線的ではない困難な道を採っていた。

　しかし、その戦略が理屈をふまえているとわかるのは、ラヴィングがおそらく追跡者を探して何度も立ちどまり、左右を向いていたからである。

　合理的な不合理……

　険しい道を進んでは立ちどまるという相手の戦略をつかんだ私は、交戦を覚悟して移動の足を速めた。ラヴィングは、深い落ち葉を突っ切る的確なルートを追ってくる者がいるとは思っていないはずなのだ。むこうの道はところどころレンギョウが伸び、クズやツタの蔓、キイチゴが目のつんだ毛布をつくり、私には馴染みのない樹木が茂るなかを縫うようにつづいていた。

　私も足を止めて耳をすました。犬は追跡するのにまず嗅覚をたよりにして、つぎに耳と目を使う。人間は犬とは異なるが、音が二番めに来る点は変わらない。つねに聴覚を研ぎ澄ませること。獲物は逃走するとき、相手を殺そうと近寄ってくるときに音をたてる（人間は他の動物とは反対で、そうした決定的瞬間に騒がしくする傾向がある）。枝が折れたり葉が擦れたりする音は、どこからでも聞こえてくるような気がするかもしれない。が、反響音のずれを補正して距離を測る方法をおぼえ、音源の位置をかなり正確に把握できるようになるまでそう時間はかからない。

まもなく、前方にかすかな音を聞きつけた。風が出てきたせいで枝がふれあったか、シカか、十六歳の少女を拉致しようとたくらむ男の足音か。

やがて百ヤード離れた水域のあたりに、私はカーターの別荘の外観を認めた。慎重に目を走らせたが、吹きつける風に葉がそよぐほかに動きはなかった。

さらに近づいた。

足を止め、ふたたび周囲を見まわす。

家から二百フィートほどの場所で、私はラヴィングを発見した。

そう、間違いなくあの調べ屋だった。私はその顔をうかがった。きのうフライトラップで顔を合わせたときと同じか、似たような服を着ていた。武器は持っていない。茂みや張り出した枝を避け、なるべく音をさせないで動くのに両手を使っていたのだ。

私はこの路上でラヴィングを押さえたいと思った。危険を予期している別荘内にくらべ、おそらくいまは敵の警戒がゆるんでいる。すでに予習をすませ、ビル・カーターが引退した警官であり、確実に武装していることを学んでいるはずだった。

するとラヴィングが銃を抜き、遊底を引いて弾を薬室に送りこんだ。

私も同じく銃を手にして、やつの後を追った。

ウェスターフィールドでも誰でも、この場を目撃した人間が何を言うかと考えずにはいられない。三百ヤード先に隠れている依頼人を、真っ先に安全な場所へ連れていくのが私の仕事ではないのか。

ならば、なぜ私は調べ屋を追っているのか。

〝野原で羊を追う牧羊犬がいれば、群れを守り、捕食者の大きさや数にかまわず立ち向かっていく牧羊犬もいる……〟すまないエイブ、私は二番めのタイプなのだ。どうしようもない。

私は距離を詰めながら、つぎの一手を熟考した。車中でフレディに連絡して、捜査官ら三名がこちらへ急行していることは承知している。地元の警官は道路封鎖の準備にかかっているだろう。フレディの到着予定はおよそ二十分後。

ここは一対一の戦術攻撃を仕掛けるには条件の悪い場で、相手の正体が明らかとはいえ、標的は明瞭ではない。ラヴィングは闇に見え隠れしていた。銃撃をしくじったときの危険があまりに大きすぎるし、そこまでのリスクを冒す価値はない。

それに相棒は？

私は動きつづけた。やつがいったん家に侵入すれば十分で全室を調べあげ、〝楔〟にするはずの相手が目立つ場所に隠れていないと気づく。

私は身をひそめたまま、ほとんど物音をたてずに接近していった。

ラヴィングがガレージを覗いた。カーターのＳＵＶが駐まっているのを目にしたのだろう。家とのあいだを隔てる茂みにはいりこんだ。身をかがめ、二棟の建物をつなぐ灰色の低いフェンス沿いに歩いていく。そのあたりの枝葉は高く生い茂っていた。ラヴィングの姿は確認しづらいものの、なんとか見分けることはできる。私は足を止めた。腹が引きつる感じがした。ラヴィングがそのままあと十五フィートも進めば空き地に出る。そうすると、背後から申し分のない照明を浴びた標的と化す。

私は銃を掲げ、ラヴィングが現われそうなあたりに狙いをつけた。距離は約八十フィート。この四〇口径の強力な拳銃なら、とりたてて長距離というわけではない。短銃身であっても、一発で倒しておかしくない。私は訓練を思いだした。高めに三発、低めに三発。銃火で位置の見当がつかないように脇へ寄り、再度の射撃にそなえる。撃った弾数をかぞえる。

ラヴィングは動いていた。草木のないところまで十フィート。

そして八、そして六……

急に動悸がして、汗をかいた手のひらが冷たく感じられた。

ヘンリー・ラヴィングが目の前に、こちらの照準にはいってくる……

頭にふたつの思いが交錯した。私たちには固有の交戦規定があり、われわれもしくは第三者が差し迫った危険にないかぎりは投降を要求しなくてはならない。この規定は敵が武装していようが、十六歳の少女に悲鳴をあげさせ、すすり泣く父親に口を割らせる気でいようが、すべて等しく適用される。

エイブ・ファロウのような善人を責めさいなんだうえに殺した相手であっても。

しかし、私のふたつめの思いとは——高めに三発、低めに三発、脇へ寄って再度の射撃にそなえろ。

私は右手の下に左手を添え、狙いを定めると呼吸を鎮めた。

ヘンリー・ラヴィングが茂みを抜け、私の完全な標的となる暗がりに出るまで四フィート。やつは空き地に近づいていたが、相変わらず立たずに腰を落としているので、群生する低木に姿がはっきりしない。

立て、と私は念じた。立ってみろ！　私は柄にもなく憤りを感じながら、茂みのむこう側のおぼろな影に目を凝らした。

さあ、やるんだ、と私は自分に言い聞かせていた。弾倉を空にして再装塡……息はゆっくり。いまだ！　私は射撃姿勢をとって前傾すると、力をこめていった。

弾は意志の力で命中させるという気持ちで。

引き金をひく五回半のうち、一回につき四ポンドもの力が必要になったはずだが、結局私は音もなく溜息をついて銃を下ろした。

いま頭をよぎったばかりの思いをかみしめた。〝弾は意志の力で〟

射撃とは物理と化学であり、視覚としっかりした筋肉であり、発砲位置にふさわしい戦術を選び、標的をはっきり捉えることである。そこに意志はふくまれない。運はふくまれない。

私は羊飼いだった。感情的になっている余裕はない。かりに私が発砲して負傷させるだけか、はずした場合には私の位置がむこうに知れる。おそらく相棒が五十ヤード後ろで、私が姿を現わすのを待っている。あるいは銃声を聞いたビル・カーターとアマンダが、何が起きたのかと隠れた場所から出てきてしまうかもしれない。

感情に走りそうになった自分にぞっとしながら、私は静かに移動できることを足もとで確認して前に出た。

ラヴィングは変わらず草木に姿を隠したまま、たどり着いた門が軋まないかそっと動かしていた。ポケットから何かを取り出すのが見えたが、蝶番に油を差したらしい。そして、やはり見え隠れしながら門を抜け、うまく身を護りながら家に向かった。

熟慮のすえに、私は戦略を決めた。

踵《きびす》をめぐらし、ビル・カーターとアマンダの待つ空き地へ向かった。

きわめて困難な決断だった。

だが目的は明確なのだ。私単独で別荘内のラヴィングを取り押さえるというのは効率が悪い。戦術的には最低三名、理想としては四名が必要になる。こちらの最良の一手は、依頼人たちを見つけて連れ出すこと。ラヴィングが家にいるあいだ、十分は稼げる。捕り物はフレディとその要員に託すことにする。

私は自分の位置を確かめて来た道を引きかえすと、左に折れて少女とカーターが隠れる場所をめざした。敷地を横切るかたちで三百ヤード見当の距離がある。だが森の感覚はつかめていたし、先にあるのはほとんどが針葉樹だった。大量の松葉が地面を湿らせ、樹脂をふくむ枝は踏んでも折れない。ここなら迅速に、ほぼ音もなく移動ができる。

それこそ一歩を踏み出した私が、ラヴィングの相棒に背後を襲われた理由だった。近づいてくる物音は、まるで耳にはいってこなかった。

低いささやき声がした。「武器を捨てろ。両手を脇にやれ」私は背中に銃口のキスを感じた。

28

相棒から銃をきつく背骨に押しつけられながら、私は考えていた。エイブ・ファロウはこれを聞いてまもなく、ラヴィングの手に掛かったのか。

〝両手を脇に……〟

私も死ぬ。

だが、すぐにではない。

なぜなら師と同じく、私には価値があるからだ。ラヴィングは自身のフライトラップをこしらえたのだろうか。娘を拉致したとライアンに知らせるのは現実に難しいと考え、少女を父親にたいする〝楔〟としてではなく、嗅ぎまわる私を止めるために使ったのだ。

われわれのフライトラップでは、私が餌だった。ここでの餌はアマンダ。

「言ったぞ。銃だ。捨てろ」

私は従った。銃弾より速く身をひるがえすことはできない。

どこまで持ちこたえられるか。

〝紙やすりとアルコール……〟

ペギーと男の子たち、ジェレミーとサムのことが頭に浮かんできた。

すると背後で、「待てよ」と抑えた声がした。

妙だった。男が独り言をつぶやいているように聞こえた。

やがて明るい口調で、「おっと、あんたか、コルティ？」

手をふるわせながらゆっくり振り向くと、そこに十二番径の上下二連式のショットガンで私の胸を狙うビル・カーターがいた。指は用心鉄の外にはなかった。カーターの後ろに隠れたアマンダが目を瞠っている。

息遣いが激しくなっていた。胸が痛むほど激しく。

カーターは散弾銃を下ろした。

「空き地に行かなかったのか」と私はささやいた。

「ああ。ちょっと遠い気がしてね。それに、あんたの口ぶりでは、大慌てで来るって感じでもなかった」

たしかに、と私は思った。だが黙っていた。

「そうだ」とカーターはささやきかえしてきた。「遠すぎる」

アマンダは警戒しながらも、私のことをじっと見つめていた。父親にそっくりの目だった。やはりプラッシュ製の熊のバッグを肩に掛けている。

私は周囲を確認した。低い位置で防御には向かない。私としては車にもどり、一刻も早くここを出たかった。

私たちはしゃがんだ。「やつは家にいます。あなたたちがいないことはじきに知れる」

私は道路の右手を差ししめした。「私の車は石塀を過ぎた正面にある。約二百ヤード。行きましょう。さあ、アマンダ。大丈夫だから」

少女を見ると、元気づける必要もなさそうだった。ラヴィングのことをみずから追跡したがっているような感じがした。

〝度胸……〟

私は先頭に立って窪地の斜面を登り、道路をめざした。左右と後ろを頻繁に振り向きながら、ゆっくり移動していくうちに目が回ってきた。敵の形状や質感をまとった影や緑がやたらに立ち現われてくる。

それでも背景から飛び出し、武装した人間に変わるものはなかった。

二十ヤード、三十、五十。

アマンダがはっと息を呑んだ。カーターと私は銃を構えて膝をつき、アマンダをしゃがませると、彼女が見ていたほうを注視した。

茂みから一頭のシカが姿を現わし、空ろと警戒とが入り混じる表情をこちらに向けていた。そこに二頭がくわわった。カーターがシカを脅かすのに、拾った石を投げようとした。聞こえた音はこの動物たちのしわざと、ラヴィングに思いこませるつもりだったのだろう。だが私は首を振り、音をさせないほうを選んだ。

ときに人は策に溺れることがある。

下を見て、こちらで選んだ道を相棒が通っていないことを確認すると、私たちは静かに進んだ。シカは茂みを荒らす食事にもどった。

近くでまた音がした。

動物か？　それともラヴィング？　相棒？

先に五十フィートほど、草木のない道がつづいていた。身を隠すには遠回りすることになり、それでは時間がかかりすぎてしまう。私はその空き地のほうにふたりを導いた。

反対側にたどり着いたところで後ろを振りかえった。フットボールのフィールドぐらいの距離をおいて、私は家を目にした。

そのとき、ヘンリー・ラヴィングが前庭に出てきた。ラヴィングはわれわれのいるほうを見て身を硬くした。そしてポケットに無線かラジオをまさぐった。

「見つかった。急いで！」

私はアスファルトに手を振り、三人で駆けだした。

「ビル、後ろに気をつけろ。やつが見えたら、狙いは低く。身をかがめているはずだ」

頭上にはずすより、足や足首の軽傷のほうがましだと、よくエイブ・ファロウが口にしていた。

「了解」

私はささやいた。「頑張れ、アマンダ。大丈夫だ」

身を低く、息を乱しながら、私たちは音をたてるのもかまわず、まばらな下生えを突っ切っていった。いつ付近で弾が跳ねても、背後で銃声が轟いてもおかしくない。が、ラヴィングも相棒も撃ってはこなかった。むこうにとって、アマンダが死んだら身もふたもない。〝楔〟はできるだけ健全に保っておかなければならないのだ。

　私たちは息も絶えだえに道路まで近づいた。車は石塀の反対側、五十ヤード行ったあたりに駐めてある。三人で低い茂みを駆け抜けた。

　カーターが背後に目をやった。「やつが見えた気がする。早く、車まで行くんだ。おれが掩護する」

「いや」もうすこし足を延ばしたところで、私はふたりを倒れた古木の陰にしゃがませた。南北戦争最大の激戦となったアンティータムの戦いののち、若かったこの木が南へ向かう北軍、南軍の兵士たちの身を同じように護り、安らぎをあたえていたのかもしれない。

　私も背後にラヴィングの姿を認めていた。そう遠くはない六、七十ヤードの距離だった。むこうも塀に近接する木の陰にひそんでいた。

　私はカーターに言った。「車に向かって移動する。私が殿《しんがり》につく。車はリモコンで作動させる。エンジンが回ったら、道路の向かいの木立に二発撃て。今度は狙いを高く。装塡したらまた二発。すぐに。それから、ふたりで塀を乗り越えろ。アマンダはバックシートに乗って伏せる。ビル、二十フィートぐらい前進させたら車を停めて、拳銃を使って向かいの森を押さえてくれ。すぐに合流する」

「あそこに相棒がいるのか？」

「そうだ」

　カーターはその根拠を訊ねてこなかったし、私もそれが理にかなっていると説明する気はなかった。

　ふたりの汗ばんだ顔には、落ち葉のかすが貼りついていた。

　うなずいた。

　私がキーフォブのイグニションボタンを押すと、エンジンが息を吹きかえした。われわれの車輛には排気音を消す特殊なマフラーが装着されているが、スターターに関してはいかんともしがたい。

　カーターに躊躇はなかった。車が始動するや、塀越しに仁王立ちして耳をつんざくばかりの二発を放った。再装塡して二発、さらに再装塡している間に、私はラヴィングの隠れるあたりに六発を連射した。カーターがアマンダの手をつかむと、車に向かって走った。

　車が急発進する音とともに、私は石塀を越え、草の伸びた路肩にうつぶせる恰好でラヴィングを狙った。

私は背筋に冷たいものを感じた。たとえラヴィングのほうは、私が車に乗ったと思ったにしても、相棒がこの策を見抜いて、浅い草むらにいる私を撃ってくるかもしれない。

さあ……来い……

そこにラヴィングが現われた。

彼は塀を飛び越えて車に狙いをつけた。

すでに私は茂みを撃って弾の数を減らし、視界も一部塀でさえぎられていたが、まだなんとかなる。ところが銃撃を開始しようとしたとたん、カーターが急ブレーキをかけた。それは私から指示したことだったが、ラヴィングはこちらの戦略を悟った。私を目視したわけではないが、状況を察したのである。ラヴィングは塀を飛び越えてもどろうとした。私はそこに向けて弾倉を空にした。塀からは石が、地面からは土が飛散した。ラヴィングは石塀のむこうに消えた。弾が命中したかどうかはわからない。

私は弾込めしながら、落ち葉を踏んで道を渡っていく人影を見ていた。おそらく相棒だろう。私は車へと走った。カーターが助手席に身体を押しこむのと前後して運転席に飛び込んだ。

私はアクセルを踏みつけ、一気に車を加速させた。

カーターは背後に目を凝らしていた。「ああ、森から出てきたのは相棒だ。そこにラヴィングが来て、ふたりで路上に立ってる。ラヴィングは怪我をしたらしい。重傷ではなさそうだ」

数分後、タイヤを鳴らしてカーブを曲がると、私は速度を八十五マイルに落とした。

カーターが笑いながら指を差した。「あんたの仲間のおでましだ」

ヘリが急降下しながら、カーターの家をめざしていった。それから程なく、対向車線に黒いＳＵＶの車列が出現して道を封鎖した。銃を手にして、用心深く近寄ってくる相手に、私は窓からＩＤを提示した。

二名を掩護にした若い捜査官が車内を覗くと、同僚の捜査官を乗せた車輛に合図して、そのまま家に向かわせた。

「大丈夫ですか？　全員無事で？」捜査官は私たちのことを眺めまわした。

「無事だ。フレデリクス捜査官はこっちか？」

「われわれから約五分遅れてます」

「わかった、捜査官たちに相手は二名と伝えてくれ。ラヴィングと相棒、どちらも武装している。ラヴィングは負傷しているかもしれない。むこうの車の置き場所は不明だ」

「こちらで確認します」

「事前に地図で調べたところ、湖の対岸には十軒あまり家があって、インターステイトに出やすくなってる。船を漕いで渡り、車を盗む可能性が考えられる」

「では、一部チームを対岸へ派遣します」

「ヘリのパイロットにつないでもらえないか？　敷地の様子について申し送りをしたいんだ」

「ヘリですか？」

「きみのところの戦術航空班だ」私は空に手をやった。

捜査官は怪訝な顔をした。「しかし、この作戦にヘリコプターは参加していません」

29

黙って座るビル・カーターの横でルームミラーに視線をやると、後ろのアマンダは窓からどんよりとした秋の午後を眺めていた。カーターの湖畔の家からは、すでに十マイル離れていた。

私はカーターの家での出来事を思いかえしていたわけではなく、過去の煩わしい記憶と格闘していた。ペギーと男の子たちを連れて田舎をドライブしていた私は、前方でひどい事故が起きていることに気づいた。私は毅然としてはいても、まだまだひよっこといった感じが拭えない郡警の警官たちに手を貸そうかと車を停めた。事故や血や外傷を目撃して平気でいられるのは、父親より母親だという説がある。ペギーはちがった。後部座席に移って子どもたちをわが身に引き寄せた。表面的には転倒した車と、まだシートで覆われていないずたずたの死体を見せないためだったけれども、実際は子どもたちばかりか自分の顔も隠していた（思えば能天気と神経質を行き来するという、そんなところもマーリーと妻は似ている）。

その当時、サミーとジェレミーは抱きすくめる母親の陰から事故現場を覗き見した。年上のジェレミーは、目にしたものに怯えてわっと泣きだした。ところがサムは、「パパ、あそこに寝てる男の人、手がないよ。あの人、どうやってアイスクリームを食べるの？」と言った。サムにとっては、悲劇というより謎だったのである。

外傷にたいする若年者の反応のしかたはよくわからない。

私はアマンダの顔に物怖じせず、好奇心を抑えきれないサムの面影を見ていた。

「大丈夫かい？」と私は訊きながら、妙に親しみをこめている自分に驚いた。

アマンダは私のほうを見てうなずくと、折られたまま座席の脇に置かれたカーターのベレッタ・ショットガンをじっと観察した。

私は短縮ダイアルボタンを押して、フレディを呼び出した。

「よお」

「着いたか？」

「いい場所だ。ここで隠居してもいいな」

私はまだカーターの別荘の居心地をじっさいに体験していなかった。

「続報は？」

「連中は逃げた」

「ヘリか？」

「だろうな」

「いや」私は言った。「連中が引き揚げられたことはわかってる。だから、その詳細については把握してるのか？」

「してない。いまのところは。聞き込みの最中だ。ヘリコプターが低く飛んでくる音を聞いた人間は何人かいる。落ちてきたと思ったんだな、つまり墜落だ。通報も二件あった。しかし――」

「目撃者はいない？」

「面白い質問だ。探しても騒音だけが聞こえて、見えたのは巻きあがる葉っぱと砂だけだ。着陸地点は三十フィート離れた木立のあいだ。なかなかの腕前だ」

「それに装備も大したものだ。金がかかるし……車は？」

「何カ月かまえに盗まれたやつだ。プレートは他人のもの。相棒の指紋が出ないかと期待してるんだが、渦の一個も見つかってない」

「近所の住人は？」

「無事だ」

私はカーターとアマンダに友人たちの安全を知らせると、フレディとの会話に注意をもどした。「クレアにヘリを追跡させることにする」依頼人の輸送に関して、わが組織は国内ではつねに空路を用い、またときには国際間の移動もあることから、ＦＡＡ（連邦航空局）や民間のチャーター会社とは良好な関係をきずいていた。航空機が小型という事実は短距離用を示唆しており、したがって本拠は近辺のいずこかにあるはずなのだ。ドゥボイスには、これが借り主を見つける手がかりとなる。

フレディがつづけた。「怪我したやつがいる。血を発見した」

「どこで？」

「道路脇だ。塀と茂み。小径にも」

「ラヴィングだ。私が撃った。その後も立ちあがっていた。血の量は？」

「多くない。やつと相棒の足跡を見つけた」

「治療のことはクレアに調べさせる」

「誰なんだ、その娘は、コルティ？　透視《クレアヴォヤン》でもやるのか？」

またしてもジョーク。

「いいか、コルティ……」

「ウェスターフィールド」と私は言った。

「おれの声がそう聞こえたか？」とフレディが訊いた。「どうしてる？」

「そりゃ電話をかけまくってるさ。おれにもかけてくる。誰彼かまわずな。どうする気だ？」

「彼は依頼人を刑務所に入れたがってる。それが間違っていても、こっちでは説得できない。だから基本的には……」私は適当な婉曲語法を思いつこうとしていた。「自分の首を懸けて、合衆国司法長官をペテンにかけるか。それから連邦政府の半分を怒らせる」

「ラヴィングはＤＣとの接点が多すぎる。そんな危険は冒せない」

「知るか。勝手にしろ、コルティ。おれには関わりのないこった」

「法医学のほうで何かわかったら連絡をくれ。ラヴィングはカーターの家を家捜ししてる」

「わかった」

　私たちは電話を切った。切ったとたん、発信者通知にボスの番号が出た。つづいてウェスターフィールドの番号。私はその両方を拒否してドゥボイスの番号をダイアルした。彼女に状況を説明して、ヘリコプターの件を伝えた。「どんな方法でもいいから見つけてくれ」

「了解」ドゥボイスは詳細を書き留めた。

　そこで私は言った。「あと、ラヴィングは負傷した」

　若い女は取り澄まして答えた。「ひと泡吹かせましたね。すばらしい」

「やつが治療を受けそうな場所を探してほしい」

　医療従事者は、銃弾による負傷を法執行機関に届け出る法的義務がある。ギャングや犯罪組織は、911に通報せずに治療を受けられる医師、看護師、もしくは獣医師を用意している。私たちはそうした医者たちを一部つかんでいて、定期的に監視していた（彼らを逮捕しないのは、怪我をした調べ屋、消し屋を発見する情報源として測り知れない価値があるからだった）。

　しかし当然ながら、ラヴィングはそういう場所を避けるはずである。私はこのあたりを踏まえたうえでドゥボイスに言った。「むこうはたぶん、われわれの知らない個人医師を見つけようとする。やつに関するファイルを引っくりかえして、目撃された住所から電話番号からすべて洗いだしてくれ。公文書もだ」

　ドゥボイスはＯＲＣ以外のデータマイニング・プログラムも使う。

「やってみます」と彼女は言った。「それと、コルティ？」

　また名前で呼ばれた。「なんだ？」

「グレアム邸であなたが撮った例の画像ですが。ただいま分析中です」

「よろしい」

　ドゥボイスはためらったすえに切り出した。「考えたんですが、彼から情報を取るにはほかに方法がなかったんじゃないかと。言われたようにやるしか。あのときもいまも、厭なことに変わりはないんですが。でも、わりとうまくいきました。心しておきます」

「ほかに方法はなかった」と私はくりかえした。

電話を切ってから、車内は三十分ほど静寂がつづいた。

ラジオをつけてくれとカーターに頼まれて、私は言った。「申しわけないが、消したままにしておきたい。集中するために」

「そうか、わかった」

アマンダがミラー越しに私を見ていた。

「全部、わたしのせい？　あそこでブログをやったから？」

「ああ。交流サイトできみのスクリーンネームと本名を結びつけてね。投稿をたどってビルの隣人のところへ行き、そしてビルの家を突きとめた」

アマンダは目を閉じた。「ごめんなさい。わたし……自分のコンピュータが使えないってことなんだと思ってた。まさか追跡されるなんて思わなかった。ニックネームを使ったし」

それでも彼女は賢い少女だった。危険は薄々感じながらも、無意識のうちに思春期の情熱に衝き動かされ、深く考えなかったか、気にしなかったのか。おそらく、その両方がすこしずつといったところだろう。

するとアマンダが言葉を足した。「スーザンのことがあんまり気の毒だったから——学校の二年生の」

「自殺した子だね？」と私は訊いた。

「そうなの。自動車事故だったけど、彼女、死んでもいいやって感じで、ばかみたいにスピードを出してた。それって一種の自殺だって、カウンセラーがみんなに言うの。わたし、そのことをブログに書いて、自棄《やけ》を起こすのは薬を服んだり、首を吊るのと同じなんだってみんなに知らせたかった」

私は妙な思いにとらわれた。他人に必死で思いを寄せる少女がここにいる。少女は少女なりに羊飼いなのだ。もし私に娘がいたら、アマンダのようになっていただろうか。だとしたら、誇らしく感じるにちがいない。

しかし、そんな感慨もこの日、胸に去来した多くの思いと同じくゴミ箱行きになった。

アマンダが訊ねてきた。「彼はわたしを殺そうとしたの？」自分が死ぬとは信じていない人間の平板な口ぶりだった。

カーターが身をよじり、少女を励まそうとした。が、いまの私には、アマンダに慰めは要らないとわかっていた。「ちがう。彼はきみを誘拐して、お父さんから話を引き出そうとしたんだ」

「何の話を?」

「わからない」

アマンダは黙りこんで外を眺めた。

調べ屋には規範をもつ者たちがいる。女性や子どもは傷つけないという者。もっぱら精神や職業に圧力をかけたり、困難や財政的損失のリスクを負わせようとする者。端から引き受けないという場合もあれば、情報を強要するやり方に制限をつけることもある。彼らは依頼人を見きわめ、雇い主が求める情報を引き出すために最小限の〝楔〟を利用する。その対極に位置するのが、ヘンリー・ラヴィングのような連中である。彼らは、それが妥当と判断すればどんな手段をも辞さない。

なぜか私はそんな消し屋、調べ屋のほうに敬意をいだく。彼らは私同様、みずからの規範に誠実だ。目標を決めたら、もっとも効果的な方法でそれをやり遂げる。その分、彼らの行動は予測しやすくなる。

アマンダが口にした。「ジョアンは本気で怯えてるでしょ?」

「そうでもない」

「ほんとに?」その問いには皮肉がこもっていた。

「たしかに、怯えてはいる。でも安全だし、きみのお父さんと叔母さんもいっしょだ」

「よかった……ねえ、ほんとにごめんなさい、ビルおじさん。わたしがめちゃくちゃにしたみたい」

起きてしまった現実にたいする責任を、アマンダは気後れすることなく認めた。

「万事うまくいくさ」

私は速度を落とし、ウィンカーを出して曲がった。アマンダは車が近づいていく石造りの低い建物を見ながら眉を寄せた。そして早口に、「わたし……あんなことしたからここに連れてこられたの? だって……」

私は思わず頰をゆるめた。「いやいや、ここはきみとビルが一泊するのに安全な場所というだけなんだ」

私は北ヴァージニア重警備連邦拘置所の門に車を寄せた。

30

「どうした？　どこにいた？」

　ボスの声がいきなり私のイアフォンに鳴りひびいた。焦りも怒りも——あらゆる感情が——中国製のプラスティックと金属を通すと、いつもなら控えめに聞こえるのに、いまはむこうの気分をはっきり伝えてくる。

「ラヴィングがケスラーの娘の居所をつかんだ。娘は無事。ラヴィングは負傷した」

　アーロン・エリスが訊いた。「程度は？」

「わからない。出血は大量ではなかった……アーロン、やつはヘリコプターで脱出した」

「なんだと？」

「いまクレアが追跡してる。調べ屋がヘリを呼ぶなんて話は聞いたことがあるか？」

　しばし間があいた。「いや、ないな」

「つまり首謀者は金持ちか、ヘリを使う職権があるってことになる。事務手続きなしで」

「つぎのステップは？」

「娘は刑務所に入れた。安全だ。匿名で、麻薬取引きの重要証人として。ラヴィングが塀のなかに伝手をもっているにしても、関心をはらうとは思えないし、看守にはまる一日外部と接触させないようにしてある。こちらは引きつづき首謀者特定に向け、ケスラーが担当するふたつの事件を探ってる。ラヴィングが治療でかかりそうなはぐれ医者をクレアが追ってる」

　エリスが言った。「いいか、コルティ、こっちは最善を尽くしてるが——」

「ウェスターフィールドか」

　むろん、ボスの不機嫌の理由はそこにあった。

「——ウェスターフィールドだ。ただ無視しておけばよかったものを。なぜＤＣの刑務所のことで彼を騙した？」

「時間を稼ぐために。彼を無視すればだ、アーロン、むこうはこっちを捜したかもしれない。私は現場にいた。依頼人がいるのに拘束などされてる余裕はない。ましてヘンリー・ラヴィングのからんだ事件だ」

エリスが言った。「むこうはいまでも、きみの首を切れる立場にある」

「いまごろは答えが出てくると思ったんだ。首謀者が」

さもなくば、遺体袋にはいったラヴィングが。ラウドン郡の湖岸の家で、やつがあのとき立ちあがっていたら、事件は終わっていたかもしれない。

「だが出てこない」

「ああ。だからひと晩だけ、彼に付きまとわれないようにしてほしい。デリケートな作戦が進行中だと話してくれ」

「ラヴィングを見つけるための？」

「いや。それを言ったら火に油を注ぐことになる。首謀者につながる手がかりを得たと伝えてくれ。テロリスト・コネクションが姿を見せつつあると」

「本当なのか？」

これまでも味方を欺きながら仕事を進めてきただけに、もっともな疑問だった。

「ああ。中東に金が流れこんでる。その一部は、十数ものダミー会社を通じてサウジアラビアへ行った」

「それは興味深い」

「ウェスターフィールドも気に入るはずだ。連邦裁管轄の事件なら、彼の帽子によく似合う」

「帽子？」

「自慢になるってことさ。グレアムの家で収集した材料を、いまクレアが分析してる——例の偽小切手を切られた国防総省の男だ。話は進んでる。しかし、いまはケスラー夫妻の警護中だ。私を悪者にしてくれてかまわない。とにかく、彼らを手放すことはできない」

溜息。「やってみよう」

電話を切ると、私はグレートフォールズの隠れ家へもどることにした。アフマドに連絡して簡単な報告を入れると、隠れ家の状況は平穏無事だが、ジョアンと夫が口論をくりかえしているという。些細なことが原因らしい。依頼人のあいだでは、かならずそうした諍《いさか》いが起きる。私は素面《しらふ》でいるらしいライアンと話し、ビル・カーターの家で事件があったが、全員無事だったと伝えた。アマンダとビルは連邦の保護下にあると。私は心配したジョアンが出てくるまえに通話を終わらせた。

時刻は午後六時すぎ、疲労が忍びこんできた。

発信者通知がドゥボイスの名を告げた。

「私だ。どうぞ」

「二点、つかみました。まずヘリコプターの件で……気がついたんですが、女性は〝ヘリ〟とは言いません。わたしが話をした六名のうち、三名が男性、三名が女性でした。男性は全員〝ヘリ〟と呼んで、女性は〝ヘリコプター〟です」

ドゥボイスの観察力がもどっていた。グレアムの屈辱から概《おおむ》ね回復している。

「飛行計画は提出されていません。その意味を考えてみたのですが。消防や警察など、政府のヘリコプターではないだろうと――」

「そうだな」

「それにチャーターでもありません。リース会社は、飛行計画に関しては非常にきちんと処理しています。提出しないと免許を失いかねないので。つまり、鳥は個人所有です」

「鳥か」

「誰も鳥とは呼んでいませんが。わたしが勝手に命名しました」

私は言った。「パムークみたいな投資銀行屋なら、持っていてもおかしくない。あるいは裕福なクライアントと組んでるかもしれないし」

「それからグレアムの件ですが、ＯＲＣの分析でいくつか結果が出ています」

「ほう、それは早いな」

「急ぐということだったので。複数の住所です」

「そのあたりの？」

「じつはそうなんです。デュポン・サークル」

その可能性はある、と私は睨んでいた。グリニッチヴィレッジやボルティモアのフェルズポイントも頭にあったが、そうなると直接出向こうと思っていただけに面倒なことになる。

「メールで送ってくれ。よくやった」

「医者の件も調査中です。複数の条件から専門をあたっています。ラヴィングのどこを撃ったと思いますか？」

「なんとも言えない」

「もし骨だとしたら、話はちがってくるかもしれません」

「どうして？」

「それなら整形外科の訓練を積んだ人間を探すはずです。

つまり、検索の範囲が狭まります。思いだせませんか？」

「わからない」

「ああ」不満そうな声だった。「専門医だといいんですが。ほかも考えていたところです。耳鼻咽喉科とか」

「だから、どこを撃ったかはわからないんだ」

「ええ。調べてみます。メールを送ります」

電話が切れた。

まもなくグレアムの情報が携帯にはいってきた。私はそれをすばやく読むと車を出した。住所のひとつをＧＰＳにカット＆ペーストして〈ルート検索〉を押し、あとは人工的な女声の指示に従った。

31

私が向かったデュポン・サークルは、かつては零細企業と、異臭を放つ水路と、有名な食肉処理場に代表される場所だった。現在は首都内でも洒脱な地域に属している。


その音声がウェスターフィールドの部下、クリス・ティーズリーの声にどきりとするほど似ているＧＰＳに導かれ、私はコネティカット・アヴェニューのとある店頭まで来た。そこは数名の店員がのんびり働く中古ＣＤストアだった。客はほぼ二十代で、そこに薄汚れたひげ面の、私と同年代の音楽好きが何人か混じっている。私はレジにいた若い男に歩み寄り、自分のＩＤと併せてニュージャージーで金貨を回収していったアジア系の男の防犯画像を見せた。グレアムの小切手偽造事件の容疑者である。

店員は知らないと言った。そのほか四、五人に訊いた。誰ひとり小切手の偽造のことも、アジア人についても知らないふうだった。

私は店内に最後の一瞥をくれると、古風な鈴がついた扉を押して外に出た。あたりを見まわし、近くのコーヒーショップにはいった。デュポン・サークルは粋《シック》が命で、〈カフェ・キャフェ〉はまさに粋の要素が詰まっていた。Café のアクサンと、黒い豆のはいった容器に一ポンド二十五ドルの値がついているのがその証しだ。私はドリップしたコロンビアのブラックを注文した。風変わりな混ぜ物をして、たとえ美味かろうが私見ではコーヒーといえないメニューが並ぶなかから、値段のいちばん安い一品を選んだ。

浮かんでくるのは昔のこと、これもとくに思いだしたかった光景ではない。好きなモカチーノをオーダーするペギー。私にはモカチーノの正体がよくわからなかった。だがハート形の顔を期待でふくらませ、飲み物に口を寄せていくペギーの姿は憶えている。彼女はあるとき、食料品の買い物が好きなのは、自分へのごほうびを買う人たちを見ると心休まるからだと言った。

「人生って辛いもの。あれが一日を頑張るささやかな力になるのよ」

そのとおりだ、と当時の私は思った。いまでは実感としてわかる。

コーヒーを啜って湯気の立つカップを置き、グレアムの件に関して進捗状況をメールに書こうとしていると、表扉の軋る音がした。携帯の画面を見つめていた私は、影に呑まれるのを感じた。目を上げて背後を振りかえると、二十代前半の男の顔を覗きこむ恰好になった。白人のハンサムで痩身、ジーンズに皺だらけのストライプシャツという服装だった。

「何か？」

「ぼくは、あなたが立ち寄ったCDストアで働いてます」

私が黙っていると、男は「あそこで働いてる」とくりかえした。

「名前は？」

「ステュ」男は私のことをまじまじと見た。「何か訊いてました？　店で？」

男の発言は、語尾で疑問に変化した。

私は男を睨んだ。男はすぐに顔を伏せた。

「何の用だ？」私はおもむろに訊ねた。

「ジミー・スンのことを訊いてたんなら。ぼく、知ってますよ」

「居場所を知ってるのか？　捜しているんだが」

「あんた、ＦＢＩ捜査官だったりして？」

「ジミーはどこだ？　知ってるのか？」

ためらいがあって、「知らない」

「座って」私はテーブルを指した。

男は腰をおろし、身体の前で両手を組み合わせた。私が接する相手には、手錠を掛けられてやむなくという連中以外にも、たまにこの姿勢で座る者がいる。

「どうしてジミーを知ってる？」と私は糺《ただ》した。

「ときどき店に寄るんですよ。音楽が好きで。なんであそこに捜しにきたんです？　店に？」

「クレジットカードのレシートをたどってね。彼はあそこで買い物をする」

「ああ。そうか」

「彼はいま大きなトラブルに巻きこまれているんだ。見つかると大変助かる」

「そういえば……なんか、面倒なことになったたって聞いたな。小切手のことで」

「偽造事件だ」

ステュが言った。「でもたしか、訴えは取りさげられたって。ぼくはそう聞いたけど。だから、もうトラブルでもなんでもないって」彼は両手を上げて薄笑いを浮かべた。

私は笑わなかった。「ＤＣの警察署では不起訴になった」

「はあ……」

私は説明をつづけた。「しかし、ひとつの事件にたいしては、複数の異なる裁判権が存在するんでね。裁判権には地理的な部分が関係してくる。たとえば郵便詐欺をやると、騙した相手がいる州すべてで罪を問われ、五十州全部でということもある。各州で別個の犯罪になるんだ。あるいは裁判権が行政体の権限そのものという場合もある。連邦捜査官を殺したら、連邦犯罪と州犯罪の両方を犯したことになる」

「ああ」

「そのジミー・スンは、特別区で被害者の小切手帳を盗んだ。ＤＣ警察は不起訴を決めた。しかし彼はインターネットを利用して金を洗浄した」

「洗浄？」

「金貨を買って、おそらくそれを売って現金にした。これが金の洗浄だ」

「そうなんですか？」

「そうだ。そこが私の権限だ。連邦法違反で重大犯罪だ。いいか、ステュ、このジミー・スンについて、きみが何らかの情報をもっているなら、それを話すことを勧める。

連邦係官に嘘を吐《つ》くのも犯罪だ。そして容疑者を匿うことも妨害罪になりうる。非常に重い罪状だ」

「でも、誰も怪我してないし、被害者も訴えたがってないのに……つまり何が問題なんです?」

「被害者の感情は関係ない」

「意味がわからないけど」

「いいか、ステュ、かりに私がきみを殺すとしよう」私は目を瞬かせた。「死んだきみは、どのみちなにも感じない。そうだな?」

「たぶん。感じないな」

「しかし、それでも犯罪は犯罪だ。じゃあ、私が凶悪犯だとしようか。私がきみの車を盗んでも、きみは私を恐れて通報したがらない。しかし目撃者は大勢いる。警察は私を逮捕できる。きみが証言しなくても他人がする。私は監獄行きだ」

「それは思いつかなかった」

「私はスンの逮捕状を取ってる」私は上着のポケットを叩いてみせた。

「ほんとに?」

「彼が〈ポストボックス・プラス〉で金貨を回収した際のビデオ映像がある。偽小切手で換金した現金もだ」

「でも……」

「ジミーのことはどこまで知ってる? 正直に言うんだ、ステュ」

若い男はまたうなだれた。「ぼくのパートナー。恋人」

「なるほど。いっしょに住んでるのか?」

「いや。彼の親はすごく堅くて。疑ってはいるけど知らない」

「きみが自首させることが本人のためになる。すでに国土安全保障省が手続きをはじめている」

「国土安全保障省?」

「テロリスト事件として」

「テ、テ、テロリスト?」ステュは驚いていた。

「スンは北朝鮮政府の工作の一環として小切手帳を盗み、被害者エリック・グレアムを脅したという見立てだ。グレアムはペンタゴンで働いている」

「まさか。そんな……」

「その説を裏づけるようなジミーの行動を見たことは?」

「もちろん、ないですよ。彼はいい男です。やさしいし。

それに家族は韓国の出身だ！」

私は微笑した。「だいたい、テロリストはたいそう魅力的だったりするものだ。ソウルやその周辺には、北の工作員が大勢いる」

「彼はテロリストじゃない」ステュはつぶやいた。

「だから、それを判断するのは検察と裁判所でね。私の仕事は黙って彼を連行すること。できれば怪我をさせずに。それでも……」私は声をとぎらせた。

「そんな」

私は身を乗り出した。「彼のような略歴からすると、非常に危険な人物ということになる。われわれは周囲に特別班を配置している。本人がいた場合には、店に突入する準備ができていた。いまは別の手がかりを追っている」私は時計に目をやって顔をしかめた。「その一隊から二十分まえに連絡があった。本人の居場所をつかんだらしい。ＦＢＩからは、彼がすぐに投降しなければ逮捕時死亡もやむなしの許可が出ている」

若い男は唾を呑みこんだ。

私は目の前の土気色をした顔を見つめた。「彼が心配なら、きみから私たちに手を貸すべきだ。揉めることになれば、彼は命を失う。わが戦術班は、自爆テロなど生命を脅かす行動を想定した訓練を受けている」

ステュは大粒の涙をこぼして泣きだした。その声はふるえていた。「みんな、ぼくが思いついたんだ。ジミーじゃなくて。ジミーはぼくを手伝っただけで……早く、連絡して——あんたが言ってたＦＢＩの連中に。彼は危険じゃないんだって」

私は眉根を寄せた。「それなら、きみ自身が説明しないとな」

「小切手帳を盗んだのはぼくです。〈オンライン・ペイ〉のアカウントを開いたのも。ジミーじゃなく、ぼくなんです。彼は私書箱に金貨を取りにいっただけで」

「話が見えないな」

ステュは顔を拭った。「小切手帳が盗まれたその男？エリック・グレアム？」

私は手振りで先をうながした。

「男は……ぼくの父です」

「すると、きみはステュ・グレアム」

男はうなずいた。「ああ、自分で自分が厭になる。ぼくが……ぼくのせいでこんなことに。たのむから電話を！」

「きみがすべて説明してからだ」

「そんな！」

「話すんだ、ステュ。こちらで早く事実をつかめば、ジミーにとってもそれだけ有利になる」

ステュは目頭を押さえた。「父はその……けっこう厳しい人で。なにかとぼくを学校に、プリンストンに行かせようとしてた。自分がＢＭＯＣだったから。わかります？　学校の人気者《ビッグマン・オン・キャンパス》。あの人はぼくを同じようにしたがった。でも、ぼくは厭だった。ここが性に合ってる」片手を外に向けたのは、デュポン・サークル界隈を差していたらしい。「ここがぼくの場所なんです。ジミーが好きだし、仲間が好きだ。アイビーリーグ万歳なんて柄じゃない。でも父は聞いてくれなかった」

「この話と偽造との関わりは？」

「ぼくが卑怯者だったから」ステュは新たにナプキンをつかんで鼻を拭いた。「父に話せなかった。つぎの秋はもう学校にもどりたくなかったのに。ぼくはあの人が怖かった。ママも怖がってた。みんな、あの人を怖がってる。いつも言うんですよ、『まさかおまえ、おれの三番めの娘になるつもりじゃないだろうな？』みたいなことを。だから、しかたなくフットボールチームにもはいった。体重七十キロのぼくがフットボールチーム？　それでもあの人、『男になれ。おれをよろこばせろ。おれの後を継げ』ってうるさかった。ぼくはノーと言えなかった」

「それできみは、お父さんが授業料を払えないように小切手を偽造したのか？」

「それじゃ不充分ですか？」

「きみはジミーを使って、買った金貨を回収させた」

ステュはうなずいた。「彼はなにも悪くありません。神に誓って。ぼくに手を貸してくれただけだ。家族はニュージャージーにいます。彼もあっちにいることが多い。だから金貨はＤＣじゃなく、むこうに送らせることにして」

「きみのお父さんはそれを知って、訴えを引っこめたというわけか」

彼はうなずいた。「まあ、そういうことです。ばれて」

私は火花の散る対決を想像した。

「金はどうした？」

「金の問題じゃない」

「それはわかるが、きみが金をどうしたかが知りたいんだ」

「手もとにすこし残して、あとはエイズの研究基金とアムネスティ・インターナショナルに寄付しました。ぼくは父が生活のために武器をつくるっていうのが嫌いだった。あの人はペンタゴンでそういう仕事をして、それを誇りにしてる。自慢にしてる。ぼくはあの人の金をましなことに使いたかった」

私は言った。「それを確認できるアムネスティの職員の名前を教えてくれ」

ステュはブラックベリーを見ながら、ある氏名と電話番号を口にした。

「わかったか？」と私は訊いた。

ステュはまたも目をしばたたかせた。

イアピースにクレア・ドゥボイスの声がした。「いまきみに話してるんじゃない」

「連絡中です」

私はステュに言った。「すこし待とう」

若い男はうつむくと、また鼻をかんだ。コーヒーショップを見まわしてふっと笑った。「ぼくたち、ここにしょっちゅう来るんですよ？　ジミーとぼくとで？」

語尾上げの発言。

私は口を閉じていた。

「このまえ、彼がどんな話をしたと思います？」

「さあ？」

「朝鮮っていうとお茶、お茶、お茶だと思うかもしれないけど。中国や日本みたいに。でも一九二〇年代、朝鮮最後の皇帝の純宗《スンジョン》は西洋が好きで、宮廷でいつもコーヒーを飲んでいたって。彼と父上はコーヒーを飲みながら、世界の情勢について話し合ってた。その噂がひろまって、人民もコーヒーを飲みだしたって。みんな、皇帝のすることを真似したがるから。で、朝鮮はアジアのどの国よりもコーヒー好きなんだって。コーヒーショップには娼婦もいて、茶屋《ダバン》の女って呼ばれてた」

ステュは黙りこんだ。ここまで惨めな顔を見せる人間はめったにいない。

ふたたび涙がこぼれ落ちた。「おねがいだから」ステュは懇願してきた。「ＦＢＩに連絡して。ジミーは危険じゃないからって伝えて！」

やがて私はドゥボイスの声を聞いた。「コルティ。裏づけがとれました。彼らはアムネスティ・インターナショナルに三万一千を寄付してます」

「わかった」私はドゥボイスに告げた。「部隊に警戒を解くよう伝えろ」

「なんです？」ドゥボイスは混乱していた。

「またすぐに連絡を入れる」私は通信機器を切った。

状況が異なれば、もうすこしステュを舞いあがらせておいてもよかったが、私はグレアムの傲岸とドゥボイスに向けられた侮辱を忘れていなかった。「これ以上追及する必要はないようだ。再犯がないことを条件に捜索を一時延期する」

「もちろん。ありません！　約束します」

私は席を立ち、出口へ向かいかけて振り向いた。「来年、きみの親父さんはもっと金を稼ぐかもしれない。授業料のローンを組むことだってあるだろう。あくまで興味本位なんだが。そうしたらきみはどうする？」

若い男は赤い目を向けてきた。顎をぐっと引き緊《し》めている。「くたばれって言ってやります」

私は彼を信じた。言葉を返さずにいられなかった。

「よろしい」

私はコーヒーショップを出た。

これでひとつ、ライアン・ケスラーが担当する事件について答えが出た。私はドゥボイスに電話した。

「おっしゃるとおりでした」と彼女は言った。

その見解はエリック・グレアムの書斎で装飾品や写真を眺め、ラヴィングの雇われた理由について、ドゥボイスがこちらの筋立てを述べていった際のグレアムの反応を観察するうち、おのずと現われてきたものだった。あのとき私は、グレアムが部分的に真実を語っていると判断した——彼は誰にも強請られてはいないと。その表情と身体言語をドゥボイスがコンピュータ解析した結果、それが実証された。

壁の写真の若者はおそらくグレアムの息子で、いっしょに写る同じ年ごろのアジア系の男は、監視ビデオに残っていた偽造事件の容疑者によく似ていると思った。ORCのコンピュータ解析を力に、ドゥボイスはクレジットカード、自動車局の情報、顔認識分析、ブログやソーシャルネットワーキング・サイトの投稿、学校の成績、保険金請求、電話の記録、その他数十にのぼるデータベースを処理していった。

実際、写真の痩せた白人はステュアート・グレアムだった。アジア系の男はジェイムズ・スン。前科はなく、ゲイの権利向上活動に積極的、ジョージ・ワシントン大学の大学院生でデュポン・サークルに居住。

ステュが、やはりデュポン・サークルにある〈ミュージック・ギャラリー〉でアルバイトしていることもわかった。

権柄《けんぺい》ずくのエリック・グレアムが書斎をプリンストン大学の聖堂に変えているのを見て、私は父と息子のあいだに深い溝があって、若者が盗難事件の陰にいる可能性を考えた。しかし、自説を裏づける必要からこの場を訪ねたのである。

「では、訊いてもいいですか?」ドゥボイスの声に詮索するような調子がくわわった。「あなたの令状は脅しでも、わたしのはブラフなんですね」これもちょっとした〝楔〟。

いいぞ、と私は思った。子飼いの部下は元気をとりもどしている。

私は説明した。「私の偽令状はジミー宛ということになっていた。ブラフをかけようにも、本人はコーヒーショップに不在だった。きみの場合はグレアム宛だったはずだ。もし彼が提示を求めてきたら、きみはどうした?」

「それは……紙は石に勝ちます」

私は私生活の多くをドゥボイスにも秘密にしてきたが、彼女は私のゲーム好きを噂に聞きつけていた。「気が利いてるな」私は本気でそう言った。

「すると、ライアンが狙われそうな理由として、パムークの件にもどるということですね」

「そうだ」

「それで——ちょっと」その声が緊張を帯びた。「たったいまメールが来ました……ラヴィングの治療にあたりそうな人物の手がかりです」

「つづけて」

「読んでみます……従兄弟です」

ラヴィングがエイブ・ファロウを殺したのち、私たちはラヴィングの略歴を肉づけし、家族をたどろうとした。知ってのとおり、ラヴィングはヴァージニアに生まれたが、首都の数百マイル圏内に肉親はいない。両親はすでに死去。きょうだいのなかで、彼が連絡をとっていた姉は数年まえの事故で死んでいる。

従兄弟のことは知っていた。「ニューヨークのメディカルスクールに行った男だな?」

「そうです。ですがこちらに縁ができて二年まえ、フォールズ・チャーチに移ってきました。アーリントン病院の医師です。いま電話記録を調べているのですが……ラヴィングがビル・カーター宅で負傷してから約三十分後に、従兄弟が自宅の固定電話で非通知の通話を受けています。時間は三分でした」

「その身辺は?」

「独身、三十二歳。交通検問に数回引っかかった以外は犯罪歴なし。氏名はフランク・ラヴィング。ERを経て、現在は内科勤務。メディカルスクールでは成績良好――ニューヨーク州立大」

ドゥボイスは住所を口にした。

私は彼女に礼を言うとホンダのエンジンを回し、住所をGPSに入れて車を出した。フレディに連絡を入れ、グレアムの偽造事件を首謀者への手がかりから除外する旨を伝えた。だが、いまの私にはより重要な、ラヴィングが治療を受けそうな場所につながる情報があった。

「まだいると思うか?」

「出入りするなら迅速にやるはずだ。が、いると仮定しよう。小編成の戦術チーム二班でゆっくり、静かに近づくんだ」

「そうしてみるか」

「あとフレディ……」

フレディのほうで後を引き取った。「ウェスターフィールドには言うな」

私は言った。「それだ」

「まかせとけ。あれは正真正銘のアホだ。でもな、あのアシスタントのほうはぐっと来るぞ」

「真珠が好きならな」

「そいつはいい」フレディは忍び笑いをひとつ洩らした。「今度の仕事は、あんたの別な一面を引き出してくれそうだ」

32

フランク・ラヴィングは、ドゥボイスから聞いていた年齢よりも下に見えた。若禿げで長身、その年代の医者らしく締まった体形をしている。

また非常に緊張していた。人を殺した従兄弟が訪ねてきて、そのうえ武装したＦＢＩ捜査官六名に住居を隅々まで捜索されたとあれば、それも無理からぬ話だった。

フランクが暮らすのはアーリントン、例の四千平方フィートの敷地が並ぶ一画に建つ贅沢なタウンハウスで、円柱にアーチ、ロココ調の装飾はすべて加工ずみのものを、たった数週間のうちに効率よくボルトで固定したものだ。撃たれた雉やヴェネチア、中世の静物など絵画のレプリカが掛かっていそうな壁は、不釣り合いなスポーツのポスターで埋められている。それも大半がレッドスキンズというのは、このあたりでは当然のことだろう。

キッチンを覗くと、血の付いたタオルと、包帯か使い捨ての器具や注射器がはいっていたらしい、白とオレンジの滅菌パックが見えた。カウンターには〈ベタジン〉の瓶が置かれ、白い大理石にその消毒剤のオレンジ色の染みが円く残っている。フランクはそれをこすりとろうとしていた。

「いまどこにいるかなんて、ほんとに知らないんですよ」とフランクは言った。「正直言って」

すでにフレディの戦術班は家を出て、ラヴィングもしくは彼の車の目撃者を探して近隣の聞き込みにあたっている。

私は貧相な書斎に医師を呼びこむと、相手の目を見据えて言った。「こちらから事情を説明すると、ドクター、一時間ほどまえというのは、あなたの従兄弟が十六歳の少女を誘拐し、その父親からある情報を引き出すために拷問して約十分後のことなんです」

医師は目を瞠り、この事態に心底恐れをなしたようだった。彼は低声で言った。「彼が逃亡犯だってことは、みんな知ってましたよ。まさか、生きてる本人と会うことになるとは思ってなかった。彼が帰ったらすぐ通報すればよかったんだろうが……できなかった」

「なぜ？」

「脅されて」

「ドクター……」私は何度か医師を警護した経験から、肩書で呼びかけることに効果があると学んでいた。「ドクター、あなたのご協力がぜひとも必要なんです」

男は暗い顔で腕時計をいじった。「正直、彼がいまどこにいるかわからない。どうか私を信じてもらいたい」

「十六歳の少女ですよ」と私はゆっくり口に出した。そして相手の逃げようとする目を見つめた。

医師はうなだれた。「私に何を話せと？」

「まず、負傷の程度は？」

「左寛骨の上、六インチの腹部に銃創。弾がはいって出た。小静脈を焼灼して消毒、縫合しました。ああ、それから小さな石の破片が太腿に刺さっていたので、それも抜き、血管を焼灼して縫いました。あなたが撃った？」

「ええ」

「少女を救うために」

私はうなずいた。

「無事ですか？」

「肉体的には」私はその言葉に余韻をもたせた。「彼を見つけなくてはなりません。何か役立ちそうなことを話してもらえませんか？　車は？」

「表に駐めてなかったことは確かです。どこかから歩いてきた。その、係官、銃撃戦のニュースは見たんですよ。あれが彼だなんて知らなかった。強盗に遭って、南東地区の男に撃たれたんだって言ってました。わかっていれば……」

男が嘘をついているのはわかったが、それは共謀者としての手管ではなく、法執行機関と話す人間にありがちな、その場しのぎのごまかしという気がした。私がフランク・ラヴィングに求めていたのは、従兄弟の訪問に考えを集中することだった。「彼はほかに何か言いましたか？　思いだして。どんなことでも」

医師は眉をひそめた。「そういえば、ひとつ。手術には亜酸化窒素を使ってくれと――意識を失いたくないんだと。しかし、家にガスはなかった。あるのは〈プロポフォール〉でした。これは効果がたいへん短く――大腸の内視鏡検査などに使うものです。完全に意識は失わなかったけれど、いわゆるラリッた状態になりました。彼がしゃべっていたことも、そのときは気にも留めなかった。ラウドン郡での状況が気に入らないと言うので、私は彼が親の家に行ったんだと思ったんです。アッシュバーンの近くの。彼はそこにいるんじゃないかと」

その場所のことは知っていた。ラヴィングがエイブを殺した際に、私たちはラヴィングが育った家について調べた。だが家は何年もまえに売却されていて、それ以降の情報はなかった。私がその話をすると、医師は言った。

「いや、あれははっきり売られたというわけではないんです」

私は不可解に思いながら先をうながした。

「表向きは売却されてますよ。相続人であるヘンリーと姉が、現在の所有者に安く売った契約になってる。しかし、その所有者は買い取ったうえで、賃貸しなおすことに同意した……たしか二十年間だったかな。ヘンリーの姉は病気で——それも末期でしたから——私はヘンリーが、土地は自分の名義でなくなっても、マージョリーが最期まで住めるようにしたんだと思ったんです」

ヘンリー・ラヴィングの唯一の肉親というのが、いくつか年上の姉だった。彼女は癌を患っていたが、数年まえにボート事故で他界した。彼女のボーイフレンドで、オッコクアン川で酔ってパワーボートを走らせた男も、その後まもなく死んでいる。私は男の死の背後にはラヴィングがいると睨んでいた。この若い男も溺死したが、場所は自宅の浴槽で——二、三時間も水を飲んだような状態だった。

家のある場所は思いだせなかったが、フランク・ラヴィングが住所を見つけてきて、私はそれをノートに記した。

そして私は訊いた。「いまも鎮痛剤が効いているんですか?」

「彼はデメロールもヴァイコディンも服もうとしなかった」

そんな、ラヴィングは頭をはっきりさせておくために苦痛をも忍ぼうというのか。

「あらかじめリドカインは注射しました。局所麻酔の」フランクはその大きな手に目を落とした。「子どものころを思いだすんですが。人を叩いて、喧嘩に持ちこむなんて彼らしくない。正反対だ。おとなしくて、行儀のいいやつでした。いつも観察していたな」

「観察するとは、何を?」

「あらゆるものを。なにもしゃべらず、ただ見ている。頭がよくてね。よくできた。得意科目が歴史でね」

その学位なら私も持っている。ラヴィングの知られざる一面だった。

私は呼ばわった。「フレディ?」

捜査官が戸口に現われた。

「手がかりをつかんだ。チームをアッシュバーンへ派遣しよう」私はノートから、フランクに聞いた住所を書いた部分を破り取り、FBI捜査官に渡した。自分では頭に記憶していた。

33

人は過去を忘れたがる。

それは自然なことだろう。長年してきた発言や行動を引っくるめたりすると、たとえうるわしい思い出でも、少ないはずの後悔がやたら目につくようになり、赤々と燃えあがった燠火《おきび》は消えそうにも消えなくなってしまう。

しかしながら、過去なくして私の仕事は存在しない。なぜかといえば、ライアン・ケスラーのような人物が無私の心で善行をほどこしたため、調べ屋と向きあうはめになったり、プロの殺し屋の血塗られた歴史というものが、彼らが何カ月も何年もまえに犯したことの結果として、私の関心にのぼってきたりするからである。

だが、いまはラウドン郡へともどる暮色の濃い、滑りやすい道路を全速で車を駆りながらも、私は別の理由で過去を想っていた。二十分走った先に、私の依頼人の脅威である男の過去が、男の現在の痕跡を発見するのにたいへん有用と思われる過去が待っている。

私の師を責め苛んで殺した男の過去。

やがて私は歳月をさかのぼり、男についてできるだけ知りたいという思いに取り憑かれた。

従兄弟の話によると――自宅の売却というのは偽装に等しく、家には何十年ぶんもの家族の遺物が残されている可能性があった。ラヴィングの子どもの時分の写真や、彼が遊んだ玩具が見つかるだろうか。

私はかつてロードアイランドでラヴィングと事をかま

えるにあたり、ドゥボイスに初めてあたえた任務を思いかえした。部下の仕事はラヴィングの姉、マージョリーについて調べあげることだった。ドゥボイスは持ち前の負けん気で課題にのめりこみ、弟が犯罪に走って家族を棄てるまで、十代の時間をともに長くすごした女性の略歴を書きあげた。当時の私は、姉にまつわる詳細がラヴィングにつながるものとひとり合点していた。ドゥボイスは癌の闘病、寛解、再発……その後のチェサピーク湾に注ぐオッコクアン川での悲運の死にいたるまで通じていた。

こうして求めたなかに役立つものはなかったけれど、ラヴィングが一再にとどまらない真の関係をもったひとりの人物について、ドゥボイスがまとめた文書を読むにつれ、私はそこに惹きつけられていった。

もっと知りたいと思ったし、古い家が期待に応えてくれることを願っていた。

むろん両親が息子の犯罪を知った時点でその痕跡を消し去り、家は雲のように空っぽということもあるだろう。もし自分にラヴィングさながらの厄介息子がいたら、やはりそうしているだろうか。

クレア・ドゥボイスが電話してきた。ドゥボイスは不動産所有権の調査をして、問題の家に関する情報を集めていた。およそ二エーカーの土地に築八十年の一戸建てが建つアッシュバーン郊外は、ダレス空港とリーズバーグの中間にあたり、タウンハウスや一戸建てが散在する広大な地域は、通勤者がＤＣから遠くへ遠くへと引っ越すにしたがって急速な発展をみせている。

ラヴィングの家は一年半近くも空き家になっていたにもかかわらず、権利を譲渡された所有者が折りにふれて手を入れ、草刈りをさせていた。この所有者は、ラヴィングとはもう何年も連絡をとっていないという話だったが、十年分を超える家賃を前払いで受け取っているという。

「グーグルではそこまで見つからなかったな」私はドゥボイスを褒めた。

「それが面白いんです。オーナーは違法なことは一切していないのに、なぜか後ろめたいといった感じでした。人は後ろめたいことがあると、話をしたくなるものですよね」

十分後、私は街灯のない曲がりくねった舗装路で速度を落とし、番号を確かめた。そしてブレーキをかけ、家から五十ヤード離れた木立に車を乗り入れた。付近にある六、七軒の家は、いずれも道からある程度軒を引っこめていた。周囲に散乱するゴミと、ブレーキライトの赤いプラスティック片が危険なカーブと見通しの悪さを証明している。

　私は携帯を出してフレディに連絡した。

「令状は持ったか？」と私は訊いた。そんなものは要らないという意見も出たが、法的手続きにおいては議論を避けることが肝要であり、家内に有益な証拠が見つかった場合にそなえ、被告側の優秀な弁護士がその却下に動けないようにしておきたかった。

「ああ」

「現在地は？」

「あと十五分足らずか。そっちは？」

「いま着いた」

「おい、コルティ、あんたの装備には、屋根に派手な点滅灯を載せた車はないぞ。そんな運転をしてたら、いまにあの世行きだ」

「急ぎたかったんでね。やつを見つけるチャンスじゃないかと思った」

「でも見つけてない」

「そうだ。いまは家を見張ってる。明かりは点いてないし、動きもない。しかし、周辺の木立には射撃に適した場所が五十カ所からある。熱探知の装備は？」

「もちろんある。だが、そっちが森のことを言ってるなら、装置を光らせるのはたいがいシカだ。で、バンビはまず狙撃してこない」

　私は家に目を向けながら言った。「切るぞ」

　電話を切った私は車を降りた。トランクから出した防弾ベストを着け、黒のジャンプスーツを着た。冷たい秋の空気のなかを進み、カシの大木が二本伸びるあいだで足を止めた。道路から二百フィート離れた家の周囲には霧が流れていた。晩夏を生き延びた虫の声、蛙鳴《あめい》も聞こえる。頭上に感じたかすかな動きの正体はコウモリだった。

　私の内にはいかなる迷信もなく、死者の魂の存在も信じない。だが、ときに印象や手がかりや体験の記憶が熟して、身内に第六感のような理解が湧いてきたりすることは否定しない。畏怖だとか虫の知らせといったものには鈍感でも、にわかに銃を引き抜き、頭を防御の態勢に切り換えておかねばならないと感じた。首筋を違える勢いで背後を振り向くと、男の姿が見えた。私はグロックの引き金に指を掛け、標的を狙った。息をはずませながら、堅くざらついた木の幹に身をもたせかけた。その直後、調べ屋の姿を造りだしていた若木が微風にばらけ、ゆるやかに揺れもどった。

人間の形でも、人間ではなかった。

だからといって懸念が払拭されたわけではない。ラヴィングは近くにいておかしくない。

私は家に向きなおった。二階建ての田舎家は、切妻屋根が焦げ茶に塗られていた。所有者が雇った便利屋は園芸のほうに時間を割き、木工と塗装に関してはおざなりだった。手すりはたわみ、階段はへこんで、ベージュの鎧戸のうち三枚は一個の蝶番でかろうじてつながっている。羽目板の艶のない表面がめくれあがっていた。建物全体にまわしたポーチの正面には、たった一本の鎖で梁に吊られたブランコがあった。

さらに視線をめぐらした。人の気配はない。もう一度ポーチに目を凝らしながら、私は夏や秋の宵に、ラヴィング少年はあのブランコに揺られたのだろうかと思った。誰と？　壊れた杭垣の裏手には農地がある。あそこで少年は狩りをしたのか。若いころのラヴィングが、小動物を虐待していたという噂を何度か耳にした。だが私はそれを信じなかった。ラヴィングがサディストで、肉体的苦痛をあたえて楽しんでいたことを示す証拠はない。情報を引き出そうとする相手を前に、紙やすりとアルコールの瓶を取り出すとき、ラヴィングの抱く心持ちは私の場合と変わらないはずだ。すなわち目標は何か、目標を達成するもっとも効果的な手段とはなんなのか。

私が見つめる暗い窓のうち、二枚はBB弾もしくは二二口径弾で割られていた。こうした空き家は地元の子どもたちにとって、法律で言う〝誘惑的危険物〟だろう。私はその言葉を、ペギーと家をかまえていたウッドブリッジで知った。二軒隣りにヴィクトリア様式の廃屋があって、ある年ごろになった近所の子どもたちは、こぞってこの危険な場所に忍びこもうとした。私はもっとましな塀で囲うよう市に掛けあい、その要求を呑ませたのだった。

私はいま一度、内なる記憶を呼び覚まそうとするのはケスラー夫妻なのか、それともヘンリー・ラヴィングなのかと自問してから、それらを脇へ押しやった。もう気を散らさないと決めた。

車が接近してくる音が聞こえたが、ライトは見えない。私はフレディに位置を伝えた。まもなくフレディと戦術員たちが合流してきた。

「従兄弟の家の車の情報は？」私はフレディに訊いた。

年輩の捜査官は、各自異なる方向を見張る戦術員たちと同じく地勢に目をやっていた。「五十ヤードほど離れた駐車スペースに数滴の血痕を見つけた。ほかにめぼしいものはなし。タイヤの溝の痕も。足跡も。いったい何を期待してるんだ？」

たしかにラヴィングに関していえば、その潜伏先に通じる上質な証拠など見つかるとも思えない。

「動きたい」と私は家を指して言った。こう見えて、案外せっかちなのである。戦術捜査官たちを横目で見ながらささやいた。「ここに来てからは、人っ子ひとり見てない。あるいはラヴィングは、ラリったせいで従兄弟にした話を忘れ、巣穴に逃げこもうと、せめて荷物は取っていこうともどってきた可能性がある」私は深刻な顔を向けた。「また、われわれに伝わるのを見越した内容を従兄弟に話したとも考えられる。これは罠かもしれない。それと、やつに相棒がいることは忘れるな」

捜査官たちは地面、木々、家の黒い窓を眼光鋭く見渡した。私たちは三つのグループに分かれ、フレディと私を先頭に前進していった。

34

相棒が射撃の名手であることを意識して、私たちは姿をさらさず、地面に伏せたり木陰にしゃがむ間をつくれる場所を探りながら進んだ。

五分もかからず家まで行くと、侵入にあたって戦術的な手はずを決めた。この分野は専門ではなく、グループのなかでも私の武装は軽微だった。そこで正面のポーチに残り、家内の安全が確認されるまで側面の動きに目をくばることになった。もうひとり、戦術員が裏口で同じ役目をになう。

フレディが戦術員のひとりに合図を送った。大柄の男はドアを吟味したうえで、ひと蹴りで内側に開き、「FBIだ、令状を執行する！」と必須の文句を吐いた。捜査官たちが表と裏から踏みこんでいった。私は懐中電灯が瞬こうが捜索を無視し、周囲の森にひそむ狙撃手にはできるだけ小さな標的となるようしゃがみこむと、前庭および側庭に視線を走らせつづけた。自前の暗視単眼鏡を使っても、銃撃者らしい人影は見つからない。

緊張をはらんだ数分ののち、フレディが玄関ドアから顔を突き出した。「安全だ」

「最近、人が住んでいた形跡は？」

「ああ。賞味期限がずいぶん先の食料と飲料がある。セットされた目覚まし時計。午前五時に。ここの子は早起きだ。さらのリネン。それほど着古してない服。ラヴィングのサイズだ」

やつはここにいた。

私は家にはいると、あいていたブラインドやカーテンを閉じて電気を点けた。空気は黴臭く、そこにシーダーと腐敗の臭いが微妙に混じっている。戸口に捜査官が現われた。車の痕跡の有無を確かめにいったのだが、ドライブウェイも建物周辺も砂利が敷かれ、タイヤ痕は残っていないとの報告だった。

「何を探せばいいですか？」別の捜査官から声がかかった。フレディが私のほうに首をかしげた。

「クレジットカードの控え、書簡類、コンピュータやハードドライブ、請求書……ヘンリー・ラヴィングの名前があるもの、ないものすべて。やつは数多くの偽名を使っている」

ラヴィングの当座の計画については、大した成果が上がるとは期待していなかった。怜悧な男が明らかな証拠を残していくはずはないが、あれほどのプレイヤーでもミスすることはある。

ゲーム理論はこれを考慮に入れる。〝摂動均衡《トレンブリング・ハンド》〟では、プレイヤーが意図せざる戦略をうっかり採ってしまう場合を想定する――たとえば、クイーン側のビショップ・ポーンに手を伸ばしながら、誤ってナイト・ポーンを動かしてしまったとする。駒をいったん動かせば、たとえ己れの意図に反して悲惨な結末を招こうと、それが一手となる。

とはいえ、有用なものはほとんど発見できなかった。

が、私はついにヘンリー・ラヴィングの過去を見つけた。

そのすべてと言ってもいい。本人も家族もラヴィングの歴史を抹殺してはいなかった。

家のそこらじゅうに写真、額入りの絵葉書、州の共進会やカーニバルで賞を取った証しのリボン、ラヴィング一家で休暇をすごしたときのスナップが残っている。マントルピースの上と書棚に、陶製の動物、灰皿、帽子、燭台といったおみやげや記念品が飾られていた。

そして書斎にはスクラップブック。三十ないし四十はあったろうか。私はすばやく目を通していったが、最近五年以内のものはなかった。いちばん新しい冊子に収められていたのは一点のみ。〈ワシントンポスト〉の切り抜きで、くしくも私がオフィスに保管していたのと同じ、ラヴィングがエイブ・ファロウと、彼が警護していた女性を殺害した事件をあつかった記事だった。ラヴィングが自分で切り抜いたのだろうか。だとしたら、その理由は？　おそらく、当局の捜査の行方を知ろうという目論見があったにちがいない。

私はそうした記録を繰りながら、若かりしヘンリーと姉と両親の写真を眺めた。気になったのは、少年がほとんどの写真で思いつめたような、ろくに笑顔もない、どこか放心した表情を見せていたことだった。若いヘンリーが笑っている写真もあるにはある。たぶんデートで女の子と写っているものも一、二枚出てきたが、ふたりの身体はふれあってはいなかった。

若いヘンリーが打ちこんだスポーツは陸上とアーチェリーで、チームメイトと並ぶスナップはない。個人競技が好きだったのだ。

私はもっと古いものを繙《ひもと》いた。あるページを開くと茶色い髪の毛がひと房、黄ばんだスコッチテープで留められていた。その下にきちょうめんに手書きされた文字を読むと、髪は一歳当時のヘンリーのものだった。それをさわろうと伸ばしかけた手を引っこめたのは、フレディが部屋にはいってきたからである。

「どうだ？」フレディが訊いた。「ここに役立つものはあったか？　バーナード・マドフの隠し金でも見つけたような顔だぞ」

私は首を振った。「やつのつぎの手を示すものはない。本人を示してるものばかりだ」

「それが役に立つのか？」

「さしあたって用はない。でも、最終的には役立つことを願ってる。とにかく、ここには検討すべきものがたくさんある。押収しよう。証拠袋はあるか？」

「車にね」

　そこで私は反対側の壁に目を留めた。もうひとつの棚に靴箱が一ダースほど置かれていた。私はその一個を取りあげた。中身は写真の束だった。誰かが暇を見つけてスクラップブックに貼るまで、家族で一時的に保管しておいたのだろう。ところが、隅に埃をかぶっていない長方形の空間ができていた。靴箱の一個が持ち出されていた——この一時間ほどのことではなくても、きょう。

　この箱を取りに、従兄弟の家からここまで大急ぎでもどったのだろうか。

　そこにラヴィングの求める何があったのか。

　隠しておきたいと願う、みずからの過去を暴露するものなのか。

　あるいは、そこにからんだ感傷的なものなのか。

　私がこのあたりを話すと、フレディはさして興味を見せずにメモを取った。私はほかの箱もあらためた。スクラップブック同様、いますぐ用をなす類のものはなかったが、法医学班に回すことによって、まだ特定していない別荘や家族への手がかりが出てくることもありそうだった。

「コルティ？」とフレッドが言った。焦れているのだろうと思った。

「わかった」と私は言った。

「ここに何かあります」裏手にある台所につづく廊下から戦術員の声がした。フレディと私はそちらへ行った。

「請求書のようです」

　キッチンテーブル脇の床に、輪ゴムで留められた封筒の束が落ちていた。

「落としたのを気づかなかったんでしょう」

〝震える手《トレンブリング・ハンド》……〟

　封筒を拾おうとした捜査官が動きを止めた。束が半ばで引っかかって動かなくなったのだ。

「くそっ」と洩らす捜査官のかたわらで、私たちは床の穴を通した細い釣り糸を見ていた。

　フレディが無線をつかんだ。「家を出ろ、爆発物《ＩＥＤ》、ＩＥＤだ！」

地下で擬装爆弾の爆発音が聞こえ——思ったより低い音だった——短い閃光が、地階の窓から木の枝葉を染めるのが見えた。

部屋は不気味に静まりかえっていた。私はつかの間、爆弾は不発でスクラップブックと靴箱を取りにいく余裕はあるだろうと考えた。

だが、ヘンリー・ラヴィングの歴史の宝庫へわずか一歩を踏み出したそのとき、近くにあった地下室の扉が一気に持ちあがり、オレンジの渦と黄色い火が廊下を走ったと思うと、地下で猛っていた炎が、一階の床にある通気孔や隙間という隙間から噴出したのである。

35

爆破装置は、手榴弾か小型のプラスティック爆弾を大きなガソリン缶に取り付けたものと思われた。燃料が燃える独特の臭気が鼻を刺す。火は瞬く間に壁を這いのぼり、敷物を呑みこんだ。私は地下室への扉を蹴って閉じたが、巻きあがる火の勢いと熱に押しもどされた。

「フレディ、下に誰かいるのか?」と私は叫んだ。

「いない。調べて上がってきてる」

私はふたたび書斎へ向かおうとした。しかし、煙のなかをじりじりと数フィート進むたび、新たに炎が上がり、眉毛と肌を焼かれないように後退するというくりかえしだった。私はあたりに水か消火器はないかと探した。せめて毛布があれば、それで身を守りながらスクラップブックと靴箱のところまで行き、なるべく多くを持ち出すことができる。

記録の重要性については認識が薄いと思っていたフレディだが——調べ屋や消し屋にたいし、戦術よりむしろ戦略で対抗するこちらの分野を理解して——家具で通気孔をふさいだり、床から上がる炎に敷物をかぶせたりと手を貸してくれた。火勢からして鎮火はむりでも、書類を回収するあいだは炎を押さえこめるかもしれないと私は思っていた。

三分、四分と格闘するうちに熱が激しくなって、煙に視界がさえぎられた。煤煙で吐きそうになり、めまいもおぼえ、ここで気を失えば死ぬという思いが意識にのぼってきた。噎《む》せかえって涙を流しながら、私たちは撤退を決めた。すでに居間は火の海で、台所も似たような状況だった。私たちは側面の窓を蹴破って表に転がり出た。付近にいた捜査官たちが火事は陽動作戦とみて、狙撃手が家から逃れる者を狙ってきそうな木立を警戒していた。

しかし銃撃はなかった。驚くことではない。ラヴィングはもう逃げているはずだった。

「報告しろ！」とフレディが叫んだ。同僚の捜査官たちが状況を折りかえしてきた。全員と連絡がついた。一名が軽い火傷をして、もう一名はガーデンホースで地下に水を流そうと窓を割った際に切り傷を負った――むろん、これは無駄な努力だった。だが重傷者はなかった。

いや、ここで唯一犠牲になったのは、ヘンリー・ラヴィングの過去なのだ。

私は痛む目をこすりながら、これはこちらが推測していたとおり、端から罠だったのだろうかと考えた。

生きてはいても、われわれのゲームのこのラウンドは、はっきり私の負けだった。

〝はさみは紙を切る……〟

炎の哮《たけ》りはすさまじく、サイレンの音を耳にするころには、消防車はもうすぐそばまで来ていた。

フレディが言った。「写真のはいってた靴箱一個。残りは全部廃棄した。なぜそいつを持ってった？　中身は何だ？」

当を得た質問で、私も先刻からそこを考えてみるつもりでいた。姉の写真がはいっていたのか。自分と姉の？　好きだった場所の？　引退後に住むつもりでいた森か湖畔のキャビン？　私は返事をしないまま、火柱と化した家を眺めた。そしてグレートフォールズの隠れ家に連絡を入れ、依頼人たちの様子を確かめるつもりで車にもどろうとした。

が、そんなに先まで進めなかった。

ルーフに赤と青の点滅灯をつけた黒のヴァンが二台、そう遠くない場所に急停車すると、少人数がまっすぐ私に向かってきた。

その先頭に立つ者たちの正体を悟って、私は目をつぶった。ジェイソン・ウェスターフィールドと部下のクリス・ティーズリー、おそらく真珠はなし。襟もとまでジッパーを上げたジャケットを着て、ネックレスは見えない。

思えば、ふたりと顔を合わせて不思議はなかった。ウェスターフィールドはこの家のこと、私がここにいそうなことを突きとめて当然だった。連邦治安判事のもとへ赴き、ラヴィング家の家宅捜索令状を請求したわれわれは記録に載ってしまったのである。連邦検事は自分に向かって嘘を並べ、空っぽの装甲ヴァンを送りつけてきた男を発見しようと、押っ取り刀で駆けつけてきたというわけだった。

私としては検事が部隊の面前で叱責することで満足し、それで仕事にもどれればいいと思っていた。しかし、検事の意図はちがった。そばに立っていたフレディに目を向けると、この状況では不要に思える大声で告げた。

「逮捕しろ。早く」

36

FBI捜査官には手錠を掛けるそぶりもなかった。私は一方で、連邦検事が鎖でつなぐより効果的なことをしてくると考えていたが、自信はなかった。

私は二台めの車輛に乗っていた面々を見やった。やはりFBIのジャケットを着用して、私を逮捕できる立場にいたが、彼らもまた、年上で実質上司にあたるフレディに遠慮していた。

フレディはレフェリーよろしく、私たちのあいだに割ってはいった。「ジェイソン」と声をかけてから、ウェスターフィールドをこの場に連れてきた捜査官たちにうなずいてみせた。

「彼を逮捕したい。ベビーシッターは別の人間に代わらせるんだ」

現実にどんな罪に問われるのか、私にはわからなかった。装甲ヴァンで送るといったものを送らなかったからといって、連邦犯罪にはならない。

「連邦検察官に嘘をついた。それが罪状だ」

思いかえしてみても、そんなことをした憶えがなかった。自分で口にした言葉が正確に思いだせない。だからといって、たとえ最終的には免責されようが、そもそも逮捕がないとは言い切れない。そんな経験を、私は過去にもしていた。

ウェスターフィールドが私を横目で見た。「ケスラー夫妻を街の私のそばに置いておきたい。ライアンから直接話を聞きたいのでね。ただちにその措置をとってもらおう」

「それはできません」と私は言った。

「夫妻を私のところか、アーロン・エリスが推薦する者のところへ送れ。きみがそれをして、ケスラーの尋問をこちらでできるようにするなら罪は問わない」

「それはできません」私はくりかえした。

フレディはテニスの観客になっていた。

「コルティ捜査官、この仕事は長引いて、もはやゲームはできないと私は思っている」とウェスターフィールドは言った。

「刑務所は正しい戦略ではなかったんです、ジェイソン。あなたは事を急いだ。私には選択肢がなかった。私の第一の仕事は依頼人を守ることです」

「面白いことを言う。私の印象だと、きみの第一の仕事は白鯨に銛《もり》を打ちこむことのような気がするが。フレデリクス捜査官？　手錠を見せてもらえないか、シルヴ・プレ？」

私よりウェスターフィールドとの仕事が長いフレディだったが、いまはいくぶん私に肩入れしているようだった。「彼のやってることならうまくいってますよ、ジェイソン。一家は安全です」

「しかし、現に彼はここにいて、一家といっしょにはいないようだし……そのうえ、ラヴィングには逃げられた」ウェスターフィールドは燃える家に手をやった。

それはそのとおりだったが、私はここでラヴィングが見つかるとは思っていなかった。むしろ興味があったのは、いまや灰燼《かいじん》に帰そうとしているラヴィングの人生の手がかりだった。

ウェスターフィールドは年輩のＦＢＩ捜査官に視線をやった。「彼を逮捕するのか？」

「どうですか」

連邦検事は嘆息すると私のほうを見た。「コルティ、きみは首謀者に関して、すでにして船に乗り遅れているんだぞ」

私は家に向けていた目を検事のほうへ転じた。「それはどういう意味です？　グレアムはすでにリストから除外しました。いまはアリ・パムークを集中的にあたっています」

「パムークもちがう。きみはテロリストだと言ったな」

「集められた資金の多くが中東で見つかっていることから、その可能性があると言ったんです。目下、同僚がパムークの関与を調べているところです」

「ミズ・ドゥボイスか」

「そうです」ウェスターフィールドはどうやって彼女を知ったのか。それより気になったのは、名前をフランス風に発音しなかったことだった。

「そっちの早合点だ、コルティ。パムークのことは無駄骨だな。われわれは独自の調査をおこなってきた。首謀者を見つけたぞ」

「誰です？」とフレディが訊いた。

私は言葉もなく顔をしかめた。

ウェスターフィールドはティーズリーに向きなおった。

「クリス、コルティ係官とフレデリクス捜査官に、われわれが知った事実を話してやってくれないか？」

ティーズリーが言った。「ケスラー刑事は首都警察で内部事務を担当していました」

私は言った。「予算や経理のことを」

「知っているのか？」ウェスターフィールドは満足げに言った。

「本人が話していました、ええ」

「そこが関係してくるとは思わなかったのか？」

「ラヴィングと首謀者に？　いいえ」

ウェスターフィールドはふたたびティーズリーに目交ぜをした。

「一年まえ、警察内で経費にからむごたごたがありました。時間外手当のことです。大きな問題ではなかったようですが、予算編成の長から本部長に話が行き、金融犯罪部門の人間に帳簿をあたらせ、事情を調べさせようということになりました」

「瑣末な話に聞こえるが」とウェスターフィールドが口を添えた。「結論を……結論を話してやれ」

ティーズリーがつづけた。「経費用の小切手が何万ドル分も振り出されたのですが、金は別部門の会計に入れられていました。それも長年のあいだ」

私は眉をひそめて言った。「それは意図的におこなわれていたということですか？　警察の予算から金をかすめ取ろうという狙いで？」

「そのとおり」とウェスターフィールドが言った。

得心したフレディが言った。「で、その背後にいた――警察だか役所の上の人間が不安に駆られた。ケスラーには金融犯罪捜査の経歴があったからだ。ケスラーは問題の人物の正体をつかみかけていた」

私は燃えさかる家をぼんやり眺めながら、考えを整理していった。「市役所の上層にいる――市警のヘリコプターを動かせるような人物。飛行計画やチャーターのことは、クレアにつかめるはずがない」私は仏頂面で首を振った。「ラヴィングと相棒の救出に使われたのは、政府のヘリなのかと疑問をもった彼女に、私はちがう、民間だろうと答えた。市警の飛行計画を探らせなかった。私のせいだ」

ウェスターフィールドは嘲笑はしなかったが、私の最後の科白《せりふ》に満足していた。

私はフレディに言った。「それに組織内の人間なら、警察の機材も手にはいる」

「機材とは？」とウェスターフィールドが訊ねた。

年輩の捜査官が答えた。「ラヴィングの相棒が、コルティの車に追跡装置を付けようとしたんです。それがコロンビア特別区の警察が使用するのと同じモデルでした」

ウェスターフィールドはこの補足に納得して、ティーズリーに視線を投げた。この大事なパズルのピースを見逃した理由を問い質していたのだ。

私は小首をかしげて考えこんだ。

「どうした？」とウェスターフィールドが訊いた。

「ケスラーから、刑事部長のルイスの話が何度か出たんです。自分のやっていることにルイス部長が関心を示してきたと。それもかなりの関心を。そのときは深く考えなかったのですが、刑事を束ねる男がなぜ、全部門にかかわる経理の問題に関心をもつのでしょうか。輸送、通信、警邏《けいら》、鑑識。すべてにわたって」

どうやら私はウェスターフィールドの新たな事件に貢献したようだった。「いい質問だ」

「ルイスか……」とフレディが口にした。「彼のことはずっと気になってた。過去にはいろいろ言われたらしい」

「どんなことを？」ウェスターフィールドは即座に反応した。

「さあ。陰口ですからね」

するとウェスターフィールドは言った。「コルティ、いいか、きみはラヴィングを木に追いあげることにかけて、首謀者に関してはボールを取り落とした」

獲物を木に追いあげ、ボールを取り落とす。法廷で陪審を前にしたら、ウェスターフィールドはむやみに隠喩を織り交ぜたりはしないだろう。

「しかも、きみのおかげでルイスか誰かはともかく、この裏で糸を引く人間に、証拠を隠滅して、ほかの証人に近づく機会をあたえてしまった。そろそろ事件を誰かに引き継ぐ潮時だと、私は本気で思っている」

ふと沈黙が訪れた。思いにふける私たちのサウンドトラックは、家が崩壊していく物音と消防士の怒号だった。点滅する光が近くの葉という葉に波紋を描きだしている。

私はようやく口を開いた。「ジェイソン？　よろしいですか？」

私たちは脇に寄ると、うつむいたまま歩き、他人から十フィートあまり離れた。

ジェイソンが余燼《よじん》に目をやった。「あそこで手がかりはつかんだのか？」

「役立つものはなにも。間に合いませんでした」

「怪我人は？」

「いません」検事が負傷者のことを訊ねたのは、それが初めてだった。やがて、ぼんやりした煙に巻きあげられる火の粉を見つめながら、私は言った。「あなたは、ルイスが証拠を隠滅したかもしれないとおっしゃった」

彼はうなずいた。

「もしケスラーが、それらすべてを持ち歩いているとしたらどうでしょうか。スプレッドシートから、メモから、帳簿から一切合財」

「隠れ家にか？」

「そうです」

検事の目に熱い光が瞬いた。

私はさらに声を落とした。「ではジェイソン、これならどうです？　私としては、若干ラヴィングに集中しすぎたきらいがあり、首謀者にたいして本来あるべき注意を向けていなかったと認めましょう……市全体に波及する金融スキャンダルとすれば、首謀者がラヴィングを引きこむだけのことはある。トップにまで累をおよぼすことも考えられます」

「つづけろ」その意味は――きみの提案を聞こう。

「こうするのはどうでしょう。ケスラーの手もとにある書類すべてのコピーをあなたに渡します。今夜、隠れ家に帰ったらすぐに。ただし、警護の任務はこちらが引きつづきおこなう。ケスラー夫妻と彼らの居場所は私のほうで管理する」

「私は彼を尋問したいんだ」

私は思案した。「保安回線でなら。直《じか》にではなく」

連邦検事は唇をかんだ。「影響は残るぞ。きみは私をかついだんだからな」

「それについてはあとで話しましょう。ラヴィングを拘束し、ルイスを収監してから。あるいは警察本部か市役所にいる人物を押さえてから」

うなずきに握手がくわわった。

ウェスターフィールド、ティーズリーと捜査官たちは黒のSUVにもどって現場を去り、私はまたフレディならではの表情に迎えられた。

「何をやらかした？」

私は無言で隠れ家を呼び出し、ルディ・ガルシアに最新の情報を求めた。

「万事変わりありません」と若いFBI捜査官が言った。「ウェストヴァージニアに問い合わせて、敷地内の安全を確認したところです。あちらの同僚から、あなたから連絡があったら、シカはいるはずの場所にいると伝えてくれとのことでした。そう言えばわかると」

「よろしい。依頼人たちはどんな調子だ？」

ガルシアの声が低くなった。「ソープオペラのようです」

私たちの仕事に付いてまわること。

「夫妻がまたやりだしました。くだらないことで。犬も食いません。マーリーは私の写真を撮りたがるんです。ポートレイトを。私がそれを断わると、その、拗《す》ねてしまいました。あの女性は手に負えません」最後のひと言はささやき声だった。それから、「ようやく試合がはじまって。ボルティモアの。それでライアンの気も紛れてます。わが家ではみんな、オリオールズファンなんですが。あなたは？」

「残念だ。私はアトランタが贔屓でね」スポーツにはあまり気を惹かれない私だが、男性の依頼人と、ホテルの部屋や隠れ家で長い時間をすごすうちに観戦の機会がふえ、いつしか野球への興味も増していた。その戦略的な部分が面白いのだ。フットボールはあまり好まない。

ガルシアがつづけた。「私の息子はまだ六歳なんですが、妻にはブリガムがバントをやろうとすると、試合がぶち壊しになると言ったそうです。彼のバットの扱い方がなってないって。笑い話ですけど、ライアンも私も同じ意見なんです」

「息子さんはまだ六歳？　これから野球をやるんだな？」と私は訊いた。

「たぶんサッカーでしょう」

私がかつて少年サッカーチームのコーチをやっていたという話は、もちろんしなかった。できるだけ早く隠れ家にもどると伝えて電話を切ると、私はクレア・ドゥボイスを呼び出した。

37

小さな家だが手入れは行き届いていた。

庭が見事だった。名前はわからないが、低電圧の屋外照明を受けてバーガンディレッドや青の繊細な彩りに咲き乱れる草花は、ジョアン・ケスラーには馴染みのある多年草だろう。

ウッドブリッジに住んでいたころ、ペギーが一時、ガーデニングをこころざしたことがある。

通りに駐めた車を降りると、腰骨が弾けるような音がした。煙の臭いが後を追ってくる。車内で新しいジーンズとスウェットシャツに着換えたものの、シャワーを浴びるはずもなく、肌からラヴィング家の火事で染みついた刺激臭が立ちのぼってきた。

私は戸口に立ってノックした。三十前後の可愛いブロンドがドアをわずかに開き、太いチェーンの奥から用心深い目を向けてきた。女性の外見はクレアのリサーチでわかっていた。

彼女は私のＩＤを見つめながらなお懐疑的で、何の用かと訊ねてきた。

「失礼していいですか？」

「なんでしょう？　何か悪いことでも？」

「とにかく」

女性は私を家に入れた。ここは子どもの家――玩具、カップ、工作に服――で、しかも彼女は妊娠五、六カ月だった。

「シェリルだね？」

彼女の頭がこくりと揺れた。

「心配することはなにもないと思っているんだが」むろん、言葉がにわかに不安をもたらしたのだ。彼女は目を見開いた。

「じつは、あなたのご主人と連絡がつきにくくなっていて」

「そんな、まさか！　彼、怪我したの？」

私はなだめるように言った。「そうと信じる理由はどこにもない。ただ、彼との無線が通じない」

涙をこぼしたシェリルは息を喘がせると、いきなり腰を折り、床に積んであった子どもたちのパジャマや服をせっせと拾い集めていった。私は洗濯の邪魔をしていたのだ。

私は言った。「彼が薬物監視の任務についていたことは、われわれも把握しているんだが、彼の居場所は本部の通信係にもつかめない。そちらで心当たりは？　彼は何か話していませんか？」

「ええ、ええ」

「どこです？」

シェリルはその場所を口にしてから、「でも、どうして通じないの？　何かあったの？」と付け足した。

「わかりません」と私は暗い声で言った。「しかし、移動指揮所からはそう遠くない。ちょっと待って。むこうにメールを打つので」

私は電話に目を落としてキーパッドをいじると、〈送信〉を押した。やきもきしながら電話を見つめてくる女の視線からは、ひりひりするような緊張が伝わってくる。

「どうか……」

やがて私は顔を上げて頬笑んだ。「通じた。彼は無事です。無線の故障でした。じきに補給課から新しい機器が届きます」

「ああ、ありがとう。よかった」涙がしばらくつづいた。

「お騒がせして申しわけない」

「いえ、いいの。彼、元気なんでしょ？」

「ええ、無事です」と私は重ねて言った。「脅かしてすまなかった。あっ、それとひとつおねがいが」

「ええ、もちろん」
「彼はいま監視任務の真っ最中です。朝まで連絡を控えたほうがいい」
「わかってます。でもよかった。信じられない。ほんとによかった」シェリルは涙を拭いながら、うわ言のようにくりかえしていた。

表に出て、車へもどろうとする私の足もとで砂利が鳴り、周囲に煙の臭いが漂った。

私がボードゲームを好きになるのは、他人を演じるという一面があるからだ。たとえば、古典的なドイツスタイルのゲームで、有名なクラウス・トイバーが考案した〈カタンの開拓者たち〉では、プレイヤーは架空の島の開拓者となる。勝利するには資源をよりうまく、より早く開発しなければならない。また別のドイツスタイルのゲーム〈アグリコラ〉は、プレイヤーが十四回のターンで他者にぬきんでた農夫になることを目的とする。ヨーロッパのものにくらべ、戦闘の要素を多くふくむアメリカンスタイルのゲームでは、プレイヤーが大将や提督になるチャンスもあたえられる。

羊飼いという私の仕事でも、フィクションに没入しなければならない場合がある。私はふだん演じることを楽しんでいるし、ステュ・グレアム相手のひと芝居もそうだったが、それで依頼人警護にプラスの結果を呼ぶのであれば、よろこんで役を買って出る。

だが、たまにロールプレイングが安っぽく、薄汚く思えてくることがある。

いまの演技がまさにこのケースだった。

いくら必要だとはいえ、私がもたらした知らせに怯え、泣き濡れた女の顔は、当分のあいだ私に付きまとうことになりそうだった。

38

午後十時をすこし回ったころ、私はグレートフォールズの隠れ家に帰り着き、跳ね橋を下ろすコードの作法に従った。

施設内にはいると、エンジンをアイドリングさせた車が一台停まっていた。運転席にいたのはわが組織の若い同僚だった。

　同僚は私を認めると、エンジンを切って車を降りた。その三十がらみの精悍なアフリカ系アメリカ人は軽い会釈をよこし、玄関のステップで私に追いついた。近づいてきた彼が鼻をひくつかせるのを見て、私は焦げた臭いに馴れてしまった自分を意識した。もはやなにも感じなかった。

「やあ、ジェフ」

「コルティ。大丈夫ですか？」

「無事だ」ジェフの車のフロントシートにはもうひとり、丸い頭をクルーカットにした若い男がいて、一瞬、その目を私に向けたと思うと敷地の監視にもどった。

「指示どおり、ここで待機してました」

　ジェフはトニー・バーというＦＢＩ特別捜査官を、彼の自宅とここの中間にあたる、フレディと私であらかじめ取り決めた連絡地点で拾ってきた。ウェスターフィールドとの休戦状態はなんとも薄弱なものだったから、組織外の人間には隠れ家の場所を直接教えないことにしたのである。私としては連邦検事が、首都警察の財政スキャンダルにかかわるスター証人を、みずから尋問しようと乗りこんでくる事態を恐れていた。それにどんな類にせよ、情報漏洩への嫌悪感もある。

「ＩＤは？」と私は訊いた。ラヴィングにたいしては、警戒してしすぎるということはない。ところがジェフによると、フレディのオフィスからこちらのオフィスにバーの写真が送られてきて、人相認識で本人と確認したのだという。

「印象は？」私はフロントシートに顎をやった。

「軍人上がり、集中力があり、戦術の経験は豊富。無口です」

　フレディはバーに高得点をつけていた。

「しばらくは待機だ。ふたりとも」

「了解、コルティ」

　私は玄関へ歩き、キーパッドを叩いて扉を開いた。さいわい、ケスラー夫妻は声の届く場所にはいなかった。マーリーも。アフマドとガルシアは近くにいた。ふたりは本部から派遣された車の存在に気づいていたが、車がここにいる理由は知らされていない。

　私はルディ・ガルシアに言った。「ちょっといいかな？」

「もちろんです」

周辺のチェックを命じたアフマドは、さっそく表に出ていった。

「ここに来る途中、フレデリクス捜査官と話してね」と私はガルシアに言った。

「はい。いえ、コルティ」

「彼はきみをはずすつもりでいる」

男は黙っていた。その静かな面持ちは、唖然と言い換えてもよかった。

「失礼ですが。納得いきません」

「三十分ほどまえ、きみの奥さんのシェリルに会った。きみの家で」

ガルシアの顎がわずかに落ちた。「そんな……」

「さっき連絡を入れたとき、きみは奥さんと話したと言った。息子さんと試合のことを——それでわかった。で、私から彼女に会いにいったんだ」

ガルシアは事の次第を悟った。私は隠れ家からの私的な通信を禁じていた。一切。「それは……妻が妊娠していたからで。安全を確かめたかったんです。せいぜい三分です。コールドフォンを使いました」

「私は奥さんに、ちょっとまずいことになって、きみを捜していると話した。すると彼女は、グレートフォールズのハーパー・ロードをはずれたあたりにいると言った」私はＩＤを見せ、夫が行方不明と告げたときの妻の狼狽ぶりには言及しなかった。

その丸顔がふくれて赧《あか》らんだように見えた。目が床をさまよった。「そこまで……考えなかった……ああ、くそっ。妻から南東地区なのか、ほかの危険な場所なのかと訊かれて、グレートフォールズの宿屋と答えたんですが……ちくしょう、ラヴィングに聞かれたでしょうか？」

「いや」ここまでの道中、私はアーミズにガルシア家周辺の信号スキャンをやらせた。ラヴィングが盗聴していたとすれば、受信機をそのままにして新たな情報を拾おうとするはずなのだ。が、付近に何かが仕込まれた形跡はなかった。現実的には、ラヴィングがガルシアという人物ないしその任務を知るはずはなく、彼の妻を見つけ出せるとも思えない。しかし、問題はそれとは別のところにある。

「妻は……？」

「フレデリクス捜査官が迎えにいって、お子さんたちも連れて安全な場所へ移した。きみもそちらで奥さんとすごしてもらう。この仕事の片がつくまで、夫妻で隔離ということになる」

　ガルシアは惨めな顔でうなずいた。「申しわけありません……なんて言ったらいいのか。これが初めてなんです。警護の任務というものが」

　それはわかる。しかし、彼の違反は羊飼いや複製《クローン》の役目とは関係がない。あくまで私の命令に従わなかったことにある。至極簡単なことだった。

「私はクビになりたくありません。厭です。この仕事が好きなので」

「わかってる、ルディ。今度の件からはずれるというだけだ。私から報告を上げるつもりはない。キャリアのことはきみとフレデリクス捜査官の問題だ。さあ、荷物をまとめろ。表にいる私の同僚が、きみを妻子のもとへ連れていく」

「わかりました。大目に見てくださったことに感謝します」

　ガルシアは、私の寛容がただ自己の利益に根ざしていることを知らない。私からすれば、たとえ厳重な管理下にあろうと、私の依頼人の居所を知る人間を――不満をいだく元職員にすることはできない。この件にケリがつくまでは。その後は解雇されようとされまいとかまわない。フレディには首を切るべきだと進言しておいた。

　効率。合理的な戦略。

　すると、そこへジョアンが廊下に飛び出してきた。私のところまで歩いてきたジョアンが目を白黒させたのは、おそらく私の肌に染みついた煤の臭いを嗅いだからだろう。「わたしの娘。どうしてる?」と、やおら口にした。後を追ってきたライアンも眉を上げた。

　むろん夫妻には車中から電話を入れ、別荘から脱出してカーター、アマンダともども無事であると伝えてはあった。とはいえ、親というのはより細かな情報と安心を求めるものだ。私はアマンダを保護拘置したと話した。

　ジョアンは言い募った。「あの子と話したかったのに。電話をかけてもつながらないのよ」

「さしあたって、お嬢さんとは誰も連絡がとれないようにしておきたい。彼女の居場所は完全な秘密にしたいので」

「わたしが娘と話すのに、どんな問題があるというの？」

「お嬢さんが自分のいる場所を口にしてしまうかもしれない」

「それでまずいことでも？」とライアンが訊いた。

「きみにとって、お嬢さんが〝楔〟になるとラヴィングに気づかれてしまう。そういったことは、なにひとつ電波に乗せたくない。とにかくお嬢さんは安全だ。カーターとふたり、厳重な警戒下に置かれているから」

「檻は使いたくなかったはずよ」とジョアンが言った。

すでにジョアンはわれわれの専門用語に通じていた。

「通常なら、そうです。しかし事情が変わった」そして夫妻を安心させるため、私は付けくわえた。「お嬢さんはカーター以上にうまくやっているらしい。カーターが言っていた、度胸があるというのは本当です」

ライアンはコーヒーを飲んでいた。酒の臭いはしなかった。私は夫妻に向かって言った。「グレアムの事件は除外します」

「何かわかったとか？」

私は小切手の偽造がグレアムの息子のしわざだったことを説明したうえで、「大学にもどりたくない一心でやったらしい」と言った。

ジョアンが頭を振ったのは、子どもにそんな策をとらせてしまう家庭の機能不全に呆れたからだろう。

ライアンが不自由な脚をさすりながら言った。「ガキなんて、勝手にドロップアウトするもんですよ。州の境界を越えた重罪を犯したりはしない。訴えを引っこめたからって、罪は罪なんだ。そのガキのことはしつこく追っかけてやる」

私はしばらくためらったすえに訊いた。「きみはグレアムに会っている。彼のことはどう思った？」

「最低ですよ」ライアン・ケスラーは私の言葉を理解したらしい。彼はうなずいた。「私なら、息子が好きなことをやるのに責めたりはしない。成り行きにまかせます」

ジョアンが疑問を口にした。「ライアンの部署に、事件を追及するなって圧力をかけてきたのは誰なの？」

〝さる大物〟

「たぶん、国防総省のグレアムの上司でしょう。いまとなっては無関係だ。どうでもいいことです」

ルディ・ガルシアがこちらに目もくれず出ていった。

私は玄関からガルシアが車に乗るのを見送り、トニー・バーを手招きした。物静かで笑みを見せないFBI捜査官を依頼人たちに紹介して、ライル・アフマドにうなずいてみせると、アフマドが捜査官を脇へ呼び、隠れ家での細かな手順について指示を出していった。そのあたりの飲みこみの早さは、さすがフレディの推薦する人間だけあった。

やがて私は言った。「ライアン、ひとつ頼みがある」

「もちろん、何です?」

「きみが扱っていた管理関係のファイルなんだが」

「それって……あの経理のゴミのことですか?」ライアンは警察のファイルで覆われた食堂のテーブルに手をやった。

「そうだ。あのコピーを連邦検事に送るんだ」

ジョアンが言った。「つまり、ライアンが誰かに追われる理由はそこなの? 警察の内部で法にふれることがあって、ライアンがそれを暴いたというわけ?」

「いいえ」と私は言った。

「じゃあ……?」とジョアンが訊いた。


私はウェスターフィールドにたいする一手を、もっと効果的に表現するにはと考えた。それで思いついたのが、「犬に骨を投げてやらないと」だった。

39

ジョアンもその夫も無意識ながら、そっくり同じように眉をしかめていた。

ふつう、私が依頼人と戦略を共有することはない。だがいまに限っては、夫妻に事情を知らせるほうが分別にかなっていると考えた。

私は〈ハイアット〉でクレア・ドゥボイスと落ち合う直前、彼女と追跡装置について話をしながら、ライアンの経理業務が狙われる理由かもしれないと思いついたことを夫妻に伝えた。「同僚に調査を命じて、ルイス刑事部長、本部長本人、それに委員会の面々を洗わせたんだ。市役所の数名も」

しかしドゥボイスには、違法行為の証拠は見出せなかった。ペンと計算機を武器に、彼女は署内の警官、事務方数十名から聞き取りをおこなっていた。ウェスターフィールドとティーズリーが発見した口座間の金の動きは、ドゥボイスの目には違法とは映らなかった。

「たしかに」眉を寄せたまま、ライアンが諾《うべな》った。「ええ、一部の金は誤った口座にはいったけど、それに気がついた人間がいて、また元にもどされましたから。そこにおれがかかわったんです——捜査をやらないで、いくつもの部署内でうまく金を動かす手順を考えるってことで」

「つまり、連邦検事はそれを政治腐敗を糺す絶好の機会ととらえたわけだ。私はそこが袋小路であることは黙っておいた。というか、その道を進むようにけしかけたんだが」ケスラー夫妻には、フレディの理解と協力があったことは伏せておいた。

〝さあ。陰口ですから……〟

ジョアンが言った。「あなたがたは一心同体じゃないの？」

鋭い質問で、その答えは——そうともかぎらない。

ライアンが肩をすくめた。「あなたが必要とするものなら、なんでも送りますよ。ええ」

「全部だ。ただし、難解なものから先に」

ライアンはにやりとした。

「ウェスターフィールドはきみと話もしたがるはずだ。真実を告げて、あとは本人に解釈させればいい」

「でも、多少は謎めかしておくと」

「すばらしい。きみが読んだ陰謀説の本を参考にしてね」

ジョアンは気まずそうに、うつむきかげんに立っていた。アマンダに連絡したいという彼女の気持ちは私にもわかる。でも、それをさせるわけにはいかない。ラウドンの拘置所にいる私の連絡員以外には、娘とカーターがそこにいる事実を知らせたくなかった。が、ジョアンはふたたび訴えてくることはなく、おやすみの言葉だけを残して廊下を歩いていった。

私はマーリーのコンピュータがカウチに置きっ放してあるのに気づいた。マーリーも寝てしまったのだろうか。すると、不意に若い女の不在が気になった。隠れ家がやけに静かなのだ。マーリーについてはいろいろあるにせよ、彼女ほど現場を活気づかせる依頼人は初めてだった。

〝ツアーガイドさん……〟

書斎でメールのチェックをしていた私のところに、ライアンがファイルをまるごと持ちこんできた。それらをまとめて机上にきちんと積みあげていった。そして、「これが最初のひと束です」と言って作業にもどった。

最初に顔を合わせたころの身構えた感じや敵意はすっかり消え失せていた。「個人的な質問をいいですか、コルティ？」

いつもならクラクションを鳴らすところだが、私はなぜか「いいとも」と答えていた。

「どうしてこの子守りの仕事に？　いや、これは侮辱になるかな」

「私には大丈夫だ」

「よかった」ライアンは笑った。「どうしてまた？　誰かのボディガードでもやっていたとか？」

「手短に答えると、逮捕されたから」

面白がるような視線が返ってきた。「それは説得力がある」ライアンは足を引きずってキッチンまで行くと、「コーヒーは？」と声をかけてきた。

「もちろん」と私は答えた。

ライアンは私がブラックが好きなのを憶えていて、大きなマグを持ってきた。

「で？」彼は書類の整理をつづけた。

私はオースティンの大学でオリエンテーリングをはじめ、サインカッティングに興味をもつようになった経緯を話した。

私は怪訝な顔をするライアンに何か説明をくわえた。

「インディアンみたいに追跡する？」

「そのとおり。そう、私はある週末、サンアントニオで開かれたオリエンテーリングの大会に出場した。一日がかりの長い大会でね。途中のチェックポイントを通過して、つぎのポイントまでは直線じゃなく、別のルートを採ることにした。直線ルートのほうが、時間がかかったりすることもあるのでね。

で、茂みを突っ切っていたときに、誰かが泣いてるような声を聞いた。確かめにいくと、そこに家族がいた。明らかにリオグランデ川を渡ってきたばかりの不法入国者でね。なかのひとりが怪我をしていたらしく、私は彼らのほうに近づいていった」

「スペイン語を話すんですか？」

「テキサスでは、それが役に立つ」また現在の職業においても。

「だろうな」

「こっちは大会用の——トラックスーツみたいな恰好をしてたから、警察だとは思われなかった。事情を訊ねると、人に追われてると言う。父親が全財産のはいった財布を盗まれ、しかも夫婦の十代の娘がレイプされそうになったと。父親が相手の銃を奪って逃げたものの、男たちが後を追ってくるらしい。私は携帯を持ってるから、助けを呼ぼうかと言った。すると彼らは驚いて、それはやめてくれと泣きついてきた」

「不法入国者だったから」

「しかも襲ってくる相手というのが、こちら側の国境警備隊だったから」

「そうか」

「家族は相手を振り切りはしたが、彼らは近くに迫ってきていた。私にも追ってくる四、五人の姿が見えた。サインカッティングばかりか、サインプッシングというのもあってね。カッティングは痕跡《サイン》を探すこと。プッシングは痕跡を残した人間を捕らえること。警備隊がやっていたのはそれ——家族を拘束することだった。見つかれば結末はわかりきっている。隊員たちは、私たちの隠れる場所から約半マイルの距離にいた」

「〝私たち〟って。話の先がなんとなく見えてきたな」

「私には家族を見棄てることはできなかった。間違いなく殺される。だから彼らを連れて、できるだけ痕跡を隠しながら移動した。言ってみればいたちごっこだが、とにかく逃げたんだ。三時間後にはサンアントニオまで出て、教会の避難所に彼らを送り届けた」

当時の私は二十三歳で、人生といえば学問がそのほとんどを占めていた。あの日の午後の出来事はまぎれもなく、最高に刺激的な体験だった。

「逮捕されたって話だったけど、本当に悪事を働いたことになるのかな。だって、あなたは不法入国者だとは知らなかったって言うこともできた。襲ってくる相手から逃げるのに手を貸しただけだって」

「じつは小峡谷《アロヨ》を先回りしていた警備隊員がいてね。そこから脱出するには車を使うしかなかった。父親が隊員を撃っても困るので、私が銃を手に後ろから忍び寄り、ジープと武器を盗んだ」

「なるほど、それなら逮捕は妥当だ」とライアンは言った。

「家族を教会で降ろしたあと、私は銃を湖に棄てると、ジープを食料品店の駐車場に放置した。タクシーでオリエンテーリングのコースにもどった」

「どうして足がついたんです？」

「半券のチェックで」と私は説明した。「それがオリエンテーリングの安全手順でね。審判はスタート時に競技者から渡される半券と、ゴールで提出されるコントロールカードを照合する。もしゴールしていない者がいれば捜索隊を出す。国境警備隊員はチェックポイントのフラッグを見て――オレンジと白の目につくものだから――競技がおこなわれていたことを知っていた。翌日、学校にいた私を捜しだしたのさ。私は逮捕され、事件はワシントンDCから街に派遣されてきていたFBIのフレデリクス捜査官のところへ行った。今回、私が組んで仕事をしている男だ」

「でも、いまあなたが連邦職員でいるということは、重罪犯として起訴はされなかったってことですよね」

「要はフレディがテキサスにいたのは、国境警備隊員が不法入国者を襲撃して窃盗を働く事件を捜査するためだった。つまり、私は被告人となるかわりに証人になったんだ。四人を起訴する手助けをした」

「で、不法入国者は？」

私は頬笑みを向けた。「どうしてだか、運んだ先を忘れてしまってね」

「いいことをしたな」

「学位をひとつ、ふたつ取ったあと、私は教壇に立つようになった。でも、あの週末のことがなかなか頭から離れなくてね。二、三年してフレデリクス捜査官に連絡したら、ワシントンの外交安全局――国務省――の人間とつないでくれて、それで数年間、大使館の人員や合衆国内の外国人の警護にあたった。そのうち旅ばかりするのに飽きあきしてね。いま働いている団体のことを話に聞いていたものだから、移って現在に至るというわけだ」

ライアンはウェスターフィールドに送る資料をまとめ終えていた。二百枚になろうという紙の束は、私には理解できない数字とチャートがごちゃごちゃ並んでいる。

「完璧だ」と私は言った。

「訊いていいですか、コルティ？」

「ああ」

「いまの話を何人の依頼人にしました？」

私は正直に答えた。「ゼロだ」

ライアンは表情をくずした。「どこまで本当なのかな？」

「何から何まで」と私は言った。

月曜日

これが攻撃とともに防御のゲームであることを忘れず、
征服した領土を護る態勢をととのえておきましょう。

――ボードゲーム〈リスク〉の解説書より

40

月曜日

午前九時直前に、クレア・ドゥボイスが連絡してきた。

クレアが口にしたのは、光明が見えてくるような話だった。

気をそぐようなものでもあった。

私は情報を書き留めてキッチンへ行った。黄色のギンガムチェックのクロスを掛けたテーブルには、朝食のベーグル、クリームチーズ、ジャムが置かれ、依頼人夫妻がマグでコーヒーを飲んでいた。ラップトップを前に画面を熱心に見つめていたジョアンが、私にあいさつがわりの表情を向けると、すぐに注意をコンピュータにもどした。

「マーリーは？」と私は訊いた。

「まだ寝てますよ」とライアンが言った。

「たったいま、クレアから連絡があって」私は重苦しく告げた。「きみのもうひとつの事件でもない」

刑事は息をついた。「クラレンス・ブラウンの詐欺？いや、パムークの？」

「首謀者は彼じゃない」

「そんな」ライアンは肩を落とした。

「私も同感だ。でも、あれは投資詐欺《ポンジ・スキーム》じゃない。パムークのビジネスは合法だ」

「でも、偽の会社に偽の名前で……それで合法なんてことがあるんですか？」

「彼の名前は合法的に変えられた。商号はすべて正式に申請されている。投資がダミー会社を通じておこなわれたのは確かだが、それは犯罪にはならないらしい。パムークの組織は財政的には健全だ。帳簿はしっかりしてる。裏づけもとれている」

ライアンが訊いた。「金を取りもどしたい人たちはどうなるんです？　パムークはごまかしばかりなんだ」

「一部には金が支払われている。この数日中に受け取る者もいるらしい。インターポールの経済犯罪課からの情報だ。彼らはロンドン、ニューヨーク、パリ、それにグランドケイマン島の法廷会計士や保安担当者と連絡をとりあってる。会社のX線検査をしたわけだ」

ライアンは苦笑した。「こっちは何週間もかけて海外の連中から話を聞こうとしたのに。フランス人なんか、折り返しの連絡もよこさなかった。ジョージタウンの連中もそう。さすがあなたはDCの下っ端刑事より影響力があるんだな」

私は警察内での地位についての、ライアンの辛辣な自己評価を思いだしていた。

〝小物だから……〟

ジョアンがそれとなく興味をしめして顔を上げたが、またコンピュータに目をもどした。何にそこまで夢中になれるのかが気になった。オンラインにはできないので、見ているのはハードディスク上にあるファイルのはずだ。

私は話をつづけた。「つまり、こういうことなんだ。パムークは投資家から集めた金を、アメリカ、ヨーロッパ並びにアジアのダミー会社数十社を通して中東に送金したと」

「ええ。テロ活動の資金にあてるため、とあなたは考えていた」

「それがちがった。すべてが株式と債券への投資でね。パムークがそれをしたのは、金を儲けるにはアラブの会社が堅いと本気で考えたものの、アメリカ人があちらへの投資をはばかる気持ちを理解していたからだ。愛国心だな。それにむこうの株主は、仲間の投資家が夕食にビールを飲んで豚肉を食い、日曜に教会へ行くなんてことを快く思わなかったりする。そこでパムークはダミー会社をいくつも噛ませることにした。掘り下げていけば、細かい事実が見えてくる」

ライアンは吐息を洩らした。

私はつづけた。「金を早く引き出そうにも、企業が幾重にも挟まって、そこに外国の法律がからむから、アメリカのファンドより手間がかかる。時間はかかるが完全に合法だ。誰が盗難に遭ったわけじゃない。事実、今年の投資収益率は〈スタンダード&プアーズ〉のインデックスを四パーセント上回ってる」

「そうだ」

「犯罪じゃないなら、調べ屋を雇う理由もないか」

「ちくしょう」ライアンはぼそっと言った。「行き止まりか」

そういうことだった。業界で一、二を争う調べ屋がライアン・ケスラーを狙っている。ライアンが捜査中だったふたつのめぼしい事件が理由ではない。また彼が手をつけている管理作業とも関係がなかった。

ゲーム理論は方程式における未知の部分、既知の部分の双方があって成り立つ。ダイスの転がり方や、つぎにめくったり配られたりするカードの種類はわからない。相手がつぎの一手にどんな作戦を採るかもわからない。震える手《トレンブリング・ハンド》が失策を呼ぶこともある。

だがひとつ、相手が誰で目標は何かという知識はつねにそなわっている。

それが今度のゲームではちがった。相手がわからなかった――ナイトだかルークだか、駒の一個がヘンリー・ラヴィングであることを除いて。

またゲームの目的も不明だった。

私たちがやっているのはブリッジ、〈アリマア〉、バックギャモン、囲碁？〈人生ゲーム〉？　ポーカー？

未知、まったくの未知だ。

ライアン・ケスラーは悪いほうの脚を揉みながら、暖炉の上に飾られた、脚の細い肥えた馬たちの絵を眺めた。

「もっと小さな事件なのかもしれない。まさかとは思ったけど、そういうことか。なりすましとか、クレジットカードとか」

そのとき、背後のジョアンがきっぱりと言った。「いいえ、そうじゃない」

ライアンと私は振りかえった。

「答えが見つかったわ」ジョアンはそうささやくと顔を上げ、蔑むような手つきでコンピュータを指した。「ラヴィングが追ってるのはライアンじゃない……わたしの妹。わたしのろくでなしの妹を追ってるのよ」

41

ライアンは顔をしかめた。「マーリーを？　そんなわけがない。ケスラー姓ですらないんだぞ」

ジョアンは私のほうを見た。「誰か、〈ライアン・ケスラーを押さえろ〉なんてフレーズを目にした人はいる？　あなたが話してた例のｅメールは？」

私は訊いた。「〝開始〟の命令のことですか？　いいえ。しかし〝ケスラー〟とあって、お宅の住所が書かれていた」

ジョアンは反論した。「それって、マーリーの住んでる場所のことを言ってるのよ」

私は思いを凝らした。「たしかに。しかし、彼女だと思う根拠は？」

ジョアンは妹のコンピュータを顎で指した。「ゆうべ、マーリーがここに置いていったの」

言われてみれば、ガルシアの家からもどってきたときもそこにあった。

ジョアンが言った。「裏に恋人のアンドルーがいるんじゃないかと思って。保存された妹のメールに、それを匂わすことが書いてないか調べてみたかったの」

夫が私を横目で見た。「アンドルー。そんなことがあるか？」

私は言った。「いや、彼のことは洗いました。その名前が出てすぐ、同僚に調べさせたんです。車で、土曜日に？　ほら、私からマーリーに、電話をしろとけしかけたでしょう。あれは彼の電話番号を知るためだった。クレアが確認したところ、われわれの目線からはシロでした。何年かまえに数件の脅迫、二件の家庭内暴力で起訴はされている。接近禁止命令も受けた。しかし、ヘンリー・ラヴィングとは関係がない」

ジョアンが言った。「わたしが言ってるのはアンドルーのことじゃない。別のものを見つけたの。ほら」コンピュータが私たちのほうに向けられた。画面に映る〈グローバル・ソフトウェア・イノベーションズ〉のロゴは、フォルダーを開いた編集・保存ソフトウェアのものである。ジョアンは妹が最近撮った写真を呼び出した——DCのダウンタウンのシリーズで、そこには私が選ぶ手伝いをした画像もふくまれている。ジョアンが表示したのは、まえに見たときにはこちらが気にも留めなかった一枚だった。熱心に話しこむふたりの男の写真で、彼らはザ・モールに近い屋外のカフェにいる。ひとりは五十代後半で、もうひとりは二十歳ほど若い。背景が不鮮明なのはおそらく故意にぼかしたもので、男たちの真剣な顔が見る者の注意を惹く。

「不自然なところがない？」とジョアンが訊いた。

私は写真を食い入るように見つめた。そして年輩の男が、若い男の手に何かを落とそうとしているのに気がついた。その正体までは識別できなかったが、コンピュータのUSBメモリのように見える。私はそれのことを言っているのかとジョアンに確かめた。

「ええ」

「だから？」とライアンが訊ねた。

妻はつづけた。「年上の男性に見憶えがない？」

「いや」私は言った。「誰だろう」

ライアンが首を振った。

「マルティン・アジェンデ。先週、ニュースになっていたわ」ジョアンによると、アジェンデはコロンビアの外交官で、アルカイダの金を自国内の銀行でロンダリングした疑いがもたれているという。

私はジョアンの説明を信じることにした。過ぎたニュース報道は、いつもおぼろげにしか記憶に残らない。

ジョアンの補足では、当局はテロリストやオフショア銀行との関連を発見できず、起訴までは持ちこめそうにないという報道内容だったらしい。「マーリーは彼が仲介者の若い男と接触したところを写真に撮ったのよ」ジョアンは憤っていた。その手が怒りにふるえている。


「だから、彼らはあの子を追っかけてる。あの子のカメラとコンピュータを手に入れて、コピーをしてないか、ほかに写真を撮ってないか調べるつもりだわ。テロリスト集団は国防関係の当局が――ＣＩＡ、ＦＢＩ、情報分析部が――アジェンデと同席した人物の正体を暴くんじゃないかと心配してる。マーリーにぶつかってきたっていう男がいたでしょう？　そのとき、男があの子のバッグから何かを盗んで住所を突きとめたんだわ」

私は写真をよくよく見つめた。それから、コンピュータにケーブルをつないで写真を電話にダウンロードし、ドゥボイスに宛てた指示をしたためると、電話でｅメールをアップロードした。

ジョアンは身を乗り出すように座っていた。週末のあいだ、彼女の顔を覆っていた無表情は消えた。激情に頬を染め、目をぎらつかせていた。「おめでたいわたしの妹が、よけいなところに鼻を突っ込んで……あの子、いままで脳みそを使ったことがあるのかしら？　公けの場で人の写真を撮るなんて、いったいどういうつもり？　それがとんでもないことになるとか、考えてみたりしないの？」

やはりジョアンの心は決壊に向かっているのだろうか。彼女は土曜日の朝から、自分の感情に蓋をしてきた。爆発が迫っていた。そんな場面を私は何度も目にしてきた。

「確認します」と私は言って、電話に顎をしゃくった。

「だいたい、後先《あとさき》も考えないで……それで誰が尻ぬぐいするの？　わたしたちじゃない。娘が殺されそうになったのだって、あの子のせいだから！　わたしがあの子を受け入れたからよ。正直者が馬鹿を見る、でしょう？　だからわたし、家に置きたくなかったのよ。もう人生で最悪の一カ月だった。芸術の尊さを説いたって、自分の食い扶持《ぶち》は稼げないんだし。あの子が転がりこんできてからは、ライアンといがみあってばかり。こんな悪夢ってないわ」

「ジョアン」夫がたしなめた。

彼女はぶちまけた。「アンドルーのところに帰してやる……ふたりしてちょうどお似合いだわ。彼にお仕置きさせればいいのよ」

甲高い警報に、私たちはぎょっとした。ライアンが銃に手を伸ばし、私も同じようにしたが、その音色は正しく聞き分けていた。つまり侵入者があったのではなく、非常扉が開放されたのである。内部にいる誰かが、外へ出るために押した。

すぐに現われたアフマドは、銃床の短いＭ４ブッシュマスターを抱え、指を用心鉄に掛けていた。その後ろに拳銃を握ったトニー・バー。

私は片手を上げた。

「そんな」ジョアンが目を丸くしてつぶやいた。彼女が見つめる窓外のサイドポーチにマーリーがいて、ガラス越しに睨みかえしていた。妹は自分にたいする罵りをすべて聞いていたのだ。悲しみに歪めた顔をしばらくこちらに向けていたマーリーは、つと背を向けるとポーチを降り、芝生の上を森のほうへ駆けていった。

「やめて、マーリー！　だめよ！」ジョアンが立ちあがった。

「そのままで」と私は言い放った。そしてアフマドとバーに依頼人の安全確保を命じると、銃をしまいながら表に走り出た。

42

月　曜　日

テキサスで親しくなったＤＥＡの捜査官は、サインカッティングで追跡をするにあたり、追う相手の目的がわかれば役に立つと言った。なかには追っ手のいない場所へ行くことしか考えない者がいる。そんな彼らはどこへでも逃げようとするし、どんな手も使う。

追いかけるのがとくに面倒な連中だ。

捜索が容易なのは、目的地がわかっているか、その予想がつく相手である。

私はマーリーにはめざす先があると考えていた。とはいえ、彼女が向かいそうな具体的な場所はいくつも存在するわけで、その道筋をつかまなくてはならなかった。彼女の行く手にかならず先回りしなくてはならない。私は森のはずれにたたずんで周囲を見まわし、木の幹と枝葉のパズルに目を凝らした。屋敷を囲む緑は、敷地内の警備の観点からかなり伐採され、視界は開けている。だが、その先の土地となると見通しがきかない。

引っくりかえった枝、踏みつけられた落ち葉、わずかに位置のずれた小石、そこにしゃれた靴跡が見つかった。私は走った。

木立に百ヤードはいって、私は痕跡を探すのをやめた。そうする必要もなかった。マーリーが必死で茂みをかき分けていく音が聞こえてきたのである。聞こえたのはそれだけではない。耳のなかで大きくなっていく唸り――マーリーの目的地について、それが私の推理を裏づけていた。

やがて森から開けた場所に出た私は、前方に若い女の姿を目にした。木々のあいだを機敏に動くすべを駆使して距離は詰めたものの、マーリーはまだ百フィート先にいた。

マーリーは振りかえって私を見ると足を止めた。

私は羊飼いとして、人々が逃走をやめるまで後を追った多くの経験がある。人は逃げ道がなくなるか、ガス欠になるか、体力的なスタミナがなくなるかすれば、たいがいはあきらめるものだ。

たまに、目的地に着いたからと立ちどまる者もいる。

マーリーは崖の縁で、音の源であるポトマック川を見おろしていた。過去に二度も自死をこころみた女が、岩を洗う水流に視線を落としている。水面まではほんの三、四十フィートだったが、この一帯は岩がちの早瀬で、しかも深い。

みずから命を絶とうとする者にとっては、願ってもない場所に思えた。私はそろそろと近づいていった。相手を動揺させたくなかった。

マーリーは座りこむと、赤い空ろな顔で私のほうを振り向いた。そして縁から滑り落ちていった。

私ははっとして駆けだした。

だが頭が現われて、マーリーは崖の縁から下の岩場に滑り降りたことがわかった。岩場と急流に向けて突き出した棚に腰をおろしていたのだ。

私はゆっくり前進をつづけながら、遠い対岸に人の姿を認めた。ジョージタウンからメリーランド州カンバーランドまで流れる、チェサピーク&オハイオ運河との境界をなす小径を散策する観光客たちだった。

私は崖まで行くと、灰茶色に泡立つ奔流と濡れ輝く岩を見おろした。マーリーは私の右手にあたる岩棚で、ヨガをやるように脚を組んでいた。

「マーリー」と私は声をかけた。

マーリーはカメラをいじっていた。私は脅かすことがないように、ゆっくり動くところを彼女に見せながら近寄り、二十フィートほど離れた崖の上で同じように腰をおろした。そこには脅威に見せまいという配慮とともに、高い場所があまり得意ではないこちらの事情もあった。

マーリーは私のほうに視線をくれるとキャノンに意識をもどし、風景のパノラマ写真を何枚か撮ったあと、足もとの岩場を狙った。それから、泣きはらした自分になぜかレンズを向けた。絶望の顔に。

騒がしい水の流れのなかでも、カメラのシャッター音が聞こえた。

「マーリー?」

彼女は無言で撮影をつづけたのち、私のほうを向いてシャッターを押した。私が無反応でいると、岩に背をもたせた。

私は取り憑かれたその瞳を見つめた。彼女は命を絶つ気だろうか。

「マーリー。家にもどってほしいんだ」

　ようやく彼女は口を開いた。「ここは美しいわ……ツアーにお金を払っただけのことはある」

「おねがいだ」

「写真集にしたらどう？」姉妹の役がそっくり入れ換わっている。ジョアンは感情的で激昂する女。マーリーは反対に、感覚が麻痺したように落ち着いていた。

　落ち着きすぎるほどに。

「どう思う？」マーリーはつづけた。「水に落ちていく人間の連作。カメラって、どこまで写真が撮れるのかしら。オートにしておけばいいのよね。でも、すぐバッテリーがショートするだろうし。どのくらいもつと思う？」

「マーリー。もどってくれないか」

「あまり長くないわ。でも画像はチップにはいってるし……ギャラリーに出すのはたいへんだけど。写真を売るって難しいから。でも、このシリーズならきっと成功する。わたし、有名になれる」

　私の仕事は、あらゆる事態から依頼人を護ることにある。そこには当人の破滅的な行為もふくまれるのだが、これが困難をきわめることが多い。私が活動する極限状況において、人が自殺を考えるのは特異な例ではない。これまで担当したなかにその思いを遂げた者はいないが、依頼人に死なれた羊飼いは何人も知っている。長引く任務で隔離の日々がじりじりと数カ月にもおよぶと、実際には害のない音でも、調べ屋や消し屋が獲物に近づいてくる物音と依頼人が錯覚してしまうケースがふえる。

　さらに厄介なのは依頼人が、人生はこれで終わった、家族や友人たちがいなくなり、もはや夢も希望もないと己れを納得させてしまうことである。一生、追われてすごすくらいなら、死を選んだほうがましだとなる。

　マーリーの場合、そもそも自滅的な性質という負の部分があった。虐待癖をもつ男に入れこみ、衣食住はないがしろにして、面倒をみてくれる相手のところを渡り歩いてはいいように利用され、身の軽さという魅力も、可愛らしさも、芸術家気取りも色褪せて飽きられてきた。

　彼女は水面を見おろした。

　私は慎重に立ちあがると、すこしだけあいだを詰めてまた腰をおろした。「心配するな。私は人にタックルして、岩場から救い出す訓練は受けてない。それどころか、ここにいるだけで腰が抜けそうになるんだ」

マーリーの表情が、冗談はやめて、ツアーガイドさん、と語っていた。

やがてふたりの距離を推し測ったマーリーは、こちらが近寄るまえに水に飛び込めると踏んで、カメラを構えたままシャッターを押しつづけた。どちらもしばらく無言でいた。停滞を破ったのは私だった。「お姉さんが何を言おうが、きみの写真が原因だと決まったわけじゃない」

「イメージ。わたしたちはイメージって呼ぶの」

「いまに情報がはいってくる」

「でも、筋は通ってるんじゃない？　顔を出したくない人の写真を撮って。他人のやることに鼻を突っ込んで」

マーリーは苦々しげに付け足した。

「その可能性はある」私は甘やかすつもりはなかった。

「あなたがそれを思いつかなかったのが不思議ね、コルティ。ほかのことはなんでも思いつくのに」

「それが自分でも不思議なんだ」これは本音だった。マーリーに関する私の調査は、アンドルーを首謀者の候補からはずした時点で終わっていた。

マーリーはまた写真を撮った。

「話しておきたいことがある」と私は言った。「大事なことだ」

「こんな場面で」マーリーは暗い笑みを浮かべた。「どうでもいい話を聞かされるって思う人がいる？」

「依頼人に伝えるのにいつも苦労するんだが、狙われるのが自身のせいかどうかは関係がない。たしかに当人のせいであることは多い――私が面倒をみるのはつまり、依頼人が何かまずいことをしたからなんでね。でも、その真偽は私にはどうでもいい。依頼人は全員、無事に生きる権利がある。もし罪を犯したなら法廷で報いを受ければいい。倫理的に間違ったことをしでかしたなら、どんなかたちにせよ責めを負うことになる。それはこちらの知ったことじゃない。私が心を砕くのは依頼人が生きて、刑務所送りになろうが幸せな老後を迎えようが――とにかく、その後の人生をつづけられるようにすることなんだ」

「でも、わたしの望みはどうなるの、コルティ？」

私は眉を上げた。

「わたしが無事でいたくないとしたら？　何か意味があ

る？　あそこにわたしの求めるものがある？」隠れ家に顎をしゃくった。

「家族がいる」

「わたしが生きようと死のうと、どうでもいい人たちがふたりね」

「どうでもいいわけがないさ。マーリー、私がかかわるということは、後にも先にも最悪の時期を経験しているってことなんだ。保護下にある人間はひどい言葉を口にする。でも本気じゃない。恐怖が口にさせるんだ。フラストレーションがね」

しばらくして、私は川を眺めた。ここの隠れ家には何十回と依頼人を匿い、敷地をくまなく歩いては攻撃と防御に適した場所を調べ、木を伐らせたり植えさせたりしてきた。だが告白すると、オリエンテーリングにサインカッティング、ハイキングを愛好する身で、この土地を愛《め》でる時間がとれたためしはなかった。

目をもどすと、マーリーは腕をさすっていた。

「アンドルーに怪我をさせられた理由は？」

マーリーは頭を垂れた。「乱暴なビジネスマンの話を真に受けてくれないのね？」

「ああ」

「その根拠は？」

「この仕事を長くやってきたから」

答えが返ってこないのではと思っていると、マーリーの返事は意外に早かった。「わたしが何をしなかったかっていう質問ね」奇妙な笑い声が聞こえた。ユーモアがなく、落ち着きはらっている。「それがね、コルティ、恐ろしいことに憶えてないの。ちゃんとした食事をつくらなかったのか、つくったけど気に入ってもらえなかったのか。友だちが来てるときにワインを飲みすぎたのか。わからない。わかってるのは彼につかまれて……つかまれて捻《ひね》られて。腱《けん》が切れたこと」マーリーは関節を握っていた。「あの晩は泣いたわ。ほとんどひと晩じゅう。痛かったからじゃない。好きな人とスキーやウィンドサーフィンをやってて、肘を怪我する人もいるのにって考えてたから。わたしはちがったわ。ええ、そう。わたしが怪我したのは、好きな人が怪我をさせようとしたからだもの」

彼女はカメラを見つめていた。「でも、人生って妥協だらけでしょう？　だって、百パーセントを手に入れたって人はいる？　わたしには刺激と行動力と情熱がある。退屈と酔っぱらいを手にした女もいるけど」彼女は隠れ家を振りかえらなかった。「ときどきスリルと痣もついてきたりするんだけど」ピンクの薄い唇から吐息まじりの笑いが洩れた。「それが不都合だっていうわけ？　でもね、わたしは少なくとも正直者よ」

私は考えこんだ。ひとしきり思いを凝らすと、岩棚に降りてマーリーの横に腰をおろした。マーリーは動こうともしなかった。とても狭い空間で、私たちの脚はぴったりくっついた。ここまでするのは厭だったし、その実、そばにいる心地よさも悪くはなかった。

私はどれだけ話そうかと悩んだ。その分量を決めて切り出した。「結婚したのは、卒業してすぐのことだった」

「あなたは独身だってジョアンが言ってたわ。結婚したことがあるのか気になっていたの。アマンダを見るとき、あなたは父親か伯父さんみたいな目をしてた。子どもはいる？」

ここでも迷ったすえにうなずいたのは、はっきり話す気がないという意思表示だった。マーリーは深入りしすぎたことを察し、何かを言いだそうとしてやめた。私はすぐに言葉を継いだ。「結婚後、数年で波風が立ってね。妻の過去の男性が問題になった」

私が〝元〟を付けずに〝妻〟と言ったことで、マーリーにはそれなりの情報が伝わったのかもしれない。うわべよりも賢い女だった。同情で顔を曇らせる彼女に、私は無表情を通した。

「ふたりは仕事仲間でね」私は口ごもった。「ともに独身で。何度かデートをして……一度か二度は夜をともにすごした」遠回しに言った私の表現を、マーリーは面白がっている様子だった。「ペギーと私が出会う何年かまえの話だ」

「その人も癇癪を起こしたの？　アンドルーみたいに」

「いや。あんないい男は世界のどこにもいない。会ったんだ」

「本人と？」

「ふたりは同じ職場にいた。ときどき顔を合わせていた」

ペギーと男性は同じ病院の研修医だった。が、私はその具体的な事実をマーリーには話さなかった。「ふたりが別れてから、私は彼女と出会った。二年ほどして、彼がふたたび現われた。昔のよしみでコーヒーか酒の一杯でもどうかって、軽い気持ちで声をかけてきた。でも、それがだんだん妙なことになっていった。電話の回数がふえた。メッセージも残すようになった。最初は他愛のない誘いだったのが、妻が返事をよこさないと、なんだか強引さが増してね。そのうち、私に電話をかけてくるようになった。家まで訪ねてきた……」私は口を息《やす》めた。「こうして深刻なストーキングがはじまった」

私は黙って、当時のことを思いかえした。ペギーの顔が見える。息子たちの顔も見える。幼いながら、子どもなりに感じとっていた。みんなが怯えていた。

「で、この問題の本質に気がついたんだ」私はマーリーに言った。「彼じゃない。妻のほうなんだと。妻は男をノーマルな人間として扱っていた。相手の行動を善意に解釈して、気をつかって調子を合わせた。人がいいだけに、むこうが付きあっていたころの魅力的で、楽しい男だと思いこんでいた。でも、それは過去の話なんでね。いまとなってはノーマルな人間じゃない。別人だ。人はね、鮫や狂犬とは友だちになれないんだ、マーリー。そこにトラブルの原因がある。アンドルーはまた別の意味での危険人物だが、そこは関係ない。きみにふさわしくない相手は、誰だってヘンリー・ラヴィングと変わらず危険だ」

マーリーの手が私の手を取った。か細い腕にしては、彼女の指は冷えこむ朝に驚くほど温かかった。

「何があったのか訊いていい？」

私は川面を眺めながら肩をすくめた。「解決はした」そして「警察沙汰になってね」と付けくわえた。

長いあいだ、私たちはどちらも動かなかった。するとマーリーが腕をからめてきて、私たちはきつく抱きあっていた。初めはやさしかったマーリーの口づけは、しだいに熱と激しさを帯びた。そのうち笑顔でわずかに身を引くと、マーリーは私の両手をジャケットの内側に引き入れ、乳房の上に置いた。複雑なブラの感触がした。彼女は身体を押しつけながら、今度はじゃれつくようにキスをした。舌がクローヴかシナモンの味がした。

やがてマーリーは座りなおすと、私の手を両手でつつんだ。「ジョアンには悪い男に惹かれる性質だって言われるの。そこがわたしの問題。アンドルーは悪い男だし」私を見つめてくるその瞳に、流れる雲の合間から射しかける、おぼろげな陽射しとは別の燦めきがあるような気がした。「あなたもそうよ、コルティ。悪い男。でも、ましなほうの悪い男」

そういえばこのまえ、ペギーに同じようなことを言われたのを思いだしたのだ。

「もどろうか」

「ここに残って景色を楽しみたいとか思わないの？」

私は微笑した。「仕事が優先だ」私は立ちあがってマーリーに手を貸し、家に向かった。

「休みを取ることは、コルティ？」

「たまにね」

「何してる？」

「ゲームをやってる」

この答えを、マーリーはいたく気に入ったらしい。

43

家までもどると、私はコードを入力してドアを開錠した。

部屋にはいった私たちは、こちらを向くふたつの沈んだ顔に迎えられた。ジョアンは蒼白な面持ちで妹のほうに進んでいった。

「ほんとにごめんなさい」とジョアンはささやいた。彼女はためらいがちに妹の腕をさわると後ずさった。マーリーはどっちつかずの表情をしていた。謝罪を受け入れるでもなく、はねつけるでもなく。

「マーリー、わたし、どうかしてた……うろたえてしまって……アマンダのことで」

マーリーは肩をすくめると歩いていき、自分のコンピュータを手にした。そして、カウチに腰を沈めて画面に目を注いだ。これは近ごろ目立つことだが、隠れ家や途中のモーテルで、依頼人がサイバー上の母胎に閉じこもるという状況が急増している。

ジョアンがつづけた。「おねがい……何か言って」

「この監獄を出たら引っ越すわ」その声は不気味なほど穏やかだった。

マーリーは写真のファイルから目を離さなかった。

〝イメージ。わたしたちはイメージって呼ぶの〟

ジョアンはうなだれ、言葉を口にしようにも出てこなかった。

そのとき、私のコンピュータが電子音を発した。私は書斎へ行った。届いたのは待っていたクレア・ドゥボイスからのメールで、ジョアンのコロンビア外交官の話を問い合わせた回答だった。

内容の一部には心構えができていた。残りはそうでもなかった。

しばらく画面を覗いてから、私はドキュメントをプリントアウトしてリビングルームにもどった。私の顔が何かを語っていたのか――誠実さの度合いはそれぞれでも、非難と悔恨の空気に満ちていた室内のムードが、強い期待へと変わって私に向けられた。

私はいま一度四、五枚に注意深く目を通した。それから依頼人たちのほうを見た。「マーリーじゃない。彼女はラヴィングとは関係ありません」

ジョアンは嘆息した。「わたしはただ、アジェンデのせいじゃないかって……」

私はつづけた。「同僚がその捜査にかかわる数名と話をしました。彼らは写真の男を認識しています。男はアジェンデの愛人の息子です。違法な活動には関係していない。USBメモリにダウンロードした音楽をシェアしていた。たとえ彼らが写真を撮ったマーリーに気づいても、情報を得るためにラヴィングを雇ったりはしないでしょう。それに、男の電話と旅行記録に瑕疵《かし》はない」

ジョアンが頭を振った。しゃべりつづけようとしたのかもしれないが、わからない。私は念のため、ドゥボイスが送ってきた書類の残りを三度読みこんでいた。

手にした紙が垂れさがった。

「同僚が別の事実を発見しました」と私は告げた。

「何を？」ライアンが食いついてきた。彼は無意識に悪い脚をさすっていた。

「答えを――なぜラヴィングは雇われたのか」私は顔を上げ、ジョアンを見た。

ジョアンは固まった。私の手にある書類に、まるで愛する者の亡骸《なきがら》を確認するとでもいいたげな目を向けてきた。

低く険をふくんだ、この数日とははっきり異なる声で、ジョアンは私に言った。「大丈夫よ、コルティ。調べてもらってるから」

マーリーが姉を見つめた。ジョアンの顔を覗きこむライアンは上気して、唇をきつく引き結んでいた。

ライアンは妻に質した。「どういうことなんだ？」

疑問に答えたのは私だった。「ヘンリー・ラヴィングはきみじゃなく、きみの奥さんを狙ってる」

44

「何だって？」ライアンは笑いだした。

いつ終わるとも知れない瞬間が訪れ、そのあいだは誰もしゃべらず、身じろぎもしなかった。聞こえるのは風の声、それと冷蔵庫の自動製氷機がたてる音だけだった。

ジョアンは頭を振りながら窓辺に寄った。数々の謎がおさまるところにおさまっていくなかで、私は彼女の涼しげな瞳に見入った。

マーリーが訊ねた。「どういうことなの、コルティ？ この話のどこにジョアンがからんでくるの？」

私は答えなかった。

「ジョアン」マーリーは声を尖らせた。「ジョアン！ なんとか言ってよ。いったいどうなってるの？」

「それで？」私は強く訊いた。必要な答えは、いまこの場で必要なのだ。

ジョアンはやはり冷たく淀みのない声を出した。「言ったでしょ、コルティ。調べてもらってるって。問題ないわ。忘れて」

ライアンがつぶやいた。「調べてもらってる？」

ジョアンは夫を無視して私に言った。「それが真っ先に思い浮かぶことじゃない？ 調べ屋かもしれないって聞いてすぐに、聞いたその瞬間、わたしは連絡を入れた。大勢の人間が調べてくれてる。なにも見つかってない。なにひとつ」

「ヘンリー・ラヴィングは、調べるのが非常に難しい連中の仕事だけをする」

ジョアンは静かに答えた。「いま、わたしが話題にしているのも、すごくいい人たちだけど」

「ジョアン、こいつはいったい？」話題に取り残されたライアンが口にした。

「話してくれませんか？」と私は頼んだ。

彼女は嫌悪の仮面をまとった。

「さあ」私はうながした。

「話せないことになってるの」ざらついた声だった。

「誰か、おれの質問に答えろ」とライアンが息巻いた。かろうじて保っていた余裕は消えていた。

「ねえ……ライアン、ほんとにごめんなさい。でもだめなの。とても面倒な事情があって」

「面倒じゃなくすればいい。戯言はいいから。話すんだ」

ジョアンが訊いてきた。「あなたの持ってるそれを見せてもらえない？」

私は書類を手渡した。彼女が見せた最初の反応は職業的なものだった。目を細めて繰っていくプリントアウトには一枚一枚、〈極秘〉のヘッダーが付されていた。いかにも陳腐な常套句だが、連邦政府が用いる書類上の最高機密区分にはちがいない。

ジョアンはうなずくと、「どうやってこのサーバーにはいったの？」と言いながら首を振った。「いいの、気にしないで……」そして溜息をひとつ吐いた。「こうなることは最初からわかっていたのにね」

私は妹と夫に向かって言った。「ジョアンの過去にいたある人物が、ヘンリー・ラヴィングを雇ったことに関与しているらしい」

するとマーリーが言った。「つまり恋人とか、そういう人？」もしかして、マーリーは岩棚での私たちの会話を思いだしていたのだろうか。

私はジョアンに話すきっかけをあたえるつもりで視線を投げた。彼女はじきに観念するという感触があった。涙がないのは、むしろ私が見逃した事実につながる新たな手がかりだった。私は依頼人というのは、襲われたあとならなおさら、最低何度かは泣くものと思っている。だがジョアンはちがった。過去数日間に見せた表情や態度――無気力、空ろな目つき――は、暴力を毛嫌いする世間知らずの主婦が理解を超えた恐怖におちいったせいではない。

感情が表に出ないのは訓練のせいか、元来の性格か。おそらくその両方だろう。

ジョアンは夫と妹に素気なく言った。「彼はわたしの仕事の話をしてる」

マーリーが言った。「仕事って？　運輸省で数字をごちゃごちゃいじってたやつ」

「ちがう。たしかに政府の仕事だけど。また別の団体よ」ジョアンは私に顔をしかめてみせた。「なぜ突きとめられたのかわかるわ。わたしが情報分析部って口走ったからでしょう？　声に出して言うなんて、自分でも信じられない。どうかしてたわ。感情的になって。まさか気づかれないと思ったのに」

「おっしゃるとおりだ」

〝彼らは国防関係の当局が――CIA、FBI、情報分析部が――アジェンデと同席した人物の正体を暴くんじゃないかと心配してる……〟

政府の情報分析部《IAD》は、超大型コンピュータを持つごく小さな連邦機関で、ヴァージニア州スターリングに本拠をかまえている。IADの目的とは、国家の安全保障の脅威となる人物の氏名、面相、体格、個人の嗜好を保持し、そうしたすべての事柄についてデータ分析をおこなうことにある。たとえばCIAや軍が、カブールの街頭に立つひげ面の三十男は無害なビジネスマンで、一ブロック離れた先にいるわれわれ西洋人の目には瓜ふたつとしか見えない男を、アルカイダの工作員と断定できるのはIADのおかげである。

けれども、政府の安全保障を担う最上層を除き、その存在を知る者はいない。ニュースで報道されることもない。ジョアンがIADの名を聞くことなどありえないし、ましてアジェンデと写真に写る男の身元を特定したとは……安全保障上の高いレベルの活動と内密なコネクションでも持たないかぎり知るはずもなかった。

私の疑問はそこに生じた。ジョアンが妹のコンピュータに画像を発見したのち、私はドゥボイスに送った暗号化したメッセージで、写真をORC《オーク》に分析させるとともに、何者かがこの十二時間以内に、アジェンデとその仲間をめぐってIADに要請を出していないか確認を求めた。で、もしその事実があるなら、要請はジョアン・ケスラーにつながりはしないかと。

当然ながらドゥボイスは、ジョアンの基本的なプロフィールを先んじて探っており――その学歴と職歴について、また自動車事故のことなどもふくめて把握していた。だがジョアンがIADの存在を知っていたとなると、表立った情報は擬装で、彼女の本当の職業とプロフィールが機密に属する記録となっている可能性が見えてくる。

〝つまり、あなたたちは予習をするのね？……わたしのことで何か見つかった？〟

そんな質問が出るのも無理はない。

ドゥボイスの報告では、たしかにけさ、高い機密保全許可を有する人物が、未詳の場所からアップロードされた写真に写る二名の身元確認を要請してきたという。分析はまだ途中だった。

ジョアン・ケスラーの真の経歴に関しては、こちらはまあ、それなりに手際よく運んだ。ドゥボイスのメールによると、アーロン・エリスが手を差しのべてきて、ＣＩＡ《ラングレー》と陸軍《フォートミード》からツケを取り立てたらしい。

ライアンがだしぬけに言った。「でも、きみの仕事は……おれから会いにいったよな。いっしょに昼飯を食った。五、六回。航空宇宙博物館へ行って、ナショナル・ギャラリーにも行った。オフィスまで送っていった。ハイウェイ分析局まで。二十二番通りの。そうだ！」

「あなた……」愛情をしめす呼びかけが耳ざわりに聞こえた。「あれは……見せかけなの」

「きみはＣＩＡなのか？　その類か？」

「その類よ」

マーリーはいつしか気を昂《たかぶ》らせていた。もはや軽はずみな感じや青臭さはどこにもなかった。「まだ詳しい話を聞けてないわ」

ジョアンは冷静になって、それこそ議会の委員会で発言するかのように切り出した。「わたしの組織は、国内の安全保障プロジェクトにかかわっていた」

「どういうことなんだ？」ライアンはその情報と、これまで語られた妻の人生のつじつまを合わせようと躍起になっていた。何が真実で何が虚偽か。どんなに深く嘘がはいりこんでいるのか。妻が行ったという場所のこと、知り合いだと話した人物のことを考えているのだろう。夫婦の結婚と家族を正当なものにするはずの物語に誠実な部分はあるのか。なにしろ、そこが危機に瀕している。

ジョアンとしては、何をどこまで話せるかと計算しているはずだった——が、理論上、明かせることはひとつもない。英国には公職守秘法があり、政府の職員が政府機関に雇用されている間の活動を口外することを禁じている。アメリカにはそこまで大仰な名前はついていなくても、似たような法規は存在する。すでにジョアンは、この鄙《ひな》びて親密な雰囲気のリビングで秘密を洩らし、連邦法に違反していた。これ以上話せば、罪が格段に重くなるのは私にもわかる。

だがライアン・ケスラーは愚か者ではなかった。犯罪捜査をやり、人を刑務所に入れることをなりわいとしてきた男である。断片が集まってきて——そう、ゆっくりパッチワーク風にではあるけれど、この話の向かう先をつかんでいた。彼は低い声で訊ねた。「おれたちが出会ったときから何かが動いていた。きみは別れたボーイフレンドの話をした。ときどき電話もかけた。夜更けに。でも恋人じゃなかった。仕事仲間だったんだな？」

「ええ。昔のボーイフレンドだって話したけど、それは擬装の一部だった」ジョアンは肩を落としてうつむいた。それは告白のポーズだった。「別れた恋人どうしということにしたの。そうするのが作戦上の規則だったから」

そこに妹が口をはさんだ。「そんなの理解できないわ。まるで軍隊にいたみたいな口ぶりじゃない。言いぐさがパパそっくりよ」

ジョアンが笑いだし、少なくとも私を驚かせた。「パパか……あなたがパパのことをも持ち出すなんて変ね。わたしはパパの後押しがあって組織にはいった。大学を出てすぐに」

「だけど、バックパッカーになってヨーロッパを回ってたじゃない」

「いいえ、マーリー。絵葉書は偽物だった。わたしは国内にある訓練センターに入所したの。それ以上は話せないけど」

この仕事をしているとたびたび起こる状況なのだが、いまは依頼人のひとりが、第三者を通じて室内にいる別の人物に話しかけていた。そうするほうが楽ということらしい。ジョアンにしてみれば妹に告白するほうが、現実に思いを伝えようとしている夫と向きあうより安全なのだ。欺くことでいえば、罪の重さは嘘の中身ではなく、嘘をつく相手によって決まるものと私は学んでいた。

しかし、ライアンは正面から訊いた。「プロジェクトだって？　安全保障プロジェクト？」

ジョアンはようやく向きなおって夫の目を捉えた。「わたしたちはリスク評価をしていた」そこで深く息をつくのを見て、私はついに曇りのない真実が口にされると思った。ジョアンはかろうじて聞きとれる声で言い添えた。「それとリスク排除を」

45

「きみとパートナーで？」

「複数のパートナー」とジョアンは正した。「わたしが活動したのは八年間。パートナーは何人もいたわ」

マーリーが言った。「おねがい、ジョアン、わかるように英語で話して。リスク評価、リスク排除って？」

するとライアン・ケスラーが言い棄てた。「マーリー、きみの姉さんは人を殺したんだ」


「ライアン、やめて。冗談じゃない。そんなわけないじゃない。ジョアン、言って。ほんとは何をしてたの？」

だが、それが真実であることを私は知っていた。

ジョアンの連邦政府での職歴は、当然のごとく巧妙に隠蔽されていた。ドゥボイスはこの女性や仲間たちの具体的な活動内容には踏みこめなかった。それでも私の子飼いの部下が見出した、組織の活動資金（実在しない怪しげな政府機関を介して、潤沢に流れこんでいる）と管轄――もっぱら合衆国内（オフィスの賃貸と出張許可）――から、彼らの任務を推測することはできる。またその沿革も参考になった。組織が創立されたのは一九九〇年代、ニューヨークの世界貿易センターで最初の爆破事件が起きて二週間後のことで、その後、駐アフリカ大使館が相ついで爆破されてから予算と人員が二倍に、駆逐艦〈コール〉が襲撃されると三倍になった。

9・11後には十倍にふくらんだ。

しかし、ドゥボイスが見つけた記録で鍵となったのは、連邦検事から寄せられた無署名の意見書である。検事たちは全州とコロンビア特別区における正当殺人の基準、ならびに死を検察当局に付託するしないの決定をくだす際の一般的指標について延々議論していた。また、各地の検視官および検視官事務所の数百にのぼる手続きに関する覚書もあった。

ジョアンは死を自殺、事故、行きずりの暴力犯罪、正当防衛に見せかける活動に従事していたらしい。

私は土曜日の朝、初めて訪れた夫妻の家でライアンが口にした言葉を思い起こした。

〝あの、コルティ、これは……ここだけの話ですが。ジョアンはうまく対応できません。あいつは、ぼくらが思いもしないようなことでうろたえます……〟

ライアンがつぶやいた。「自分で……自分の手でやったのか？」

「ちがう」ジョアンは首を振ると大きく息を吸った。しゃべろうとして声をつまらせ、あらためて口を切った。「わたしたちは管理官《アンカー》だったの——二人組で。請負人を使ったわ……実行役として。でも、わたしは現場に立ち会った。命令を出した」

「ジョアン」妹が喘ぐように言った。「そんなこと。できるはずがない」

「やったのよ、マーリー……やったの。わたしはその場にいた。十回じゃきかないわ。立ち会ったのよ」

完全な沈黙が流れた。ライアンは麻痺したように動かなかった。マーリーが近寄って姉の腕を取った。「大丈夫、わかってる。本心じゃなかったってことぐらい。騙されたのよ。あいつらはそう。ね、企業と政府って——いつもわたしが言ってるじゃない。人をはめるって。やりたくないことをやらせるって」

ジョアンは腕をマッサージされているとでもいうように妹の手を見つめた。「ああ、でも、わたしはやりたかったのよ、マーリー。パパがわたしにやらせたくて、わたしもやりたかったことなの。愛国者になって、何か役に立ちたかった」

ライアンが訊いた。「十回じゃきかないって？」

「二十二回の任務を指揮したわ」

「二十二人を殺したのか？」

「なかには標的が複数の任務もあるけれど、尋問のために引き渡しただけのケースもあったし」

「ああ、なんてことだ」ライアンはつぶやいた。「まったく」そこでしばらく黙りこんだあと、質問を発した。「おれと知り合ってからも……つづけてたのか？」

「いいえ。そう、一年ほどは現役だったけど、作戦は指揮しなかった。厭だと言ったの。やらされそうだったけど。厭だって断わったわ」

やらされそうになったのは、彼女が優秀だったということだろう。

やがてジョアンは私に向きなおった。「だからコルティ、私の組織の人間がすべてを調べてる。わたしの任務とヘンリー・ラヴィングにはなんの関係もない。わたしは六年まえに辞めた。標的にする意味がない」

私は窓の外を眺めるライアン・ケスラーの顔に冷たい笑みが浮かぶのを見て、彼の思考が十分ほどまえの私に追いついたのだと察した。彼は妻に訊ねた。「おれと会ったとき、やっていたのか？」

ジョアンは息を呑み、頬を染めた。「一年は活動したって言ったけど、それから――」

「ちがう、おれは出会ったあの日のことを訊いてるんだ」

ジョアンが黙っていると、ライアンはつづけた。「やっぱりな。デリで。きみは任務の最中だったのか」

ジョアンは目を伏せた。

おそらく店主夫妻はテロ集団内の重要人物だったのだろう。ジョアンとパートナーは夫妻を排除せよとの命令を受けていた。デリに入店したふたりは障害がないのを見きわめると、すぐさま請負人を呼び入れた。防犯カメラに写る場合にそなえ、強盗を装った請負人は夫妻を殺害した。計画では犯人は逃亡、ジョアンとパートナーが警察にたいし、押込み強盗が殺人に発展したと話すことになっていた。


誤算は、銃声を聞きつけたライアン・ケスラーが店に飛び込んできたことだった。

英雄が……

「おれを撃ったのは南東地区のチンピラじゃなかった。きみが雇った殺し屋だった」

ジョアンの声に興奮が宿った。「警察の予定は何度もチェックしたのよ！　近くには誰もいないはずだったのに」

「きみが仕切ってたのか？」

ジョアンは息を吐いた。私と同様、彼女は行き着く先を見越していた。「あの件では、わたしが主任管理官だった、ええ」

「管理官がその……なんて言う？　銃撃命令、を出すのか？」

「わたしたちはそうは言わないけど、命令はわたしが出したわ、ええ」

「で、きみはおれを撃つ命令も出したのか？」

ジョアンは口を開きかけて声を呑んだ。「請負人をその場から逃がさなくてはならなかった。符牒を使ったわ。無害の相手には、命を奪う武器は使わないようにって。

あなたが武装してなかったら、あんなことはぜったいにしなかった。でも、あなたがいきなり現われて」

すさまじい音がして、私は思わず腰を浮かした。マーリーがばっと席を立った拍子に、ワイングラスとコーヒーカップが床に落ちて砕けたのだ。マーリーは前に出て姉の顔を覗きこんだ。その剣幕にジョアンは下を向いた。

「わたしが自分の気に入らないボーイフレンドと付きあえば怒るし。無責任だって罵る。そのくせ自分は……」マーリーは声をふるわせた。「生活のために人を殺すわけね!」

ジョアンは無言で顔をそむけた。握りしめた拳が白くなっていた。マーリーは身をひるがえし、廊下を寝室のほうへずんずん歩いていった。

ライアンは頭を振るとジョアンに言った。「おれはきみを救えなかった。誰も救えなかった」

「だから……ね、あなた。なんべんも言おうとしたのよ。わたし――」

「要はおれのことを憐れんで付きあったのか。罪悪感から」

「そうじゃない! あなたと付きあったのは、わたしが変わりたかったからよ。わたしは本当の人生、普通の生活が欲しかった。あなたが欲しかった。あなたは素敵だったわ。正しいことをしてくれた。組織のやり方には耐えられそうにもなかったし」ジョアンは夫に手を伸ばした。ライアンはさりげなく身を引いた。そしてキッチンへ行き、一日手をつけずにいたウィスキーの瓶をつかむと廊下に消えた。

寝室のドアがしまった。叩きつける音が聞こえると思いきや、隙間から洩れた光が溶暗していくのでそれと知れた。掛け金のかかる音さえしなかった。

46

私はジョアンとふたり、書斎にいた。

ドゥボイスがメールで送ってきた機密書類を検討していた。その中身は、わが組織にくらべてはるかに知名度が低いジョアンの組織名をふくめ、多く修正がされていた。ただ七、八年まえのジョアンの写真はそのままあった。彼女の組織内での名前はリリー・ホーソーン。写真の女性は目の前にいる女とよく似ていた。目鼻立ちははっきりしているが、可愛げはなく、真顔、細身。よそよそしく、秘密めかした感じもある。

その他、この数日間で目についた多くのことに合点がいった。ジョアンが義理の娘をなんとしても遠ざけようとしていたのは、自分のせいで娘が誘拐されたり、傷つけられたりするのではと不安だったから。またフェアファクスの隣人、ノックス家を気づかったのは——その時点で事が大きくなるのを案じたため。もし自分が原因で、テディ・ノックスの妻がヘンリー・ラヴィングの手にかかったらと思うといたたまれなかったのだ。そういえば、ライアンのどの事件のことでラヴィングが雇われたのかと、ジョアンはしきりに情報を求めてきた。マーリーのコンピュータを探り、原因が自分ではないという証拠を見つけようとした。

さらに戦術的状況において私の選択を支持し、私の決断に従うよう夫に懇願ばかりか命令すらした——これはプロとして、私が正しいと知っていたからだ。

ジョアンは事務的な口調で私に言った。「ほかには何か見つかった？」ジョアンが目を落とした書類には、彼女の職業について直接的言及はなかった。

「ひとつ、あなたが〈鎌《シックル》〉プロジェクトに関与していたということだけ。私の同僚は優秀だが、それ以上はつかめずにいる。あなたの記録には、かなり厳重に鍵がかけられている。進行中のファイルに関しては——グループがいまも活動中なら……」ジョアンは黙っていた。「活動中であれば、なにも見つからない」

グループの呼称は英語で農具の名が付されていたが、じつはイスラエル国防軍で暗殺を指す言葉——ヘブライ語で〝集中的な撃退〟を意味する〝シクル・メムカド〟——に由来していた。

「同僚は、過去にあなたが標的にされた事実をつかんでいる」

「コルティ、〈シックル〉は全員が永遠の標的なの。それもわたしたちの活動のせいよ。いまはもう作戦はやっていない。監視だけ。そのリポートは五年も昔のものだわ」ジョアンはつづけた。「ええ、たしかに、わたしには敵がいる。でも、他人の欲しがるような情報を握ってると匂わすものはかけらもない——ヘンリー・ラヴィングみたいな調べ屋を雇わせるようなことは一切」

〝過去……〟

私は言った。「仲間と連絡をとりあっていたんですね？　どうやって？」私は夫妻の電話の使用状況をモニターしていた。

「別に電話を持ってるの。追跡は不可能よ。信じて、追跡不可能だから」

「それで写真をアップロードして送ったのか――マーリーのコンピュータにはいっていた写真を？」

ジョアンが見つめるバッグには、非常に手の込んだシールド装置がはいっているのだろう。バッグを肌身離さず持っていた理由がようやくわかった。「送信したわ、ええ。すべてを暗号化して、半ダースものプロキシを経由して。この付近のインターネットのトラフィックにはまったく影響が出ない。システムが処理してるから」

私がまず受けた印象では、正体をさらされたショックのわりに、ジョアンはいまのほうが平静でくつろいでいた。彼女は長く嘘を生きてきた。少なくとも、これ以上秘密を背負いこむことはないのだ。一方で、〈シックル〉のような作戦を展開する組織とは、どこか性に合うところがないと付きあえないのも私は理解している。ジョアンが良き妻であり継母であった事実に疑いの余地はないが、秘密の部分を必死で切り離そうとしていたという否定の部分は鵜呑みにできなかった。もし私が羊飼いの仕事をあきらめざるをえなくなったら、どんな心境になるかはわかっている。身内で何かが崩壊していく。

「なるほど、手がかりは残らないというわけだ。しかし、私の仕事はあなたとあなたの家族の無事を守ることにある。あなたの仲間がどこに注意を向けているのか、それを正確に知りたい」

「わたしが担当した事件はみんな解決してる。主な対象は全員拉致されたか、鎮静化されたか……無力化された」ジョアンは、同じような職業につく依頼人から聞かされる動詞を織りまぜた。モサド内で流通している言葉である。彼らはアメリカのものと思いこんで隠語を使用したがる。

〝無力化……〟

「唯一、役者が残っていたのはわたしの最後の任務だった。その男はわたしたちが標的にしたデリのオーナー夫妻の友人でね。つまらない役だけど。基本は連絡係と使い走り……何年もまえに疑いは晴れてる」

「とにかく、その男の話を」

「夫妻は核兵器の情報を集めては売っていた。男はそれを持って御用商人や有益な地位にいる人物、学者たちと接触したわ。一部のファイルとソフトウェアを届けてね。それだけ。夫妻が無力化されると、あわてた彼はすっかり改心して、わたしたちに名前を洩らしたわけ。こちらで何年か監視をつづけて、その後リストからはずした」

「名前は?」

「それは言えないの、コルティ」

「きのう、きょうと男の監視を?」

「ええ。ラヴィングとはまったく結びつかなかった」

私はジョアンの発言を考慮した。ヘンリー・ラヴィングを雇った首謀者につながりそうな線が細くなっていく。私はひとり、家の裏手にあたる囲い付きのポーチに出て、トニー・バーとライル・アフマドを手招いた。

「面倒なことになった」

私はジョアンに関する新たな事実を伝えた。ジョアンがわが組織内なら先端指揮官と呼ばれる地位にいて、少人数の戦術班を率いていたこと。とはいっても彼女の場合、人命を守るのではなく排除する側にいたこと。

ライル・アフマドはさも当然のごとく、まるで株価が数ポイント下げた、野球のスコアが三回で同点になったと聞かされでもしたように無表情をつらぬいた。フレディの部下であるFBI捜査官の反応はちがった。トニー・バーの顔は怒りで朱に染まった。「黙ってたのか」とロのなかで言った。平気で嘘をつく容疑者には馴れているはずだが、今回は命懸けで護衛する相手に騙されたのである。

しかし、このミーティングは依頼人の罪を断じるのが目的ではない。新たな情報がわれわれの警護戦略にどう影響するかを測るためのものだった。私は言った。「彼女は、自分は標的ではないと確信している。だが、われわれとしてはさしあたり、狙いは彼女に向けられ、ラヴィングを雇った首謀者は豊富な資金を背景に、海外から大きな支援を受けているという前提で行かざるをえない」私はふたりの男にたいし、ポトマック川付近のカーター邸に飛来したヘリについて指摘した。

アフマドが言った。「つまり、ヘリは救出用じゃなく、戦術攻撃に使う可能性があるってことですか」

「驚くことでもない」と私は答えた。

バーが言った。「地元の航空管制と連絡を取りあうべきでしょう」

「いい考えだ。では、戸外のパトロールは六割にする。上空に時間を割く。ライル、周辺を巡回してくれ」

アフマドはドアのコードを打ちこんで表に出ていった。バーと私は室内にもどった。ジョアンはリビングルームで、廊下からドアの閉じた寝室のほうに目を向けていた。

「あなたのグループの責任者は」と私は言った。「当時と同じ人物ですか?」

「ええ」

「彼と話をしたい」

ジョアンはあきらめたようにうなずいた。反論しても無駄と悟ったのだ。それはそのとおりだった。

私たちは書斎へ行った。ジョアンはバッグから出した自分の電話を私のデスクに置き、〈スピーカー〉ボタン、短縮ダイアルと押した。今日《こんにち》の暗号電話機というのは、私が想像するファクスもどきの音をたてることはなかったが、接続する際のカチッという音につづいて目の前の黒い箱から声が流れてきた。「こちらウィリアムズ」

「わたしです」とジョアンは言った。しばらく間があいたのは、なんらかの電子機器によって彼女の声紋の照合がおこなわれたためだろう。「スピーカーです」

「スピーカーか」ウィリアムズがつぶやくように言った。「意味深だな」

すべて承知しているという意味だった。

「はい」

私は自己紹介をしたうえで、ケスラー夫妻警護の担当者である旨を詳《つまび》らかに説明した。

ウィリアムズという、ファーストネームの知れない男は言った。「きみの正体は存じあげている。しょせんは時間の問題だったな。何者かがわれわれのサーバーにちょっかいを出してきている」

私はジョアンが以前の職業に関する情報を出さなかったことに腹を立てながらも、目標を決めて効果的に解決するというわが信念を思い起こした。いずれ逆襲のタイミングもありそうな気がするが、いまはケスラー夫妻の身を護り、ラヴィングを雇った首謀者を見つけだすのが先決だった。そこで私は言った。「ジョアンの最後の件にかかわった男について、細かな情報をすべて頂戴したい」回線のむこうの沈黙が、私の要求への反応だったのかもしれない。あるいは相手にとって件の女性がジョアンではなく、リリー・ホーソーンだったからなのか。

「その男がかかわっているという証拠は皆無でね。ジョアンが接触した他の人物についても。われわれは当初から状況を監視している」

「だとしても、名前はうかがいたい」

「それはできない」

私はなおも言った。「こちらの仕事のこともご理解いただきたい。そこには私自身による脅威評価もふくまれます。あなたの言葉はとても真に受けることができない」

「こちらの仕事にはこうして問題を小さく、内輪におさめておくこともふくまれる」

「でしょうね」と私はゆっくり言った。

そして、こちらの脅しが浸透していくのを待った。情報を公表するということが、たいへん効果的な〝楔〟となりうる場合もある。

ウィリアムズが吐息を洩らした。「アスラン・ザガエフ。チェチェンのムスリムでね。司法取引の一環で帰化した」

「あなたがたは監視をつづけてきた。彼はどこに？」

「いま？　アレクサンドリアの家だ」

「人物の詳細は？」

「所有するカーペットショップが六軒。レストラン一軒。部下たちが調べつくしているんだ、コルティ。すべてを。会社概要、銀行口座、旅行記録、持ち株、投資、家族、兄弟姉妹、仲間。なにも出てこない。完全なシロだ」

「チェチェンのムスリム。中東へ行くんですか？」

「ああ。絨毯を仕入れにね。しかし、首にGPSを付けるわけにはいかないしな。こちらで付きあっていたデリの夫妻？　彼らはパキスタン人で、アラブじゃない。最近はどうか？　ここ二週間は通話がない。こっちで言えるのは、やつのオフィスの日常に影響は出ていないという程度だ。いいか、コルティ、われわれは今回の件を深刻に受け止めている。行動はわきまえているつもりだ」

私は訊ねた。「もしや彼は潜入スパイ、スリーパーでは？」

ウィリアムズは反問した。「六年も？　そうは問屋がおろさない」その口吻に権威がにじんだ。「だいたい、スリーパーは〈ジョージタウン・イスラム青少年センター〉でボランティアはやらない。〝イ〟からはじまるような場所には近づかない。行くなら長老派教会のお菓子バザーだ」

「ほかに考えられる役者はいないと？」

「そうだ」

もはやこの世にいないらしい。

私は言った。「ザガエフに関するそちらの保安担当官と分析官の名前を知りたいのですが」

「コルティ、これだけ年月がたって、リリーが……ジョアンが、むこうの興味をもちそうな何を知っているというんだ？」

その答えは私からすると明快に思えた。「あなたの居場所なら知っているのでは？」

47

通話を終えると、ジョアンはしばらくたたずみ、廊下の先の閉じられた寝室のドアを見つめていた。ドアのむこうにいる夫は明らかに怒っている。

ジョアンは廊下を二、三歩行きかけて立ちどまり、カウチにもどった。

私はウィリアムズの事案分析官に電話をした。責任者から部下に許可が出され――むろん〈シックル〉の部分は除き、ジョアン・ケスラーの保安問題についてのみ話してもらえることになり――私はアスラン・ザガエフとそのビジネスについて、複数の住所および電話番号、さらに企業情報を手に入れた。分析官は保安担当官とふたり、土曜日の朝にウィリアムズから現場に出るよう命じられたが、ザガエフとラヴィングのつながりは見出せなかったと話してジョアンとウィリアムズの発言を裏づけた。

まあ考えてみれば、むこうもあの電話でみずから不利になるような話はしないだろう。プリペイドの携帯を使う気はなかったのか。ウィリアムズの配下から情報を探るのは限度があるにせよ、これもスパイ活動における基本の要素なのだ。

私は電話を切るとクレア・ドゥボイスを呼び出し、事情を説明した。「全部後まわしにして、ザガエフの背景を探ってくれ。すべて」

「靴のサイズから、ビデオ録画の中身まで」

「家族、従業員、従業員の家族、旅行記録。この数日間を集中的にあたって、そこからひろげる。ラヴィングとのかかわり、ラヴィングとつながりそうなあらゆる事実をだ」

それから、アーロン・エリスに電話を回してもらって状況を報告すると、エリスは失笑した。「ジョアンだって?」

「そうらしい。少なくともライアンの事件については進展がない。ジョアンの過去を引きずった役者がひとり、いまも動きまわってる。そのあたりを追ってみるつもりだ」

「しかしな、ウェスターフィールドが連絡してきて、DC警察のスキャンダルですっかり舞いあがってる。ライアンが標的にされた理由はそこにあると、きみから聞かされたと言ってる。警察か役所の高官がラヴィングを雇ったんだと」

「むしろ、そう思わせるために言ったんでね、アーロン」

短い沈黙があった。「コルティ……警察のスキャンダルもでたらめだってことか?」

「でたらめじゃない。妥当な見立てだった」

「だった、か」

「そう」

「しかし、その可能性をウェスターフィールドに吹きこむころには、そうじゃないことを認識していたのか?」

「アーロン、とにかくもうすこしだけ、彼をまとわりつかせないでくれ」

「できるだけのことはするつもりだが」

最後に私はフレディに連絡し、ジョアンの嘘のことを話した。

冗談好きのうわべがはぎとられていた。「あの女、なぜ白状しなかった？　こんなクソみたいな大波をかぶるのが自分に関係ありそうなことぐらい、頭の隅にでも思い浮かばないか？　暗殺者なんだからな」

「彼らがその言葉を気に入るとは思えない」

「知るか」

「このウィリアムズだが——」

「はっきり言っとくが」フレディは唸るように言った。「やつは自分で思うほど利口じゃないぞ。自分で思いたがってるほどにはな。やつと〈シックル〉の同志兄弟……姉妹のことは、われわれも知ってる。よっぽど手口が汚いとね。でも考えてみりゃ、人の頭を撃つのも汚いことに変わりないか。どうするつもりだ？」

「クレアに宿題をやらせてる最中なんだが」私は思いめぐらした。「いくつか令状が必要になりそうだ。彼女から詳細を送らせる。人と場所と」

「よし、わかった」そしてフレディは訊ねた。「ザガエフの裏の稼業は何だと思う？」

「わからない。ウィリアムズは、スリーパーはそんなやり方はしないと言った。だが、それでうまくいくならうまくいく」

「おっと、これは名言だ」

「考えてもみてくれ。ウィリアムズは五年も六年もまえにシロの判定を出した。監視をおろそかにした。そこで自由の身になったザガエフが、ジョアンからあらゆる情報を引き出そうとラヴィングを雇う。かなり巧みな潜伏細胞という気がする。むこうはあからさまに罪を犯してるわけじゃないが、まずはそんなところだ」

「それならおれの、〝二番めに速い男〟の理論だな」

「二番め……どういうことだ？」と私は訊いた。

「熊を振り切るにはどうすればいいか知ってるか、コルティ？」

私は窓の外を眺めるジョアンを見つめていた。「振り切る方法？」

「いっしょにいる仲間よりちょっとだけ速く走る」フレディは待ちの気配だった。私が答えないでいるとこう口にした。「つまり、ザガエフは完全な容疑者である必要はない。それなりで充分だってことさ」

「収穫はクレアから伝えさせる」

48

月曜日

二十分後、クレア・ドゥボイスがアスラン・ザガエフに関する情報をもたらした。これはたぶん彼女の新記録だった。

「フレディにすべて送りました」とクレアが説明した。「いま、あちらで令状取得の手続きを進めています」

「よろしい。報告を」

「グローズヌイ郊外に生まれ、二十二歳でアメリカン大学に留学。MITで大学院生活を送ったのち、DCエリアにもどる。自宅があるアレクサンドリアの急進的なモスクで時間をすごすようになる。そことは断絶して——宗教にはあまり熱心ではなかったようですが、企業家としては優秀でした。その科学的背景とコネを利用して大使館街や御用商人たちに近づき、そこにマーケットを見つけだした——企業秘密の販売です」

「司法取引に応じたというのは?」

「罪状は産業スパイ活動です。たしかに違法行為をしていますが、それが非常に巧妙で。法的には、国家安全保障に直接ふれるようなものはなにも盗んでいません。パキスタン人夫妻はジョアンとパートナーが消したんでしたね。まとめ役はこの夫妻です。ザガエフらからの情報を集約して、役立つものにしました。危険な意味で役立つということですが。核燃料棒についてはずいぶん学びました。遠心分離機のことも。濃縮には興味をそそられますね」

しめて二十分。

が、クレアに物理の講義をはじめる間をあたえず、私は訊いた。「するとザガエフは協力者で、アメリカ人の理想の人生を享受していたわけだ」

「結婚して子どもがふたり、昔の生活に関するものは出てきませんでした」

噂が出回るようになったのは最近のことか、と私はジョアンを見ながら思った。

「ですが、この数年は信心深くなったらしく、といっても彼と家族が通っているのは穏健派のモスクです。本人はかなり世俗的な生活を送っているようです。カーペットショップ数軒とレストラン一軒を経営。子どもは優秀な私立学校に通わせて。海外に何度も足を運んでいます。トルコが多いですね。敷物でしょうか。サウジとヨルダンと」

「監視リストに名前は？」

「こちらにも、英国、パキスタン、インド、ヨルダン、サウジおよびイスラエルのデータベースにも載っていません」

やはり表向きは無実。だが、私は潜伏細胞という自説を捨ててはいなかった。

ドゥボイスは私が欲しがりそうな情報の残りを出してきた。銃の所持登録（なし。以前重罪に問われているので銃砲は所有できない）、州内での刑事上の有罪歴（なし）、交通違反歴（一度。右折時に白線を早く越えた）、ソーシャルネットワーキング・サイトへの悪質な投稿（なし）、車、ローン、医療記録、消費財の不自然な購入、旅行記録、さらに敷物商売、レストラン経営に関する情報を早口で並べたてた。

ウィリアムズの手の者がその言い分を認めているにせよ、私はいまだザガエフが潔白とは確信できずにいた。

私は電話を切った。ジョアンが私を見た。聞き耳をたてていたのだ。「ザガエフだと思う？」

「どうかな。調査中なので」

「小物っていう気がするけど。わからない」

私は肘掛け椅子に腰をおろした。古くさい匂いが立った。

やおらジョアンは言った。「ありがとう」

私は眉を上げた。

「マーリーのこと。追いかける必要もなかったのに。あれはあなたの仕事じゃないわ」

「いえ、仕事ですよ。依頼人を分散させるのは得策じゃない。リスクが大きすぎる」

ジョアンは訳知り顔で私を見た。「あの子にとってのリスクでしょう？」

私はマーリーには聞こえないとわかっていながら声を落とした。「彼女は川縁の崖まで走っていった。飛び降りるつもりはなかったとは思いますが」

「でも、わからないじゃない」

「ええ、わからない。彼女は傷つきやすい。でも絶望しきってるわけじゃない」

「わたしとはちがうから」

　私はなにも言わなかった。かける言葉があるだろうか。依頼人を物理的、肉体的に生かすのが私の役目であって、自己の魂と心を守るのは依頼人自身がすることなのだ。

「わたしのいちばんのあやまちが何だかわかる、コルティ？　すべて思いどおりにできると思ったこと。ウィリアムズのところで働いて、それから何事もなかったように仕事を捨てて家庭にはいろうとした」ジョアンは寝室を顎で指した。「チームを率いるようになったころは、普通の生活なんて眼中になかった」溜息をひとつ。「まえに仕事のひとつでしくじって、撃たれたことがあるの。けっこうひどく」

「それを公けには自動車事故に仕立てた」

　もはやジョアンは、私の持つ情報や推測に驚きを見せなくなっていた。「射入創は形成手術で、破片で切った傷口に見えるようにしたわ」薄笑い。「なんでも思いつくんだから」そして口もとを引き緊《し》めた。「でも、子どもは産めなくなった」

「なるほど。気の毒に」

　頭を振ったのは、この事実にたいするライアンの反応を思って気が滅入ったからにちがいない。「そのことがあって治療はつづいていたけど、どうでもよかった。撃たれたのは、このまま〈シックル〉と付きあっていけということなんじゃないかって。だけど、そんなときにライアンと娘に出会った。自分が失ったものに気づいた。だから追いかけた。でも愚かだったわ。そもそも組織にはいらないか、でなければ組織に残って結婚はあきらめて、妻や母になろうなんて考えは振り切らないと」弱々しい笑みを見せて、「ばれるまで六年もつづいたことにびっくりする。ふたつの人生は生きられないのよ、コルティ。あなたもわかるでしょう。ちがうのは、あなたは誠実だったこと。やってみようともしなかった」

　私は思わず目を伏せていた。ジョアンが言い足した。

「それともやってみて、うまくいかなかったのかしら……ごめんなさい。話がそれたわ」

　私は反応しなかった。電話が鳴って救われた。「電話に出ます」

「もちろん」

　私は立ちあがり、その場を離れるようにして〈受信〉を押した。「フレディ？　何をつかんだ？」

「上物だ、コルティ。熊の理論が功を奏した。正解だ。いいか。十五分ほどまえ、こっちの信号諜報《シギント》に、〈アナンデール・カーペット〉――つまりザガエフの会社なんだが、そこで働く従業員の兄弟の名で登録された携帯がヒットしてね。うちのコンピュータで通話者双方の声紋を分析した。ザガエフの声は昔に録音してあって、思ったとおり一致したよ。ところが、ザガエフがおしゃべりしてたのは意外や意外、あんたも知っていそうな男でね。ヘンリー・ラヴィングだった」

私は机に覆いかぶさる恰好で動きを止めた。

「こっちで三台のコンピュータを通して、そのサンプルを過去に拾ったラヴィングの声と照らし合わせてみた。正真正銘、本人だ」

「話の内容は?」

「ありがちな隠語でね。ザガエフが配達の状況を訊ねて、ラヴィングは〝数日遅れです。ラウドン、ホワイツ・フェリーの現場は閉鎖されました。あの取引きは中止で〟と答えた」

アマンダの誘拐のことを指している。

「ザガエフが、最初からあの仕事は気乗りがしなかったと言った。するとラヴィングはべつに大したことじゃない、あれにはもう見切りをつけたからと答えて、ヴァージニアで別のオプションを開発中だと言った。ふたりは数時間以内にまた話すことになってる。ザガエフはまえに話に出た品を取りにいきたがっているようだ。念のためにと」

「三角測量の結果は?」

「いや、あっという間の出来事でね。話が終わると、ふたりともバッテリーを抜いた。しかし、こっちで入手したザガエフのGPSによれば、電話を切って五分後には車で移動を開始した。いまそっちのほうへ部下を向かわせてる」

「何かを取りにいくつもりか」私は考えた。「何だろう?」

「いずれわかる」

私はこの情報を慮った。「オーケイ、つまりアマンダを〝楔〟とするのはあきらめたんだな」

この発言に、ジョアンがこちらを振り向いた。

私はフレディとの会話をつづけた。「それにしても、ヴァージニアでの〝別のオプション〟は何を指しているのか」

「ラヴィングと相棒で、ジョアンの友人か親戚を追いかける。たぶんそうだ。いまごろ妹のマーリーを探してるんじゃないか。彼女があんたといっしょとは知らないんだろうから。目星がついたら連絡する」

私たちは電話を切った。

私はジョアンに言った。「ザガエフです。彼はラヴィングと話してる。声紋が一致した」

ジョアンの表情に失望の色がよぎったのは、この現実における責任が自分にあると認めたからだった。それでもなお彼女の瞳は希望を灯していた。ザガエフが有罪であるとの結論には、当然こちらが確実な証拠を握ったという事実が付随するからである。「どのあたり?」

「フレディが監視の網をめぐらしてます。シギントと地上と。こちらはとりあえず待つ」

ジョアンの笑い声は皮肉と、おそらくはわずかな悲しみにいろどられていた。「待つのね。今度の件では、わたしはその務めを果たしてる。あなたも同じでしょうけど……アマンダの名前が出たみたいね」

「ラヴィングはお嬢さんを探すのはあきらめました。別の〝楔〟を見つけようとしています。それが誰なのか、あるいは何なのかはわからない」

ジョアンは壁の古い写真を眺めていた――十九世紀の服装をした一家。

長い、長い十秒ののち、ふたたび電話が鳴った。

「さあ、フレディ」と私はせかした。

「コルティ、いいか」フレディの声はひさしぶりに、驚くほど生きいきとしていた。「いいほうに転がってる。ザガエフをスプリングフィールドの倉庫まで追跡した。やつは倉庫に立ち入って武器を手に入れた」

私の心臓がはずんだ。「彼は銃を所持できないことになってる。有罪答弁をしてるんだ」

「そのとおりだ。ちょっと待て」フレディは間をおいて言った。「よし、やつはいま倉庫を出た。こっちで尾行してる」

「向かってる先は?」

「北だ。ベルトウェイの内回り」

「同行者は? 影ぐらい見えたか?」と私は訊いた。

「ラヴィングのことを言ってるのか?」

「同行者はいたのか、影ぐらい見えたのかと訊いてる」

「相変わらずせっかちだな、コルティ」

「フレディ」

「いいや、ひとりっきりだった。で、どう思う？　あんたの番だ」

私はずっと戦略を練ってきた。即座に答えた。「監視をつづけて、むこうが方角を変えたらすぐ知らせてくれ。こっちは三分で出発する」

49

敵はここでどんな手を打ってくるか。

いま私はヘンリー・ラヴィングではなく、首謀者アスラン・ザガエフのことを考えていた。ザガエフは武器を回収した。ラヴィングから連絡を受けると予想外の、しかも意図をもった移動をはじめた。その意味するところは何か、狙いは何なのか。

私は七号線を南へ、ザガエフが反対方向から向かっているらしい、住宅地と商業地区が集まるタイソンズ・コーナーをめざしていた。

敵は……何をたくらんでいる？

ゲーム理論分析では、十八世紀の統計学者トーマス・ベイズの信奉者たちが、世界は絶えず変化する知識からなり、ある出来事——今度の場合はザガエフの計画——が生じる可能性を測るには、新たな情報の断片をつかむたびに予測を見直していくことが必要だとしている。紙やはさみにたいして石が出てくる確率は、たとえば相手が筋肉の問題をかかえて拳を握るのが辛いとなれば、三十三・三パーセントから変化する。

しかし、ザガエフに関してはその行動の予測幅をせばめ、合理的な対処法を編み出すための情報はほとんどなかった。ザガエフはジョアン・ケスラーが知る事実の中身と、もし単独の行動ではないとすれば、残る首謀者の正体についても答えを持っているはずだ。むろんヘンリー・ラヴィングの行方と、彼を見つけだす方法も知っている。

追跡をつづけるべきか、逮捕すべきか、従業員に監視をつけるべきか。

私は郡警察が出払っていることに感謝しながら赤信号

を突っ切ると、イアフォンを耳にはめてフレディを呼び出した。

「ああ？　コルティか？　なんだ？」

「やつはどこだ？」

「七号線を北へ向かってる。タイソンズから約五分の位置だ」

私は七号線を南へ向かっていた。タイソンズから約五分の距離だった。

フレディは付け足した。「われわれは半マイル後方にいる。やつは善良な市民だぞ。黄色で停まるし、歩行者には道を譲るし」

このチェチェン人には、武器を携行して目的地へ急ぐより目立たないことのほうが重要なのだ。これもひとつの情報だが、さして役立たない。

「チームは？」と私は訊ねた。

「ふたつ。いまは伏せてある。ＧＰＳが頼りだ」

「ザガエフの通話は？」

「四十分まえにラヴィングと話してからは電話に出てない」

「従業員とその親族の電話は調べてるのか？」

「おい、コルティ、いいか？　そいつはもうやってある」

私はウィリアムズの組織やＦＢＩの人間が、こちらから提案するまで従業員の家族のことを一顧だにしなかった事実にはあえてふれなかった。

「オーケイ」フレディは言った。「やつはいまも着実に動いてる。ラヴィングの腕のなかまで連れてってくれるさ」

そうだろうか。

不完全な情報……

「引っかかるな」と私は言った。

「あんたは野球のお供には向かない人間だな、コルティ。悲観的すぎる。野球を見にいったことはあるのか？」

「ラヴィングのところへ向かってるとは思えないんだ」

「どうして？」

「首謀者というのは、たいがい調べ屋と距離を置きたがる。そのほうが安全だから」

「やつは銃器を運んでるんだぞ」

私は指摘した。「ラヴィングは首謀者から武器を調達する必要はない。自分で山のように持ってる。相棒は言うまでもなく」

「だから？」

私は決断した。「ザガエフの身柄を確保したい。尾行じゃなくて」

「なぜ？」

ベイズ派のゲーム理論分析は参考にならなかった。完全、不完全を言うまえに情報がない。私は真実を告げた。

「勘だ」

しばし無言の間があった。

フレディが言った。「しかしすぐに押さえないと、やつはラヴィングやほかの首謀者に電話かメールかする。連中は姿を消すぞ。こっちの車は連邦の臭いをぷんぷんさせてるからな。近づけば気づく」

フレディの言うとおりだった。

私は訊いた。「ザガエフの車種は？」

「シルバーのＢＭＷ４７０」フレディはプレートナンバーを言った。

「で、むこうの現在位置は？」

「タイソンズにはいった。ビジネス街を迂回してホリー・レーンに曲がろうとしてる。有料道路を行くつもりだろう」

「そっちに行かれたら、ラヴィングにメッセージを送られるまえに拘束することはできなくなる。近づいたら気づかれる」

私自身もタイソンズにいた。私はスピードを上げ、ホリー・レーンを跨《また》いで交差する道路に折れた。そして急ブレーキを踏んで車を降りると、道端の農産物直売所をひやかすふりをしながら、ザガエフが接近してくるはずの道路を見通した。

「かけなおす、フレディ」

やがて、走ってくるシルバーのＢＭＷが見えてきた。二分後には下を通過してダレス有料道路の方向へ向かう。私はナンバーに視線を凝らした——ヴァージニアでは都合よく、リアとフロントの両方にプレートが付く。ザガエフのひげの仏頂面が目にはいった。本人に間違いない。フレディが私の携帯に写真を送ってくれていた。同乗者はいない模様だった。

私は拙速はもちろんのこと、思いつきの決断さえしないことで知られる。だがゲームプレイヤーなら、ときには勇断をくだす必要に迫られることがあると気づく。私は向きなおって駆けだした。

50

「カボチャ爆撃か、コルティ。たしかに、あんたにはユーモアのセンスがある。誰が何を言おうとな」フレディはぬるぬるした野菜のかけらを蹴った。「表現のしかたが大方の人間とちがうだけで」

立体交差のアンダーパスで、ＦＢＩの車二台が黄色とオレンジに染まるＢＭＷを囲んでいる。ＢＭＷはフロントグラスが粉々に割れていたが、車体は無傷だった。ミュンヘンの連中は頑丈な車をつくるのだ。

従来どおりの捕り物はオプションになかったので——ザガエフからラヴィングに警告が行ってしまう——私は高架下を通る相手を自力で制止することに決め、付近に車を駐めた。道路脇の直売所で熟れたカボチャを買い、下を通過しようというザガエフの車のフロントグラス中央めがけて落とすと、斜面を滑り降りて銃を抜き、ザガエフを車内から引きずりだした。衝撃で放心していたザガエフだが、怪我はしていなかった。すぐに電話を調べたところ、五分以内に通話やメッセージの送信をおこなった形跡はなかった。

ラヴィングや相棒がこの場にいないというかなりの自信はあったものの、確実を期してフレディに問いかけた。

「ザガエフが有料道路に乗らなかった段階で、はがれていった連中を目撃した者はいないか？」

「〝はがれる〟って。こいつは笑える。果物か野菜みたいじゃないか。しかし、そんな使い方があるとはな」

私は焦れて眉を上げた。

「いや。単独行動だった」

かすかに訛りのある口調で、ザガエフがつぶやいた。

「あんたらは何者だ？　なぜ私にこんな真似を？　車を見ろ！　台無しだ」

彼の不平には興味がなかった。重さ十キロの熟れた発射体を手に路肩を走ったおかげで、こちらも気が立っていた。

別の捜査官がＢＭＷのトランクを調べ、運んでいた武器の中身を確認して報告をよこした。「目を惹くものはありません。ロシア製のM４の偽造品、製造番号は魔法のように消えています。それとベレッタの九ミリ口径が二挺、製造番号あり。いやいや、こいつは盗品です。大量の銃弾。大発見はありませんが」捜査官はすべてをフレディの車のトランクに移した。

「弁護士を呼びたい」

私はそれも無視してフレディに言った。「このあたりでおしゃべりできる場所は？」

ワシントンDC一帯は、警察や安全保障機関の本部が多数置かれている。CIAのように周知のものもあれば、わが組織のようにそこそこ無名であったり、ウィリアムズのところのように存在すら知られていない匿名機関もある。だが、そこにはひとつ共通点があった。保険会社や新興のコンピュータソフトウェア企業と同じく、いずれの組織にも活動の本拠となる施設が必要なのである。いまわれわれがいるタイソンズとその周辺には、もっとも秘密度の高い機関の多くが高層、低層のビルに居を定めている。建物の供給過剰という事情から、総務担当者としては割安の物件が見つかりやすい。しかも税金の節約につながる。

またこの近辺には〈クライズ〉レストラン、〈スターバックス〉、〈アリガト・スシ〉が展開している。スパイたちもわれわれ同様、フランチャイズチェーンで食事をすることになる。

フレディはしばらく考えたすえに振りかえると、わずか二百ヤードしか離れていない有料道路のむこうに建つ、退屈な外観の白いオフィスビルに顎をしゃくった。

「あれなら都合がいい」と私は言った。「頭巾は？」

捜査官が差し出してきた。

「おい、やめろ！」ザガエフが声を荒らげた。「なにをする。こっちは一般市民だ」

私はザガエフに頭巾をかぶせると、頭がぶつからないように注意しながらフレディの車の後部座席に乗せた。別の捜査官がその脇に座って訊ねた。「息はできるか？」

「くそっ！」ザガエフはわめいた。「この野郎。なんてことをする。いますぐ弁護士に会わせてもらおう」

私はフレディを見た。「息はしてるな」

三十分後、フレディに指示されたビルのセキュリティを抜けた。そこは名の知れた連邦機関だった。そのためFBI捜査官たちから説明があったように、ザガエフは裏手から運び入れられた。

階下に降りた私は、四十前後のほっそりした女性と顔を合わせた。目つき鋭く、黒のスーツにごついバッグを肩に掛けた彼女はわが組織の一員であり、今回のようにいわば異常な状況下でわれわれの力になってくれる。ロバータ・サントロが本名だが、オフィスではバートで通っていた。

私は声をかけた。もともと寡黙な女性である。「準備は？」と私は訊ねた。

うなずいた。

私たちが会議室にはいると、そこに後ろ手に拘束されて座るアスラン・ザガエフがいた。その姿は三脚に固定したビデオカメラに狙われている。赤いランプが点灯していた。ザガエフは憤懣《ふんまん》やるかたなしとばかりに私たちを睨めつけた。「私は殺されかけたんだぞ！」

「あれはカボチャだ」と私は指摘した。「人殺しの道具じゃない」

「いや、そんなことはない。フロントグラスを突き破って、殺されて不思議じゃなかった」とザガエフは吐き棄てた。「弁護士はどうなった？」

バートがテーブルの端まで行って着席した。何食わぬ顔で両手を膝に置いた。バートのことは、私からはザガエフには話さなかったし、バートがＩＤを提示することもなかった。ザガエフは彼女に向けた目を私にもどした。もう一度盗み見て私に言った。「こんな真似をする権利はないぞ。銃があそこにあった理由は明らかだ。あんたたちが仕込んだ」

ゲーム理論において、敵の性格は重要とはされない。種類によっては、相手プレイヤーを人間なら誰と置き換えてもかまわないとするゲームもある。だが私にすれば、ボードゲームをやるとき、向かいの席を占める人間を見ることがすべてなのだ。ランチの時間や仕事帰りに旧市街のゲームクラブへ出かけてみて、気が乗らなければ他人のプレイをじっと見つめる。その人の癖や視線を、カードの持ち方、ダイスの振り方、マーカーやチェスの駒の動かし方を観察する。気配を見抜こうというのではなく――下手なプレイヤーなら、それはあからさまだし、手練ならおくびにも出さない――プレイヤーの行動と対処を見て、何が好きで何が嫌いかを確かめる。

勝利と敗北にたいする反応を見る。

震える手を見る。

こうして私はザガエフのことを、チェスボードをはさんで向きあう相手に見立てて眺めた。丸顔の二重顎をひげでうまくごまかし、頭の剛毛は白髪ともなんとも言い難い。ドゥボイスの報告では、年齢はまだ四十三歳なのだ。大きな顔は貧血症のように青白かった。不安そうに、両手をしきりと握ったり開いたりしている。それがわかるのは、背中越しに手錠のふれあう音が聞こえるからである。首に掛けたゴールドの太い鎖に付けられた護符は似つかわしくない偶像で、おそらくは十九世紀半ばに在位したロシア皇帝アレクサンドル二世にちがいない。私の知識によれば、この皇帝《ツァー》は穏健な改革主義者だった――といっても、絶対的支配者の基準に照らせばの話だが。いずれにせよ、チェチェン人がこの人物を選ぶというのは奇妙な話ではある。

ザガエフは私には手の届かない、欲しいという気も起こらない高価な服を着ていた。そのスーツは児童向けのファンタジー本に描かれた空を思わせる、鮮やかなブルーのシルクを仕立てたものだった。気に障る頭上の明かりに蛇革のブーツが輝きを放っていた。不快な汗をかいていて、体臭とタマネギの臭いがテーブルを越えて漂ってくる。

私は身を乗り出した。実をいうと、私は大柄ではない。だが、羊飼いとしてすごした年月のなかで興味深いことを学んだ。人は物理的に押し出しの強くない人間をよけいに怖がる傾向がある。たぶん鉛のパイプを持った人間にくらべて、私のほうが生命にひどい損害をあたえるように思われるのだろう。体重では二十キロは重いザガエフが身を退いた。

「あなたの仲間が誰かを知りたい」

「私は悪人じゃない」ザガエフは懇願するような目で私を見た。この手のゲームでは、倫理面での潔白を主張するのが常套手段である。しかし紙は永遠にはさみに負けつづける。

「それでは議論になりようがない。あなたの組んでいる相手は？」

ザガエフは色をなし、ちょっとまえまでの柔和な表情は影をひそめた。「そんなのはいない！　陰謀なんてないし、ハイジャッカーも、爆弾を背負って地下鉄に乗る人間もいない……」

私はバートを横目で見た。まったくの無反応。それを察したザガエフがたじろいだ。彼女の正体が気になっているのだろう。

私はつづけた。「仲間のひとりはわれわれのほうでつかんでる。あなたは先ほど、従業員の親戚の電話でその人物と話していた」

ザガエフの顔に嫌悪が満ちた。彼は口のなかで何かをつぶやいた。「それは私じゃない！　他人がなりすましたんだ。あんたらのいつものやり口だろう」

私はその虚しい否定を相手にしなかった。「いいか、アスラン、われわれとしてはあなたがテロ細胞と組み、わが国の安全保障を脅かしていると推定せざるをえない。例の六年まえの過失を——パキスタン人夫妻との関係を考えると」

「殺したのはあんたらじゃないか！　私は無実だ。これ以上追及しないというから自供したんだ。そうじゃなければ自殺してた」

私は穏やかに言葉を継いだ。「ほかに嚙んでる人間のことを知りたいんだ」

「嚙んでるって、何に？」

私はつづけた。「考えてくれ、アスラン、私は尋問してるんじゃない。取調官が訊きそうな質問をしているだけだ。きみを騙すつもりはない。策略なんかない。説明をしてる」

「それを言うこと自体が策略かもしれないじゃないか」

ザガエフは薄ら笑いを浮かべた。

「これまであなたが生きてきた人生は終わった。こっちは罪を立証できる。銃のこと、ヘンリー・ラヴィングとの関係、ジョアン・ケスラーから情報を引き出そうとしている事実」私から出た言葉に笑みがいくぶん失せた。

バートは依然、淡々と見物していた。

ザガエフの視線が彼女に行ってもどった。「あんたの友だちは何者なんだ？」と彼は私に訊いた。「どうしてなにもしゃべらない？」

「あなたが組んでる相手は？」

「私の仕事はカーペット店とレストランだ。なぜ私を追いつめようとする？　銃をトランクに仕込んだうえに、物を投げつけて私を殺そうとたくらんで。いまにとんでもない目に遭うぞ。こっちは弁護士を呼ぶ権利があるんだ」

「あなたの声は録音されている」

「さっきから言ってるが、そいつは偽物だ。いいかげんうんざりする。あんたは退屈このうえない」

私は溜息をついた。

バートに目をやると、彼女は人差し指をほんのかすかに持ちあげた。

私は顔をしかめて口をつぐみ、うなずいた。

そして椅子を引いて立ちあがった。

私は前に出てスイッチを切るとプラグを抜いたコードをまとめ、カメラを脇に抱えてドアへ向かった。

無言のザガエフが目を丸くした。私がカメラを持ち出す理由を訝っているのだ。私が後世に残したくないものは何なのかと。

私がドアを開くと同時に、バートは席を立ってザガエフの後ろに回った。マジックミラーのブラインドを引き、ザガエフの縛《いまし》められた手、ついで膝と眺めた。その顔に満足げな表情が覗いたと思うと、バートは男のかたわらに腰をおろし、自分のジャケットのポケットからペイパーバック大の樹脂製の箱を取り出した。まるで中身が非常に危険なものと警告するような真っ赤な箱だった。

バートが音をたててジッパーを引くと、ザガエフは息を喘がせた。

私は部屋を出て、閉じようとするドアから手を放した。

51

「待ってくれ！」とザガエフが叫んだ。

顔を紅潮させている。「たのむ、待ってくれ！　すこし落ち着いてくれ！　こっちは混乱しっぱなしだ。車を運転してたと思ったらドカンと来て、いまは命が危険にさらされてる。そこはわかってもらいたい。ぜひともわかってもらいたい！」

私はドアがしまる直前に振り向き、足を側柱とのあいだに突っ込んだ。ザガエフは赤い箱にじっと目を注いだ。

私を見るバートはまるっきり無表情だった。

「あなたがやっているのは時間稼ぎだ」と私はザガエフに言った。

「ちがう！　私は時間を無駄にしない」ザガエフは下を

向いた。「たのむ……」

私は室内にもどってカメラをドアの脇に置くと、テーブル越しに乗り出した。「そちらが協力してくれるようなら、私の立場で、ご家族には事情を聞く以外の厄介がおよばないようにしよう。誰も罪を犯していないという条件付きだが」

「もちろん、家族は潔白だ」

「ご家族への報復を心配する必要はない。こちらで移動の手はずをととのえることができる。公判中のあなたの保護もするし、もし全面的な協力が得られるなら、私からFBIと検察に、罪状と刑期について考慮するよう申し入れる」

「家族を護れるのか？」とザガエフは小さな声で言った。「ヘンリー・ラヴィングから？」

「ああ」私は断言した。「あなたのことも彼から護る」

熟考がつづいた。私はザガエフの護符の、立派なひげをたくわえたアレクサンドル二世を見つめた。農奴を解放し、歴代皇帝のなかでもとりわけ進歩的であったはずのこの人物は、しかし革命家の手によって暗殺されたのだ。

「わかった。いいだろう」ザガエフはうなだれた。

私は先ほどの椅子に座り、バートも元の場所にもどった。

わが組織は拷問で情報を得ることはしなかった。水責めすらやらなかった。そう決めたのはふたつの理由による。ひとつは違法だから――なにしろ、この国は法治国家だ。ふたつめは対象者を研究してきた結果、効果が充分とはいえないことが判明したからだった。四人を拷問して手に入れた情報を処理し、真実を再構築するという作業は、よりソフトな尋問方法をとった場合にくらべてはるかに手間がかかるものなのである。

あまつさえ、バート・サントロはわが組織が擁する取調官ではなかった。彼女は旧市街にある本部の事務長で、必要経費や予算を見ながら備品やコンピュータを注文する立場にあり、現場の活動にはかかわらない。四人のすばらしい子どもと素敵な夫に恵まれたバートは、DC一帯で何千と働くごく普通の政府職員と変わらない。ただその冷たい美貌が、尋問相手から情報を引き出すのに嬉々として爪をはがしたり電極を使ったりする無情な工作員役にぴったりはまる。

ザガエフが私に、「彼女は何者だ?」とささやいてバートを見た。「なんとか言ったらどうなんだ」

私の経費超過のことでも考えていたバートは目顔でザガエフを制した。

私は言った。「アスラン?」

中身はせいぜい化粧道具の赤い容器を最後にひと目見て、ザガエフは溜息を洩らした。鎖が音をさせたのは、彼が肩と手を落としたからである。「あんたたちは私が陰謀に、異教徒を打ちのめす恐ろしい計画に加担してると思ったんだろうが、冗談じゃない! ああ、こっちが考えてきたのはビジネスのことだ。私がどこまでアメリカ人かは見てわかるだろう? 大切なのはそこだ。全能のドルだ」

ザガエフは、私がノートを閉じたままにしているのが気になる様子だった。「たのむ、いま話すから。書き出してくれないか」

当然のこと、一語一語は隠されたビデオカメラとオーディオシステムで録画されている——ドアの脇に置いたソニーのビデオは、むしろ芝居の小道具だった。それでも、ひそかに録画していると相手に悟られないため、私はノートを開いた。

「もうずいぶんまえになるが、デリで働く夫婦と知り合った。殺された……死んだ夫婦と。人柄に惹かれたわけじゃない。ふたりの目的にはこれっぽっちも興味がなかった。興味があったのはもらえる金だ。馬鹿にできない額だった。報告書は見たんだろう? そういうことだ。夫婦が死んで悲しかった——でも、それは収入の口がなくなったからでね。

こっちでは、それなりに成功した人生を送っていた。いや、動く標的になるのが成功かって? じつは財政的に問題をかかえていてね。景気? ローンを払えない連中が敷物を欲しがるか? 〈サムズ・クラブ〉で山ほど冷凍ディナーを買ってガキに食わせてる連中が、うちの上品なレストランで食事をするか? もっと金を稼ぐにはどうしたらいい? ほかに提供できるサービスはあるか? 金目のもので売れるのは? そこで思いついた。六年まえ、デリでパキスタン人夫婦が死んだ裏の事情を探ったらどうかって。いくらになるだろうかとね。夫婦を殺した作戦の先端指揮官が、ジョアン・ケスラーという女だったのは憶えていた。その女がたとえ引退したにしても、かならず価値ある情報は握ってるだろうし、手を下した連中につながるはずだと。

そこでダマスカスの伝手に、それとなく電話を何本か入れた。すると、こういう情報にはっきりと引きがあることがわかった。数百万ドルの引きだ。むこうからヘンリー・ラヴィングの名前を教えられた」

つまり、それが答えだった。こちらの予想どおりの部分もあった――ジョアンを標的にしたのは、彼女が秘密の政府組織に関する情報を持っていそうだったから。私は動機をテロと仮定し、スリーパーの存在を疑っていたのだが、実際には商売目的にすぎなかった。ザガエフの起業家人生からして、そう考えるべきだった。

「ラヴィングにいくら払ってる?」

「百万ドル、半分を前金で。残りの半分はジョアンからいい情報を手に入れた時点で」

「そっちで仕事をキャンセルしたら?」

「それでも全額払うことになる」

私は訊いた。「ラヴィングはいまどこにいる?」

「知らない。神かけて、神に誓って。ラヴィングには一度会った――先週、ウェストヴァージニアで」

「どうしてそこで?」

ザガエフは肩をすくめた。「目立たないように。飛行機でダレスに着いたら人目につくと心配していた」

「それで?」

「手付を渡した。電信送金を厭がるんでね」面白くなさそうに笑って、「個人小切手はなおのこと」

「で、それ以来会っていないのか?」

「ああ。おたがいメールを送るか、電話のやりとりでね。むこうで話すときの暗号を決めてきた。建築関係の仕事に見せかけて」

「かけた番号は?」

ザガエフが口にした番号を聞いて、すぐに転送サービスのものとわかった。追跡は不可能だろう。エリアコードはカリブ諸国のものだった。

「ヘリコプターは? あなたのものなのか?」

「レストランの共同経営者のひとりが持ってる」

「銃はどうするつもりだった?」

「こっちの護身用にとあいつがよこしたんだ。それなのに、むこうから電話があって、処分したほうがいいと暗号で伝えてきた。ジョアンを護ってる連中に見つかるのが心配だったんだろう」ザガエフは赤い化粧品入れを見て唇を噛んだ。「このラヴィングがそこまで危険なやつとはほんとに知らなかった。情報をあの先端指揮官の女からでも聞いていれば別だが。神かけて、神に誓って、まさか娘まで利用する気だとは思わなかった」

私はフレディが盗聴した会話で、ザガエフがそんな話をしていたのを思いだした。

私は訊ねた。「やつといっしょに動いているのは？相棒は？」

「男がひとり、軍人あがりだ。一度だけ会った。背が高くてダークブロンド。緑のジャケットを着てる。名前は知らない」

「ほかには？」

「こっちの知るかぎりいない」

「すぐもどる」私は不安そうにバートを見つめるザガエフを残して部屋を出た。

フレディを見つけると、私は言った。「ブリトニー・スピアーズの向こうを張って歌ってる」

「そうか。やつは単独で動いてるし、アイディアの出所も本人だ。シリア人は完成品を買うかもしれないが、近づいたのはやつのほうで、その逆じゃない。連中はたぶんジョアンの正体すら知らないだろう」

チェチェン人が拘束され、ケスラー夫妻にたいする唯一の脅威はラヴィングとその相棒だけとなり、その脅威もザガエフの拘束が知れたとたん、ほとんど解消するはずだった。やつらはたぶん逃げる。

「これからどうする？」と捜査官が訊いた。

打つべき手はふたつ。

しばらく思案したのち、私はこれしかないと決断した。

52

ふたたび待機。

午後四時になろうかというころ、私たちは第一次マナサスの戦い――北部人からすると第一次ブルランの戦い――の戦場跡公園に近い人気のない草原にいた。

トーマス・ジョナサン・ジャクソンが叢林のなか、飛び交う葡萄弾や鎖弾をかいくぐって戦い、〝石壁《ストーンウォール》〟の異名をとった場所からも遠くない。

相変わらずの曇り空の下で待つ。

「いちばん危険な時間だ」とエイブがくりかえした言葉は、いずれ私も部下に語ることになるだろう。「待つことがな。きみがこの職務につき、羊飼いでいるのは頭が切れるからだ。そして切れる頭脳には刺激、楽しみ、スピード、パズル、ルービック・キューブが必要になる。待っていると頭の働きが鈍る。しかし、ぼんやりしてる暇はない。消し屋や調べ屋は待ったりしない。なぜかといえば、むこうはきみに近づくことに全精力を注いでくるからだ」

私はその教訓を心に刻んでいた。ラヴィングが予期せず現われるようになってからはなおさらだった。だが、それで待つことの辛さが和らぐことはなかった。私は地面に目をやった。急な依頼にもかかわらず、フレディは全員が軍隊経験をもつ特殊作戦要員で四チームを編成し、ラヴィングには気づかれない程度に近い集結地までヘリで運ぶ算段をしてくれた。私たちは三十分早く到着すると、百ヤード離れた郊外型ショッピングモールの駐車場に車を置き、そこから茂みと葦原に分け入った。鳥が騒がしく飛び立ち、驚いたバッタが跳ねた。

私たちは百五十年まえの死体の数を思えば驚くほど小さい戦場付近に集合し、そこからザガエフがラヴィングと会う約束をした、閑散とした駐車場を取りまわす草原と木立にはいり、音もなく位置に着いた。駐車場は解体された倉庫だか工場だかの敷地と隣接していた。フレディと戦術要員、そして私のあいだは、イアフォンと小型マイクでほんのかすかなつぶやきまで拾う特殊な通信機器でリンクされている。

といっても、散開する私たちに会話は一切なかった。作戦班は熟達のプロ集団だった。

ザガエフの車が駐まる駐車場の遠い側からでも、運転席に男の頭のシルエットが見える。私がラヴィングに連絡して仕事をキャンセルし、会って残りの報酬を払うように迫ると、チェチェン人は激しく動揺した。

が、私はザガエフを危険な目に遭わせるつもりはなかった。彼の命を危機にさらさないというのは人道的な理由ももちろんだが、まずはいずれラヴィングを訴追するにあたって証言してもらうためである。それに、ウェスターフィールドに生身のザガエフを差し出すことで、検事につぶされずにすむとの思惑もあった。ザガエフは重大なテロ計画の糸を引く人物というわけではないが、やがては首都警察の汚職という、うまみのある事件を取りあげられることになるだけに、あの執念深い男にとっても悪くない白星となるはずだ。

　そういうわけで、車に乗るのはアスラン・ザガエフ本人でも、戦術要員のひとりでもない。オマールという名の、基本が頭部と胴体からなるロボットで、内蔵された数個のサーボモーターによって彼——いや、それ——は人間の動作、しぐさをかなり巧みに再現する。システムをプログラムすれば、オマールは退屈したり酒に酔ったり——そしてこれが多用されるセッティングなのだが——不安で落ち着かない様子を表してみせる。造りはディズニーのアニマトロニクスにはおよばなくても、車内や暗がりでは銃撃者をたいてい欺くことができる。オマール、そしてオマーリナ（ブルネットまたはブロンド、バストは36D）には白人、黒人、ラテン系とタイプがそろっていた。

「チェチェン人のモデルはないぞ」とフレディには言われていた。

　オマールの何が優れているかといえば、これが単なるデコイにとどまらないところだった。ロボットの周囲には紫外線とマイクロ波ビームが格子状に走っている。ラヴィングあるいは相棒がある程度の距離をおき、中身が空でそこそこ安く取り換えのきくオマールの頭部にお定まりの三発を放つと、たちまちコンピュータが軌道と速度、GPSの座標を関連づけ、われわれの手もとにある装置に銃撃者の位置を三フィートの誤差まで知らせてくる。

ラヴィングは餌に食いつくか。

　私はそう信じていた。タイソンズで、ザガエフが調べ屋と連絡をとった。私の用意した脚本で、ザガエフの口からラヴィングに仕事の打ち切りを言わせた。残金を支払って袂を分かつと。その会話を聞きながら、私はラヴィングの声に失望のようなものを感じていた。もしや私とのゲームをやめることに、本人としては納得がいかなかったのか。

　だが、これは彼にたいする私の感情を投影しているのかもしれない。

　ザガエフにはまた、彼がラヴィングの雇い主であることをほかに知る者がいないか探りを入れさせた。調べ屋は他言していないと断言した。けっして。それはプロフェッショナルに反する行為だと。

もちろんのこと、ザガエフにそんな能天気な質問をさせたのには特別な意図があった。残金の払いを惜しんだザガエフが、調べ屋を殺しにかかるのではとラヴィングに信じさせるためである。

こうして私はラヴィングが己れの正体ばかりか、自身に不利な事実を知っているかもしれない男を消そうと、この場に現われるほうに賭けていた。

こちらの読みは当たるか。

ラヴィングにかぎってはわからない。

〝囚人のジレンマ〟において、囚人その一は囚人その二が自供を拒否するつもりでいることを知りようがない。銀行の預金者には、ほかの預金者があわてず金を引き出さずにいるとは確かめようがない。

しかし、経済学者と数学者は認めなくても、ゲーム理論は賭けに関する学問だ。私は運ではなく状況というものを信じる。それがロードアイランドではこちらの有利に働かなかった。ここではきっとうまくいく。

聞こえてくるのは遠い車の音、近くの虫の音、犬の遠吠え、一八六一年の夏に三万五千を超える男たちが参加し、五千もの死者や負傷者を出した戦場ではしゃぐ子どもたちの歓声。私が身を隠しているのは、そんな兵士たちが斃《たお》れたときには種にもなっていない深い木立のなかだった。

約束の時間は四時四十五分。すでに数分が過ぎている。

遠くで明るい色の車が、われわれが包囲する人影のない駐車場へ至る道路にすばやく折れてきた。タイヤをスキッドさせるのは尾行をまくためではなく、尾行の有無を確かめるのに用いる標準の戦術的手順である。ウィンカーを出して曲がれば、尾行車も同じようにする。スキッドさせて角を曲がりながらルームミラーに目を凝らせば、後続の運転手の反応で、たとえ相手がそのまま直進しようと尾行か否かの判断は容易につく。いまの急なターンはラヴィングの車である可能性を示唆していた。

戦術要員の一部は道路の視界が利かず、フレディを補佐する指揮官が全員に新来の車の存在を警告した。するとフライトラップで見たラヴィングの姿が脳裏に浮かび、私は気を張りつめた。腰のグロックに手を置いたのは本能的な動作にすぎない。現場にはいま、こうしたことに長けた人間が待機している。私は手を下ろし、明色の車の動きを追った。

調べ屋だろうか。この道は戦場には通じていない。実際、どこにも通じていない。乗っているのはマリファナか酒か、セックスめあてのガキどもかもしれない。この角度から史跡を見たいという南北戦争ファンもいるだろう。また、マナサスは覚醒剤の製造者も抱えている。この場で取引きということもある。

ザガエフの車がアイドリングしている駐車場の手前で、新参の車は茂みのほうに折れた。

そこで私のイアピースにささやき声がした。「三班。男性二名が下車、平服。一名は拳銃で武装。茂みのなかを駐車場に向かって移動中」

ラヴィングと相棒。私はふたりがそろって来るのを期待していた。

「了解。全班、待機。動かず、音もたてるな。一番狙撃手、容疑者の車を狙えるか？」

「不可です」

「了解」

私はふと、ラヴィングにとっての相棒とは、エイブにたいする私、私にたいするクレア・ドゥボイスがそうであるように、彼の腹心の部下なのかと考えた。ラヴィングは私が授けられ、いまは授けているゲームのルールを説明したのだろうか。最初は突拍子もない気がしたが、すぐに思いなおした。どんな仕事においても、ノウハウは身につけなくてはならない。

「二班。容疑者たちは駐車場の西側周辺からザガエフの車をうかがっている」

フレディが低声で言った。「オマールの頭を動かせ、ただし連中のほうには振りかえらせるな」

「了解しました」

ロボットが横を向き、頭をうつむかせた。マネキンを操作する人間はアーティストだった。

「容疑者が公園を確認中。いま二手に分かれて車の両脇へ移動します。念のため、両者とも武器を携行。自動装塡の拳銃です」

「了解した」

つまり、ふたりは遠くから狙撃するのではなく背後から近づいていた。ザガエフを撃ってケリをつけようというのだ。

あるいは、端《はな》から殺す気はないとも考えられた。相棒が見張るなかで、ラヴィングが金を回収するという手はずかもしれない。

私は息を乱しながら、覗きたい思いを必死にこらえて藪に身を沈めていた。不意に背筋に冷たいものを感じ、はっと後ろを振り向いた。ラヴィングがこの場で背後から迫ってくるはずがないのはわかっていた。戦術要員が多数配置されている。

目にしたのは若木と低木だけだった。

「作戦リーダー。視認完了。容疑者両名とも監視下にあり」

フレディが言った。「開始だ」

「了解。開始します。では、三班と一班は閃光弾を撃ち……側面と後部から突入する。待て……待て……」

一八六一年七月当時のこの地で、交戦を目前にした部隊の通信手段はどのようなものだったのだろうか。

「いまだ。突入、突入しろ！」

一連の爆発音とともに閃光が曳く下を、戦術作戦班がどっと飛び出していった。

片手が――銃の利き手ではない左手が痙攣するのを感じながら、私は茂みから腰をあげかけていた。息を吸ってみて、もう三十秒あまり呼吸をしていなかったことに気がついた。

チームは指示どおり、声をあげながら一点に群がっていった。「ＦＢＩ、ＦＢＩだ、地面に伏せて両手を出せ！　両手を出すんだ！」

「身柄を――」ひとりが無線で言いかけた。

長い間が空いた。「ああ。三班から作戦リーダー。至急こちらへ」

「どうした？」

「わかりません……」

「くそっ」

この交信を耳にして私は気落ちした。作戦成功にともなうやりとりとはとても思えない。

私は事の真相を推理しながら茂みを出ていった。オマールに忍び寄った男二名は、法執行機関の楯のようなものをかざしていた。彼らはむろんプリンス・ウィリアム郡の刑事で、麻薬取引きか救助の通報で現場を捜索しにきた。通報者は間違いなくラヴィング、ザガエフとの話を終えたそばから電話をかけた。

　こちらを攪乱《かくらん》し、その間に逃亡をはかったのである。

53

　私はクレア・ドゥボイスと話していた。

「ラヴィングは逃亡中だ。車の可能性もあるが、やつはこの周辺から離れたがっていると思う。飛行機予約のデータをふるいにかけてくれ。知りたいのはチケットの購入者について、それもラヴィングがザガエフと話したおおよそ午後三時以降で、きょうの出発便だ。たぶん、ダレスかナショナルかボルティモア－ワシントン国際《BWI》だろうが、こちらがザガエフを寝返らせたんじゃないかと疑っているとすると、やはり避けるつもりかもしれない」

「アムトラックは？」とドゥボイスが訊いた。

「フレディから警察に、ユニオン駅の捜索を要請している。だが私の予想では、やつは列車に乗るより早く距離を開きたいと考えているはずだ」

「すぐに取りかかります」

　ラヴィングの行先に心当たりはないというザガエフだったが、ひとつだけ、ウェストヴァージニア州チャールストンまで空路で約五時間かかったと聞いていた。そうすると、ラヴィングの根城は西海岸のどこかにあることになる。メキシコ、カリブ、カナダの場合もなきにしもあらずだが。

　戦術要員たちが道具を集めにかかっていた。郡の刑事たちと話したところ、案の定、彼らを現場に呼び寄せた通報は匿名で追跡不能の電話から発信されていた。「通報者が、車の後部座席で〝軍の銃〟を売ってるやつを見たと言うんでね。こっちはどうすればよかった？　まったく、腰が抜けるほどびっくりしたよ。閃光弾か？　目がちかちかする。この件は上司に報告させてもらうぞ」

　思えば、ラヴィングの罪状の選び方は狡猾だった。私が当初考えていた、麻薬取引きや女性の悲鳴で通報がはいれば、制服警官を乗せた通常のパトロールカーが現場に現われる。武器の売買となると私服刑事の出番で、ラヴィングと相棒かとわれわれに思いこませておけば、そのぶん逃走のチャンスがひろがる。

フレディが言った。「こっちがザガエフを転がしたって、わかるものなのか?」

「長年、こんなクソみたいなことをやっていれば」

フレディは眉を上げた。「ユーモアのセンスに、今度は悪態か」

十分後、ドゥボイスが折り返してきた。「ザガエフとラヴィングの通話が終了した五分後に、リチャード・ヒルを名乗る男性がフィラデルフィア発シアトル行きのeチケットを購入しています。つぎに利用できる便です」

「それがラヴィングだと考える根拠は? その偽名は初耳だ」

「まずひとつには、リチャード・ヒルは死んでいます。死後二年たってから、その出生証明で運転免許証が取得されています」

「幽霊《ゴースティング》か」これは偽の身分を創り出すためのありふれたテクニックである。

「そうです。ただ、こちらでわかるのは主に航空会社が通話を録音するからで、それを入手しました。声紋が一致します」

「出発時刻は?」

「いまから三時間弱」

「チケットは一枚?」私は砂色の髪の相棒のことを考えていた。

「いいえ。二枚。これも偽名で。やはり死んだ人間のものです」

私はかけなおすと言って電話を切ると、フレディを呼んで事情を話した。フレディは唸った。「あんたのとこのお嬢さんは、うちの子よりデータの掘り起こしがうまい。なあ、コルティ、よければこっちに貸し出してもらいたいね」彼はＦＢＩのフィラデルフィア支局に電話で情報を伝え、それが終わると私に向きなおった。「二十分で現場に行く」

「油断するな、フレディ。もう一度電話で、油断するなと伝えるんだ」

「連中は油断しない」

私は眉をしかめてみせた。

「電話はしておく」フレディはめったに見せない笑みを浮かべた。「狩猟パーティに参加するか?」

私はロードアイランドのことを思った。エイブのことを。ラヴィング逮捕の場に立ち会うというのはなんとも魅力的だった。

　行きたくてたまらない……

　だが、私は言った。「それはおたくに任せよう。こっちは隠れ家にもどって依頼人に目をくばることにする」

「どうして？　事件の片がついたんだぞ、コルティ」

「それはそうだ、フレディ。しかし、じつはまだ彼らには護衛が必要なんだ」

「単独の首謀者は拘束したし、調べ屋は逃げだした。それで連中を誰から護る？」

「本人たちから」

54

　グレートフォールズの隠れ家を覆う雰囲気は、私がフレディに語った言葉を裏づけていた。

　姉妹はちょうど喧嘩の真っ最中だった。その激しさたるや、事件に関する重大情報をもたらすはずの私をそっちのけで丁々発止がつづいた。ライアンの姿は見当たらない。

「だから頭に来てたの」ジョアンが自分の腿を叩いた。「どういうつもり？　人はね、頭に来ると、そんなつもりじゃないことも口走ってしまう。ねえ。出ていけるわけがないいじゃない」

「もう決めたことだから」

「アンドルーとはだめよ」とジョアンは言った。

「彼は変わったの」

「だからおねがい、マーリー。ああいう男は変わらないわ。口ではそう言って、12ステップの治療プログラムとか馬鹿なことを読みあげたりしてみせるけど、結局変わらないから」

「その話はしたくない」

「病院送りにされるわよ」

「やめてよ！」マーリーは手を振って吐き棄てた。

　いいかげん沈黙が煮詰まったところで、女たちは私のほうを向いた。

　私は言った。「すこしお話ししたいことがある。これまでのことについて」

　ジョアンはいま一度、悲しみと焦燥とがないまぜになった視線を妹に送り、それから私を見てカウチに腰を沈めた。

「ライアンは?」私は訊いた。

「ここに」と本人が答えてリビングルームにはいってきた。飲んでいるのはコーヒーのようだったが、もしかするとウィスキーが足されているのかもしれない。ただ臭いはしなかった。ライアンは義妹と妻の横を過ぎ、部屋の隅にある背もたれの垂直な椅子に座った。女性たちには見向きもせず、私に注意を向けていた。

私はライル・アフマドとトニー・バーも呼び、一同に語りかけた。「われわれは首謀者を押さえ、ラヴィングは街を離れようとしている。やはりザガエフでした。テロリストと直接の関係はなかったが」私はジョアンを見やった。「彼はあなたから情報を引き出し、それを売ろうとしていた」

ライアン・ケスラーは無言のまま、妻を見ようとはしなかった。

「じゃあ、終わったのね」と言ったマーリーがつづけて、「家に帰りたい――この人たちの家に――荷物を取りに」

私はマーリーに言った。「残念ながら、まだ終わりじゃない。ラヴィングやその相棒が拘束されていない。九十九パーセントは安心でも、それが片づくまではここにいてもらうことになる」

マーリーからは姉に向けていたような剣幕をぶつけられるか、少なくとも例のツアーガイドの厭味が返ってくると覚悟していたが、彼女は柔和な顔で私のことを見つめた。「あなたがそう思うなら」

その聞き分けのよさをどう判断すべきなのか、私にはわからなかった。

また、はにかんだような微笑も。

ライアンが訊ねた。「で、おれの娘は?」

その単数所有格が気になった。ジョアンも気づいたはずだ。

「彼女はこちらに合流する。ビル・カーターも。カーターにはもう連絡をとって、私が知っている看守がふたりを車に乗せ、待ち合わせ地点まで運ぶことになっている。私が直接迎えにいくつもりだ」

ジョアンの目に動きがないのはおそらく、自分か夫が娘と向きあい、継母の過去の職業を明かさなくてはならないと考えていたからだろう。

私は書斎へ行き、心地よく軋む椅子に腰かけた。フレディからはＦＢＩの戦術班を乗せたヘリがフィラデルフィア空港に到着し、車庫とターミナル内部および周辺に監視の人員を配置しているとの連絡があった。ラヴィングの車が私のにらんだとおり、フィラデルフィアの空港まで法定速度で走行しているとすれば、およそ九十分以内には現地に着くはずだった。

そこで私はアーロン・エリスに電話を入れ、事件の最終状況を伝えた。

アーロンが言った。「祝いの準備が着々ということか」言葉に棘《とげ》があった。「コルティ？」と発したボスの声音には重さがあった。

「どうぞ」

「スティーヴンソン上院議員が」

「議員が？」

「連絡してきた」

私は訊ねた。「直接？　サンディ・アルバーツじゃなく？」

「そうだ。きみのことで連絡が来た」

「待った」私は立って書斎のドアを閉じると座りなおした。深呼吸を一回。もう一回。それから、「どうぞ、アーロン」

「彼はこっちが答えを知らない質問をしてきた」エリスはひと息ついた。「こっちは真実を知りたい、コルティ。きみはスティーヴンソンに狙われているのか？」

もはや先回りは不可能だった。「狙われてる」

「つづけろ」エリスはにべもなく言った。

私は返答を整理して切り出した。「エイブが殺されて、なんとしてもラヴィングを押さえたかった。しかし、やつほど神出鬼没の人間はいない。そこでラヴィングの名前をいくつかのリストに載せることにした」

「それで？」

「監視リストだけじゃない。こちらで盗聴許可のデータベースに追加した」

「きみが追加したってことか」それはささやきに近かった。「つまり、判事を通さずに？」

「ああ。自分で統合システムにはいった。やつを見つけてから判事のところへ行ってるようじゃ間に合わない。べつに、証拠を集めるつもりじゃなかったんだ、アーロン。裁判のためじゃない。やつを見つけるために」

「おい……土曜日にウェスターフィールドと会ったとき、彼は令状にもとづく盗聴にゴーサインが出てると言った。あれはきみがやったものなのか？」

私が違法に許可した盗聴。

「そうだ」

「すると、アルバーツがきみと話したいとオフィスを訪ねてきたのは、なにか？　探りにきたってことか？」

「たぶん」痕跡は巧みに隠したつもりだったが、ラヴィングを捕らえることに熱中するあまり足跡を残していたのだろう。「おそらく、アルバーツかスティーヴンソンはあやふやな令状の実態を追って、そのなかにこっちを指すものがあったんじゃないだろうか。アルバーツはフレディにも連絡している。私のことで」

軋みが聞こえた。私はボスがオフィスの椅子を揺らす姿を想像した。ボスの肩は革の背もたれとぴったり同じ幅だった。

私は言った。「スティーヴンソンには、盗聴命令が実施されなければ、いまごろケスラー夫妻は死んでいたなんてことはどうでもいい。彼については研究した。観念的な男でね。再選目的で公聴会を開いたり、党勢拡大を狙ったり報道をあてこんだりはしない。彼は法と秩序を本気で信じている。つまり、令状のない監視は犯罪であると」

令状の捏造も当然。

私はスティーヴンソンの資料を読み、彼が存在しうる最悪の敵と悟ったときの落胆を思いだしていた。スティーヴンソンとは、われこそは正義という深い信念につらぬかれた強大な人物だった。ことに今回は標的とする相手、すなわち私のほうが明らかに悪なのだ。

スティーヴンソンの日常にスキャンダルや不正はないかと探ってみて、やはり落胆を味わった。私の召喚を阻止するどんな材料でも見つけるつもりでいた——そう、みずからそんな楔を打つ覚悟でいたのに、なにひとつ出てこなかった。スティーヴンソンは若い女性たちとつぎつぎ逢瀬を重ねていたが、独身なので問題はない。選挙運動の資金は大方、ワシントンでも指折りの政治活動委員会から提供を受けていた。だが、政治家は軒並み政治活動委員会から支援されているし、スティーヴンソンの場合はその援助額が他にくらべて目につくといった程度だった。補佐官のサンディ・アルバーツにしても、スティーヴンソンの下で働くにあたり、ロビーイング会社との関係をすべてきっちり断っていた。

脅しに使える楔はなかった。

またこちらの手もとには、お目こぼしにあずかれるような貢ぎ物もない。スティーヴンソンがさらし者にともくろんでいるのは、闇の組織で国の法律をもてあそぶ政府職員——この私にほかならなかった。

「スティーヴンソンの望みは？」

「過去数年にわたり、きみが容疑者を裁判所送りにした事件について知りたがってる」

私が逮捕に協力した調べ屋なり消し屋のなかで、違法におこなった盗聴をもとに起訴された者がいるかどうかを調べるつもりなのだ。私はボスに言った。「ラヴィングだけだ。ほかにはいない」

「むこうにしたら、それはどうでもいいことなんじゃないのか」

たしかにそうだろう。一件でも犯罪は犯罪だ。

アーロン・エリスが言った。「いいか、こっちが事件簿を提出しなければ、むこうは当事者を召喚する。で、きみを公聴会の席に立たせる」

それは私の羊飼いとしてのキャリアの終わりを意味する。

と同時に、非常に厄介で、おそらくは実刑がくだる裁判のはじまりとなる。

「ラヴィングが手の届くところにいるんだ」私は椅子のなかで背筋を張っていた。「たのむ。なんとかスティーヴンソンを——」

ふだん、私と変わらず温厚なボスが語気を荒らげた。

「この仕事で、おまえのためにさんざん妨害工作をやらされてる身にもなってみろ、コルティ」

「わかってる。スティーヴンソンには全面的に協力する——ラヴィングを刑務所に入れたら。結果は甘んじて受け入れる」

「今度の件では組織全体が苦境に立たされてる。われわれは人目にふれるわけにはいかないんだぞ、コルティ」

「ああ、わかってる」

「一日、二日はどうにか引き止めてみる。しかし召喚状が届いたらもうお手上げだ」

「わかった。ありがとう、アーロン」

電話を切った私は椅子に凭《よ》り、精根尽きた気分で目をこすった。この惨状からいったい何を救い出せるか。監獄行きは避けられても、羊飼いのキャリアはじきに終焉を迎えそうだった。これまでかかわってきた任務のこと、依頼人たちのことを考えずにはいられない。

クレア・ドゥボイスのこと。

エイブ・ファロウのことも。

その一方で、将来はともかく、ケスラーの仕事がまだ残っているとの思いを強くした。ラヴィングと相棒を逮捕しなくてはならない。そして首謀者の罪を立証してせる。

——偽の令状とは関係なく、かならず事件を仕上げてみせる。

私はアスラン・ザガエフの供述を文字に起こした紙を見つけ、それを開いて読みはじめた。

こっちでは、それなりに成功した人生を送っていた。いや、動く標的になるのが成功かって？　じつは財政的に問題をかかえていてね。景気？　ローンを払えない連中が敷物を欲しがるか？　〈サムズ・クラブ〉で山ほど冷凍ディナーを買ってガキに食わせてる連中が、うちの上品なレストランで食事をするか？　もっと金を稼ぐにはどうしたらいい？　ほかに提供できるサービスはあるか？　金目のもので売れるのは？　そこで思いついた。六年まえ、デリでパキスタン人夫婦が死んだ裏の事情を探ったらどうかって。いくらになるだろうかとね。夫婦を殺した作戦の先端指揮官が、ジョアン・ケスラーという女だったのは憶えていた。その女がたとえ引退したにしても、かならず価値ある情報は握ってるだろうし、手を下した連中につながるはずだと。

そこでダマスカスの伝手に、それとなく電話を何本か入れた。すると、こういう情報にはっきりと引きがあることがわかった。数百万ドルの引きだ。むこうからヘンリー・ラヴィングの名前を教えられた。

読み終えると椅子に背をあずけた。哀れだった。が、それ以上に愚かだった。わずかばかりの金のために、ザガエフはなぜ残る生涯を刑務所で送るリスクを冒したのか。極貧というわけではなく、養う家族もいる人間としては動機が奇異に思えた。その家族とは今後、防弾ガラスのはまった鉄格子を通した面会しかできなくなるのだ。

もしザガエフが本物のテロリストであったり、強請られていたというなら話もわかる……

ふと浮かんだ思いに胸騒ぎがした。私は身を乗り出し、供述書のある箇所を読みなおした。

夫婦を殺した作戦の先端指揮官が、ジョアン・ケスラーという女だったのは憶えていた。

なんてことだ……

私は通信機をつかんでライル・アフマドに連絡した。

「至急、こっちに来てくれ」

まもなく現われた若いクローンは無表情のまま、目を油断なく光らせていた。

「なんですか？」

「ドアをしめろ。依頼人たちは？」

アフマドは分厚いオークの扉を静かに閉じるとデスクに寄ってきた。「ライアンは裏の書斎で読書してます。芝居です。酒を飲んでます。ジョアンは寝室。マーリーはコンピュータ。自分の部屋で」

「バーは？」

「裏の敷地をパトロール中」

私は声を落とした。「問題が起きた。バーのことだ……寝返ったか、回し者だ」

警護官の目は揺れなかった。私と変わらず驚いているはずだが、私同様、落ち着いて状況に対処していた。以前から教えてあったとおりに。「なるほど」

私は自説を口にした。「きみとバーにジョアンと〈シックル〉の関係を説明する際、私は彼女のことを先端指揮官だと言った」

「憶えてます」

「しかし、あれはわが組織独特のものだ。ジョアン本人は銃撃チームの〝管理官〟を名乗っていた。にもかかわらず、ザガエフは彼女のことを〝先端指揮官〟と呼んだ」

アフマドはうなずいていた。「どこでその言葉を聞いたのかってことですね？」

「そのとおり。あるとすればひとつ、ここにいる誰かが話した」

「バーか」

「しかも、ザガエフはジョアンの本名を言った。いくら殺されたデリの夫婦と関係があったとはいえ、彼女の名前まで知っているものだろうか？　ウィリアムズや〈シックル〉の連中は伏せていたはずだ」

私はつづけた。「つまり、ラヴィングは司法省内部の人間と通じて、フレディがトニー・バーを隠れ家へ派遣したことを知った」

「で、バーに接触して味方につけた」

さらに厭な可能性が思い浮かんだ。「あるいはバーじゃなく、替え玉か」

「本物のバーは死んだと」

不吉だが理にかなった結論。

私はアフマドに言った。「バーにしろ誰にしろ――その人物はラヴィングに連絡して、われわれはジョアンが第一の標的で、首謀者はザガエフだと疑っていると伝えた」

調べ屋は目くらましの絶好の手段が手にはいったと気づいたはずだ。そこでザガエフを追いつめ、家族を楔にするかして首謀者の役を演じさせることにした。ザガエフには作戦全体について――たとえばヘリコプターの件など――状況を説明したうえで、ジョアンが現実の標的であることをわれわれに確信させるよう命じた。

ラヴィングと真の首謀者への圧力を除くために。

「しかし、それが真実として」と若い警護官は指摘した。「バーがラヴィングへの情報提供以上のことをしないのはなぜです？　彼は隠れ家の場所を話したかもしれない。われわれ全員を後ろから撃ってもおかしくない」

たしかにそうだった。「わからない。もっと探ってみないことには。だが、さしあたっては内部に敵がいるという前提で行くことになる。依頼人全員を書斎に集めて付き添ってくれ。それから拘置所に連絡してビル・カーターに伝言する。アマンダもふくめてまだ迎えにいけないと言うんだ。事情がはっきりするまでは塀のなかにいてもらいたい」

「わかりました」アフマドは扉を出ていった。

私は供述書を見つめた。

〝先端指揮官……〟

私の説は証明できるのか。隠れ家にはいるため、バーは指紋と顔面の認証を受けている。すると彼は正真正銘のトニー・バーか。あるいは何者かが司法省のセキュリティサーバーに侵入したか――だとしたら、ＦＢＩ職員か法執行関係の連邦組織に属する人物だろう。私はFBIの人事部のサーバーにログインすると、暗証番号を入れてバーのプロフィールを参照した。写真は際立った特徴、年齢からして実物そのままだった。指紋もあって、そのサンプルはジェフが身元確認に利用しているはずだ。すべては敷地内にいる男がトニー・バーであるという事実を示している。

私は別の画面を呼び出し、ソーシャルネットワーキング・サイトで〝トニー・バー〟の名前と関連する人口学的情報を入れて検索した。

グーグルの世界……

たった三分で、われわれが替え玉をつかまされたことが確認できた。本物のバーは、いまこの土地のはずれにいる男とかすかに似ている程度にすぎない。

要するにバーは死に、替え玉はラヴィングの仲間のひとりだった。私はこの事実に受けたショックをしまいこむと、替え玉がもぐりこんできた目的、またはラヴィングの真の狙いを見出そうとした。答えは出なかった。

それを知るには多少の援助が必要だった。

しばらく思案したのち、私は電話をかけた。

「こちらウィリアムズ」と嗄《しゃが》れ声がした。

「コルティだ」

「わかってる。番号を見た。通信には注意しているんでね。面倒なことでも起きたのか」

その意味——こっちの手を煩わせるな。

「こちらが思うほど面倒じゃないかもしれない」

呻き声。

私は事情を説明した。

ウィリアムズは黙って聞いていた。「きみたちはいまも無事だ。となると、その偽捜査官の狙いはなんだ？」

「そこが問題だ。それを知りたい。しかし局には信頼できる人間がいない。モグラがいて、こちらの動きを監視しているはずだ……そちらに使える人間はいないだろうか？」

ためらいがなかったのが不思議だった。「じつはいる」ウィリアムズは電話番号を告げた。「連絡しろ」

「時間がない」と私は言った。「近くなのか？」

ウィリアムズはここぞとばかりに忍び笑いを洩らした。

「そっちが思うよりずっと近いぞ」

55

二十分後、表に出た私は冷たく湿った空気と、遠い山火事の臭いを嗅いだ。ポトマック滝を望む公園では、子どもたちがキャンプファイアを焚くことがある。

思えばけさ早くにマーリーとふたり、奔流から四十フィート上の岩棚におそるおそる――少なくとも私はそうだった――腰かけていた。マーリーにキスされた。

私はみずからに集中を強いた。

なぜならいま、トニー・バーになりすました男が油断なく、ごつい自動小銃を手に近づいてくる。彼にはヘンリー・ラヴィングの仲間と知れていることを気取られないようにしなくてはならない。

「トニー」と私は声をかけてうなずいた。ひたむきで口数の少ない男が私のところに来た。休まず敷地内に目を走らせている。私は訊いた。「ライルは屋内《なか》だな？」ここまでの私は声も穏やかに、この場にふさわしいと思う目つきで相手を眺めていた。

「ええ……フィラデルフィアから連絡は？」と男が訊ねてきた。

いったいラヴィングは何をたくらんでいるのか。私は言った。「まだない。ラヴィングは最短でも、あと三十分は姿を見せない」私は手のなかで車のキーをじゃらつかせた。「いまからケスラーの娘と友人を迎えにいく」

厚い雲が流れる頭上に月が見え隠れする。メープルやオークが銀色の葉を落とし、側庭にある高いツガの木が揺れた。風がそよいでいた。

私は敷地を見まわした。「首謀者が拘束され、調べ屋も逮捕間近で、こっちもずいぶん状況が変わった。お楽しみと言ってもいいくらいだ」私は替え玉の角張った黒いマシンガンに目をやった。さすがに銃身はこちらを向いていないが、正体が露見したと気づかれたとたん、私は一インチと動けずに殺されるだろう。

男が言った。「たしかに――でもついさっき、あそこの藪からむこう見ずなシカが跳び出してきて、あやうく朝飯が鹿肉になるところでした。そのあとも同じ場所でまた音をたてた。やつら、あまり利口じゃないのかな」

「神が彼らを造った理由は別にあるんだろう」疑われているだろうか。よくわからない。私はつづけた。「いいか、トニー、私がもどったら、ケスラー一家を午前中にフェアファクスへ帰す手はずを決めたい。そのころにはラヴィングも拘束されているはずだ。しかし、あと二日ほど、すべてが解決するまで家族には護衛をつけておきたい。フレデリクス捜査官は、きみがその役を引き受けるかもしれないと言ってる」でまかせだった。度が過ぎたか。なんとも言えなかった。下手な芝居は命取りになる。

「ええ……そうしろというなら」

私は微笑した。「つまり、きみは子守りの任務にはあまり熱心じゃないってことか」

彼も頬をゆるめた。「よろこんでお手伝いしますよ」

「助かる」

そのとき、前庭でかすかな音がした。

私たちは怪訝な顔を見合わせると、音のしたほうを向いた。じっと目を凝らした。

「何だと思う?」と私は訊いた。

「シカですか?」彼はささやき声で問いを発した。

私は首を振った。「前にはいない。シカはあっちには出ていかない」

今度はより大きな音がした。

私たちは音のした方向に銃口を向けた。

「何だ?」とバーが訊いた。

すぐに答えがわかった。家を越えるように飛び、ドライブウェイに落ちる石が見えた。

「牽制だ」私は警戒に声を軋らせた。背後を振りかえった私たちふたりは、サイレンサー付きのセミオートマティックでこちらを射程に入れた男を目にしていた。その男は屋根越しに石を放り投げ、音が聞こえたほうに気をとられた私たちの背後から忍び寄ったのである。

痩せた砂色の髪の男は、土曜日に襲撃されたケスラー邸、そしてフライトラップのときと同じ緑のジャケットを着ていた。

私はささやいた。「ラヴィングの相棒だ!」

「やつの――?」バーの替え玉が言葉を口にしかけた。が、それを言い終わるまもなく、緑のジャケットの男が目を細め、銃を私の脚に向けて三発発射した。

私は絶叫して倒れた。

56

じつは銃弾は命中していなかった。

しかも、ジャケットの男はラヴィングの相棒ではなかった。

男はウィリアムズが擁する警備専門要員で、その名はジョニー・ポーグ——ウィリアムズがくすくす笑って指摘したように、思ったよりずっと近くにいた。ポーグは道をはさんだ真向かいに配置され、ジョアンとその暗い秘密が悪の手に落ちないよう見張りをつづけてきた。ケスラー邸とフライトラップでも行動していたのだが、秘密作戦だったために接触してくることはなく、私たちは彼を相棒と思いこんだ。

直前の電話で、ポーグと私はいま展開されている策を練った。替え玉が事実かどうか、とラヴィングの真の計画を見きわめる計略である。

一方で、ポーグと私ともども殺されかねない計略でもあった。

ポーグは膝をつき、私の身体を慎重に探るふりをしながら、替え玉にまったく無防備な背中をさらした。だが、替え玉の男はいつ発砲してもおかしくないはずなのに、ポーグが目もくれないことに当惑していた。そしてポーグが私から取りあげたグロックを「ほら」と差し出したことで、偽のＦＢＩ捜査官は疑いを解いた。

「すまん」男は武器を心もとなげに受け取ると言った。「しかし、あんたは誰だ？」

「ポーグ」

「ヘンリーからは聞いてない——」

「ラヴィングはおれのことを知らない。おれはやつを雇った人間の下で働いてる」

これはポーグと私で話して決めたギャンブルだった。もし替え玉自身が首謀者の下にいれば、芝居はその場で打ち切りとなる——それもたぶん悲惨なかたちで。

が、私は男が短く笑ってこう言うのを聞いた。「ああそうか。だったら筋が通る」

「おれはあんたとヘンリーが計画どおり進められるように目を光らせてる」ポーグは立ちあがって片手を出した。

「名前は？」

「マッコール」

ふたりは軽く手を握りあった。やがてポーグがつぶやいた。「マッコール、問題が起きた。例の内部の人間だが――バーの情報をよこして、あんたの写真をＦＢＩのウェブサイトに載せた」

マッコールはぼんやりうなずくと周囲を見まわした。

「よく知らないが、あのフレデリクスの野郎のオフィスにいる誰かだな」

つまり、モグラはフレディの配下にいた。これはまずい。だが私は反応することなく、脚をつかんで呻いた。マッコールはそれを楽しんでいる様子だった。

「その誰かさんが心変わりしやがった」とポーグは吐き棄てた。「口を割ってる」

「くそっ」

「ああ、くそだ」その嘲るような感じが、いかにも同盟軍の兵士ふたりのやりとりというふうに聞こえる。ポーグは絶好調だった。

〝シックル……〟

マッコールが訊いた。「おれのことが知られてるのか？」

「わからない。たぶんまだだが、いずれはな。あんたがバーをばらしたことが知れるのは時間の問題だ」

マッコールは弁解がましく言った。「死体は排水溝のなかだ。見つかるまで日にちがかかる」

「あんたが期待するのは勝手だが、おれたちはとにかく逃げなくちゃならない。ヘンリーに知らせてやらないと――こっちは電話も無線も使えない。電話番号と周波数が連中にバレてる」

「やつはどうする？」マッコールが私のグロックで私を指した。

「いっしょに連れていく。ボスが知りたがってることがあってね。だが、まずはヘンリーのとこへ行く。いまからだ。どこにいる？」

「最後に話したときはかなり近かった」マッコールはにやりとした。「連中はやつがフィラデルフィアへ行くって与太を信じこんでるからな」

「じゃあ、やつのとこへ行こう。居場所をつかまれるまえに。で、正確な場所は？」

気をつけろ、と私は心のなかでポーグに語りかけた。

やりすぎるのではないかと不安だった。

「仲間と標的を拾ってから施設に向かうことになってる」

ポーグが訊いた。「標的？　ジョアン・ケスラーを？」

マッコールは眉をひそめた。「いや、ちがう。あの女はこれには関係ない……だから、本物の標的だって。娘のアマンダさ」

57

アマンダ……

連中が追っていたケスラーは彼女だったのか。ライアンでも妻でもなく？

私はこれが意味するところを必死でつなぎあわせようとした。

ポーグが気を取りなおして言った。「わかってる。ヘンリーがジョアンと亭主を始末したいのかと思ってね」

マッコールは肩をすぼめた。「たぶんな。やつからその話は聞いてないが」

ポーグはつぶやいた。「早くここからずらかりたいね。施設で合流だ。場所はどこだったっけ？」

大胆な問いかけだった。詳細を聞き出すのに、私ならもうすこし時間をかけているが、いまさらどうしようもない。

その一手につづく深い沈黙が事態を語っていた。マッコールは疑念を募らせている。

マッコールには弾込めしていない私のグロックを捨て、自身のマシンガンを手に取らせるわけにはいかない。私は起きあがった。「いまだ。押さえろ」

ぎょっとしたマッコールの反応はすばやく、唯一握っていた私のグロックを構えた。

ポーグがぼそっと、「そいつは空だ」と口にして減音《サプレッ》器《サー》付きのベレッタをマッコールに向けた。

私は前に出てマッコールの手からグロックを奪うと、銃弾を装填して遊底を引いた。

呆然とするマッコールの両手を拘束して締めあげるポーグを掩護してから、私は急いで拘置所に電話をかけた。

ライル・アフマドが、夜間照準器《ナイトスコープ》を取り付けたＭ４を手に茂みから現われた。ポーグと私で事情を探ろうと小芝居を打つなかで、木立から替え玉を狙わせていたのである。

ようやく一杯食わされたことに気づいたマッコールが「ちくしょう」と低い声で言った。弾痕があいたはずの私の脚を見つめていた。「騙された」

拘置所の管理官の話を聞くと、ビル・カーターとアマンダに付き添い、合流場所から引きかえした看守たちとはまだ連絡がとれていないという。

私は噛みしめた歯のあいだからゆっくり息を吐いた。アマンダが標的であるなら、少女とビル・カーターが拘置所を出た事実はすでにマッコールからラヴィングに伝わっているはずだ。合流場所を具体的に知らなくても、ラヴィングや仲間は建物外で車が出てくるのを待ち伏せできる。

「何かあったらすぐ連絡をくれ」

「わかりました」

私は電話を切った。モグラがＦＢＩにいるとわかっているだけに、フレディに戦術班の派遣を要請するのは望ましくない。かといって、わが組織の人間には、クレアにさえ連絡できない。裏切り者が接触している場合もある。

考えたすえ、地元警察と郡警に連絡し、拘置所から合流場所であるヴァージニア州スターリングのショッピングモールまでの道筋を捜索してもらうことにした。彼らには誘拐の可能性があると話した。単独もしくは複数の容疑者は武装していると警告した。

私は電話をしまうと、冷たい草の上に座りこんでうなだれるマッコールのかたわらにしゃがんだ。心臓の四分の一拍ごとに目が合った。

「北東の倉庫でわれわれを撃ってきたのはおまえだな？」と私は訊いた。「私の車に発信器を付けたのも？」

男は黙っていたが、その目の動きが図星を指されたと告げていた。

「それにビル・カーターの別荘で、おまえは道むこうの森にいた」

マッコールは唇を固く引き結んだが、そのまま沈黙を通した。

「やつらはなぜアマンダを狙う？」

反応がなかった。

「施設とはどこだ？　何なんだ？」

「おれは話さない」

ポーグがかすれ声で言った。「おまえは連邦捜査官のトニー・バーを殺したと認めた。いまさら無駄だ」

マッコールは惨めな顔でささやいた。「あんたらが何をしようと、おれが口を割ったと知ったラヴィングの仕打ちにはかなわない。おれの家族も友だちも――あっという間にラヴィングにやられる。それじゃすまないかもしれない」

「われわれが保護しよう」

「ラヴィングから？」マッコールは冷たく笑った。「なるほど」

「おまえは首謀者の名前を知らないと言った。ほかに知っていることは？」

沈黙。

私の電話が鳴った。私は離れて〈受信〉ボタンを押した。「コルティだ」

州警察の警部だった。「配下の者がウィリアム・カーターを発見しました。生存しています。負傷はしていますが。北ヴァージニア拘置所の看守は死亡しました」

「で、娘は？」

「姿がありません。場所は拘置所から約六マイル。カーターの話では、黒のＳＵＶに路肩に停められ、タイヤを撃ち抜かれたそうです。乗っていたのは男が三名。犯人はいずれもラヴィングの人相とは合致しません」

役者がほかに三名？

「カーターはナンバープレートを見ていません」

「何があった？」

「アマンダは容疑者のひとりの、その、急所を蹴って……振り向きざま、カーターを小高い丘から小川に突き落とした――彼の命を救うためです。あの子は本物のヒーローだった、とカーターは話しています。つづいて自分も川に飛び込もうとして捕まった」

父と同じく、英雄。

「犯人たちはカーターに向けて発砲はしたものの、その場に長くとどまらず逃走しました。カーターは足首を撃たれたものの無事です」

「犯人はどっちの方向へ行った？」

「見当がつきません。無線で流しましたが、いまのところ音沙汰ありません。このあとは？」

「いや。さしあたって様子見だ」

「わかりました」

電話を切った私は、少女の父と継母が待つ家を見やった。月影をさえぎる雲のせいで、ときおり家の周囲が明るくなったり暗くなったりする。ＳＵＶの三人は首謀者なのか。やはり雇われか。それともラヴィングの別の相棒たちか。

私はいま一度考えた。いったい首謀者は十六歳の少女からどんな情報を引き出そうというのか。

私はポーグに目をやり、マッコールの正面にしゃがんだ。

〝落ち着け、コルティ。何があろうと落ち着くことだ。敵の顔を見つめるときも、語りかけるときも、コーンフレークの話でもするようにしろ。感情的になるのは禁物だ……感情に走ると命にかかわる〟

目的は何だ？　と私は自問した。

効率よく目的を果たすにはどうすればいい？

いうまでもない疑問だった。頭ではわかっていた。だが、なぜか私はマッコールの襟首をつかみ、息が詰まるほど締めあげて叫んだ。「やつらは娘をどこへ連れていった？」

マッコールは首を振った。それで精一杯だった。

「施設とは何だ、どこにある？」さらに締めあげた。アフマドの視線を感じた。こんな私を見るのが初めてだったのだ。

男の口の隅に唾が浮いた。

「どこだ？」私は怒鳴った。

マッコールが戸惑いの目を私に向けた。が、相変わらず口は開かなかった。

私は手を放して立ちあがった。マッコールを依頼人がいる邸内に連れていく気はなかった。私は〝パニックハウス〟を見た。車三台を収納するガレージ大の小さな離れだった。これが脆弱に見えて頑丈な造りをしている。そこへ逃げこんで扉を閉じれば、携行式ロケット弾レベルの武器からも身を護ることができる。

「こいつをなかへ入れろ」

アフマドとポーグが、マッコールを離れに引きずりこんだ。

私は露で濡れた草の上に残り、パニックハウスを眺めた。重い鋼鉄の扉が開き、屋内の明かりがともされている。マッコールがキッチンの椅子に縛められた。その顔から傲慢さは消えていた。怯えていた。

照明を明るく、内装を黄色とパステルブルーというやさしい色調にしているのは、包囲される状態が長引いた場合に室内の雰囲気をよくしておけば、立てこもった人間が投降を思いとどまる可能性が増すと配慮してのことである。そんなささやかなことが違いを生む。

私は踵をめぐらして母屋に歩いた。ドアのコードを入力した。知らせをもたらすのは気が重かった。

依頼人たちは全員窓辺に寄って外を眺めていた。彼らにはバーになりすました男への疑念については話していなかった。そこで男が潜入してきた経緯と、ザガエフが見せかけだったという事実を伝えた。

「嘘よ」とマーリーが言った。「わたしたち、殺されてるわ。寝てるあいだに喉を切られてもおかしくない」

ライアンが訊いた。「もうひとりの、背の高い男は？」

するとジョアンが口を開いた。「彼はジョン・ポーグ。わたしの組織で働いてる」その声がとぎれ、ジョアンは私を見つめた。「でも、見せかけがなぜ必要なの、コルティ？　ここにモグラがいれば充分じゃない。何があったの？」

私はふだんよりいくぶん大きく息を吸った。「連中が追っているのはアマンダ。彼女を拘束した」

ジョアンは口もとに力をこめ、ライアンは唸った。

「どこにいる、娘は？」

「わからない。だが疑いの余地はない。彼らが捜すケスラーとはアマンダのことだった」

「そんな」マーリーがつぶやいた。

ジョアンは私と変わらない冷静な声で言った。「なぜ？　あの子が何を知ってるというの？」

私は首を振った。

ライアンの顔が赧らんだ。「あの野郎ども！　おれの可愛い娘を……いったい……？」言葉を紡ぐのも難しいという感じだった。

「ビルは？」とジョアンが訊いた。

「軽傷を負った。おそらく無事だ。連中は同行していた拘置所の看守を殺した。アマンダを近くの合流場所へ連れていったと思われる。ラヴィングはそちらへ向かっている。でも、その場所が特定できていない。マッコールから聞き出そうにも、そのへんは心得て口をつぐんでいる」

ライアンが訊いた。「じゃあ、どうするつもりだ？」

私は言った。「助けが要る」私はジョアンに目を向けた。

ジョアンは眉を上げた。

私は言った。「マッコールには協力しようという思いもある。そうだ。いまは揺れている状態だ。あなたから話せば、彼も力を貸そうという気になるかもしれない」

「相手の良識に訴えるのね？」

「そう、アマンダの義理の母親として」

ジョアンの視線が、パニックハウスの開いた扉から草むらに落ちる光に移った。「やってみるわ」

58

ポーグと私は離れの閉じられた扉の外に立った。

間近でポーグを見るのは、これが初めてだった。

あの砂色の髪の下にあるのは、捕食動物を思わせる長い頭蓋。青白い細面に造作《ぞうさく》が寄せ集まり、顎から前に伸びる細く短い切創は、銃弾の破片ではなくナイフでえぐられた傷だった。笑みがなく、ろくに表情を出さないのはいつものことなのだろうか。結婚指輪、宝石はなし。緑のジャケットには記章をはがした縫い取りの跡が残っていた。それはおそらく個人の好みの問題で、長年愛用しているものらしい。

細い腰には擦り切れたキャンヴァスのベルト。そこに基本がクランプ式で、サイレンサー付き拳銃を収める特殊なホルスターとマガジンホルダー、ナイフ一本に用途不明の小箱数個を吊っている。

ライアン・ケスラーとちがって、ポーグはしきりに武器をさわったり、いじったりすることはなかった。必要な際にはありかがわかっているのだ。かたわらの地面には、使い古した暗色のナイロンのリュックサックが置かれていた。その中身は重い。それを下ろすときにがちゃつく音が聞こえた。

腕組みしたポーグは私の存在など忘れたかのごとく、羊飼いの目で敷地を見渡していたが、おもむろに切りだした。「こいつを見逃していた」

バーのことだろうと私は推した。

彼はつづけた。「情報はあった。断片が。でも、ぴったりはまるものがなかった」

それは完全に真実というわけではなかった。断片は機械でカットしたジグソーパズルのようにはまった。ただ私は個々のピースに気を取られ、全体のイメージを捉えていなかった。私はジグソーパズルには熱心ではない――あれはゲームとはいえない――が、外側の縁からはじめて枠をつくり、そこから内側を埋めていくという方法はおおむね理解している。

私が怠ったのはそれだった。やたらに憶測を重ねてきた。

ポーグは私の背中に視線をやった。「あのグロックが好きなのか？」

「ああ」

「あれはよく出来た銃だ」そしてわずかに批判をこめて、「おれはもうすこし銃身の長いほうが好みだな」

「変わったホルスターだ」相手の腰を顎で指した。

「ふむ」とポーグは答えた。

またも沈黙を経て、ポーグは言った。「進化だ」物思いにふけるような声だった。

学位取得をめざしていたころの私は、テーマに興味があるといった程度の理由で講義に出た。メディカルスクールでは〈ダーウィンと生物学史〉という優れた授業を取った（隣りの教室で、ペギーが解剖学の講義を受けていたせいもある）。ポーグの言葉が気にかかった私は彼のほうを見た。

「社会のなかで、武器ぐらい効率的な進化を遂げているものはないだろう」

ある意味、適者生存ではあるが、ダーウィンの考えていたこととはちょっとちがう。

だが、案外それは面白い発想だった。ポーグはつづけた。「薬に自動車にペンキに時計、コンピュータ、加工食品、なんでもいい。考えてみろ。水銀を薬としてあたえたり、人間から血を絞り取ったり。飛行機や橋を落としてみたり。技師や科学者はうまくやろうとじたばたして、その過程で人を殺したし、なかには自分を殺したやつもいる。失敗、失敗、また失敗だ」

「たしかに、そのとおりだ」

「でも武器は？　初《しょ》っ端《ぱな》から効率的だ」南部のアクセン

トが顔を覗かせた。

〝効率的……〟

「初めて使って折れるような剣では話にならない。いきなり暴発するようなマスケット銃ではな──武器をつくる連中は最初からきちんとつくった。ミスしてる余裕はないからだ。二百年まえの銃がいまだに使えて、かなり精巧なものがあったりする理由はそこにある」

「自然淘汰《とうた》か」

ポーグは言った。「ダーウィンの鉄砲鍛冶論だ」

政府御用達の殺し屋とはいわないまでも、警護を仕事にする男による思慮に富んだ意見だった。

私たちが口をつぐんだのはこの会話のせいではなく、ライアン・ケスラーが、冬眠から目覚めたばかりの熊さながらに家を出てきたからである。

ポーグと私はライアンのほうに首を向けた。

「何か?」刑事は離れを見やった。

「まだだ」

私たちは黙って立ちつくした。ライアンは両手をポケットに入れていた。うつむいた。目が赤い。

「マーリーは?」

「まあ、なんとか」

またも静寂。

すると、錠の回る音とともに扉が開いた。ライアンがぎくりとした。ポーグと私は平静だった。

ジョアンが出てきて告げた。「わかったわ。アマンダの居場所が」

それ以上言葉を口にすることなく、ジョアンは私たちの先に立つと、ウェットティッシュで手に付いた血を拭きながら家に向かった。

59

ゲーム理論には、〝残酷な引き金《グリム・トリガー》〟という面白い概念がある。

これは〝繰り返しゲーム〟──同じ相手と何度となくゲームをおこなう場合に生じる。その状況では結局、プレイヤーは自己の利益が最高にはならなくても、おたがいに最善となる利益を得る戦略をとるようになる。〝囚人の〝ジレンマ〟でいえば、最良の結果は自白を拒むことだと囚人たちは学ぶ。

ところが、ときにプレイヤーAが離脱、すなわち自白することがある。これでAは無罪放免される一方、プレイヤーBの刑期ははるかに長くなる。

そうなるとプレイヤーBは〝グリム・トリガー〟の戦略をとり、うわべの協力は放棄して永久に離脱する可能性が出てくる。

別の言い方をすれば、ひとりのプレイヤーが一度でもルールを破れば、そこから相手はひたすら――しかも容赦なく――自己の利益に走ることになる。

ヘンリー・ラヴィングと私のあいだでおこなわれている命懸けのゲームでは、むろん協力関係は皆無だが、同じこの理論があてはまる。十代の少女から無理やり情報を引き出そうとした時点で、私からすればラヴィングは離脱していた。

そこで私はトリガー戦略をとることにした。

つまり、ラヴィングの仲間のマッコールから情報を取るため、ジョアン・ケスラーを――リリー・ホーソーンの姿に変えて解き放ったのだ。手段を選ばず。私も尋問は下手ではないが、ヘンリー・ラヴィングを恐れるマッコールのような相手の口を割らせるには時間がかかる。マッコールがより怖がる相手が必要だった。

しかして二十分まえのリビングルームで、私が冷たく遠回しにほのめかした依頼を、ジョアンは立ちどころに理解した。その目でわかった。

〝相手の良識に訴えるのね？〟

〝そう、アマンダの義理の母親として〟

ジョアンと私は離れに行った。重い椅子から、当然怯えた目で見あげてくると思われたマッコールだが、ラヴィングを裏切らないと腹をくくっていた。私が手振りでアフマドを外に追い出すと、マッコールは不安そうな笑い声をあげた。「なんだ、そのしけた面は、コルティ。どういうつもりだ？」

ジョアン・ケスラーはまったくの無表情だった。ひたすらマッコールを見つめていた。

「どうして黙ってる？」マッコールの声が詰まった。

室内に横たわる圧迫感が、先ほどバート・サントロとやったザガエフの取り調べを思わせた。

ただし、今回は本物だった。

ジョアンの合図で私は壁の制御パネルにキーを挿しこみ、ボタンをいくつか押した。私は彼女に言った。「通信は遮断した。ビデオもオフにした。あなたの姿は消えた」

「なあ、ジョアン」とマッコールが訴えた。「悪いが、あんたの力にはなれない。そうしたくてもできないんだ。あんたの気持ちはわかる、ほんとさ。できることなら……」

ジョアンは歯牙にもかけなかった。私に背を向けると言った。「道具は?」

「シンクの下だ。特別なものはないが」

「それで充分」そしてジョアンは扉を閉じた。

離れについて、特筆すべき点がもうひとつある。設計者は建物を完全な防音にしていた。それは外からの脅しや要求を依頼人の耳に入れないためである。

ということは、必然的に屋内の悲鳴も聞こえない。

敷地周辺に夜気がせまるなか、私たちは隠れ家正面のポーチに集まった。ジョアンはというと、ショッピングモールの特売場で人気サイズの前に腰を据え、最高の一着をつかんだといった程度の興奮ぶりだった。

そのジョアンが私に言った。「彼らが娘を連れていったのはオートランズの南一マイル、一五号線沿いのリーズバーグ付近にある旧軍事施設よ」

オートランズなら私も知っていた。ルネサンス祭やドッグショーが開かれる場所だった。ペギーと息子たちを連れていったことがある。

彼女はつづけた。「施設は一五号線から西へ、標識のない未舗装路を百ヤードほどはいった丘の中腹にある掩蔽壕のような場所。マッコールは彼らが娘を拉致する理由を知らない。極秘だから。知っていれば話しているはずよ」

ジョアンは大声で話していた。それに気づいて耳から丸めた綿を取り出した。

「ラヴィングはじき現地に到着して、首謀者またはラヴィングを雇った人間もおよそ一時間後には着くことになってる」

「お嬢さんを連れ去る理由についてはなにも?」

「ええ。アマンダを見つけて拉致するのは難しいことじゃなかったと言ったわ。誰でもできるって」そう話すジョアンの口調が揺らぐことはなった。「ラヴィングが雇われたのは、そうなったときに十代の子を拷問しようという人間がほかにいなかったからよ」

ライアンが喘いだ。私はジョアンが離れを出てきてから、夫婦が目を合わせていないことに気づいた。ライアンは妻の手際を見ようと離れを覗きこんだのだ。床におびただしい血が流れていた。その顔に表れた反応は警官がふつうに見せるものではなかった。

ジョアンは言った。「アマンダを拉致した三人は用心棒よ。首謀者の下で働いているのかもしれないし、ラヴィングが雇ったのかもしれない。マッコールは知らない。引き出そうという情報の中身を知っているのは首謀者だけ。ラヴィングも知らないわ」

私は訊いた。「ラヴィングはマッコールを待つのか？」

「いいえ。彼はここに残ることになってる。正体を隠したまま」

これは朗報だった。もしマッコールが、たとえば十五分おきにラヴィングに報告を入れる手はずになっていたら、戦術的な問題が出てくるところだった。

だが、つぎはわれわれの番だ。

どの作戦がベストなのか。

石、紙、それともはさみ？

ジョアンはポーグのほうを向いた。「Gチームは？」

聞いたことのない言葉だが、想像に難くない。

ポーグが言った。「二、三時間。ここでは昔のように動けない。ニューヨークやLAなら話は別だが」

私はポーグを見た。「きみと私で？」

「だろうな」ジョアンに目を流したポーグを見て、パキスタン人のデリ襲撃のパートナーではないにしても、ふたりのあいだには過去があるという気がした。

そこにきっぱりとした声が響いた。「おれも行く」

ライアン・ケスラーだった。

私は冷たく言った。「これはきみの専門じゃない、ライアン」

「六年もデスクに座って、自分のケツの穴がひろがるのを見てたからか？　おれだってまえは戦術要員だった。やり方はわかってる」

「だめだ。なぜなら、きみは関係者だ。お嬢さんが拉致された。関係者は敵とは戦えない。効率的じゃない」

「いいか」ライアンは理性的な口調で言った。「おれが現場にいても危険はない。むこうの狙いはおれじゃないんだぞ、コルティ」

私は指摘した。「きみを楔に使ってアマンダをしゃべらせようとする可能性がある」

「アマンダは十六歳の娘だ」ライアンはつぶやいた。「楔なんて要らない。怒鳴りつければ、むこうの知りたいことはしゃべる」

私の見たアマンダ・ケスラーはそんな子ではなかった。「きみは感情的になりすぎている。それは悪いことじゃない。しかし、きみは身を引いているべきだ」

「そいつはあんたが口にする言葉じゃないだろう、コルティ。〝感情〟だなんて。ロボットでいるのも大変だろうな？」

「ライアン、ねえ、おねがい」ジョアンは以前の良妻にもどっていた。より正確には、演じていた良妻の役にもどって言った。

私はライアンに反論しなかった。できなかった。むこうが百パーセント正しい。

ライアンが近くに寄ってきた。「そろそろ本音で向きあうころじゃないか、コルティ。腹を割って。あれは全部でたらめだったんだろう。あんたが言ったことは？」

つぎの展開は見えていた。

「あんたはおれの頭を撫でてただけなんじゃないのか？　おれを操ろうとして。いいかげんなボディガードのマニュアルを持ち出して？　依頼人を忙しくさせておく。嘘をつく。ピンチを脱け出すのに手を貸してくれと持ちかける。『ラヴィングをいっしょに捕まえよう、ただし場所を移ってからだ』って。それで、ヒナギクやブタクサが伸びた野原の護衛につかせる。フェアファクスのおれの家で、あんたはラヴィングがそっちから来ないとわかっていたんだろう？　おれを厄介払いするためにそこを護らせた」

私はためらった。「ああ、そうだ」

「それでいて、おれが立派な仕事をしたなんて持ちあげてみせた」ライアンは首を振った。「ああ、くそっ、コルティ。で、ここで野郎を――マッコールか――捕まえるときには、おれには見向きもしなかった。お友だちを呼びこんで」ポーグに蔑むようなまなざしを投げた。「そうやって依頼人を忙しくさせとくっていう、あんたたちの業界の用語があるんだろう？　部屋の隅っこに座らせて玩具を持たせて、大人の邪魔をさせないようにするることを？　なあ、コルティ」

「ライアン、おねがいだから。あなたは――」

「黙ってろ！」ライアンは息まいた。そして向きなおった。「何て言う？」

「餌とすり替え」

「ふざけやがって」ライアンはつぶやいた。「側庭を護れ、ライアン。低く狙って、大腿動脈は避けろ。おそらくきみは射撃の名手だ……」

「きみをこちら側に引き止めておく必要があった」

「あんたの苦労話まで聞かされて。仕事にはいったきっかけ……サインカッティングにオリエンテーリング。みんなでたらめか？」

「ちがう」

「嘘をつけ」

私は同情をおぼえた。なにしろ男は自分の愛するキャリアを奪われたのだ――よりによって妻の手で。

ヒーローの地位を奪われた男。

しかも私に騙された。

ライアンはささやいた。「このチャンスをおれにくれ。銃はちゃんと撃てるし、脚も問題ない。その気になれば身軽に動ける」

ジョアンが言った。「だめ、ライアン。彼らに任せて」

「残念だが」と私は言った。

「とにかく、おれは行く」ライアンは私に向かって言った。「あんたには止められない。おれは娘の居場所を知ってる。あんたたちが出てから、誰かの車を分捕《ぶんど》っていく」片手が銃のほうに動いた。

厚い沈黙が流れた。私は目配せをするだけで、背後から海兵隊上がりのライル・アフマドが忍び寄り、銃に伸びたライアンの手首を簡単に決めて地面に組み伏せた。大柄のライアンなら、そこから抜けられる動作もあったのだが、たとえその技を知っていたにしても本人が忘れていた。

ライアンは私の目を見て唸った。「この臆病者が。自分で止められないのか。人に後ろから襲わせやがって」

私は前に出ると、ナイロンの拘束具をライアンの手首に巻いた。

「やめろ！」とライアンは叫んだ。

「すまない」

「おれの娘なんだ！」

が、私が見ていたのはジョアンだった。私と顔を合わせて初めて、ジョアンは涙を頬に伝わせていた。

アフマドがライアンを座らせた。私は怒りを発散するライアンの肉厚の顔に身を寄せた。そしてきっぱりと言った。「いまからお嬢さんを取りかえしてくる。これが私の仕事だ。彼女を無事連れもどす」

60

一五号線はワシントンから外に四十マイル、南北戦争のヴァージニアの中心を貫く起伏の多い道である。毛細血管さながらに張りめぐらされた馬産地の広大な私有地と、クッキーの抜き型を使ったかのように造成され、たとえばキャメロット、植物、植民地時代のニューイングランドなどをテーマに名づけられた通りをもつ宅地がせめぎあっている。

ハイウェイを走っていると奇妙なものが目につく。朽ちて遺棄された農場は、所有者が涎《よだれ》を垂らさんばかりの開発業者に売る気がないのか、あるいは黙って姿を消してしまったか――その理由は数あれど、世俗から離れたいという人間はよくいる。また不気味な建物も見えた。コンクリートに染みが出たり鉄が錆びたり、不穏な警告板や同じく錆びた鉄条網が巻かれ、クズの蔓に覆われている。これらが冷戦時代の防衛体制をさまざまな形で後押ししてきた。大陸間弾道ミサイルは現代においても射ち落とすことはできず、まして五十年まえとなればなおさらなのだが、陸軍も空軍もあきらめようとはしなかった。こうした建物は一部売りに出されているとはいえ、武器の貯蔵施設として使用されていたものが大半であることから、毒物除去には法外な費用がかかってしまう。

グレートフォールズの隠れ家から、私が三、四十分で走破した目的地の米空軍兵站軍団第一九三施設はコンクリートの大きな建物だった。

車で通り過ぎると、コンクリートの外観と草に覆われた四、五十フィートの土塁が見え、施設はそこに隠れるようにしてあった。マッコールがジョアンに話したとおり、百ヤードほど引っこんでいる。門は閉じていたが、正面と側面をかこむフェンスは立派なものではなく、電流が流れていたりセンサーが取り付けられていたりということはなさそうだった。

私は車を停めた。私の〈ゼノニクス〉暗視単眼鏡で様子をうかがいながら、ポーグが言った。「ＳＵＶが二台、ナンバーは不明。建物内に明かり。外に一名、武装しているかどうかは不明。おそらく武装している」

私は路肩から出した車を茂みに入れてエンジンを切った。時刻は八時四十五分、あたりは暗かった。普段は星明かりのこぼれる場所だが、今夜は一面の雲のおかげで見えない。ポーグと私は車を降り、セミトレーラーが砂埃と落ち葉を巻きあげて走り去るの待った。それから道を渡り、深い茂みや木々づたいに施設のほうへ移動した。ポーグがいま一度単眼鏡を覗くと人差し指を立てた。見張りは変わらず一名のみだった。

私も確認した。クルーカットに近い髪形の若者。黒っぽいジーンズにスウェットシャツ。片手を脇に置いた恰好で、短い見回りに動く際に腰のセミオートマティックが覗いた。

まだ三十ヤード離れた場所で、ポーグがイアピースを耳に入れ、襟元に話しかけた。言葉ははっきり聞きとれなかったが、おそらくジョアンの元上司ウィリアムズに報告を入れているのだろう。

時間的な部分に関するマッコールの自白が正しければ、首謀者は到着していない。この結論が理にかなっているのは、ここには車輛がラヴィングのものと、用心棒たちが少女の拉致に使用したＳＵＶの二台しかないからである。さしあたってアマンダは、情報を引き出そうという首謀者が現われるまではそのまま拘束されているはずなのだ。

〝ラヴィングが雇われたのは、そうなったときに十代の子を拷問しようという人間がほかにいなかったから……〟

いったいアマンダが何を知っているというのか。彼女の父親が以前担当した事件のことだろうか。それとも別の事実？　ＤＣ周辺に暮らす十代の若者たちにとっては珍しくもないことだが、アマンダにも両親が政府で働いていたり御用商人だったりする友人がいる。アマンダとガールフレンドは、親のコンピュータで機密のファイルを読んでしまったのだろうか。

が、その疑問は後回しだ。

いま、われわれがなすべきはほかでもない、アマンダを救うことだった。

ポーグはしばらく耳をかたむけたのち、ふた言、三言ささやいて通信を終えた。そして私に耳打ちした。「ウィリアムズが、仕切るのはあんただと言ってる。手順はどうする？」

「首謀者の登場は待ちたくない。娘をいますぐ取りかえしたい。できれば殺傷せずに……最低ひとりは」

背後にいる人物の正体を聞き出したかった。

「わかった」ポーグは自分の銃を見た。「はめたか？」

グロックにサイレンサーは装着してあるのかという意味だった。めったに銃を抜くことのない私には、発射音を消す理由もない。「いや」

ポーグは自分の銃を私に差し出した。「寝室用だ。セーフティが掛かってる」

わざわざそう言ったのは、グロックにはセーフティのレバーがないからだろう。グロックは暴発を避けるためダブルトリガーを採用している。だがベレッタに馴れていた私は、難なくレバーをスライドさせて発砲できるようにした。イタリア人はオーストリア人に劣らず効率的な武器をつくっている。

私は銃を手渡された理由が気になっていた。するとポーグが言った。「掩護しろ」

彼がバックパックを開き、取り出した金属とプラスティックの部品で組み立てたのは鋼製の小ぶりな弩《クロスボウ》だった。

〝武器の進化……〟

ふたつの動作で準備ができた。ポーグがつがえた矢には、尖った鏃《やじり》ではなく細長いチューブが付いている。

「もうすこし近づかないと」とポーグはつぶやいた。

私たちは前進した。先に立った私はかつてオリエンテーリングの選手として、またアマチュアのサインカッターとして積んだトレーニングを持ち出して音もなく移動をつづけた。思いだしていたのは、不法入国者たちを避難所まで静かに、人目につかないように連れていったサンアントニオ郊外のあのひたすら長く暑い一日のことだった。

ポーグと私は見張りから四十フィートほど離れた深い草むらに身を置いた。ポーグが弩に顎をしゃくって言った。「スタンガンだ。これで約二十秒は足止めできるから、まずやつを片づける。おれが先に出て、あんたには後ろからベレッタで掩護してもらう。それでいいな?」

人殺しをするという意味だった。私は答えた。「ああ」

私は援軍が現われると思われる戸口を狙った。

「行け」と私はささやいた。

61

ポーグは澄んだ渓流に毛針を投げる男よろしく、どこまでも泰然として武器を構えた。

重力と微風を考えて狙いを補正し、見張りがこちらに背を向けたところで引き金をひいた。かすかな音とともに、矢は完璧な弧を描いて宙を飛び、男の背中の中心付近に命中した。空飛ぶスタンガンの電圧がどれほどかは知らないが、威力は充分だった。倒れた見張りは身を顫《ふる》わせた。

そこで私たちは立ちあがり、縦に並んで走った。ポーグは弩を捨て、予備の拳銃を手にしていた。サイレンサー付きのオートマティックを握った私は戸口、建物の窓、そして周囲に目を走らせた。敵の気配はなかった。ポーグはプラスティックの拘束具で手足を縛り、口に粘着テープを貼ると、男のポケットから無線と携帯電話を抜いてスイッチを切り、拳銃も取りあげた。私はほかに武器を所持していないか男の身体を探った。戦術行動が専門でない私とはいえ、あとで相手に渡る武器を残してはならないと心得てはいた。

取るか壊すか、という格言もある。

私はポケットに財布を見つけた。男がプロで、その雇い主や所属を明示する証拠がなにもないことに失望はしても驚きはなかった。運転免許証が四枚——異なる名前で写真は同一——現金とやはり名義のちがう複数のクレジットカード。

まもなく男が意識をとりもどした。恐怖の眼で私たちを見あげるとえずきだした。ポーグとふたり、男を建物の隅まで引きずっていき、テープをはがして吐かせた。発作がおさまるとポーグが新たにテープを貼った。私はしゃがみこみ、携帯していた小型の折りたたみ式バックナイフを抜き出した。

私は刃を起こした。男はたじろいだ。私はテープを指し、指を二本立てた。ポーグが二枚めを貼ったことで男は一層怯えた。

私は身を寄せて言った。「ラヴィングはいるのか?」

ポーグが男の片手をつかみ、私はその爪の先を刃で擦った。痛みはないが説得力はあった。テープを通して男の悲鳴が聞こえた。

肯定のうなずき。

「なかには全部で何人いる?」私は数をかぞえていった。四で、男が頭を勢いよく上下させた。

「ラヴィングを雇った男は? ここに来るのはわかってる。いつ到着する? まばたきしろ――一回で五分だ」

私はその数を足した。三十分になった。

「そいつは誰なんだ?」

すると必死で何度も首を横に振った。

首謀者の正体は知らないのだろう。

「なかは……その四人と娘か?」

男は肩をすくめたが、その怖気づいた感じからすると知らないのかもしれない。

「どこだ?」私は、男が顎で指したか首を振ったかした方角に視線を走らせた。男は一、二度肩をすぼめた。

どうやら中央の廊下を行った施設の奥にいるらしいのだが、階段を昇るのか降りるのかがはっきりしなかった。いまいる玄関は平屋でも、ドゥボイスの調べでは丘にはいりこむと建物は複数階になっている。

私はポーグにうなずきかけ、目を閉じて小首をかしげた。ポーグはごつい皮下注射器を取り出した。見張りの男は殺されると思ったのか激しく身悶えしたが、ポーグが巧みに針を血管に刺すと、じき眠りに落ちた。「時間は?」と私は低い声で訊いた。

「二時間程度」

私は見張りがふたたび嘔吐して窒息しないように口のテープをはがした。ポーグは男の命など知ったことじゃないとばかりに不審の目を向けてきたが、なにも言わなかった。

私は正面の扉の蝶番に唾を吐きかけ、軋まないようにしてから静かに開いた。バッテリー式のランプがあると思っていたが、頭上の照明が点いていた。電力が機能していることから察せられる事態に、ポーグは肩をすくめた。おそらく施設はヘンリー・ラヴィングに乗っ取られている。仕事場――調《ヽ》べ《ヽ》屋の商売に精を出せる場所。威圧的な雰囲気のこの場に連れてこられた対象者は恐怖に襲われる。しかも、壁はロシアの攻撃に耐えられるほど厚く、ということは近くを通りかかった地元民に建物内の叫びは届かない。

水が滲みだしたリノリウム張りの廊下は、施設の奥までまっすぐ伸びていた。カメラその他のセキュリティシステムは見つからなかった。

私はサイレンサー付きベレッタをポーグに返し、自分のグロックを抜いた。私たちは影に隠れるように百フィートの廊下を歩きだした。ポーグが前を行き、私は絶えず後方に目をくばった。ときにポーグがノブを回してみたものの、ドアはいずれも施錠されていた。施設に出入りするにはこのメインの通路しかなさそうだが、どこかに非常口があるはずだ。

が、脱出は二の次で、まずは失った依頼人を見つけださなくてはならない。

どっちだ?

私は新たなゲームをやった。頭のなかでコインを投げた。

出たのは上だった。

62

二階の踊り場で足を止め、耳をすます。

出所のわからない、かすかな音が未知の方角から聞こえてくる。水が滴っているのか。その場の空気は湿って黴臭く、やけに寒い。尋問者は取調室を温かくはしないものだ。

二階への扉が施錠されていたので、私たちは最上階の三階まで昇った。

約五十フィート前方の廊下の端に照明が見えた。私たちは明かりの洩れる戸口までくたびれたリノリウムを早足で進むと、その外で立ちどまって室内をうかがった。開いた扉の先には幅広いバルコニーがあり、見おろす二階は七十五×百フィートほどの大きな部屋だった。どうやらそこは管制室のようで、灰色のデスクにパーティション、中身の抜かれた電子機器のコンソールなどがぎっしり詰めこまれていた。例の黴臭さに古い紙の匂いがくわわった。頭上のライトは消えていたが、ずっと離れた高いパーティションのむこう側に光が集まっている。

私は指をさし、今度はポーグが掩護にまわると、ほとんど膝をつくように身をかがめて光のほうへ移動した。メインフロアに降りる階段まで行ったが、そのままバルコニーに留まった。やがて、私たちが向かった方角の部屋の遠い隅から、複数のひそやかな声が耳にはいってきた。男たちのものだったが言葉は聞きとれない。それでも苛立ちのにじむ口調につづき、穏やかで自信をうかがわせる声が響いた。

そこにアマンダがいるにしても、彼女は話していない。

私たちはバルコニーをすこしずつ動いた。足もとに散らばるガラスの破片や金属片などのゴミを踏まないようにした。男たちは低声で話しているだけに、不注意にたてる足音はたちまち覚られてしまう。

ようやくバルコニーの端まで行き着いた。さっき見えた光は私たちの下にあった。私はゆっくり立ちあがり、縁から下を覗いた。私が見た光は、デスク上に置かれた安物で不揃いのランプ二基が放つものだった。一基はその場に似つかわしくない、割れて汚れたディズニーのシェードをかぶせてある。〝ファインディング・ニモ〟だ。

そこからわずか十フィート離れてアマンダ・ケスラーが座っていた。

泥のついたジーンズ、ダークブルーのスウェットシャツという身なりの少女は、反抗的な顔つきで灰色の金属製の事務椅子にうずくまっていた。膝を立て、両手首にはダクトテープを巻かれていたが、にやけた熊のバッグはそのまま掛けている。

誘拐犯たちは張り出したバルコニーの下にいて姿が見えなかった。ラヴィングのほか三名。彼らがバルコニーの下から出てくれば、私たちは絶好の射撃位置にいることになる。私は指を二本立て、手で首を切るしぐさをした。さらに二本指を立てて、ラヴィングを示すLの字をつくると自分の肩を指した。

ふたりを殺し、ラヴィングともうひとりは負傷させて取り調べるというのが私の心づもりだった。鎖骨か肩胛骨を砕けば、脚を撃つのとちがって敵を完全に無力化できる。

そのメッセージをポーグが了解すると、私は床を物色した。数時間まえに隠れ家でポーグがやったように、闇に物を投げて彼らをおびき出すつもりでいた。

誘拐犯のひとりがこちらの照準線上に現われ、少女のほうへ向かっていった。その男は睨みつけるアマンダより手前で足を止め、コーヒーカップを手にした。スーツ姿の大男だった。男はコーヒーを啜ると部屋を眺めまわした。「ここでミサイルを射ったのか?」

「さあな」と別の声がした。ラヴィングではない。

「ナイキだ」

「なんだ、靴といっしょか?」

「ギリシャの女神といっしょだ」

どちらの声にも南部の訛りはなかった。

「このあたりにはサイロがある。クリフトンにはな。ロシアの攻撃にそなえて」

「ロシア?　なんで連中が攻撃してくるんだ?」

「おまえなあ」

私はガラス片をいくつか拾った。それを見たポーグがホルスターからベレッタ用の二個めの弾倉を出し、自身の前に置いた。私は弾倉をポケットに入れたままにした。銃弾を百発は持っているポーグとちがい、予備を一個しか持たない私は、作戦が銃火のなかの追跡もしくは逃走となった場合を思うと弾を一発も無駄にできない。

「やつはどこだ?」とまた別の声が聞こえた。

「あわてるな」

ヘンリー・ラヴィングの落ち着いた声の調子に、私は寒けをおぼえた。

「気づかれてると思うか?」

「拉致したことを?　まだだ。そのときはマッコールが知らせてくる」

唐突に、少女が言った。「逮捕されるから。あなたたち全員。撃たれるかもね」アマンダ・ケスラーは男たちのようにささやいたりはしなかった。甲高い声だった。

コーヒーを手にした男は、彼女に目を流したものの口を開かなかった。

ほかの男たちも同様。

「わたしの父親は警察官よ」

「知ってる」と別の声が言った。

だが、ラヴィングが声の主を黙らせた。「おしゃべりは効率が悪い。口を閉じてろ」

私はポーグを見た。ポーグはポケットから耳栓を取り出した。それは私も見馴れていた。銃声の大音量や音高を遮断するが、人間の声は通すというものである。私は手渡された一組を耳に入れた。そして深呼吸をひとつするとガラスの破片を投げた。破片は部屋の遠い隅に落ちた。

姿の見えていた敵がコーヒーを置き、銃を抜いた。

「なんだ?」

バルコニーの下からふたりが現われ、ひとりが黒っぽいオートマティックを手にゆっくり前進していく。

これで三人。われわれの作戦を実行するには四人めの登場が必要だった。ラヴィングは?

出てこい……

私たちの真下から、調べ屋が静かに命じた。「表を呼び出せ」

こちらの正面に位置する三人の男があたりを見まわし、ひとりが無線を手に取った。「ジェイミー、どうした? 彼がもう着いたのか? なかで音がしたぞ」

返事がなく、男は困惑して振りかえった。

私がつぎに投げたガラス片が床をすべった。

武装した男たちが銃を上げた。

「無線を止めろ」とラヴィングが命令した。

そして姿を見せた。

これで私たちの前に、アマンダを囲んで四人の標的全員が集まった。ラヴィングと無線を持った男が彼女の右側、武装した誘拐犯ふたりが左側。

ポーグが武装したふたりを指さし、首を切るしぐさにつづいて自分を指した。

要するにポーグはプロフェッショナルの殺し屋で、私はというとその正反対だった。私は右にいる男とラヴィングの肩を撃つことにした。

私は狙いを定めた。ポーグが左の指を三本立ててカウントを開始した。

私はラヴィングに照準を合わせた。頭にエイブ・ファロウの姿が浮かんだ。

二……

そのとき、アマンダがぎょっとして身を引いた。「あっ、なに」彼女は叫んだ。「やだっ!」足もとを見つめている。男たちはしゃがむようにしてその場を離れ、私たちは一瞬標的を見失った。ひとりが後ずさって視界から消えた。

ポーグと私は動けずにいた。

少女が言った。「ネズミ。椅子の下にネズミがいる！追いはらって！」

「ああ――」

少女からいちばん近い誘拐犯がつぶやいた。「くそっ、脅かしやがって」男は立ちあがるとアマンダのほうに近づいていき、椅子の下を覗きこもうとした。

ポーグと私はふたたび狙いをつけた。

すると、少女が縛られた両手で熊のバッグを口もとへ持っていった。ジッパーを歯でくわえて開いたバッグから、黒い小型の缶を引っぱりだした。ぎこちない手つきながら、オレンジ色の唐辛子スプレーを誘拐犯の驚く顔めがけて噴きかけた。二フィートの距離から、その目に催涙スプレーをまともに浴びた男が絶叫して取り落とした銃に、アマンダは飛びつこうとした。かたわらにいた男が持っていた銃をアマンダに向けた。

ラヴィングが叫んだ。「やめろ！」

ポーグと私は、アマンダを撃とうとしていた男に向けて同時に発砲していた。

即座に事情を察したヘンリー・ラヴィングは、私たちが彼と仲間を狙う間もなく腕でランプを払った。ランプは床に落ちて砕け散り、室内は闇に呑みこまれた。残る照明は赤くともる三カ所の出口表示だけになった。

ポーグと私は暗転したその場に目を凝らした。男たちから逃げ、障害物の多い場所へ隠れようと手探りしていくアマンダの影がぼんやり見えた。

そのうちに下から、残った三人の誘拐犯が作戦を練るささやきが聞こえてきた。

63

われわれの存在をラヴィングに知られたからには、フレディのオフィスにモグラがいようといまいと関係がない。私は〈送信〉ボタンを押し、事前に準備しておいたメールを送った。簡潔な説明と緊急の支援を要請する内容だった。首謀者がこちらに向かっているので、施設周辺の道路封鎖をするようにとも伝えた。

アマンダの勇敢な行動が、われわれにはあらゆる援助が必要であることを裏づけている。

　暗闇に目が馴れると、私たちは階段で管制室のフロアに降りた。判然としない形が目にはいったが、それが影なのか輪郭なのかわからない。私は銃を向けてから、もしやアマンダかも知れないと思いなして鮮明に像を結ぶのを待った。

　わからずじまいだった。彼、あるいは彼女は消えた。

　アマンダがスプレーを浴びせた男の息遣いと呻きが聞こえた。「ちくしょう、いてえ……大丈夫、大丈夫だ。見える。銃は拾った。誰がいやがる?」

　そう遠くないどこかで、ラヴィングがシーッと制した。

　アマンダはどこにいる?

　やがて、またささやき声がした。

　いまラヴィングがやっているのは、不完全な情報をもとにしたベイズ派のゲームだった。ラヴィングには敵対する相手がわからない。こちらの人数も、正体も、計略も。それでも敵の行動の可能性を見きわめながら、即座に修正していこうとしている。

　ラヴィングはこの場の相手がひとりと思いこんでいるかもしれない――ポーグの消音された二発めの銃声は聞こえていないのではないか。表の見張りが排除されたことは知っている。相手が投降を呼びかけずに発砲してくることも理解した。さらにもうひとつ、管制室の隅にガラス片を投げて注意を逸らすという行動は、ＳＷＡＴの支援を受けないきわめて限定的な作戦であることを情報として物語っている。ＦＢＩの人質救出班を動かせるようなら、この場はいまごろタイムズ・スクウェアばりに煌々と照らしだされている。

　ラヴィングは自分と仲間が数で上回るだけに、まだ時間はあると考えているはずだった。娘を見つけて逃げる余裕があると。

　つんざくような悲鳴が漆黒の空間を満たした。アマンダ。彼女はそばにいた。揉みあう音が聞こえる。そして鋭い金属音とともに男が苦悶の叫びをあげた。「助けてくれ。娘にあのスプレーでやられた。北西の角だ――」

「黙れ」とラヴィングが吼《ほ》え、ポーグと私は本能的に二手に分かれ、その方向へ急いで動いた。私は高めを狙って掩護射撃をした。

　扉付近の暗い人影が銃を構えると、おおよその見当で私に向けて一発放った。ポーグが立てつづけに応射した三発で男は床に倒れたが、弾は当たっていなかった——少なくとも深手ではない——発砲をつづけてきたのである。

ここまで死亡が一名、唐辛子スプレーを浴びたのが一名ないし二名。

「くそっ、娘に逃げられた」と別の声があがった。

「われわれは連邦捜査官だ」と私は呼びかけた。「表にはチームを待機させている」

ポーグが叫んだ。「そっちが三人だってことはわかってる。三人とも手を上げて、出口の明かりの下に立て。いますぐだ。さもないと攻撃する」

するとヘンリー・ラヴィングがふたたび口を切った。「コルティ、乱暴な作戦をやるもんだな。娘は殺さない。こっちは情報が必要なだけだ。手を引け」

「でたらめよ」アマンダが声を張りあげた。

「アマンダ！」と私は大声を出した。「床に伏せろ。その場で横たわれ。動かず、なにもしゃべるな」

それを受けて、私のほうにまた数発が飛んできた。

「撃つのはやめろ」とラヴィングが言い放った。

「どこ？」とアマンダ。

「いいから伏せろ。そこに——」

すさまじい炸裂音がして、後ろざまに転がった私は眩惑されていた。

閃光手榴弾。

どうやら私は連中を見くびっていたらしい。今度ばかりは耳栓でも聴力を守れなかった。ポーグも手榴弾は予期しておらず、デスクに身体をしたたか打ちつけた。それでもどうにか膝立ちして標的を探したが、まばゆい閃光に私たちの視覚はぼやけたままだった。

私たちは誘拐犯のひとりが閃光手榴弾を投げこんだ場所から這うようにして離れた。アマンダを見つけようと躍起になっていた私でも、さすがに声を出して自分の居場所を知らせることはしなかった。人影の動きから、敵が側面にいるのがわかった。

と、背後の物音に振り向いた私はほんの数フィート先から飛びかかられ、床に叩きつけられた。

64

襲ってきた敵は蹴りを入れながら、私の銃を奪おうとした。

視覚がもどりはじめるのと同時に、私は汗と香水のほのかな匂いを嗅ぎとった。

「アマンダ！」私は低声で言った。「私だ、コルティだ」私は彼女を押すようにした。

少女は後ろに退き、私の顔にスプレーを向けたまま目を細めた。出口を表示する赤いライトで、私は彼女の険しいまなざしを見た。

〝度胸があるぞ、あんたの娘は。脅かすのもひと苦労だ……〟

その表情から狼狽が流れ出た。「あっ……コルティさん」アマンダの頰は濡れていたが、泣いたせいではない。この場の全員がそうであるように、スプレーの残留ガスの刺激にやられていたのだ。私は彼女の手首に巻かれたダクトテープをはがした。

ポーグが私たちのほうを見て手招きすると、すぐそばのオフィスの区画に目を走らせた。

少女は私にもたれかかってきたが、パニックに駆られてはいなかった。憔悴していたのだ。

近くでコンクリートの床に金属の当たる音がした。

「目と耳」とポーグが鋭く言った。

私は目をきつく瞑るとアマンダを引き寄せ、その顔を胸に押しつけて耳を覆った。手榴弾が炸裂するとき、今度は準備ができていた。

ただし、この手榴弾は様子がちがった。

爆発というよりはむしろ、ガスが漏れて弾けるような音をさせた。顔を上げると輝く白光が室内全体を満たし、壁に影をくっきり浮かびあがらせていた。同時に燐が小さな半球状に噴出して付近の床、パーティション、事務椅子の布部分に火をかけた。明るい白光はおさまっても炎はそのまま燃えあがり、室内のむこう側を人影が動いて消えるのがわかった。

その直後、もう一発の手榴弾がより近くに落ちた。手榴弾は私たちがその場を逃げてから爆発し、ふたたび粘着性の液体が球状にひろがった。どうやらナパーム剤らしい。糊のようにべたつき、服を通して皮膚まで燃やす。

「ここには残れない」ポーグが左右を見てささやいた。つねに視線を動かしている。「よし、じゃあこうしよう。守りを固めて、全員で中央の廊下にもどるのは無理だから、おれが連中を釘づけにする。あんたと娘で外に出ろ。支援が到着したらこっちの場所を伝えてくれ」

ポーグの提案は唯一理にかなった方法だった。私は言った。「フレディがこちらに向かってる。そう時間はかからない」

またも手榴弾が飛んできて、私たちはかろうじて避けることができた。それが弾けて三つめの火の手が上がった。

可能な作戦を検討して私はささやいた。「一分だ」

私はアマンダをデスクの下に入れると、ポーグに身振りで彼女の護衛を頼んだ。ポーグはそれを理解した。私は最後の手榴弾が投げられたと思われる方角にすこし近寄った。閃光手榴弾は相手の聴覚にも影響があったはずで、私はラヴィングが私の声を聞き分けられないほうに賭けた。


私は大きく息を吸って叫んだ。「ヘンリー、やつは後ろだ！　十フィート」

ラヴィングは騙されるどころか、すぐに作戦を見抜いて声をあげた。「ちがう！　みんな伏せてろ」だが、仲間のひとりが物陰から立って振りかえり、銃を構えた。絶好の標的だった。私は三発を連射した。胸に二発、頭に一発。男はどうと倒れた。

ポーグが納得のうなずきをよこした。これでふたり。ラヴィングの仲間がやみくもに撃ってくるなかを、私は身を隠すとしゃがんだ。「準備はいいか、アマンダ？」

「ぜんぜん平気」

ポーグが敵の火線を惹きつけようと私たちから二十フィート離れた。そしてサイレンサーをはずし、部屋じゅうに五、六発を放った。ベレッタが咆哮《ほうこう》した。

アマンダと私は腰を落とし、白熱する銃火を避けて非常口から二階の廊下に出た。扉がこちら側からも施錠されているのではという不安もあったが、足で蹴りあけることができた。

マシンピストルの銃声が響きはじめ、閃光弾が一発、また一発と炸裂した。ラヴィングはアマンダと私が逃走したことに気づき、残るふたりで何がなんでもポーグの楯を突破しようという心づもりなのだ。

少女と私は階段を駆け降りた。メインフロアに達すると、延々つづく廊下を前方の出口に向けて走りだした。私は出口付近、廊下の後ろ、廊下の先と目まぐるしく視線をやった。といっても、しきりに気にしたのはラヴィング、または生き残った仲間が現われるはずの後方だった。

さらに爆発が起き、自動小銃の発砲音がしたが、出口へ急ぐ私たちの耳からは遠ざかっていく。

そこに空ろな苦痛の叫びが聞こえた。

ポーグの声だった。間違いない。それがひとしきりつづいたのは、燐がジャケットとスラックスから皮膚に燃え移ったからだろう。やがて一発を最後に叫喚と銃声がやんだ。

みずから命を絶ったのか。

おぞましい思いが胸をよぎったが、そこにこだわってはいられない。こうなると、ラヴィングと仲間がいつ追ってきても不思議はないのだ。先を進みながら、私は廊下に並ぶ扉のことが気になっていた。いずれもすこし引っこんだ位置にあり、その前を通るまで開いているか否かは知りようがない。娘以外に四人という、表の見張りの発言を信じていたとはいえ、首謀者が手下を連れて到着しているかもしれず、彼らが銃声を聞きつけて扉の裏にひそんでいる可能性もある。

けれども、この際それは考えないことにした。とにかく前進するしかない。

ところがここにきて、アマンダの足取りが鈍っていた。アドレナリンの効果が切れ、ヒステリーが激流のごとく押し寄せてきている。彼女は泣きながら、息を弾ませてよろけた。

「さあ、アマンダ。行くのか？」私は彼女の腕をつかんだ。

少女は深呼吸をひとつした。涙が止まった。「うん。行く」

後ろを見て……

誰もいない。

肉の焼けるおぞましい臭いを嗅ぎつけ、私はポーグのことを頭から締め出した。

正面の出口まで十フィート。五フィート。

後方をうかがう。廊下はいまも無人だった。ポーグがラヴィングと残る敵を始末してくれたのだろう。

私は押した扉を急いで抜け、甘く湿った空気を吸いこんだ。ここに駐まるほかの車とSUVのタイヤを撃ち抜き、それから自分の車を飛ばすつもりだった。フレディには車上から連絡を入れる。ここへの攻撃を差配する。

アマンダは片手で私の腕にしがみつき、反対の手で唐辛子スプレーをつかんでいた。缶の側面に首都警察のラベルが見えた。

携帯電話にメッセージが届いた。部隊が二十分ほどで着くというフレディの連絡だった。

私は建物の正面で立ちどまり、もう一度廊下を顧《かえり》みた。やはり人の姿はない。私は車のほうに向きなおり、グロックでタイヤを狙いながらささやいた。「耳をふさいで」

が、撃とうとして背後の物音を耳にした。振りかえってもなにも見えない。廊下は人気のないままだった。

すると、音が頭上から聞こえてくることに気づいた。

顔を上げた私は屋根から身を投げるヘンリー・ラヴィングを目にした。ラヴィングは少女と私の上に落ちてきて、私たちは固いコンクリートのエプロンに叩きつけられた。背中に激痛が走った。肺から空気が抜け、グロックが土と雑草のなかへ飛んでいった。

65

服と肌の一部を焦がしたラヴィングは、私の上から施設の駐車場へつづく歩道に転がった。建物内で武器をなくし、顔から流血していたが深い傷ではなさそうに見えた。脇腹をつかんで呻いたのは、カーターの湖岸の別荘で私の銃撃を受け、従兄弟に縫わせた傷のせいだった。

私は銃を取りにいこうとするラヴィングの脚とジャケットをつかんだ。

どうやらラヴィングは丘の反対側にある非常口を使い、草と枝葉で擬装された屋根の上をこちらまで走ってきたのである。

アマンダがラヴィングのほうに這っていき、唐辛子スプレーを振りかざした。私はやめろと言いかけたが遅かった。アマンダは怒りの叫びとともに、缶をラヴィングの顔の前に突き出した。

するとラヴィングの手が伸び、その缶をつかんでノズルを私たちに向けた。アマンダの鬨《とき》の声が絶叫に変わった。オレンジ色の液体が飛び出し、拡散したその霧が少女と私をとらえたのだ。

耐え難いほどの痛みだった。私は涙のあふれる目をきつく閉じ、薄く開いた。アマンダは倒れこんで必死に目をこすっていた。ぼやけた視界の先、ラヴィングの手から五フィート足らずの場所に私の銃の輪郭が見える。ラヴィングがスプレー缶を放し、片手で自分をつかむ私の腕を叩きながら、もう一方の手を銃に伸ばそうとしている。

私を引きずって銃に一フィート近づいた。この貧相な男のどこにそんな力があるのか。最初は死に物狂いなのかと思ったが、それは静かな決意をみなぎらせての行動だった。ラヴィングが蹴ってきた。靴が頰に当たって血の味がした。いまや銃を手にすることがラヴィングの生涯の目標となっていた。

そして、まもなくこの目標を果たした。

振り向いたラヴィングにたいし、私は地面に足を踏んばって身を投げた。片手で相手の手首をつかむと、ポケットから車のキーを抜き出した。「運転できるか？」と私はアマンダに呼びかけた。

少女は無言だったが、どうにか起きあがっていた。ラヴィングに反抗的な目を向けた。

私は同じ質問を大声でくりかえした。

「できる」アマンダは喘ぐように答えて目をこすった。

私はキーを投げた。「車は道の先にある。ホンダだ。フロントシートに住所がある。そこへ行って待て！」

「わたし――」

「早く！　行け！」

アマンダは一瞬ためらってから駆けだした。

私を振りはらおうとするラヴィングの動きが激しさを増した。私たちは銃の帰趨をめぐり、汗みずくでレスリングよろしく組み合っていた。そのうち車のエンジンがかかり、タイヤの鳴る音が聞こえた。少女が夜のなかへ車を乗りだしたのだ。

調べ屋は遠ざかるテールランプを何気なく見やると、私の手をはずそうという闘いを再開した。

しだいに私の握力が失せ……ついにラヴィングが銃を

握った手を振りほどき、角張ったグロックを私に向けて一閃した。金属の銃身をこめかみに食らった私はあおむけに昏倒した。血が目にはいってよけいに痛んだ。ラヴィングはすぐに私の両手を拘束し、身体を引き起こして座らせた。

よろよろと立ちあがった調べ屋もかなり消耗していた。息遣いも荒く、咳きこんで唾を吐いた。少女が逃げた方角を見て目をしばたたかせた。目的地に近い駐車スペースを見つけそこねたといわんばかりの表情だった。携帯を出すと私から目を離さず、一歩退くようにして電話をかけた。通話の内容は聞きとれなくても、首謀者に事情を説明し、ここへ来るなと伝えていることは私にもわかる。ラヴィングは電話を切った。

私たちはつかの間睨みあった。ラヴィングはふたたび周囲を見まわして言った。「おまえが人を呼んだことはわかってる。だが、こっちの持ち時間は二十分ある」

私はノースカロライナの小川のほとりに横たわるエイブ・ファロウから、ラヴィングが必要な名前すべてをたった七分で聞き出したことを思いだしていた。

ラヴィングは静かにつづけた。「で、おまえの車にある住所、娘の行先だが。隠れ家じゃないな。おまえがそれを書き出すはずがない。どこだ？」

私は夜の闇のなか、高低のある一五号線を猛スピードで走っていくアマンダを思い浮かべた。

ペギーと息子たちの遠い記憶が立ち現われた。サムとジェレミー。今度は消すことができない。消したいとも思わなかった。

私はラヴィングにたいしてなにも答えなかった。

ラヴィングは私の銃をウエストバンドに挿すと近づいてきた。私をあおむけに倒して足も拘束した。蹴られないようにと顔を離していたが、それは要らぬ用心だった。私にはもう力が残っていなかった。

もう一度あたりに目をやったラヴィングは、ポケットから使い古した小型のマニラ封筒を出し、その中身を地面に振り出した。

つまりはそういうことだった。口を割らせる商売道具。運輸保安局が機内への持ち込みを認めている小瓶に入れたアルコール。紙やすりは粒子が細かく、表面の仕上げに使うような代物。どちらも無害にしか見えない。

ふと、いまから会話がはじまるのではという気がした。

それも当意即妙のやりとりが。なにしろ私たちは長年の敵どうしであり、この二日間、紙、石、はさみのゲームを何度となく反復してきたのだ。

だが、ラヴィングは私と同じ真剣なプレイヤーで、自分の仕事を手際よく運んでいく。

やつの目的は？

アマンダを見つけること。

それを達成するのにいちばん効果的な方法は？

ラヴィングは私の右足の靴、靴下と脱がせた。爪先は手の指同様に神経が集まっている。人体のなかでも繊細な部位のひとつである。彼は私が脚を動かせないように、ふくらはぎに膝を乗せ――それだけでも痛かった――紙やすりを一枚選ぶと、拇指の先に取りかかった。

しばらくはなんの痛痒もなかったが、そのうち不快な感覚が訪れ、しまいには灼けるような激しい疼痛が顔まで上がってきた。私は思わず喘ぎを洩らし、ついには堪えきれず叫び声をあげていた。

鼻、歯、喉が痛む。

すべては淡々とつづくやすりがけのせいだった。

ラヴィングはアルコールの瓶を手に取り、はずした蓋をそっとポケットにしまった。私を見ることも、言葉を口にすることもない。ゲームのルールは明らかだった。アマンダの行先を告げるか、告げないか。

ラヴィングが瓶をかたむけると冷たさが弾けた――これも最初はうっとうしいだけだった。ところが、ふたたび苦痛が顎まで上ってきた。これまで経験したことのないような痛み。私の体内を好き勝手に走りまわる動物。生きいきと脈動して。小賢《こざか》しく、衝き動かされたように。色として見えても音は聞こえない。

「石、紙、はさみ」私は嚙みしめた歯のあいだから小さく唱えた。「石、紙、はさみ」涙の溜まった目で、私はラヴィングが瓶を置き、また紙やすりを取るのを見た。

「石、紙、はさみ」

ペギー、ペギー、ペギー……

ラヴィングは足の人差し指にかかった。

私は絶叫した。

石、紙、はさみ、石、紙石紙はさ――

もう一度絶叫。

ラヴィングがふたたびアルコールを手にした。

そのとき、私は喘ぎながらもふたつの物音を耳にしていた。ひとつは道路に向かう方角の遠くない場所で、枝が折れた音。

もうひとつは金属の鳴る音。この職種につく人間には聞き違えようのない特殊な音だった。

当然ラヴィングもそれに気づき、すかさず拷問の道具を捨てて腰のグロックを引き抜いた。腹這いになってたじろいだところに、一発めが闇をふるわせた。はずれた──が、近い。背後の土が巻きあがった。

調べ屋は身体を転がして私から七、八フィート離れると──アマンダの目的地を聞き出すまでは、流れ弾で私を死なせるわけにはいかないのだ──またうつぶせになった。丈の低い草むらにいた私たちにはろくな弾除けがなかった。

二発め。弾が飛んできた方向に目をやると、リヴォルヴァーを突き出した男が茂みをかき分けながら、ラヴィングめがけて発砲していた。その新参者の正体を知って最初は驚いたが、考えれば意外なことでもなかった。

ライアン・ケスラーは、ポーグと私の向かった先を知る数少ないひとりだった。

ライアンは避けもしなければしゃがみもしない。ラヴィングが三発連射しても、歩みを緩めたり怯《ひる》んだりしなかった。弾に当たったかどうかはわからない。ライアンはまぎれもない標的を求めて夜闇に目を凝らし、ひたすら前進していた。

やがて静寂が訪れた。仄暗い光のなかでも、ライアンは充分グロックの射程内にはいっていたのだが、ラヴィングは発砲しなかった。私は目を上げてその理由を悟った。ラヴィングは残る弾数を知らずに私の銃を撃っていたのだ。弾倉が空になったグロックは、遊底をロックバックさせたまま弾の補給を待っている。

私が換えの弾倉を身につけているのではと思いついたラヴィングは、標的を探して足を引きずりながら、着実に間合いを詰めてくるライアンを見やった。

ラヴィングが動き、ライアンが撃った。そこでライアンのほうも弾が切れた。撃鉄が使用済みの真鍮を打つ音がした。ライアンはベルトからスピードローダーを引き抜くと、銃のシリンダーを開いて排莢と装弾にかかった。

近寄ってきたラヴィングが私の上着のポケットに手を伸ばした。私は爪先の激痛にかまわず、予備の銃弾を取らせまいとすぐさまうつぶせた。ラヴィングは円形の器具を使って弾込めをするライアンを見て、私が腹に敷いたジャケットを引っぱりだし、ポケットに手をやった。ライアンがこちらに向かって歩きだした。

いまやラヴィングは必死だった。

私は残る力を総動員して、自分が撃ち抜いたラヴィングの脇腹に両膝を突き入れた。ラヴィングは痛みにうっと息を吐き、その場にへたりこんだ。

が、顔をしかめて目を瞬かせながら、ラヴィングはなおも私のジャケットにすがりついた。手探りで弾倉を見つけて引っぱりだすと、それを銃に塡《は》めた。

私の顔とほんの数フィートしか離れていない位置で、調べ屋はライアン・ケスラーに胸を二発撃たれた。ヘンリー・ラヴィングは目を泳がせて頽《くずお》れ、横ざまに倒れた。死に際に見つめていたのは警官ではなく私の双眸だった。

そこでライアン・ケスラーも座りこみ、腹部に流れる血を見おろした。その目には動揺があった。私にはこの傷も重傷に見えたのだが、ライアンをもっぱら悩ませていたのはラヴィングによるふたつめの銃創だった。ライアンは出血する太腿を押さえて嫌悪の溜息をついた。

「反対の脚」警官は私を見た。「まともなほうを。クソ野郎」そして気を失った。

66

三十分後、古い政府施設はカーニバルに負けじとライトアップされ、百名からの捜査官と緊急作業員が集まっていた。私は敷地の正面近くに立っていた。

フレディの戦術班はレスピレーターとマスクを着け、建物内や周辺を捜索し、消防隊の邪魔になるものを片づけていった。敵の三人はいずれも死体で発見されたが、ポーグが最後の戦いに臨んだ現場はいまも火が燃えさかっており、遺体の収容には至っていない。表の見張りはすでに目を覚まし、手錠を掛けられていた。

近くでは、救急隊員が手術を受けるライアン・ケスラーをリーズバーグ病院へ搬送する準備にかかっていた。意識を回復していたライアンは、私が思っていたほどの重傷ではないらしい。「はいって出た」という本人の弁は、フランク・ラヴィング医師が、従兄弟の脇腹を銃弾が貫通したと説明した際に使ったのと同じフレーズだった。

私はジョアンに連絡を入れ、継娘の無事と夫が撃たれたことを告げた。「容態は安定している」と私は念を押して医師の連絡先を教えた。その後にポーグの悲報を伝えた。一拍の間を置いてから、ジョアンはその知らせをほかならぬ私から聞けて幸いだったと言った。

私はあらためてふたりの過去に思いを馳せた。

「あなたがライアンを解放した？」

また間があいた。「ええ。わたしがライルの注意を逸らした」

おそらくジョアンは、私たちがドアのアラーム解除のコードを入力するのを見て番号を記憶したのだろう。あるいは、あのお守り代わりのバッグのなかに、ドアロックをクラッキングするアプリケーションでも隠していたのかもしれない。

私は説明した。「彼に命を救われました」

フレディが近づいてくる。私はジョアンにあとでかけなおすと言った。

「待って、コルティ」

「何か？」

「そのままで」

すこしして、マーリーの声がした。「コルティ？」

「ええ」

「怪我したの？」

「大したことはなくて」

沈黙。

「よかった」そして、マーリーはその場にそぐわないことを口にした。「言っておきたかったの……あなたのイメージがつかめたって。川のほとりで。憶えてる？」

私はその意味を考えた。「ええ」

「ほんとによかった」

「イメージが？」

マーリーはためらっていた。「ほんとに大丈夫なの？」

「ああ、元気だ。切らないと」

「わかった。時間ができたら電話して」

私がためらう番だった。「わかった」私たちは電話を切った。目の前に来たフレディに私は訊ねた。「何が見つかった？」

「こいつは謎という表現にとどまらない謎につつまれて

る」

私は苛立ちの視線を投げた。

「わかった、いいか。ラヴィングのことはわれわれも知ってる。ほかはどうだ？」フレディは施設のほうに手をやった。「連中はいわくつきの業者だった。かつてのブラックウォーターみたいな民間の軍事請負業者だ。外見はああでも、そこはあんたにもわかるだろう」

つまりは傭兵、警護部隊。倒した見張りの財布の中身を見ていただけに驚きはなかった。ただがっかりはした。あの手の集団は、首謀者に通じる手がかりを残さない術に長けている。「となると、われわれには知りようがないか」と私は水を向けた。

「ま、そういうことになるかな」

「あいつは？」私は意識のもどった見張りを見やった。

「赤ん坊が哺乳瓶を欲しがるみたいに弁護士をねだってる」

「ラヴィングは連絡を入れていた。首謀者に来るなと警告したはずだ。やつの電話を調べたのか？」

「記録はなし。まさかそんな期待をしてたわけじゃないだろう？」

「ああ」

「ラヴィングを取ったんだ」とフレディは指摘した。私がこれを大勝利とみなすと思ったのかもしれない。

私はつぶやいた。「それでも首謀者を取りたい」気づくとシートを掛けられたラヴィングの死体を見つめていた。

私は捜査官に訊いた。「そっちの部局の掃除はしたのか？」

フレディは口もとを引き緊《し》めた。「通信のアシスタントだ。彼女の通話記録を調べた。この数日、カリブの秘密回線を通して電話をかけていた。ラヴィングは彼女の子どもたちと、通ってる学校の名前を入手して、欲しい情報をすべて送らせていたわけだ」

〝楔……〟

「子どもたちは無事なのか？」

「ああ。名前をひとつ、ふたつ口にするだけで必要なものが手にはいったりするわけだな。拷問の道具も要らない」

「そういうことだな」爪先にまだ痛みが残っていた。

「彼女を起訴するかはわからない。気は進まないが、そうせざるをえないかもしれない」

「で、ザガエフは？　家族は？」

「あんたが正しかった。ラヴィングは彼らのもとも訪ねて――ザガエフに首謀者の役を振りつけた。でも、みんな無事だ」フレディは肩をすくめた。「やつは悪さはしてない。われわれに嘘をついて、禁止されていた銃の運搬をした以外はな。つまりは……やつの罪状についても要検討ってことだ」フレディは声を出して笑った。「カボチャの件で、あんたをこきおろしたことを謝ってたぞ。その気じゃなかったって。あんたは立派な男に見えるってね」

　フレディは指揮するチームや州警察と協議をしにいった。

　私はヘンリー・ラヴィングの死体を眺めていた。ラヴィングの所持品がシートの横にまとめられている。私は歩み寄って見おろした。財布、少額の紙幣。ナイフ。紙やすりとアルコール。空の弾倉。地図とペン、紙の束。携帯電話六個。むろん、どれもが暗号化され、通話記録は消えている。それらのモデルとソフトウェアは私も知っている。わが魔術師アーミズが情報を引き出すには何週間もかかるだろう――それが可能だったらの話だが。

　靴箱もあった。ラヴィングが実家を燃やす直前に持ち出したものだった。

　私は期待に胸を高鳴らせ、ＦＢＩの証拠収集班の捜査官からラテックスの手袋を借りた。それをはめて証拠品のもとにもどった。しばらく立ちつくしてから箱のかたわらにしゃがんだ。中身はやはり写真なのだろうか。あるいは別の、姉から渡されたものなのか。父親か母親から？

　私は黄ばんだテープをはがしていき、蓋を取ろうとした。

　そこで手を止めた。

　私は痛む足で立ちあがると、その箱を残る所持品ともども置き去りにした。手袋をはずして車にもどりながら、箱の中身が何であろうと、それを知る必要はまるでないと考えていた。

67

私のホンダ――アマンダが逃走に使った車――が近づいてきた。私は運転していた顔見知りのＦＢＩ捜査官に手を振った。色つきのガラスで車内は見通せないが、後部座席に少女が乗っているのはわかった。

じつは私は、アマンダに行先を伝えていなかった。車に住所などなかった。たとえ書き置きが見つからなくても、アマンダはとにかく車を走らせ、最寄りのセブン‐イレブンかガソリンスタンドまで行って緊急通報するだろうと考えた。そんな指示をしたのは、部隊を連れたフレディが到着してラヴィングを拘束するまで、自分の命をつなぐ方法としてそれしか思いつかなかったからである。ラヴィングに、少女の向かう先を知っているのは私だけだと信じこませた。自身を依頼人に仕立てた。

結局、アマンダは遠くまで行かなかった。一五号線を北へ数マイル走ったガソリンスタンドにやや強引に突っ込み、タイヤのラックを壊した。そして通報を受けた地元警察からフレディに連絡が行き、フレディが送った車で保護された。

アマンダには死体を見せたくなかった。それに首謀者が行方知れずということもあり、彼女の姿を人目にさらすのは好ましくない。私は後部座席に乗りこんでドアをしめた。

するとアマンダが息せき切って言った。「無事だったのね！　聞いてはいたけど心配だった。足をどうしたの？」

「爪先をぶつけてね。お父さんは大丈夫だそうだ」

「知ってる。聞いたわ」少女は黙りこんで施設を眺めた。「わたしたち、あの男と闘っていたのね。ラヴィングと」死体を覆ったシートをちらっと見た。

「そうだ」

「死んでよかった」アマンダははっきりそう言った。心から。

〝度胸があるぞ……〟

「パパに会える？」

「まだ無理だな。私のオフィスの人間が、きみをお母さんと叔母さんのところに連れていくから」

もはやグレートフォールズの隠れ家は危険なので、私はジョアンとマーリーを別の場所へ移すようアフマドに手配させた。ラウドン郡のその家はここからそう遠くもなく、やはり古くからの土地に建っている。グレートフォールズの家ほど快適ではなかったが。

「ビルおじさんも無事なのね」

「やっぱり足にちょっと怪我をした。でも元気だ」

アマンダは表情を変えなかった。「おじさんが道ばたで撃たれたときは、すごく不安だった」

「きみが命の恩人だ」

少女は黙って施設を見ていた。「あの銃……すごい音がする。映画に出てくるのとは音がちがう。キャンプで撃つのと。いっしょにいたあの男の人は？」

「彼はだめだった」私は首を振った。

「かわいそう」アマンダはささやくように言った。「家族がいたんでしょ？」

「さあ」

アマンダは涙を拭いた。

アマンダがあの用心棒を攻撃していなければと思ったが、彼女にはポーグと私が建物内にいることは知りようがなかった。あの勇気は称賛に値する。私は言った。

「見事だったよ、あの場でのきみの行動は。スプレーを使って」

うっすらとしたニキビのせいで赤味を帯びた少女の顔が微笑をたたえた。「自分の身は自分で守れって、パパに教えられたの。ビルおじさんと出かけるとき、パパのドレッサーから持ち出しちゃった。熊のバッグに隠して」

「さすがだな。きみは本当に十六歳？」

「だから持っていられた」アマンダはこともなげに言った。「あの人たち、わたしの身体検査をしなかった。馬鹿みたい」

「たしかに」

「でね、コルティ捜査官、わたし、あなたの車を壊しちゃった。タイヤにぶつけて。そうなの、ほんとにごめんなさい」

「保険にはいってるからね」

アマンダは弱々しく頬笑んだ。

私は爪先の痛みに歯を食いしばりながら前かがみにな

り、ポケットからメモ帳とペンを取り出した。「きみにいくつか質問があるんだ」

「ええ」

「つまり、われわれは最初、彼らがきみを誘拐したのは、お父さんから担当の事件のことを聞き出すためだと思っていた」

「でも、むこうの目的はわたしだったのね」

「そうだ。ここにいた連中は雇われただけで――われわれは雇った人間が誰かを知りたい」

「刑務所に放りこむんだ」

「そのとおり。で、きみを誘拐したその男たちは何かしゃべったかい？　誰に雇われているとか、なぜきみを捕まえたのかといったこととか」

アマンダはしばらく考えていた。「そう、わたしをトラックに連れこんで、ここまで来るあいだに何か話してはいたけど。でも、わたしのことはなにも知らないみたいだった。ていうか、ほかの人の話をしてた気がする」

私はこの数カ月にやってきたことを、ひとつ残らず話してくれないかと頼んだ。

父親が撃たれ、自分が殺されそうになったのが、最近かかわった出来事、または人物のせいと理解したアマンダはその立場を重く受け止め、このところの行動について長々と語りだした。少女は驚くほど多忙な生活を送っていた。しかも記憶は鮮明だった。私が大量のメモをとる横で、アマンダが口にしたのは友人と両親のこと、ハイスクールの授業、スポーツ行事、コンサート、ショッピングモール行き、記念アルバムの作成、フランス語クラブでおこなったDCの大使館訪問、料理教室、写真を撮りに叔母とロッククリーク公園まで出かけたこと、エイズ啓発や自傷癖に悩んで学校のクリニックに助けを求めながら自殺した同級生に関するブログへの書き込み、フェイスブック上の活動と友人たち（多くの記事が上がっている）、〝変人で天才〟の中国人教授が生徒たちに書かせたソフトウェアプログラムを評価するという、大学レベルのコンピュータ講座。そのほか十指にあまる事柄があった。

私はようやく背をもたせると、少女が標的にされる理由に思いをめぐらした。

装甲の施されたSUVが到着した。運転するのはわが組織のクローン、ジェフだった。私がウィンドウを下ろして手を振ると、ジェフは車を寄せてきた。

私はアマンダに言った。「事情はだいたいわかった。いまからこの私の同僚が、きみをお母さんと叔母さんのもとへ連れていく」

「ええ、わたしもふたりに会いたい」

「そうだろうな」

驚いたことに、アマンダは私に抱きついてきた。ふたりして車を降りるとアマンダはSUVに乗りこみ、私のうなずきを合図にジェフが現場から大型車輌を出した。

私は丸太に腰かけると、アマンダから聞き取ったメモを読んでいった。目を閉じた。痛みのせいもあったし、集中するためでもあった。その後、クレア・ドゥボイスに力を発揮してもらおうとeメールを送った。すぐに来た返信で、ドゥボイスはこちらの要求にただちに取りかかると言ってきた。

立ちあがった私はおぼつかない足取りで消防車まで歩くと、クーラーから水のボトルを取り、一気に飲み干す勢いであおった。

水をちょうど飲み終えるころ、背後から嗄れた声で呼びかけられた。「もう一本あるか?」

振り向いた私はジョニー・ポーグを見つめていた。左の前腕あたりの服と皮膚に目を落としていたポーグだが、どうやら火傷した肌より焦がした緑のジャケットのほうが気になっているようだった。

68

「ポーグ……どうした?」私は彼の生還に驚きとともに喜びを感じていた。

ポーグは無言で、私がそのまま様子をうかがっていると要求をくりかえした。「水は?」

「そうだった。すまない」私はボトルを手渡した。ポーグは半分ほど飲み、残りを頭にかけた。両目をこすると私の肩越しに医療関係者を見た。「こいつを診てもらえるかな?」火傷を負った腕を顎で指した。激しく咳きこんで唾を吐き、口中の焦げた味に顔をしかめた。

二名の救急隊員がポーグを座らせた。ポーグは横になれ、鎮痛剤を服めというふうにいずれの要求もはねつけた。隊員が袖を切ろうとした。「やめろ！」ポーグは怒鳴るとジッパーを下ろし、ジャケットを脱いだ。「なぜ切る？」

ひどい火傷に見えたが、ポーグは救急隊員の処置に無関心だった。

「どうした？」と私は同じことを言った。「どうやって……？」

「追いつめられた。火のせいで。どうにかバルコニーまで階段を上がったんだが、連中がそこにも白燐弾を投げてきた。最後の敵を殺《や》ったころには、炎の勢いがすごいことになってな。エレベーターシャフトで地下まで降りて頭をぶつけた。正気に返ったのが三十分ほどまえで、表で何に出くわすかわからないから裏の非常口を探した」

ラヴィングも似たようなことをしたと私は言った。

「どうして足を引きずってる？」

私は説明した。

「痛そうだな。でも、やつを仕留めたって聞いた」

「私じゃない。ライアン・ケスラーだ」

冷笑。「ほう。そんなことがあるか？」

「ジョアンだ」

ポーグは唸った。「うむ……女房が解き放ったか。やつは無事なのか？」

「らしい」

ポーグの顔がひきつったのは、火傷した腕に包帯を巻かれた痛みのせいかもしれないし、生きているポーグを前に私が浮かべた笑みのせいかもしれない。

「あの短気な娘ときたら。唐辛子スプレーか。おれたちの計画を台無しにしやがった。しかし、あの野郎の痛がりようは傑作だったな」

〝度胸……〟

「首謀者は？」ポーグは、その先に一ダースものハイウェイが伸びる草原を見渡しながら訊いた。

「ラヴィングが警告して足止めした。だが手がかりはつかんだ。同僚がそれを追っている最中だ」私はもう一度ポーグに心からの感謝を伝え、連絡を取りあうことを約束した。もしポーグが組織を辞めるというなら、すぐにでも私が雇う。とはいえ、彼は脅威からとっさに逃げだすような男ではない。羊飼いとはそうした訓練を受けている。

私は寄りかかっていた消防車から離れ、爪先がむきだした足に体重を掛けた。

やっぱり痛む。静かに息を吐いた。そうしながら、もしもアマンダの行先を知っていたら、どこまで話さずにいられたかと考えた。拷問が有効な情報につながるかについては諸説ある。だがひとつ言えるのは、拷問は確実に口を割らせる。いくら口をつぐもうと頑張ろうが、人は苦痛に直面すればしゃべる。

車にもどった私は運転席に座り、目をつぶって唐辛子スプレーの涙を流した。なぜだかそれで痛みがやわらいだ。水は大して役に立たなかったけれど、涙は効果があった。

十五分後にeメールが届いた。私は顔を拭くと、先ほど送った要求にたいするクレア・ドゥボイスの返信に目を凝らした。

それを読みつつ、私は終盤《エンドゲーム》という事象について考えていた。

この概念は多くのゲームに応用されるものだが、もっとも一般的なのはチェスの場合で、私はこのテーマをチェスで探究している。

中盤《ミドルゲーム》から終盤に差しかかると、プレイヤーの態度に根本的な変化が生じ、盤上にそれこそぞっとするような不気味さが降りてくる。残った駒は異なる役割と重要性を担う。言ってみれば、ポーンが大切になる。敵の前線まで動いてクイーンになるばかりか、相手の動きを制限するきわめて重要な防衛線を築く。同様にゲームの大半を隠れることに費やし、配下に護られてきたキングは、終盤になればみずから攻撃に出向くこともふえる。

一個の動きが明暗を分ける。ひとつの誤りが敗北につながる確率は、闘いが終幕に近づくにつれて劇的に上昇していく。

終盤は即興、自棄、才気のひらめきと致命的な恐怖の瞬間に満ち満ちている。

驚きも多々ある。

私はアマンダから聞き取ったメモとクレアのeメールを数分にわたって眺めた。ポーグが見立てたとおり、アマンダが標的にされる理由について、情報の断片はすべて手もとにあった。ただ、私がそれを組み合わせられなかったのだ……これまでは。終盤の戦略を検討した私は、中身は極秘という厳重な警告ではじまるeメールを新たに書いた。内容はというと、アマンダ・ケスラーが地元のコミュニティカレッジで取っていた土曜日の講座に関して。その非常勤の講師を務めているピーター・ユーは、ソフトウェア開発会社の〈グ《G》ローバル・ソ《S》フトウェア・イ《I》ノベーションズ〉で一週間を働き、アマンダ以下の生徒たちにソフトウェアのベータ版をくばって試用させていた――アマンダがマーリーに渡した写真編集プログラムもそうだった。

しかし、ユーについて何より興味深いのは、〈GSI〉のソフトウェア作成が商業用、民生用にとどまらないという事実である。この会社が――またユーが得意としていたのが――最先端の戦場画像分析をおこなう軍事用プログラムの開発だった。そうしたアプリケーション用のソフトウェアは最高機密に分類されていた。

私の指がしばらくさまよった。やがて私は〈送信〉ボタンを押し、自分が記した言葉をオゾンのなかに送りだした。

火曜日

このゲームの目的は、つぎの三つの疑問の答えを見つけることです。

1　誰が？　数名いる容疑者のうち、何者が犯人なのか。

2　どこで？

3　どうやって？

——ボードゲーム〈クルー〉の解説書より

69

午前九時、子飼いの部下と私はヴァージニア州フェアファクスの一地区、フェアオークスの閑静な通りで、組織が所有するSUVの車内にいた。

「それで？」私は拇指でブラックベリーの〈終了〉ボタンを押そうとしているクレア・ドゥボイスに訊いた。ドゥボイスはライアン・ケスラーの件で話をしていた。

「彼は大丈夫でしょう。医師によれば容態は安定していると。あの病状を表す用語というのが、わたしにはまったく理解できません。安定。重篤。危篤。国土安全保障省の脅威警報もそうです。オレンジ、イエロー、グリーン、褐色。なんでもいいんですが。あれで役に立つとは思えません。部屋でふんぞり返っている人間の考えることです。わたしたちの税金を使って」ドゥボイスは手入れが行き届いて輝くブルネットの髪を耳に掛けた。そのしぐさに音が伴わなかった。けさの彼女はお守りのブレスレットをはめていなかった。宝石と戦術作戦は相性が悪い。

　ライアンは連邦付属の隔離病院に入院していた。アマンダ、ジョアン、そしてマーリーは新しい隠れ家に匿われ、アフマドと昨夜アマンダを運んだクローンが警備にあたっている。

　ドゥボイスと私は首謀者を追っていた。

　私は監視にもどった。周囲の家並みはライアン・ケスラーの住むあたりを思わせた。およそ五軒ごとに、瓜ふたつではないが同じ構造の家がある。私たちは茂みを通して、ドッグパーク兼用の公園の向かいに建つ乱平面のコロニアル風住居をうかがっていた。そこは北ヴァージニア大学のコンピュータ科学の非常勤講師で、〈グローバル・ソフトウェア・イノベーションズ〉のソフトウェアデザイナー、ピーター・ユーの家だった。〈GSI〉の本部があるのはダレスの〝テクノロジー回廊〟で、その有料道路沿いに林立するビル群に入居するのは工学系で名をなし、NASDAQ《ナスダック》株式市場に上場されている企業が大半である。

私は双眼鏡を覗き、家の裏庭のなにやら不審な動きを注視していた。

私はモトローラを取りあげ、近くに車を駐めているフレディに訊ねた。「準備はいいか？」

「どうもよく見えないんだが」

私は目を凝らした。「本人だ。間違いない」

「あんたは若造だからな。最初に目から行くんだぞ。いや、最初じゃないな、残念ながら。でも似たり寄ったりだ。待てよ、うちの張り込みから連絡だ……よし、家にはふたりだ」

「ふたりめが見える」私は捜査官に告げた。

「力自慢らしいな。鎧は着てるか？」

私はクレア・ドゥボイスの濃紺のブレザーを、はっきり言って彼女の胸を見た。正直、初めてではないが、この状況は性的なものとはこれっぽっちも関係がない。厚いナイロンのプレートがマジックテープでしっかり留められているかを確認したのだ。私が着用する〈アメリカン・ボディ・アーマー〉のベストは問題なかった。

「こっちはいいぞ」と私はフレディに言った。

「よし。行くか。うちの少年少女には証拠品が見えるそうだ。ああ、それと力自慢は武装してる。自動装塡銃。腰のホルスターに」

「移動する」私は電話を切った。

私はドゥボイスに言った。「それは必要ないだろうが、上着のボタンははずしたままにしておけ」

「了解」

〝それ〟とはグロックのことだった。

その必要は現実にないと、私はかなりの確信を持っていた。だが、私にはリーズバーグの旧軍事施設にいた男たちの記憶がある。ヘンリー・ラヴィングの記憶がある。私は修めてきた学問から――ほかでもない歴史から――追いつめられた人間が、ときに予測外の行動に打って出るのを知っている。また、われわれとしてはここに二名の個人しかいないと考えているけれども、今度の仕事は全体に驚きだらけだったのだ。

私たちのSUVのほか四台が急発進してピーター・ユー教授の庭に乗り入れ、芝を蹴散らし、低木をなぎ倒した。こうして派手に踏みこむのはテレビ映画の作り事と思われがちだが、実際容疑者に接近するいちばんの方法だという。脅かすことに意味がある。

　ドアレバーを引いて車を飛び出した私たちは、湿った風に上着をはためかせた。私は足を引いていた――爪先にはいまも激痛が走る。ドゥボイスと私は、武装した戦術捜査官八名の後ろからゆっくりつづいた。捜査官たちは銃を振りながらユーの開いたガレージに突入した。

「伏せろ。ＦＢＩ、ＦＢＩだ！」

　怒鳴るのも通常の行動手順である。ここでも脅す。まもなく男ふたりはうつぶせになり、モナドノックのナイロンカフで後ろ手に拘束された。残る捜査官たちが屋内を捜索してもどり、「安全です」と宣言した。

　クレアと私はすでに立たされていたふたりの容疑者に近づいた。

　私を見つめるひとりの眼が、その表情を驚きから憎悪へと変えた。ライオネル・スティーヴンソン上院議員の補佐官、サンディ・アルバーツが吐き棄てた。「コルティ？　おい……コルティか？」

　仲間の力自慢は玄人《くろうと》で、ポーグと私が一五号線の施設でまみえた連中と関係がありそうだった。男は陰気な顔で口を閉ざしていた。

　その場にいる正式な法執行官のうち、最年長のフレディが言った。「ミスター・アルバーツ、フェアファクス郡の住人アマンダ・ケスラー誘拐、および連邦捜査官殺害をふくむ共謀の容疑であなたを逮捕する」

　アルバーツは喘いだ。怯えた動物が発したとしか思えないような声だった。「待て……」

　捜査官たちが仲間のスラックスとジャケットを調べたが、身分を証明するものは出てこなかった。「自分の正体を明かす気はあるか？」とフレディが訊いた。

　男はだんまりを決めこんでいる。

　年長の捜査官は肩をすくめると同僚に言った。「指紋を採って調べろ。こいつも共謀罪だ。あとでおまけを付ける」フレディはアルバーツに向きなおって言った。「州犯罪にも問われることになるが、そっちはヴァージニアの管轄だ。州検事から尋問を受けることになる」

　鑑識の人間が、ユーのガレージの床に引っくりかえされたアルバーツのショルダーバッグの中身を点検していた。私もその秘蔵品に目を通した。書類、写真、物的証拠がはいっていそうなビニール袋――おそらくアマンダ・ケスラーの髪の毛か、彼女のＤＮＡが残るものだろう。アルバーツと悪党は、ユー教授が首謀者で、ヘンリー・ラヴィングを雇った張本人であることを明かす証拠をここに仕掛けにきたのだ。

「サンディ」私は言った。「しばらくスティーヴンソン上院議員の話をしましょうか」

補佐官は必死に声をあげた。「意味がわからない」

フレディがせせら笑った。

私は言った。「すべてわかってる」

「何の話だ？」

「では手始めに、われわれは上院議員が学校での講演活動を好まれているのを知っています。若い女性に囲まれるのがお好きだと」

アルバーツが目を丸くした。平静を取りもどすと視線を落とした。

私はつづけた。「この一年のある時期、スティーヴンソンは講演後にひとりの生徒と出会った——北ヴァージニアのコミュニティカレッジで。生徒の名はスーザン・マーカス。議員は彼女が大学生だと思っていた。ところが、じつはハイスクールの生徒だった。十六歳。アマンダ・ケスラーのクラスメイトでした」

ドゥボイスが断片を組み合わせたところ、私がスティーヴンソンに関する調査報告で読んだ、まさにそのイベントでのことだったらしいと判明した。議員が得意の〝法の原則〟の演説をおこなったのが、このコミュニティカレッジだったのである。

私はアルバーツに言った。「彼女を誘った場所がオフィスなのかモーテルなのか、それともリムジンの後部座席だったのか、それはわからない」

「いまもって」とフレディが付け足した。「いまもってわからない」

「それでも上院議員の側に……不適切な行為があったのはほぼ確実だ」

「嘘をつけ！」しかし、アルバーツの抗議に説得力は皆無だった。

私は言った。「上院議員も馬鹿じゃない。彼女が未成年だとは思っていなかった。会ったのがコミュニティカレッジだから、ハイスクールではなく、そこの学生だと考えたのかもしれない。いずれにしても、現実に起きたことは少なく見積もって法定強姦です。アマンダ・ケスラーは学校で自傷予防プログラムのボランティアをしていた。事件を経て鬱状態になったスーザンはそこに助けを求め、話をした相手がアマンダだった。スーザンは年上の男と関係をもち、そのことを口外するなと相手から圧力を受けていると告白した。アマンダはスーザンを大人のカウンセラーに引きあわせようとしたが、診察をまえにスーザンは自殺してしまった。その死を重く受けとめたアマンダは、自分のブログで少女の自殺を公表しようと思い立ち、なぜ彼女は死を選んだのか、何がそうさせたのかを調べはじめた。スーザンの友人、家族から話を聞こうとしていた。もはやアマンダが真実を突きとめるのは時間の問題だった」

「しかも」とフレディが言った。「われわれはスーザンが自死を選んだと完全に納得したわけではない。つまり……幇助《ほうじょ》の可能性もある」

アルバーツは口を開きかけて言葉を呑みこんだ。

私より演技に長じたフレディが言った。「おっと、自殺と断定した検死報告のことを持ち出そうって魂胆か？　その中身を見たって？　またどうしてそんな真似を？」

変わらず沈黙。

私はつづけた。「あなたの仕事はラヴィングのような人間を雇って、アマンダがスーザンの死について話した全員の名前を調べあげることだった。アマンダのメモも全部取りあげる。そのうえで彼女も殺す」

アルバーツは肩を落としてユーの家に目をやった。

私は口に出せば己れが不利になるアルバーツの思いを代弁してみせた。「要するにあなたは、われわれが〈グローバル・ソフトウェア・イノベーションズ〉とピーター・ユーのほうを見ていると思いこんでいた……そう、それはあなたを明るみにおびき出す餌にすぎなかった。私はあなたと上院議員を疑っていたが、確たる裏づけがなかった。そこであなたを、〈グローバル〉に関する省庁間警報が行くようリストに載せた。もしもやましいことがあるなら、ユーを巻きこむ証拠をここに置きにくるんじゃないかと思ってね」

「私は何ひとつ悪いことはしていない。そうとしか言いようがない。弁護士を要求する」

「手を貸してくれ、サンディ」と私は分別をきかせた声で言った。「われわれはそっちの尻尾をつかんでる。ほら」私は横でにこりともしない、がっしりした容疑者に流し目をくれた。「彼やほかの傭兵は、たぶん軍事委員会の伝手を通じて見つけたんだろうな。ヘンリー・ラヴィングとあなたをつないだのもそう。ヘリコプターの手配もした。で、こちらの知っている情報をどうにかして探ろうと、令状なしの盗聴を捜査することを思いついた」

アルバーツの目が激しく揺れた。

私は言った。「気に病まないでくれ、サンディ。協力してくれ……スティーヴンソンと働くにあたって、あなたがロビーイング会社と縁を切ったのは知っているが、いまも連中がからんでいるんだな？」

わずかに首を振った。

「それにスティーヴンソンを支援する政治活動委員会も？　委員会としては、議員にはパーティの人気者でいてもらわなくてはならない。スキャンダルはごめんこうむりたい。誰なんだ——委員会で——一枚嚙んでいるのは？」

アルバーツは泣きだしそうな顔で口走った。「スティーヴンソン上院議員は立派な男だ」その反論は滑稽であり、やけに悲しくもあった。「彼は知らなかった……」

「何を？」私は詰問した。「何を知らなかったって？」

アルバーツはがっくり肩を落とした。

ＦＢＩのヴァンが通りを走ってきた。乗っていたのはこの家の持ち主、ピーター・ユー教授とその妻である。夫妻は仕事に出かけるふりをして、留守宅を逮捕の現場にすることに理解を示してくれた。アルバーツもそっちを見て、すっかりはめられたと悟ったらしい。

私はフレディに目交ぜをした。するとフレディはうなずき、この場を仕切ることに白紙委任をくれた。私はわずかアルバーツに近づいた。「協力してくれれば取り引きしよう」

アルバーツはつぶやいた。「上院議員を巻きこめというのか」

フレディがげらげら笑いだした。何をいまさらという含みだった。

「私にはできそうにない」

〝できそうにない〟というところが決定的で、これは楔を打たれたと本人が認めたも同然なのである。私は自分の立場を曖昧に伝えた。「結局、残る一生を刑務所で暮らすか、そこをはるかに短くするかの問題でね」私はこちらの意図を相手の心に刻みつけた。それから、ひとりの捜査官を呼び寄せるとアルバーツに向かって言った。「いまからあなたを拘置所に送る。私の言ったことをよく考えるんだ」

アルバーツは唇を固く結び、つかの間目を閉じた。

アルバーツと相棒が連行されていくなかで、クレア・ドゥボイスが投げてきた言葉に私はつい頬をゆるめていた。彼女はアルバーツの背に顎をしゃくるとこう言ったのだ。「ゲーム理論の話をうかがいましたけど。これこそ〝囚人のジレンマ〟でしょう?」

70

私はアーロン・エリスのオフィスに腰をおろし、またしてもエリスの子どもが描いた絵を見つめていた。干し草の山と小さな塔。たぶん黄色の城、金色か真鍮色。よくわからない。

時刻は午前十時三十分。クレア・ドゥボイスが隣りの椅子を引いた。ボスが言った。「いまこっちに向かってる」

「まさか」別の声が室内に響いた。「ほら《ヴォワラ》！ 到着だ」

戸口にジェイソン・ウェスターフィールド連邦検察官が立っていた。「暗い声を出してどうした、アーロン? いいかな《プール》、はいって《アントレー》?」きょうのウェスターフィールドは土曜日の郊外を走りまわるような外見とは打って変わって、検事らしい服装をしていた。

エリスがコーヒーテーブルの向かいの椅子を手で示した。

細身の検事は補佐のクリス・ティーズリーを引き連れて入室してきた。私は面白がらずにはいられなかった。この場でウェスターフィールドと私は、おたがい十歳以上も年の離れた魅力的な女性をセコンドとして従えている。私は、クリス・ティーズリーがドゥボイスの〈メイシーズ〉のスーツと銀のブレスレットに目を走らせたのを認めた。残念なことに、わが部下も底意のある視線を宿していた。

「さて本題にはいるが」とウェスターフィールドは言った。「驚いたな、ここまで泥沼が高くなるとは」比喩を混同したことに、少なくとも気づいた本人は口ごもった。

やがて、「連邦上院議員か。ふむ」ウェスターフィールドの口調と態度は、最後に会ったときと同じで忙しない。いや、会うたびにというべきだった。

私は慎重に足を動かした。痛みに息を呑み、集中しなおした。

「ではコルティ。料理を……シル・ヴ・プレ」

私は先ほどサンディ・アルバーツに語った話をした。ラヴィングが雇われたのは、スティーヴンソンが猥褻《わいせつ》行為をした生徒の死について、アマンダがブログに書こうとしたからだと。

「どうしてわかる?」

私はゆうべ、旧政府施設に駐めた車内で、アマンダと話していて思いついたのだと答えた。あまさず聞いたアマンダの最近の生活において、ヘンリー・ラヴィングの出番となりそうなものがあるとすれば、アマンダが自傷防止プログラムの学生ボランティアをしていたこと、それにスーザンの自殺にまつわるブログだった。

ティーズリーが訊ねた。「しかし、そこからスティーヴンソンというのは飛躍ではないでしょうか?」

「上院議員本人が手を差しのべてくれました。われわれが任務をあたえられた直後に、議員の補佐官が違法盗聴の件で接触してくるというのは、やはりどこか妙な話です。昨夜クレアに頼んで、スティーヴンソンが盗聴に関する委員会の審問日程を決めているかどうかを調べさせましたが、決まっていなかった」

たしかに、スティーヴンソンが思想的観点から違法監視に反対していると推測したのはこの私だった。議員自身はそこに意見を述べたことはない。例のスーザンに会ったと思われるカレッジでおこなった演説では、法の原則について型通りの美辞麗句をならべたにすぎない。

「議員とアルバーツは、ケスラーの件で私を監視しようと作り話をこしらえたのです」

ボスと私は目配せを交わした。ウェスターフィールドは数年まえ、ラヴィングに違法な盗聴を仕掛けようとした私の過失を知らないようだった。おそらくスティーヴンソンも知らない。この先、問題が生じる可能性がある一方で、とっくに片がついているということもある。

「そこで、スティーヴンソンについて掘りさげてみました。若い女性と浮き名を流す男。しかも学校で定期的に講演を開いている。出身はオハイオ、ウェストヴァージニア州チャールストンから遠くない。アルバーツと議員本人にとっては、ラヴィングと会うのに恰好の中間地点になる。私はそのあたりをクレアに探らせました。通話記録に旅行記録、過去の痴漢行為を金で解決した事件を調べた」私は肩をすくめた。「あくまで推理であって、百パーセント確実ではないが、〈グローバル・ソフトウェア〉に関する㊙メールを送ったのです——アルバーツが餌に食いつき、われわれをピーター・ユーのもとへ誘導するのではないかと」

「ああ、〈グローバル〉に関する警報は見た」ウェスターフィールドが不機嫌そうに言ったのは、また私に取りこまれると疑っていたからだろう。が、ここでは彼を遠ざけておこうという意図は微塵もない。

私は言った。「アルバーツ。彼はまず転ぶでしょう」

〝囚人のジレンマ……〟

エリスが言った。「しかし、少女を誘拐して拷問をくわだてたうえに……警備会社まで。行動が極端に大がかりだ。なぜ？　それに期限を切った意味は？　彼らはきのうの夜までに情報を求めていた」

私にしてみれば、それは明白だった。「まず第一に当然、刑務所行きを望まないスティーヴンソンは、スーザンの死を自分と結びつける目撃者の口封じを考えた。だがこの件にはスティーヴンソンとアルバーツだけじゃなく、もっと大勢の人間がかかわっている」

そこにウェスターフィールドが飛びついた。陰謀説は気を惹きやすい。「どういうことだ？」

「まずは最高裁判事候補。あす、上院で承認の投票がおこなわれます。アマンダはまる一週間、スーザンの自殺のことを調べてブログに書こうとしていた」

ウェスターフィールドは言った。「いまもってその関連がわからない」

私はスティーヴンソンが右派の判事の承認にあたって、賛成票を取りまとめた人物であることを説明した。「一票差の多数でした。もし彼が逮捕されたり性的虐待スキャンダルに巻きこまれでもしたら、その連携は崩壊して、共和党の夢である判事は承認されなくなる。おそらくスティーヴンソンを支援する政治活動委員会の人間、そしてアルバーツのロビーイング会社の人間がかかわっているはずです」

ウェスターフィールドは狼のように目を燦めかせた。

「それはいいな」

私は言った。「あの場の怒りをご覧なさい。あの党派心を。自分が付いた側を勝たせようとなったら、人はどんなことでもする」

〝議会で大騒ぎする輩が多すぎるんだよ。どこでもかしこでも大騒ぎするのが〟

ウェスターフィールドは必死でメモを取るティーズリーを見てくりかえした。「それはいいな、コルティ。いいぞ……」

しかし、検事は本心そのままを言っているわけではなかった。まだ何か出てきそうだった。

「ただし……」検事は骨ばった尻を支点にそっくりかえり、しばし天井を睨みつけた。顔に本物とも偽物とも知れない悔恨がひろがった。「きみ自身が、輝かしい栄光につつまれて引退するというのはどうだ?」

「引退?」アーロン・エリスが訊きかえした。

「なにしろ、きみはわれわれをもてあそんだ」

連邦検察局を、という意味だろうと私は推した。

「何を言いだすんだ、ジェイソン?」とエリスが問うた。

「ケスラー夫妻を拘置所に送るあの一件は?……あれはなんともぶざまだった」

〝影響は残るぞ。きみは私をかついだんだからな……〟

おそらくは司法長官本人か司法省の高官が同席していたのだろう。ヒーロー警官、ライアン・ケスラーから事情聴取をする予定だった。ウェスターフィールドのキャリアに傷がついたのだ。

「私は辞職が相当と考えている。始末書だ。きみがわれわれを袖にしたと上層部に知らしめる」

またも陳腐な表現を聞かされた。法廷でつまらない言辞を弄して、判事から譴責《けんせき》を受けたことがあるのだろうか。

ウェスターフィールドはつづけた。「むろん、こちらで完全給付を受けられるように取りはからおう。ま、民間の警備会社にもぐりこむのもいいんじゃないか。そうだ、給料は倍になるしな。筋のいい客を回してやってもいい」

「ジェイソン」とエリスが言いかけた。

「残念だ。ほんとうに」ウェスターフィールドの顔に当惑が見えた。「あれがなければ……口にするのも憚《はばか》られるが、ある問題を耳にした。監視令状の件で」

私は複数の視線がこちらに向くのを感じた。

つまり、ウェスターフィールドは知っていたのだ。これで私に楔を打ちこんだことになる。すぐれて上物を。

検事は言った。「手打ちをしないか？　われわれは別々の道を行く。いいかげん銃で撃たれるのも飽きたろう、コルティ？」

著名な数学者ジョン・ナッシュの名に因《よ》るナッシュの交渉ゲームは、ゲーム理論家のあいだで信奉され、私も心に留めている。この理論は、たがいに分配可能な一部を求める二名のプレイヤーがいる場合に成り立つ。例を挙げると、ふたりの上司が週四十時間の勤務が可能なアシスタントをシェアしようとする。双方はアシスタントに働いてもらいたい時間数を、相手の希望を知らないまま紙に書き出す。その合計が四十時間ぴったりになるか少ない場合は、双方が望んだ時間だけアシスタントを使う。合計が四十時間を超えたら、どちらも一切アシスタントを使えない。

どうやらいま、私はエリスとウェスターフィールドによる交渉ゲームの対象とされていた。

しかしゲーム理論とは、まえもってルールが明示されている場合にのみ有効なのである。このナッシュの交渉ゲームにおいては、両プレイヤーとも目下存在する別のルールに気づいていなかった。ふたりの交渉の対象である私が、ゲームのプレイヤーかもしれないということに。

双方の面子《めんつ》を懸け、ウェスターフィールドとエリスが妥協を探ろうと協議しているところに、話半分で聞いていた私は口をはさんだ。「ジェイソン？」

検事は黙りこんで私を見た。

私は言った。「私は辞めない。辞表は書かない。この話は取りさげてもらいましょう」

ボスとウェスターフィールドが目をしばたたいた。検事は同じく啞然として真珠をいじくりまわす部下を見やった。

ウェスターフィールドの小さな唇が冷笑をつくった「なんだ、まさか……」

〝脅す気じゃないだろうな？〟とまでは言わなかったものの、検事の剣吞な科白の行き着く先はそこだった。

エリスが言った。「コルティ、いいから。私たちは歩み寄れる。妥協の余地はある」

私は席を立ってドアをしめた。

ウェスターフィールドは怪訝な顔をした。エリスはこの場から逃げたがっている。ドゥボイスが微笑で通りそうな表情を浮かべた。私が見せるような笑顔だった。

「さあ」と私は彼女に声をかけ、椅子に着いた。私は子飼いの部下たちに調べ屋、消し屋、首謀者への対応の仕方を教える。一方で僚友への対応も教える。

ドゥボイスはウェスターフィールドのほうを向き、恭《うやうや》しく切り出した。「検事、わたしたちはアルバーツ氏とスティーヴンソン上院議員の事件を補強する過程で――わが組織がケスラー一家の警護活動をおこなっていることをふたりがいつ、どのように知り得たかについては、慎重に調査を進めるべきと考えました。それがうやむやのままであり、コルティ係官とわたしが抱く大きな疑問です。当然ながら、わたしたちが任務を受けたという公式の発表などありません。わが組織としては、匿名の存在でありつづけることが重要ですので。お察しのとおり、他人に出入りされたり、仕事に鼻を突っ込まれたりしては組織が効率的に機能しません。事実、全法執行機関に通達された指針には、われわれの存在を口外してはならないと明示されています。われわれが特定の任務に従事していると他言するなど論外です」

「鼻を突っ込む？」ウェスターフィールドは焦れったそうに両手を上げた。その意味するところは――何を言いたい？

「通話記録によれば――もちろん、正式に令状を受けてのことですが――サンディ・アルバーツは土曜日、違法監視の問題につきエリス部長およびコルティ係官と談判をしにここを訪れる一時間まえ、そちらのオフィスに電話をしています。その通話以前にはアルバーツも上院議員も、われわれがケスラーの件にかかわっているという認識は持っていませんでした」

「私のオフィスに？　ばかげてる」

ドゥボイスはまばたきをした。「それがそうでもなくて。ここに通話記録があります」書類を開くとき、お守りのブレスレットが鐘のように鳴った。ドゥボイスは宝石を身につけていた。「関係ある部分を黄色のマーカーで塗りました。わたしの好みより少々明るいのですが。ご覧になれますか？　ブルーも試してみました。でも暗すぎたので」

クリス・ティーズリーは自分のノートをきつく握りし

めていた。その色白の可愛らしい顔を染めた赤が真珠にも映えた気がしたのだが、それはあくまで私の思い過ごしにすぎない。彼女はささやき声で言った。「アルバーツはケスラー夫妻を知っていました。名前を知っていたんです。わたしはそれならと……彼が知りたがったのは、警護を取り仕切っているのは誰かということでした。訊かれたのはそれだけです。だったら……いいのではと思いました」

　さすがクレア・ドゥボイスはウェスターフィールドをじっと見つめ、不幸なアシスタントには一目もくれなかった。

「ああ、そうか」ウェスターフィールドはぐずぐずと言った。

　その後しばらくは、書類をアタッシェケースにもどすドゥボイスのブレスレットの音ばかりが聞こえていた。ウェスターフィールドが下唇を突き出した。「われわれで協力して、上院議員とその友だち《ツ・ナ・ミ》を監獄行きにするのがよさそうだな」彼は席を立った。部下も従った。「それでは、紳士諸君と……淑女のみなさん」ふたりは部屋を出ていった。

どうやら私の楔のほうが上だったらしい。

71

私は自分のオフィスの金庫を開き、土曜日に受け取ったボードゲームを出した。

　エアクッションをはがし、蓋をあけると古い紙と段ボールの匂いが立った。シーダーの香りもして気分が昂揚する。ボードのゲームの良さにはひとつ、それが持つ歴史というものがある。このゲームは一九四九年に新品で購入された。一家族で何世代も受け継がれてきたのかもしれないし、ガレージセールでほかの家庭の手に渡ったり、ニューイングランドの宿屋のもとへ行き、雨で紅葉狩りの予定が狂った土曜の午後の気晴らしとして、談話室で重宝されていたのかもしれない。

　防虫剤の臭いで、最近はクローゼットに入れっぱなしにされていたことがわかる。ボード本体にできた疵《きず》や染みを見ながら――それが安値の理由でもあるのだが――

私はスタートからゴールまでいったい何人が駒を動かしたのか、それはどんな人たちで、いまも健在ならどうしているのだろうと想像してみた。

たとえ頭がよくて高解像度のグラフィックスを誇ろうと、コンピュータゲームは、この優雅にして三次元の祖先たちの魅力には太刀打ちできない。

私はゲームをショッピングバッグに入れた。午後四時、ぼちぼち帰宅するつもりでいた。

オフィスの離れた側に置いたキャビネット上で、小型テレビが音を絞った状態で映っている。ふと目にした画面にCNNのフラッシュ——ニュース速報を認めた。ニュース速報にニュースフラッシュに緊急ニュース。ドゥボイスなら、そこにコメントをはさみたがるかもしれない。

私は流れる文字を読んだ。ライオネル・スティーヴンソンが議員の即刻辞職を表明した。現在取調べ中で詳細は不明だという。首席補佐官のサンディ・アルバーツは逮捕され、アルバーツが連携する政治活動委員会の長で、かつてアルバーツが属していたロビーイング会社の共同経営者も同じく逮捕された。

いずれにしても、ジェイソン・ウェスターフィールドは道草を食わなかった。

戸口に声がして、私はあわててテレビを消した。「持ってきたわ」と個人アシスタントのバーバラが言った。「いい？」

私はバーバラから受け取った書類に目を通した。それはケスラー一家をわれわれの保護下から解放するようにとの命令書だった。文書は単に形式上のことであり、万が一首謀者が拘束されたことを知らず、調べ屋がふたたび依頼人を追いつめようとした場合には、命令書への署名後であっても私たちは出動することになる。とはいえ、われわれもやはり連邦機関であり、要は事務手続きなのである。私は署名した書類を手渡したバーバラに三日、もしくは四日空けることになるが、いつでも連絡は取れるようにしておくと告げた。

「すこしは休みなさい」バーバラから母親のように言われると気分がなごんだ。「本調子じゃなさそうよ」

唐辛子スプレーの影響は自分ではもう感じない。私は眉をひそめた。バーバラが言った。「だって、まだ足を引きずってるじゃない」

「ほんのかすり傷さ」

するとバーバラが気恥ずかしそうに言った。「そこは、爪先《トウ》を癒し《ヒール》てるって言うところ」

私は、百万年かかってもそんなのは浮かんでこないと思いながら笑った。マーリーやフレディの言うとおり、私はジョークに向いていない。使うかどうかは怪しいものだが、〝ヒール〟と〝トウ〟のくだりは憶えておくことにした。

私はボードゲーム、コンピュータ、服を入れたジムバッグをまとめてドゥボイスのオフィスへ行った。私が戸口に立ったとき、ドゥボイスは電話中だった。その陽気な声からして、相手はたぶん猫の男だろう。今夜はロマンティックなディナーらしい。彼女はいつもながらの枝葉末節と脱線をはさんで、鶏料理はどうかと彼に提案していた。

私はさよならの手を振った。ドゥボイスは待ってほしいと指を一本立てた。

私は電話を切らせたくなかった。「帰る。ありがとう。よくやった」とささやいた。

笑顔は薄れても、その目は輝いていた。私はエイブ・ファロウにほめられると、自分が正反対の反応をしていたことを思いだした。目を伏せて賛辞を受け流していた。私はクレア・ドゥボイスの態度こそ正しいと思った。彼女はときに冗談を言い、突飛な見解を出し、独り言を口にする。感情の出入りはさりげない。そうあるべきなのだ。もし時をさかのぼって物事を変えられるなら、私は自身のそんなところを直したくなる。

だがそれは過去のこと。過去はまるで思いも寄らない、迷惑このうえない折りに襲ってくるばかりか、変更など不可能なのだ。

私は料理にまつわる独白をつづけるドゥボイスを残し、車庫へ自家用のダークレッドのボルボを取りにいった。私の職業は世界一安全ではないかもしれないが、車は保険会社の弁護士だった父が家族の安全をゆだねたメーカーのものに乗っている。スタイリッシュではないが――スタイルなど気にしない。それに燃費もかなりいい。

キング・ストリートに出ようとしていたとき、携帯にメールが届いた。私は道端の停車帯に車を停め、視線を落とした。フロントグラスの外にフリーメイソン寺院を望む場所で、私は画面を見つめながら思案した。

72

私がジョアン・ケスラーを見つけたタイソンズ・コーナーの〈ギャレリア〉は、有料道路近くで棟を接するふたつのショッピングセンターの洒落たほうで、アスラン・ザガエフの尋問がおこなわれた政府のビルに近接していた。〈リッツカールトン〉、〈デビアース〉、〈ヴェルサーチ〉がはいる〈ギャレリア〉は、クリスマスの時期を除いていつもがらがらで、これで商売が成り立つとは思えないような施設である。

ジョアンはモール中央の洞穴さながらの場所で、ぐらつくテーブルに着いてお茶のカップを手にしていた。またしても〈スターバックス〉だった。

依頼人は事件のけりがついて一カ月あまりは念のため、コールドフォンを携帯する。その時期が過ぎると、ソフトウェアがコードと番号を無作為に上書きしてしまうので、依頼人は電話を私書箱に返送するか廃棄することになる。私が三十分まえに受け取ったメールは、会えないかというジョアンからのものだった。

もちろん私からはすでにジョアン、ライアン、アマンダに連絡して、すべてを説明してあった。別れのあいさつもした。そして解放命令への署名をもって仕事は終了した。

ただし、すっきりとはいかないらしい。

私はコーヒーを買うと、暗く沈んだ女性と向きあった。

「具合はどう?」とジョアンが訊いてきた。

痛みや皮のむけた爪先のことを話す気にもなれず、私は簡潔に言った。「大丈夫。で、ライアンは?」

「回復してる。あした退院する」

「アマンダは?」

「元気よ。ワシントンの腐敗を糾弾するんだって息巻いてる」

「ブログには気をつけて」と私は言った。「こちらは匿名でいなくてはならないので」

ジョアンは微笑した。「その話はもうしてあるから」

「ニュースは見ました? スティーヴンソンの?」

「ええ」なんの感慨もない味のコーヒー。ジョアンがつづけた。「あのね、コルティ、わたしたち、あなたにちゃんとお礼をしていないって気がしているの。それがずっと引っかかってる。あれだけしてくれて。殺されそうになって。あなたにしたら、わたしたちは見知らぬ他人よ。どうでもいい存在だわ」

沈黙がひとしきり流れた。ばつが悪かった。私は言った。「それが私の仕事です」

「とにかくありがとう」

だが私には、この会合が感謝を伝える目的だけでないことがわかっていた。

間があって、「もうひとつだけ。あなたにお願いしたいことがあるの。いけないと思いながら……ほかに頼める人もいなくて」

「ええ。どうぞ」

「マーリーのこと」ジョアンはうつむいた。「またしくじったわ」

私はウィンドウショッピングをする人々を眺めながら待った。

「あの子、わたしには言わないだろうけど。立ち聞きしたの。アンドルーのところへ行こうとしている。それをやめさせようにも完全に耳をふさいで。荷物をまとめて飛び出していったわ……また暴力をふるわれて、あの子がそれをまた煽ることになるのよ」ジョアンは私の腕にふれた。奇妙な感覚だった。相手を守るべきゲームの駒として扱うとき、肉体的接触はまずありえない。エイブが言ったように、それは避けなくてはならないことなのだ。

そんな思いから自然と、ポトマック川を見おろす岩棚でマーリーと交わしたキスのことが頭に浮かんだ。

ジョアンはささやいた。「あなたから話してもらえない？　おねがい。それがあなたの役目じゃないことはわかってる。でも、あの子はわたしの話を聞かないわ。もう二度と口を利いてくれないかもしれない……」

私はジョアンの目に涙を見た。彼女を知ってから、わずか二度めの涙だった。

私は気まずさをおぼえていた。「彼女はいまどこに？」

「一時間後に彼と、ダウンタウンのワシントン公園で会うことになってる」

つねづねクレア・ドゥボイスや部下たちには、羊飼いと依頼人の関係は首謀者と調べ屋、消し屋が逮捕もしくは無力化されたその瞬間に終わると言い聞かせてきた。セラピー、離婚、悲惨な事故、以前にもましての幸福……その幕切れの如何はわれわれとは無関係なのである。この数日の恐怖を経て、ケスラー家の生活が——どんな形であれ——正常にもどるころには、私は別の隠れ家かどこかの路上で新たな依頼人の保護にあたっている。

「おねがい」

私は崖の縁のことを考えていた。眼下にはポトマックの奔流があった。

〝崖の縁……〟

「わかりました」

私の腕を押さえる手に力がこもった。「ああ、ありがとう……」ジョアンは涙を拭いた。

私は席を立った。

「コルティ」

私は振りかえった。

「ふたりで話したことを憶えてる？　ふたつの人生を送るって、そう、依頼人を護るあなたの仕事やわたしの仕事があって、そのうえで家族も持つという話。あなたは両方は無理だと言った。でもきっと……あなたならできる。その気になれば」ジョアンは、らしくない笑顔を見せた。「それを心から望めば」

返す言葉が見つからなかった。私は別れ際にうなずくと、わずかに足を引いて車に向かった。

四十分後、私はデュポン・サークルから遠くないワシントン公園にいた。その小さな場所の起源をたどると首都の草創期に行き着く。聞くところによると、市内にはタイヤや牛乳のカートンをリサイクルした新しいベンチが置かれた公園もあるという。たしかに環境にやさしく、人類にとっていいことではあるのだけれど、私はここにある古いベンチが好きだった。それこそ三マイルほど離れたペンシルヴェニア・アヴェニューで、テディ・ルーズヴェルトが執務にあたっていたころに設置されたような代物で、黒の鉄枠は錆が浮き出し、座面の割り板は長年雑な塗装をくりかえしたせいででこぼこになっている。

一組のカップルが公園を通りしな、足を止めて眺めると歩いていった。秋咲きのツバキだと思うのだが、足を止めて眺めると歩いていった。やがて公園から人がいなくなった。風が強く、雲の多い日だった。私はベンチ全体を見渡すことができ、どこからでもマーリーを探せる位置に車を駐めた。エンジンを停め、バイザーを下ろした。これなら目につかない。彼女の電話を鳴らしても留守番電話につながるということは、姉からの連絡を避けて電源を切っているのかもしれない。

誰かがやってくる。残念なことにアンドルーだった――ケスラーの件で首謀者と疑った際に、調査したクレア・ドゥボイスから写真を送らせていた。アンドルーは携帯電話で話しながら、のんびりした歩みで公園にはいっていった。不意に立ちどまってあたりを見まわすと、ベンチに腰をおろして脚を組んだ。その表情はうかがえない――私は四十フィートほど離れていた――だが笑ってはいなかったし、苛立つそぶりを見せている。その気性にくわえ、心ここにあらずという気配からして、ゲームなら簡単に勝てる相手だろう。

男が先に来てしまったので、マーリーと話すには彼女を途中で捕まえる以外にチャンスはなさそうだった。

しかし、その可能性も消えようとしていた。まもなく公園の反対側からマーリーが来た。アンドルーとちがって笑顔なのは、彼と会うのを楽しみにしているからだ。足取りも軽く、〈ニーマン・マーカス〉のショッピングバッグとカメラバッグを提げている。いまや懐かしいスーツケースを愛犬のように引き連れている。ショッピングバッグの中身はプレゼントなのだろうか。あの気まぐれで子どもじみた役割に返って、男の許しを得ようというマーリーに、私は彼女が目の前でアンドルーの電話にメッセージを残していたときのことを思いだした。私の場合と比較するなら、たいする態度がまるで異なっていた。

〝ツアーガイドさん……〟

アンドルーはマーリーに気づいてうなずいたが、笑顔はなく電話も切らなかった。私はそれが力を誇示するための不要の通話ではないかと思った。動物はこうした支配行動をとるが、それは生存が目的であって自我がそうさせるのではない。アンドルーが過去に暴力をふるったことを知っているだけに、この無視するやり方を見て、私もジョアンが考えていたように、男がマーリーを脅かす存在だと感じた。

仕事の一週間が終わり、グロックは鍵のかかるデスクの引出しにしまってきた。それでも警察に通報はできる。私は監視をつづけた。重要となりそうな事実を拾っていくと――男は手袋をはめている。腰のあたりがやや張っているのはさっきから気づいていた。背負っている大きなバックパックには武器を入れているかもしれないし、それ自体武器にもなる。見るからにたくましい体格。

マーリーは変わらず脅威には無頓着で、男と再会できたことを喜んでいた。にこにこしながらベンチに腰かけ、電話をあてていない頰にキスした。男は手を取る以外はマーリーを相手にせず、しばらくして電話を切った。電話をしまうと笑顔を向けた。言葉は聞こえなかったが、とくに害のない会話のようだった。この数日どこへ行っていたのかと問われて――男の驚いた表情から内容はうかがい知れた――マーリーは多少なりと真実を語ったのだ。男は短く笑った。

〝起きている現実をおまえがどう考え、それがどう見えようと、コルティ、憶測は禁物だぞ。注意を怠るな〟

了解、エイブ。

アンドルーのにやけた面が誘うような微笑をたたえ、彼はマーリーに腕をまわした。いまからアパートメントに帰ろうとでもささやきかけたのだろう。私はドゥボイスの調査で、彼がこの近くに住んでいるのを知っていた。

するとマーリーは首を振り、肩に置かれたアンドルーの腕をはずした。身体を離した。しばらく黙っていたマーリーは息をつき、相手の視線を避けながら自分の意思らしきものを伝えていった。最初は訥々《とつとつ》とした感じだったのが、しだいに調子をつかむと男の無表情の顔を見つめて訴えかけた。

アンドルーが手袋をはめた手を動かして身を寄せた。ふた言、三言話しかけるとマーリーは首を振った。

マーリーはバッグを手にして額装した写真を取り出した。ケスラーの家で見た静物の写真で、私はそれがアンドルーからの贈り物だったのだろうと思った。おそらくは自作だ。マーリーはその写真を本人に返した。

なるほど。彼女は別れを切り出したのだ。

アンドルーが写真を眺めて寂しそうに笑った。みずからの思いを口にした。そして口づけようとすると、マーリーはさらに身を引いて何かを言った。

男はうなずいたと思うと、いきなり激昂して額《がく》を歩道に投げつけた。粉々に割れた破片を避けるように、マーリーが身をすくめた。そこで男がマーリーの腕をつかんだ。マーリーはたじろいで痛みに声を出した。男が手袋をした反対の手を引き、拳をつくった。

私はドアをあけ、急いで外に出た。

と、マーリーも立ちあがり、平手を突き出して相手の顔を打った。まさかの反撃にアンドルーは無防備だった。マーリーの手は鼻をとらえていた。その痛みはすさまじい――私も興奮した依頼人から、はからずも肘打ちを食らったことがあるのでわかる。

アンドルーはベンチに倒れこんでうずくまり、怒りにふるえながら血の流れた顔を押さえた。

「このクソ女」

「言ったでしょ。終わりだって」マーリーはきっぱりと言った。

車を降りていた私には、ふたりの声がはっきり聞こえていた。

ふたたび立って無理やりつかみかかろうとする相手を、マーリーは冷静かつ激しく突きかえした。涙で視界のきかないアンドルーは足をもつれさせ、歩道に体側をまともに打ちつけた。あわてて立ちあがると後ずさりながら、クリネックスを手探りした。

「やりやがったな、あばずれ！　警察に突き出してやる」

「上等よ」マーリーは冷静そのものだった。「言っておくけど、わたしの義兄は警官だから。この件であなたと話したがると思う。義兄とその友人で」

私はマーリーが私の保護の下で、楔を手にし――それを打つ方法を学んでくれたことがうれしかった。

相手を見おろす彼女の顔には、同情がにじんでいるように見えた。「もう二度と連絡しないで」そしてカメラバッグを肩に担ぐと、スーツケースを転がしてゆっくり歩み去った。私はアンドルーが追いかけていくか見きわめることにした。彼は思いを凝らす様子で割れた額をつかみ、それをまた地面に放った。やがて、手袋をはめた手で出血した鼻を押さえながら、大股で反対方向へ歩いていった。

私は運転席にもどって車を出し、マーリーが行ったほうに走らせた。つぎの交差点で信号を待つ彼女の姿を見つけた。マーリーは髪をかきあげて顔をそらし、色の深まる空を見あげた。きっと彼女は、いま私がボルボの開いたウィンドウから感じている紅葉の甘い香りと、近くのブラウンストーンの煙突から流れてくる暖炉の薪火のより甘い香りを吸っている。

信号が変わった。マーリーは通りを横断して、高層でガラス張りのハイアット・ホテルへ歩いていった。

ホテル前の縁石に車を寄せた私は連邦の身分証を提示した。交通警官はうなずくと歩いていった。

私はエンジンを切った。

マーリーは回転扉を抜けた。扉はゆっくり動いて止まった。あたりを見まわしたマーリーはフロントデスクへ行き、ベルボーイにスーツケースを預けた。係に声をかけるとバッグを開き、身分証とクレジットカードを差し出した。

私はしばらく彼女を見つめた。そこで依頼人の最後のひとりの安全を確認して車のエンジンをかけ、ギアを入れた。私は往来に出ると、ホテルを離れて家路に着いた。

エンドゲーム

いま、特別区から出ようとしている私は、〈シリウス・サテライトラジオ〉のシナトラ・チャンネルを聴いていた。このチャンネルはフランクにかぎらず、当時のアーティストたちを程よく取り混ぜてかけてくれる。スピーカーから流れているのはハリー・コニック・ジュニアだった。

音楽を楽しむ。

運転も楽しむ。

私は街を離れた。マーリーとジョアンから離れた。ライアンとアマンダから。

ヘンリー・ラヴィングからも。

形はちがえど、彼らとは永の別れだった。

その他の人々も、私からすれば存在しなくなっている――もちろん一時的なことではあるけれど、フレディは消え、アーロン・エリスとクレア・ドゥボイスも消えた。クレアには、猫男といっしょに山ほど料理をこしらえてほしいと願っている。

ジェイソン・ウェスターフィールドは、私の脳内のクレジットから早々にはずれていたし、あの真珠のアシスタントとなると、可笑しなことにフルネームを思いだせ

仕事で車を走らせるとき、私は音楽を聴く贅沢を自分に許さなかった。ビル・カーターにも話したが、注意力が散漫になるからである。

だが、仕事以外の時間にはいつでもラジオ、CD、ダウンロードしたものをかけた。昔の音楽が好みなのだが、この昔という括りは一九三〇年代から六〇年代、それ以前でも以後でもない。

歌手でいえばファッツ・ウォーラー、シナトラ、ビリー・ホリデイ、ルイ・アームストロング、ローズマリー・クルーニー、エラ、サミー・デイヴィス・ジュニア、ディーン・マーティン……歌詞が陳腐でなければ。言葉は大事だ。いかんせんビートルズには、音楽性はともかくコンセプトがない。偉大な音楽だが、彼らが立ちどまって自分たちの書くことに思いを寄せていたら、それは並はずれた芸術を創出していたといつもながら思う。

ない。クリスなんとか……

標識が飛び去った。メリーランド州アナポリスまで十五マイル。

二十分後、私はチェサピーク湾に近い地味なコロニアル風の家の前で車を停めた。今夜の風はおとなしいが、この土地で気に入っている波の音はいまも聞こえる。

低速で、後続車がいないのにウィンカーを出して折れた狭いドライブウェイは、都会より早く落ちた葉が一面に積もっていた。私は落ち葉を掻くのが好きで――掃くのではなく、掻くのだ――あした、週末の皮切りに手を付けることにした。駐めた車を降り、伸びをしてからコンピュータ、ジムバッグと大切なボードゲームを入れたショッピングバッグをまとめた。

そんな荷物を持てあましながら、私はくねくね曲がったコンクリートの小径を、落ち葉を踏みしめて玄関まで歩いた。スーツケースを置いてポケットに鍵を探ろうとしていると、ドアがいきなり開いた。

私は驚いて目を瞬いた。

ペギーがげらげら笑いだした。小柄でもたくましく、四十代にはいってそばかすだらけになった顔のブルネットが両腕を投げ出してきて、包みをかかえた私はあやうく後ろに引っくりかえりそうになった。それをしっかり支えたペギーが――言ったとおり、彼女はたくましい――腰に腕をまわしてきて、私たちはわが家にはいった。

「早かったじゃないの」ペギーは顔をしかめた。「愛人に寝室の窓から逃げろって言ったほうがいい？」

「彼は料理をするのか？」と私は言った。「居残りをお願いしてくれ」

ペギーはわたしの肋《あばら》をつつくとまた笑った。私は荷物を置き、彼女をきつく抱いた。私たちは長々と唇を重ねた。

「じゃあ、プロジェクトが早く片づいたわけね？」私はペギーが鏡を覗き、縮れた黒髪をととのえようとしているのに気づいた。私が明日まで帰らないと思っていたのだ。家を空けた私を待って、普段のペギーはめかしこんでいる。そんなところも私は好きだった。彼女に連絡をしなかったのは気を遣わせたくなかったし、こうやって驚かせたいと思ったからだった――誕生日や記念日のように。あと二週間で、私たちの十五回めの記念日が来る。

「その頭、どうしたの？」

「なにしろどじだからね。建設現場をうろうろしてて」

「ヘルメット」とペギーは諭した。

「いつもはかぶってるんだが。この週末も、きみのママとパパは来るのかい？」

「ええ。オスカーとね」

「だれ？」

「飼い犬」

「犬を飼ってるんだっけ？」と私は訊いた。正直言って憶えていない。

「話してたわよ」

「種類は？」

「ピッカプーとかなんとか。知らない。コルガ・ドゥードゥルかしら」

私は周囲を見まわした。「息子たちは？」

「ジェレミーは部屋であなたのお兄さんと電話中。サムはベッド。夕食をつくるわ」

「サンドウィッチかな。ワインと。ワインを大きなグラスで」

「来て」ペギーは一カ月まえに浴室のパイプが自死して以来、タイルを張りなおそうと思いながらそのままにしている廊下に荷物を置いた。私をキッチンへ連れていくと冷蔵庫をあさった。明かりを落として蠟燭に火を灯し、それから食事の支度にかかった。フランス産のシャルドネ、コートドールをふたり分注いだ。

私たちはグラスを合わせた。

「何日いられるの？」

「四日」

「まあ！」ペギーは身体全体を私にあずけて唇を押しつけてくると、背中にまわした片手を、ほんの数時間まえまでホルスターを着けていたその位置まですべらせた。

やがて妻が身を離すと、私は言った。「休みは五日って言ったかな？」

「どうすれば一週間にできる？」ペギーはささやき、私の耳に唇を這わせた。

私は頰笑んだ。ペギーが相手でも、私は世界一の笑顔を見せることができない。

また何度かキスをして、ようやく彼女が腕から離れると私は言った。「掘り出し物を見つけたんだ」私は廊下に出てショッピングバッグをつかみ、土曜日に届いたゲームを引き出した。包装をはがした箱をふたりのあいだに置いた。

「あら……」ペギーは私のようにボードゲームの熱烈な愛好者ではないが、家に本よりゲームが多いという状況で玄人はだしになりつつある。「それって、わたしの思ってるやつ？」

「オリジナルだ」

私たちが見つめていたのは〈キャンディ・ランド〉の初版、単純素朴でおそらく子ども用ボードゲームのなかでもっとも人気がある。私も兄弟や友だちと遊んで育った。カードを引き、チョコレートの沼やガムドロップの山がある土地に駒を動かしていく。

「ジェレミーはもう大きいからね。でもサミーは気に入るな」

「そんなことないわ。ジェレミーも遊ぶわよ」

ペギーの言うとおりだと思った。

「さあ、座ってのんびりして」とペギーが言った。笑顔が消えていった。私は品定めされた。「あなた、痩せたわ。ワークアウトか何かやってるのを隠してるでしょ。」

「いまの現場には、ろくなファストフードがないんだ」

「へえ」

冷蔵庫のドアをあける妻を横目に、私は書斎へ行った。棚の百二十一個あるゲームに囲まれ、軋る肘掛け椅子に腰を落ち着けた。するとある思いが浮かんできた。最近の依頼人のひとりに結びつく思いだった。

きみは自分で考えている以上に正しいんだ、ジョアン。ふたつの人生を生きることは不可能じゃない。公け、個人。闇、光。狂気、正気。

しかし、そのバランスを取るのは並大抵のことじゃない。ときに神業《かみわざ》とも思える
折りにふれて頭をよぎったりする、愛する者たちと送る人生の記憶や思いをすべて脇へやらなくてはならない。そうしないと、不注意が死を招くこともある。

秘密の人生についてまわる寂しさに甘んじなくてはならない。一度に四、五日あまり、出先や隠れ家で、オフィス近くに待機できるようにと、政府の助成があるアレクサンドリアのタウンハウスですごす私のような人生に。近所に最屓のゲームクラブがあろうと、お気に入りのゲームコレクションの一部を置こうと、外交官や現在の組織から受けた免状、賞状で飾ろうと、しょせんはボール紙とインクの匂いがする空虚な場所でしかない。家では

ない。

そして二重の人生を送るうえで、とりわけ厄介なのが人を欺かざるをえないことである。

ペギーは私が公務員だと知ってはいるが、数学の学位を持っていることから、国内外の安全な連邦施設の科学的分析に携わっていると思いこんでいる。私からはなにも話せないし危険なことはない、ただ極秘事項なのだと言いふくめてあった。厖大な数字の処理。退屈な仕事なのだと。

ペギーはそのへんを理解して、私の口の堅さを受け入れてくれていると思う。

逆に私は、仕事の同僚たちに家庭生活のことを明かさない——例外はごく近しいフレディのような人物だけだ。むろん連邦政府の人事関係の部門には、完全な記録がひっそり眠っている。私のこと、ペギーのこと、息子たち、母——サンディエゴ在住——それに三人の兄はひとりが保険会社の重役で、ふたりは大学教授。こうしたファイルは、退職給付や受取人の問題が起きた場合には関係してくるだろうが、私はこれまでの人生でやってきたように、自分に関する事実は必要最小限にしか知られないように手を尽くしてある。

最小限……

仕事で出会った大半の人間にとって、私は独身で子どももがなく、アレクサンドリア旧市街の住人で、おそらくは辛い過去をかかえた男やもめなのだ(私がマーリーに語ったストーカー話は真実だが、若い女性に思いを伝えようとほのめかした劇的な結末は現実にはなかった)。私はジョークも言わない、笑顔の苦手な堅物の連邦職員だ。〝コルティ〟と気取った一音節で呼ばれるのを好む。

ありがたいことに、私をそんな思いから引きもどす、若い甲走った歓声が背後にあがった。私は立って振りかえるとにっこりした。

下の息子のサミーが起き出してきて、戸口に立っていた。「パパ、帰ってきたんだね！」スポンジボブのパジャマを着て、髪の毛をぼさぼさにしたサミーはほれぼれするほど愛らしかった。

私はすぐにワイングラスを置いた。息子が飛びついてくるのがわかっていたのだ。そんなふうにあいさつするのが近ごろの習慣になっている。案の定、彼は裸足でどたどたと、キッチンで笑いながら注意する母親の声を無視して駆けてきた。
　私はというと息子を煽っていた。「サミー、早く、早く！」と昂る気持ちを自分なりに声にしたつもりだった。そしてサミーが宙を飛ぶと、息子が私の腕のなかに何ごともなく、無事着地できるようにしっかり身構えた。

（了）

謝　辞

ゲーム理論、合理的不合理に関する思索をふくむコルティの戦略については、おおむね〈ニューヨーカー〉のライター、ジョン・キャシディとその素晴らしい（しかも瞠目に値する）著作『市場はいかに失敗するか』に拠った。

この本を形にしてくださった多くの方々に大いなる感謝を捧げる。サラ・ホックマン、キャロリン・メイズ、デボラ・シュナイダー、ヴィヴィアン・シュスター……そしていつものようにマデリン、ジェーン、ジュリーに。

解説

本書はジェフリー・ディーヴァーの長編小説*Edge*（2010）の全訳です。おなじみの名科学捜査員リンカーン・ライムや《人間嘘発見器》キャサリン・ダンスのシリーズではなく、新たな主人公の登場する作品となります。これまでディーヴァーは、ライムやダンスのほか、筆跡鑑定のエキスパートであるパーカー・キンケイド（『悪魔の涙』）やハッキングの天才ワイアット・ジレット（『青い虚空』）といった犯罪解決のプロフェッショナルを登場させてきましたが、この『限界点』で初お目見えするコルティは、「人身警護のプロ」、つまりボディーガードです。

主人公コルティは、アメリカの連邦機関〈戦略警護部〉の警護官。ＦＢＩなどと同様に、いわゆる「Ｇメン」のひとりで、さまざまな公的機関の要請で、命を狙われている人物を警護することを仕事としています。今回コルティは、凄腕の「調べ屋」ヘンリー・ラヴィングに狙われるワシントンＤＣの刑事一家を警護することになります。

「調べ屋」とは、ターゲットを拉致し、拷問によって必要な情報を引き出し、殺害するプロ。なかでもラヴィングは狡知に長けていることで有名で、かつてコルティの師にあたる警護官が、ラヴィングの巧妙な罠にかかって惨殺された因縁がありました。裏の裏をかく敵のさらに裏をかいて警護対象者を守り抜き、可能であれば撃退する——襲撃のプロvs警護のプロが演じる白熱のデス・ゲームが展開されます。同時にコルティは、捜査機関と連携しながら、この事件の全容の解明にも奔走しなければなりません。ラヴィングの真の狙いは何か。ラヴィングを雇った首謀者は誰なのか。執拗な襲撃をおこなうほど重要な情報とは何なのか――

いつも以上に無駄のない筆致で突き進むノンストップ・サスペンスの果てには、もちろん、ディーヴァーらしい逆転が用意されています。

一人称「私」で綴られているのも大きな特徴です。ディーヴァーの作品の魅力のひとつは主人公と敵役の頭脳戦にありますが、本書では一人称の語りを採用することで、コルティの内面で紡がれてゆく敵の戦略の推測や、それに対抗する戦略のありさまが、物語の「主役」に躍り出ている感があります。

コルティはボードゲームの大ファンであり、「戦略」は単に職業的な関心だけでなく、彼の個人的な関心事でもあるのです。ときにゲーム理論などにも言及しながら仇敵ヘンリー・ラヴィングと戦うコルティ。つまり本書は、〝盤面の敵〟との知的闘争をテーマにしつづけてきたディーヴァーの芯の芯を描いたサスペンスだと言っていいでしょう。

なお、原題の「edge」とは、作中ではラヴィングがターゲットを罠にかける際に相手の弱みにピンポイントで向ける攻撃のことを意味しますが、「ギリギリの限界」の意味もあり、邦題はそこからとられています。

ライム・シリーズとダンス・シリーズと並行して、定期的にノンシリーズ作品を発表してきたディーヴァーですが、新作 *The October List* がすでに刊行されています。映画《メメント》のように物語が逆順で語られてゆくという野心作。当然、そこにはいくつものサプライズが仕掛けてあるようで、こちらも小社での刊行が予定されています。

（編集部）

限界点《げんかいてん》

二〇一五年三月十五日　第一刷

著　者　ジェフリー・ディーヴァー
訳　者　土屋《つちや》　晃《あきら》
発行者　飯窪成幸
発行所　株式会社文藝春秋
〒102―8008　東京都千代田区紀尾井町三―二三
電話　〇三―三二六五―一二一一
印刷所　凸版印刷
製本所　大口製本
万一、落丁乱丁があれば送料当方負担でお取替えいたします。小社製作部宛お送りください。
定価はカバーに表示してあります。
ISBN978-4-16-390228-9